SINA BLACKWOOD

DAS GEHEIMNIS VON FORT SILVERRAIN

Bibliografische Informationen der Deutschen Nationalbibliothek:
Die Deutsche Nationalbibliothek verzeichnet diese Publikation in der Deutschen Nationalbibliografie; detaillierte bibliografische Daten sind im Internet über http://dnb.d-nb.de abrufbar.

© 1. Auflage: August 2016
Titelbild: © pawelsierakowski - Fotolia.com

www.reni-dammrich-geschichtenzauber.de
www.facebook.com/Sina-Blackwood-Geschichtenzauber-Edition-316013531748999/

Die Personen und Namen in diesem Buch sind frei erfunden. Ähnlichkeiten mit heute lebenden Personen sind rein zufällig und nicht beabsichtigt.

Herstellung und Verlag:
BoD – Books on Demand, Norderstedt
ISBN: 9783741265273

In letzter Sekunde

Kendra hat es verschlafen. Ihr persönliches Informationssystem ist zwar richtig programmiert, die Weckfunktion auf ihren Biorhythmus eingetaktet, aber Kendra tickt im Moment wohl anders. Mehr als einmal hatte sie in den letzten Wochen den Minicomputer zur Verzweiflung gebracht, der beim dritten erfolglosen Weckversuch stets mit einer langen Selbstdiagnose begann.

Das flutete mit konstanter Boshaftigkeit den begrenzten Datenspeicher und sorgte für Chaos im Netzwerk der Wohnung. Der Zentralcomputer der Wohneinheit brauchte immer ein paar Minuten, um das Durcheinander zu ordnen.

Heute war es wohl zu viel des Guten gewesen. Das System bootete neu, verhaspelte sich immer wieder, timte schließlich auf *nach dem Frühstück* und sperrte gleichzeitig diverse Küchengeräte. Das hieß, der Kühlschrank ließ sich nicht mehr öffnen, der Heißgetränkeautomat spuckte keinen Kaffee mehr aus und einige andere zentral gesteuerte Komponenten verweigerten den Dienst.

So sehr sie auch versuchte, den Timer zu überlisten, es gelang ihr nicht. Dabei hatte sie grundlegend an der Programmierung dieser Anlagen mitgearbeitet. Stinksauer, weil hungrig, fuhr sie mit dem Lift in die Tiefgarage, wo ihr Mini-Hovercraft parkte. Sie legte den rechten Zeigefinger auf die ovale Fläche des papillarliniencodierten Starters, der kleine City-Flitzer schwebte aus der Park-Verankerung. Durch das offene Rolltor verließ er den Wolkenkratzer.

Kendra brütete finster vor sich hin, während der kleine Flitzer vollautomatisch seine Bahn zog. „Dämliches Automatenpack", murmelte sie, entgegen ihrer sonstigen ruhigen Natur, und schickte Sekunden später noch einen saftigen Fluch hinterher, als das Hovercraft links statt rechts abbog.

Dabei tat der Kleine nur, was ihm aufgetragen worden war. Dass sie vergessen hatte, ihm eine neue Route zu geben, um im Drive-In ein Frühstück zu kaufen, dafür konnte er ja nun wirklich nichts. Unbeirrt zog er seine Bahn.

Wütend schlug Kendra mit der Faust auf das Armaturenbrett. Es machte *knack*, alle Lichter erloschen, der Flitzer blieb stehen. Einfach so – mitten auf der Fahrbahn. Es ging buchstäblich nichts mehr. Nicht einmal die Tür ging auf.

Dafür meldete sich wenig später der Kommunikator. Sie zog das scheckkartengroße Gerät aus der Tasche. Das Gesicht Arveds, ihres Geschäftspartners, schaute wenig freundlich aus dem Display.

„Zum Teufel noch mal, wo steckst du denn? Ich sitze hier wie auf Kohlen! Ohne deine Unterschrift läuft gar nichts."

Kendra durchzuckte es siedendheiß. Sie hatte die Vertragsunterzeichnung mit dem Ölmulti in der Tat völlig vergessen. Sie erbleichte. Aber nicht nur deshalb – der Sauerstoff war fast verbraucht in der winzigen Kabine.

„Dir hat es wohl die Sprache verschlagen?", schnaufte Arved.

„N ... nein", stammelte Kendra. „Ich sitze nur mit dem Hovercraft fest, die Tür geht nicht auf und mir wird die Luft langsam knapp, weil auch noch alle anderen Systeme gleichzeitig ausgefallen sind." Geistesgegenwärtig hielt sie den Kommunikator hoch, dessen Kamera die Bilder live übertrug.

„Mach keinen Scheiß! Ich schicke dir sofort jemanden raus!", rief Arved zu Tode erschrocken. „Wo ..."

Der Kontakt brach zusammen, bevor sie ihren Standort durchgeben konnte. Ihre Hände zitterten, sie rang nach Luft. Mit geschlossenen Augen blieb sie einfach hocken. Die Techniker würden sie schon finden. Arved konnte sicher die Bilder auswerten und erkennen, wo ihr Fahrzeug stand.

Ein kratzendes Geräusch ließ sie zusammenzucken. Mühsam hob sie den Kopf. Neben ihrem Mini-Hovercraft stand ein Nobelschlitten, dessen zwei Insassen sich an der Verriegelung ihres Gefängnisses zu schaffen machten. Erfolglos. Der größere, der Männer, ein wahrer Hüne in schwarzem Anzug, hob bedauernd die Hände. Der andere Mann betrachtete besorgt das bleiche Gesicht der jungen Frau, die völlig apathisch in ihrem Sitz lag.

Schließlich zog er ein Etui aus der Brusttasche, dem er eine Art dünne Goldfolie entnahm. Schnell sah er sich um, ob er auch nicht beobachtet werde. Vorsichtig schob er das Plättchen in den kaum sichtbaren Türspalt. Er zog es langsam von oben nach unten, schlug dosiert mit der Faust auf die Stelle, wo der Kontakt sitzen musste, und riss mit einem Ruck die Tür auf. Schnell ließ er die Folie wieder in seiner Tasche verschwinden, um sich sofort über die nunmehr ohnmächtige Kendra zu beugen, die noch immer den Kommunikator in der Hand hielt.

Der schwarzhaarige Fremde hob Kendra aus ihrem Fahrzeug, trug sie zu seinem Luxus-Kreuzer, wo er sie auf die Rückbank bettete. Schließlich nahm er ihr den Kommunikator aus der Hand, checkte die Anrufliste und stutze. Die letzten Nummern kannte er. Sacht strich er ihr eine Haarsträhne aus dem Gesicht, verglich es mit seinem Datenspeicher und lächelte zufrieden.

„Auf schnellstem Wege zum *Level 333*", befahl er seinem Fahrer.

Die Fahrt auf der Stadtautobahn dauerte nur eine viertel Stunde. Der Chef der Firma erwartete ihn bereits persönlich im Foyer.

„Hallo Mister Cunning, ich habe Ihnen etwas mitgebracht", rief der Ankömmling, ohne sein Fahrzeug zu verlassen.

Mister Cunning, oder Arved, wie ihn seine Mitarbeiter und Freunde nannten, beeilte sich, den Straßenkreuzer zu erreichen, dessen Fahrer Raschid die hintere Tür öffnete.

„Mein Freund, ich glaube, Sie hätten um ein Haar etwas sehr Wertvolles verloren", hörte Cunning die Stimme seines schwerreichen Kunden Saladin aus dem Inneren.

Arved bückte sich. „Kendra? Aber wie …?"

Saladin half Kendra beim Aussteigen. „Die Frage muss lauten: warum. Warum hält in dieser riesigen Stadt niemand an, um solch einer wundervollen Blume zu helfen? Selbst in der Wüste findet man schneller einen Arzt."

Arved suchte vergeblich nach Worten.

„Das ist der Fluch der Technik", sagte Kendra leise. „Im Zeitalter eines völlig durchprogrammierten Lebens verlässt sich in dieser Stadt jeder darauf, dass von allein irgendein Automatismus in Gang kommt, der im Notfall hilft."

Saladin, der noch immer ihre Hand hielt, küsste selbige. „Nun Miss Swan, das ist wohl der Grund, weshalb ich keinen programmierten Automaten benutze und Raschid lenken lasse. Ich hasse es, wenn Programme mein Leben bestimmen."

Kendra schaute ihn überrascht an. Arved zuckte zusammen.

Saladin begann zu lachen. „Keine Sorge, ich werde den Vertrag über das Komplettsystem trotzdem unterschreiben. In der Wüste, wo es eingesetzt wird, gibt es keine Menschen, nur Automaten. Aber ich habe Bedingungen …"

„Und die wären?", fragte Arved voller Sorge.

Saladin holte tief Luft. „Ich möchte nachher Miss Swan zum Essen entführen, sie als Gesellschafterin für den Abend engagieren und mit ihr diese erstaunlich gefühlskalte Stadt erkunden."

Arved schmunzelte, als er Kendras freudiges Nicken sah. „Dann wird sie den besten Koch buchen, der noch auf Handarbeit schwört, Sie mit unserer Glas- und Betonwüste bekannt machen, und Ihnen den schönsten Sonnenuntergang aus der Bar des *77* zeigen. Herzlich willkommen bei *Level 333*."

Arved schlenderte mit Kendra und Saladin durch das Foyer. Wie ein Schatten folgte ihnen Raschid, der nie weiter als fünf Schritte von seinem Herrn entfernt war. Raschids Nähe hüllte Kendra wie ein Schutzmantel ein.

Der Zwei-Meter-Zehn-Mann bewegte sich trotz seiner Größe geschmeidig wie ein Panther. Sie erinnerte sich an die Worte, mit denen Saladin ihr Raschid vorgestellt hatte: „… mein Chauffeur, mein einziger Vertrauter und meine Lebensversicherung." Letzteres konnte man durchaus wörtlich nehmen, wenn einer der reichsten Männer auf dieser Erde, allein nur in Begleitung seines *Schattens* reiste.

Saladin musste ihr die Gedanken deutlich am Gesicht abgelesen haben, denn er sagte unvermittelt: „Ich habe ihn auf dem Sklavenmarkt gefunden."

Kendra zweifelte daran, dass das wörtlich gemeint war. Sollte es heutzutage wirklich noch Menschenhandel geben? Vielleicht hatten sie sich zufällig gefunden und der Ort war ein ehemaliger Sklavenmarkt? Andererseits konnte wohl keine Bezahlung so hoch sein, um sich mit Haut und Haar bedingungslos an seinen Herrn zu verkaufen.

Sie versuchte, in Raschids Augen zu lesen, die genau so ausdruckslos blieben wie sein Gesicht, selbst wenn Saladin über ihn sprach. Welches Geheimnis mochte die beiden umgeben?

Sie erreichten Arveds Büro. Die Männer nahmen in den bequemen Ledersesseln der Sitzgruppe Platz. Kendra servierte ihnen extra starken Mokka, bevor sie als Erste die Vertragspapiere unterschrieb. Dabei bemerkte sie aus den Augenwinkeln, den anerkennenden Blick Saladins, der nicht erwartet hatte, in ihr den Fünfzig Prozent Aktionär des *Level 333* zu finden, welcher öffentlich nie in Erscheinung trat.

Dass sie zudem selbst die Getränke reichte, imponierte ihm. Offenbar war sie keine dieser verwöhnten Puppen, mit denen er meist zu tun hatte, die zwar reichlich Kapital, aber null Hirn vorweisen konnten.

Ihm fiel ein, dass *K. Swan* immer wieder als Verfasser in den vorab erhaltenen Papieren zum System aufgetaucht war. Er freute sich ehrlichen Herzens auf die Erfüllung seiner Bedingungen zum Vertrag. Schwungvoll setzte er seinen Namen unter die Papiere. Raschid nahm Saladins Vertragsmappe in Empfang, um sie zu verwahren.

Eine Stunde später bummelte Kendra mit ihrem gut aussehenden Begleiter über den Marktplatz, die kilometerlange Einkaufspassage entlang, wo sie Skulpturen und diverse Kunstwerke zwischen Blumenbeeten und Bänken betrachteten. Über verschlungene Wege führte sie Saladin in ein kleines gediegenes Restaurant, dessen fünf Sterne den kulinarischen Himmel versprachen.

Für das Auge völlig unsichtbar, folgte ihnen Raschid. Kendra hatte keine Ahnung, wie er das machte, jedenfalls saß er plötzlich an einem der kleinen Einzeltische ganz in ihrer Nähe.

Der Chef des Hauses begrüßte sie wie immer persönlich. Kendra zuckte dabei mehrmals mit dem Augenlid, worauf Herr Schwabinger ihren Begleiter überaus herzlich willkommen hieß. Augenblicke später waren er und sein Personal, dank Internet voll im Bilde. Die kleinen geheimen Morsezeichen mit den Augen zwischen ihm und Miss Swan hatten, wie immer wenn es um Geschäftsessen ging, hervorragend funktioniert.

Mehrere Kellner schwärmten aus, um die drei besonderen Gäste zu verwöhnen. Kendra saß mit Saladin an einem Tisch für zwei Personen.

Immer wieder sah er ihr in die Augen, erfreut darüber, dass sie seine Blicke erwiderte.

„Es ist unverzeihlich. Ich habe Ihnen noch nicht einmal gedankt", sagte Kendra plötzlich.

Saladin antwortete mit einem dieser Blicke, die ihr tief unter die Haut gingen. „Ihr Lächeln ist der wundervollste Dank. Es wird mich sicher lange begleiten."

Dabei brannte in seinen schwarzen Augen dieses Feuer, welches Kendra zutiefst irritierte. Kein anderer Mann hatte je solch eine Anziehungskraft auf sie gehabt.

Der Chef des Hauses brachte nach dem Dessert die Eiskarte.

„Sie wissen doch, dass ich nicht widerstehen kann", seufzte Kendra, „und auch, dass mir die Wahl immer so unendlich schwerfällt."

„Wie wäre es mit einem Hauch von jedem Eis?", schlug Saladin lächelnd vor.

Schwabinger nickte erfreut und eilte, das Gewünschte zu ordern. Augenblicke später brachte er eigenhändig die neue Kreation.

Um eine Nougatkugel, die bei Kendra stets Bedingung war, bildeten die Eishäubchen als Spiralen einen bunten Reigen.

Kendra ließ die Köstlichkeiten mit halb geschlossenen Augen auf der Zunge zergehen, was ihren Begleiter und natürlich Schwabinger mit sichtlicher Freude erfüllte. Millionäre hatte Schwabinger alle Tage zu Gast, einen Multimilliardär zum ersten Mal. Er war glücklich.

Als am Ende noch ein Trinkgeld, in ziemlich hohem, vierstelligem Bereich floss, weil sich der Gast wirklich sehr wohl gefühlt hatte, glaubte er sich fast ins Märchenreich versetzt.

Kendra schlug nach dem Essen den Weg zum Tropenparadies im Zentrum der Einkaufsmeile ein.

Während des ganzen Weges hatte sie die Schaufenster völlig ignoriert, stattdessen über Geschichte und Gegenwart der Stadt erzählt. Nur einmal war ihr Blick den Bruchteil einer Sekunde an einem Kleid hängen geblieben.

„Meinetwegen müssen Sie sich keinen Zwang auferlegen", sagte Saladin lächelnd, dem dieser sehnsüchtige Blick nicht entgangen war.

Kendra wurde rot. Saladin öffnete kurzerhand die Tür und bat Kendra einzutreten. Zaghaft folgte sie seinem Wunsch. Der ärmellose, figurbetonende Traum aus erdbeerfarbener Seide mit großen weißen Punkten passte, wie für sie genäht.

Saladin schob, von ihr unbemerkt, seine Kreditkarte über den Tresen. Der Limitbetrag ließ den Verkäufer sichtlich erbleichen. Übervorsichtig und mit einer Verbeugung reichte er die Karte zurück. Fast ehrfürchtig übergab er, kaum dass die beiden Kunden seine Boutique verlassen hatten, die Tasche an Raschid, dessen beeindruckende Gestalt ihn an den Geist aus der Lampe erinnerte.

Fast genau so aus dem Nichts tauchte er im Tropenhaus hinter seinem Herrn auf.

Unzählige Schmetterlinge hatten sich auf dem Schälchen mit Zuckerwasser in Kendras Hand niedergelassen, saßen auf ihren Armen und warteten darauf, auch einmal ihren Rüssel in die Flüssigkeit tauchen zu können.

„Ich komme oft hierher", erklärte sie leise. „Ich liebe diese Tiere, die so wunderschön und doch so völlig unberechenbar sind."

„Als Ausgleich für die programmgesteuerte Welt da draußen?", fragte Saladin ebenso leise.

Kendra schaute ihn nachdenklich an. „Schon möglich. Darüber habe ich noch nie wirklich nachgedacht." Sie betrachtete den riesigen blauen Falter, der es sich auf ihrem Zeigefinger bequem gemacht hatte. Weil das Schälchen inzwischen leer war, trug sie ihn zu einem Ast, an dem eine Schmetterlingstränke hing. Der Falter betastete den Untergrund, flog auf und kehrte zu Kendra zurück.

Saladin lächelte, als er ihr verdutztes Gesicht sah. „Hält er sich nicht an die Regeln?"

„Genau das ist das Faszinierende." Kendra bedachte den kleinen Flattermann mit einem fast liebevollen Blick. „Man kann nicht vorhersehen, was er als Nächstes tun wird. Mit Logik ist ihm einfach nicht beizukommen."

Saladin setzte sich zu ihr auf die steinerne Bank. „Bei dem Thema Logik fällt mir ein: Weshalb sind bei Ihrem Hovercraft alle Systeme gleichzeitig ausgefallen? Das ist doch auch unlogisch."

Kendra stutzte, bekam einen Hauch Röte, ehe sie die vertrackte Geschichte von Anfang an erzählte.

Saladin hörte mit einem amüsierten Lächeln zu. „Ah ich verstehe, die Lust zur Auflehnung gegen die selbst erstellten Programme. Deshalb auch die Liebe zu diesen filigranen Tieren, die das Chaos im Blut zu haben scheinen."

„Ich fürchte, Sie haben in allen Punkten recht." Kendra zuckte resigniert mit den Schultern. Wie zur Bestätigung flog der blaue Falter majestätisch davon. Kendras Blick huschte über die Armbanduhr. Sie seufzte. „Ich muss in einer Stunde noch einmal in die Firma."

Saladin erhob sich. „Dann sollten wir uns sputen. Ehe Mister Cunning noch ungeduldig wird. Wir sehen uns im 77?", setzte er fragend hinzu.

„Wie versprochen." Kendra folgte ihm zum Ausgang.

„Ich werde Sie abholen lassen."

Kendra lachte. „Dann werden Sie überrascht sein – ich wohne noch bei meinen Eltern." Sie gab ihm ihre private Visitenkarte.

Saladins völlig ungläubigen Blick beantwortete sie mit heftigem Nicken. Diese Frau erstaunte ihn doch immer wieder. Er hatte sich ziemlich genau über die Jahresumsätze der Firma informiert, bevor er mit ihr Kontakt aufnahm.

Als Mitinhaberin des *Level 333* hätte Miss Swan in einem Palast residieren können, mit einem Haufen Personal und Wachhunden vor der Tür. Stattdessen fuhr sie ein Mini-Hovercraft, fungierte für Cunning als Mädchen für alles und hielt das selbst, vor allem aber hart, erarbeitete Geld sorgsam zusammen. Außerdem sah sie zum Anbeißen aus ...

„Du hast gerade so einen verträumten Gesichtsausdruck angenommen", flüsterte Raschid neben ihm.

„Wirklich?" Saladin wandte sich ihm zu. Raschid nickte kurz.

Kendra, die die Sprache nicht verstanden hatte, sah Saladin fragend an.

„Er ist mein schlechtes Gewissen", erklärte Saladin, was wiederum auch alles Mögliche bedeuten konnte.

Kendra gab es auf, den Sinn wirklich verstehen zu wollen.

Gerade passierten sie die letzten Schaufenster.

Saladin blieb abrupt stehen, fasste Kendras Handgelenk, deutete in eines der Geschäfte. Ehe sich die junge Frau versah, stand sie vor einem Paar erdbeerroter Schuhe mit großen weißen Punkten, die förmlich danach schrien, zu ihrem neuen Kleid getragen zu werden. Und die Saladin mit seinem Adlerblick sofort erspäht hatte. Wieder nahm Raschid eine Tragetasche mit Kordelhenkel entgegen.

Dann strebten sie gemeinsam durch den kleinen Park, in Richtung *Level 333*. Raschid verstaute die beiden Taschen sofort eigenhändig in Kendras repariertem Hovercraft. Anschließend beeilte er sich, den Straßenkreuzer vom Parkplatz zu holen.

Von der Hochstraße aus konnte Saladin durch die Glasfronten sehen, wie Kendra das Geschirr vom Vormittag abräumte, welches noch immer auf dem Tisch in Cunnings Büro stand. Die Worte, die Saladin in wenig freundlichem Ton murmelte, konnte nicht einmal Raschid verstehen. Allerdings glaubte er, so etwas wie *moderne Sklaverei* gehört zu haben.

Im „Level", wie die Mitarbeiter ihre Firma kurz nannten, versuchte Arved, Kendra auszuhorchen. „Sag mal, stört dich das gar nicht, wenn der Muskelprotz ständig hinter dir steht?"

„Warum sollte mich das stören? Ich kann mit gutem Gewissen behaupten, dass ich ein gutes Gewissen habe." Kendra trug die leeren Wasserflaschen in den Lagerraum. „Was ich mit seinem Herrn zu bereden habe, ist weder geheim, noch unschicklich. Nenne mir einen guten Grund, weshalb mich Raschid stören sollte."

„Könntest du einfach so, in seinem Beisein ...?"

Kendra legte Cunning beide Hände auf die Schultern, sah ihm kopfschüttelnd in die Augen. „Arved, eins muss ich dir lassen, du hast eine wirklich blühende, wenn auch restlos schmutzige, Fantasie. Du solltest dir lieber überlegen, wen du wegen der Programm-Installationen in die Wüste schicken willst. Saladin wird in spätestens acht Wochen eine Antwort haben wollen."

Arved warf wütend seinen Kugelschreiber auf den Schreibtisch. „Ja, ja", knurrte er gereizt.

Genau genommen kamen nur er oder Kendra infrage. Schickte er sie, dann würde er sich für diese Zeit eine Sekretärin, eine Putzfrau und eine Postbotin mieten müssen, Arbeiten, die Kendra ganz nebenbei mit erledigte. Und er selber hatte keine Lust, Monate irgendwo in der Wüste zu verbringen, weder Land noch Leute zu verstehen. Kendra räumte ungerührt weiter auf, überflog noch einmal die Auftragsliste für den kommenden Tag, ehe sie nach ihrer Tasche griff.

„Was machst du heute noch Schönes?", fragte Arved ganz mechanisch wie jeden Feierabend.

„Meinen Job oder hast du vergessen, dass die Vertragsunterzeichnung an Bedingungen gebunden war?", entgegnete Kendra kühl.

Dass sie sich riesig auf den Abend freute, brauchte Cunning nicht zu wissen. Sie drehte sich ohne weitere Worte um und verließ das Gebäude. Arved sah ihr lange nach. Ihren Job ... Ja, ohne Kendra hätte er sein Softwareimperium gar nicht aufbauen können. Sie arbeitete oft bis spät in die Nacht, wenn er sich mit Freunden beim Bier vergnügte. Sie ließ nicht locker, bis die Komplettlösung optimal auf die Kundenbedürfnisse zugeschnitten war. Sie war die wirkliche Seele der Firma.

Es meldete sich sein schlechtes Gewissen. Nur hielt dieser Zustand nicht lange an. Der Kommunikator zeigte das grinsende Gesicht seines Golfpartners Ted.

Kendra hatte ihr Mini-Hovercraft geparkt. Sie streichelte den Kleinen. Schließlich hatte er ihr ein paar wundervolle Stunden beschert. Die beiden Beutel unter den Arm geklemmt, öffnete sie mit dem Papillarlinienfeld die Wohnung. Sie schlüpfte an ihrer erstaunten Mutter vorbei in ihre Hälfte der Etagenwohnung.

„Du hast dir etwas Schönes gekauft?", fragte Ronda neugierig, weil es so selten vorkam, dass ihre Tochter shoppen ging.

„Ja", rief Kendra kurz. „Sieh es dir ruhig an." Sie stand bereits unter der Dusche und machte sich für den Abend frisch.

„Es ist wundervoll", murmelte Ronda. Sie legte das Kleid auf Kendras Bett, betrachtete die Schuhe und stellte sich alles an ihrer Tochter vor. „Was ist denn in dem kleinen Etui?"

„In welchem Etui?" Kendra steckte den Kopf aus der Duschkabine.
„Na in dem schwarzen, unter dem Kleid", entgegnete Ronda. Sie hielt es hoch.
Kendra schaute ungläubig. „Das gehört mir nicht."
„Offensichtlich doch. Dein Name steht in Goldschrift darauf."
„Wie???" Kendra knotete sich ein Badetuch um. „Tatsächlich. Ich war doch aber nur in der Boutique und im Schuhgeschäft und ich habe nichts gekauft, was in so eine kleine Hülle passt."
„Mach es auf!", schlug Ronda vor.
„Meinst du?"
„Na los! Erstens steht dein Name darauf und zweitens erfährst du nie, was darin ist, wenn du nicht nachschaust."
Kendra setzte sich auf die Bettkante. Ganz vorsichtig drückte sie den Metallverschluss. Der Deckel sprang auf. „Oh!" Sie hielt es Ronda hin.
„Platin?"
„Ganz sicher."
„Wer macht dir denn solche Geschenke?" Ronda schüttelte ungläubig den Kopf. „Arved?"
Kendra prustete los. „Ganz sicher nicht. Der ist zu geizig."
„Musst du denn schon wieder arbeiten?", fragte Kendras Mutter besorgt, als sie sah, dass ihre Tochter die teure Abendrobe aus dem Schrank nahm.
„Ja."
„Wegen des Ölscheichs?"
„Ja."
„Könnte das nicht Arved ...?"
„Nein. Von diesem Termin könnten mich nur Koma oder Tod abhalten." Kendra steckte ihr haselnussbraunes Haar kunstvoll hoch.
„Sieht er gut aus?", fragte Ronda wie nebenbei.
Kendra tippte ein paar Befehle in die Tastatur ihres Laptops, drehte dann das Display wortlos ihrer Mutter zu.
„Ist er das?"
„Ja und der andere ist Raschid, sein Bodyguard." Kendra stylte sich weiter, während ihre Mutter mit Interesse die Berichte über den Multimilliardär verschlang.
Schließlich hob Kendra das zarte Kettchen mit dem wundervollen Schmetterling vom Samtkissen des Etuis. Der Platinglanz ließ das Kleinod geheimnisvoll funkeln. Es musste unglaublich teuer gewesen

sein. Sie ließ ihre Fingerspitzen über die gelungene Arbeit des Schmuckdesigners gleiten. Es fühlte sich gut an. Sie ahnte sehr wohl, auf welchem Weg das Collier in ihre Tasche geraten war.

Ein plötzlicher Gedanke ließ sie innehalten. „Darf ich …", sie zog den Laptop zu sich heran.

„Was hast du?", fragte Ronda, als Kendra plötzlich große Augen bekam.

„Nichts. Gar nichts." Kendra schloss schnell das Bankprogramm. Die Einkäufe waren nicht von ihrem Konto abgebucht worden.

Es klingelte. Ronda eilte an die Tür, wechselte einige Worte durch die Sprechanlage, öffnete und stand unvermittelt einem Riesen gegenüber. Raschid – der ihr im Namen Saladins einen Strauß Rosen überreichte. Ronda blieben vor Überraschung die Worte weg.

Kendra huschte an ihr vorbei. „Ciao Mama."

Ronda starrte die geschlossene Tür an. Wie im Traum stellte sie die herrlichen Blumen in eine Vase. Sie konnte sie sich sehr gut vorstellen, woher das Platincollier stammte. Warum sollte Kendra nicht auch einmal einen kleinen Zipfel vom Glück abbekommen?

Sie hatte Abend für Abend erlebt, wie viel Kraft ihre Tochter in das Wüstenprojekt gesteckt hatte. Oft bis tief in die Nacht. Kein Wunder, dass sie früh manchmal das Weckzeichen einfach ignorierte.

Kendra genoss indes die Fahrt mit dem schweigsamen Raschid. Ihre Gedanken kreisten immer wieder darum, ob die Computer wirklich gut genug für den Einsatz unter extremen Bedingungen waren.

„Vergessen Sie einfach ein paar Stunden Ihre Arbeit", sagte Raschid leise.

Kendra lächelte versonnen. „Ja, das sollte ich wohl. Ich werde Ihren Rat beherzigen."

Vor der Tür des *77* stoppte Raschid den Wagen. Als er den Wagenschlag öffnete, war Saladin bereits zur Stelle, um Kendra beim Aussteigen zu helfen und sie am Arm in das wohl teuerste Hotel der ganzen Stadt zu führen.

Die Andromeda-Bar lag in der zweihundertsten Etage, des imposanten Wolkenkratzers. Hier waren die Wirtschaftsbosse, Schönen und Reichen unter sich, denn die Preise waren genau so schwindelerregend hoch wie das Gebäude selbst.

Neugierige und ehrfurchtsvolle Blicke folgten den drei Neuankömmlingen. Es hatte sich bereits herumgesprochen, wer im Hotel zu Gast war.

Saladin bemerkte mit einiger Freude, dass sein Geschenk Gefallen gefunden hatte.

„Ich hätte es nicht annehmen dürfen, man könnte es als Bestechung auffassen", erklärte Kendra. Dabei leuchteten ihre Augen voller Dankbarkeit und straften ihre Worte Lügen.

Saladin lächelte vergnügt. „Kommt ganz darauf an, wie ich meine Bedingungen zum Vertrag auslege. Es ist sicher ein offenes Geheimnis, dass ich am längeren Hebel sitze. Aber lassen wir heute Abend den Job einfach beiseite."

„Nichts lieber als das." Kendra hob ihr Champagnerglas.

Dann lauschte sie Saladin, der mit flammenden Worten über die Wüste und das Leben in ihr sprach. Er erzählte vom Klingen des Sandes, von der Stimme des Windes, den unzähligen seltsamen Tieren, die sich mit dem lebensfeindlichen Land arrangiert hatten, von Millionen Blumen, die erblühen, wenn alle paar Jahre ein paar Tropfen Regen das Sandmeer in einen Garten Eden verwandelten.

„Ich wünschte, ich könnte das alles sehen", flüsterte Kendra.

Saladin nickte wissend.

Kendra schaute zur Glasfront. „Kommen Sie, nun werde ich Ihnen etwas zeigen, was man so auch nicht überall findet."

Sie führte ihn auf die Außengalerie der Etage. Die Sonne hatte ihre Bahn fast vollendet. In einem Farbenrausch aus Rot, Gold, Violett und Dunkelblau sank sie langsam hinter den Horizont. Schweigend beobachteten die beiden das Naturschauspiel.

Kendra fröstelte.

Saladin legte ihr wärmend den Arm um die Schulter. Sie schloss für den Bruchteil einer Sekunde die Augen. Diese Geste von ihm weckte das Verlangen nach Nähe und Geborgenheit. Sie zwang sich mühsam, diese Nähe zu fliehen.

Aus der Bar erklang Tanzmusik. Saladin deutete fragend mit dem Kopf in diese Richtung.

Kendra lachte fröhlich. „Aber gern."

Beim Eintreten glaubte sie, Raschid in der Nähe der Liveband gesehen zu haben. Vielleicht war es auch eine Täuschung gewesen. Oder doch nicht?

Denn kaum hatten sie das Parkett betreten, spielten die Musiker nur noch langsame Stücke, bei denen engerer Körperkontakt von ganz allein kam. Die Tanzfläche füllte sich zusehends.

Saladin war ein hervorragender Tänzer. Kendra folgte nur zu gern seinen geschmeidigen Bewegungen. Sie genoss die zärtlichen Berührungen seiner Hände, und schien mit ihm verschmolzen zu sein. Sie hätte ein Leben lang so weitertanzen mögen.

Drei Uhr morgens brachte Saladin Kendra persönlich bis an die Wohnungstür. Er wollte sich mit eigenen Augen von dem überzeugen, was ihm Raschid beiläufig berichtet hatte. Miss Swan wohnte tatsächlich in einem 0-8-15-Hochhaus zusammen mit ihren Eltern.

„Auf Wiedersehen", sagte Saladin zum Abschied. „Nicht Lebewohl, denn ich werde Sie wiedersehen. Spätestens acht Uhr bin ich im *Level 333*, um die Ware in Empfang zu nehmen. Schlafen Sie gut."

Wüstenfort Silverrain

Kendra war noch nie so pünktlich in der Firma gewesen wie an jenem Morgen. Sie trug den Traum in Erdbeerrot und natürlich den Schmetterling. Arved saß im Foyer und trank seinen Morgenkaffee. Er sprang auf, als Kendra aus dem Hovercraft stieg.

„Wow, wow, wow! Ist das ein Anblick! Hat er dir einen Antrag gemacht?"

Kendra lächelte hintergründig. „Nein, warum sollte er das tun?"

Arved grinste süffisant. „Na, vielleicht sucht er Ehefrau Nummer zwanzig oder so?"

„Unter solchen Umständen zöge ich es vor, hier seine einzige Geliebte zu sein", entgegnete Kendra kühl.

Arved schaute sie entsetzt an. „Was??? Meinst du das ernst?" Er ließ sich in die Polster plumpsen.

Ehe Kendra etwas erwidern konnte, erhob sich jemand aus der anderen Sitzgruppe, die Rücken an Rücken mit der Arveds stand. Saladin. Kendra wurde flammend rot, mit seiner Anwesenheit hatte sie um diese Zeit noch nicht gerechnet. Zweifellos musste er ihrer Unterhaltung gefolgt sein.

Ihre Reaktion war für Arved allerdings das untrügliche Zeichen, dass der Abend anders geendet, als er geglaubt hatte. Saladin war wohl doch der ultimative Ehrenmann, als der er immer beschrieben wurde. So reagierte der auch gar nicht auf das Gehörte, nur sein Blick sprach Bände, als er Kendra begrüßte.

Auf dem Weg in Arveds Büro klebte sein Blick förmlich an ihrem Körper. Raschid räusperte sich. Ihm war nicht entgangen, dass Kendra diesen intensiven Blick spüren konnte, so wie sie sich schon im *77* schweigend, trotzdem intensiv, mit Saladin unterhalten hatte.

Eine Stunde später waren alle Formalitäten erledigt. Diesmal sagte Kendra: „Auf Wiedersehen."

Saladin lächelte. „Ja, auf Wiedersehen und grüßen Sie den blauen Schmetterling von mir."

„Ich werde es nicht vergessen", versprach Kendra.

Arved verstand nur *Bahnhof.* Wer zum Teufel war der blaue Schmetterling?

Kendra setzte sich an ihren Schreibtisch und begann akribisch, die neuen Aufträge zu bearbeiten. Sollte sich Arved ruhig ein wenig das Gehirn zermartern.

„Wann machst du deine Spesenabrechnung?", fragte er, um ihr ein Gespräch aufzudrängen.

„Gar nicht."

„Dann hast du ihn privat eingeladen?"

„Nein."

„Er hat bezahlt?"

„Ja."

„Ooops." Arved kratzte sich hinterm Ohr. „Stammt das neue Outfit auch von ihm?", bohrte er weiter.

„Vielleicht."

Arved kam sich komisch vor. „Sag mal, warum bist du so einsilbig?"

Kendra sah ihn finster an. „Schon vergessen? Ich war bis heute früh drei Uhr dienstlich unterwegs. Seit zweieinhalb Stunden bin ich hier. Jetzt ist es neun Uhr. Sonst noch Fragen?"

Innerlich konnte sie sich kaum halten vor Lachen, Arved guckte aber auch zu dumm aus der Wäsche. Er hingegen verkniff es sich, sie weiter zu reizen. Womöglich brächte sie die Sprache wieder auf das leidige Thema Wüste.

Er war erleichtert, als sie den Vormittagskaffee ohne spitze Bemerkungen an seinen Schreibtisch brachte. Er wagte auch nicht, zu fragen, woher der Schmetterling stammte, den er heute zum ersten Mal an ihr bemerkte und der seine Fantasie mehr beflügelte, als er wahrhaben wollte. Andererseits war zwischen Kendra und dem Scheich ganz offensichtlich nichts gelaufen ... Arved gestand sich ein, dass er eifersüchtig war. Er hätte zu gern gewusst, womit die beiden die Nacht verbracht hatten. Kendra blieb verschlossen wie eine Auster.

Dann kam der Tag, an welchem ein Brief mit dem Logo von *Fort Silverrain*, dem Wüstenprojekt Saladins, im Kasten steckte. Arved erbleichte zusehends, während Kendras Herz schneller schlug.

Saladin wünschte, den Softwarespezialisten schon drei Wochen eher zu empfangen. Dabei stand der genaue Zeitpunkt der Ankunft im Fort bereits minutiös auf dem Papier.

Arved wand sich wie eine Schlange. Er hatte seiner neuen Flamme, Mary-Ann, für nämliches Wochenende eine Segeltour versprochen.

Kendra ließ sich lange bitten, obwohl ihr Entschluss schon seit Wochen feststand. Abends fand sie einen ähnlichen Brief in ihrer Privatpost. Schon auf dem Weg zu ihren Räumen riss sie das Kuvert auf.

Auf Büttenpapier stand handschriftlich: „Liebe Miss Swan, ich hoffe inständig, dass Sie mein Wunsch nicht in Bedrängnis bringt. Ich bin fest davon überzeugt, dass Sie die Programmierung in Fort Silverrain übernehmen werden. Sollte es Ihren Privatinteressen allerdings im Wege stehen, bitte ich um eine kurze Benachrichtigung. In Erwartung einer guten Zusammenarbeit – Saladin Ibn Sina. P. S. Das Taxi wird sie am 14. Oktober, 7:30 Uhr an Ihrer Wohnung abholen.

Nicht das förmliche, geschäftsmäßige: … Sehr geehrte …, nicht das ewige: … Mit freundlichen Grüßen …

Drei Tage Zeit, um alle Dinge zu regeln. Kendra begann auf der Stelle, ihre Koffer zu packen. Overall und Arbeitskluft für die Montagearbeiten, Jeans und warme Pullover für die kalten Nächte, festes Schuhwerk, Sonnencreme mit höchstem Lichtschutzfaktor, Handy, Kamera und Laptop. Alles nur funktionelle Dinge. Schließlich fuhr sie zum Arbeiten und nicht zum Vergnügen in die Wüste. Am Ende standen zwei mittelgroße Koffer bereit, die alles enthielten, was sie unbedingt benötigte.

Als es am Morgen des 14. Oktober klingelte, wartete Kendra schon reisefertig. Sie öffnete die Tür und staunte. „Raschid?!"

„Zu Ihrer persönlichen Verfügung. Guten Morgen, Miss Swan. Ich nehme Ihr Gepäck."

Ungläubig starrte Raschid die beiden Koffer an.

Kendra begann zu lachen. „Das ist wirklich alles."

Auf dem Flughafen erwartete Kendra die nächste Überraschung. Raschid steuerte auf einen kleinen Jet zu, der etwas abseits stand und das Wappen der königlichen Familie trug. Die Ladeklappe öffnete sich, Raschid stoppte direkt im Inneren des Flugzeugs. „Bitte folgen Sie mir, Miss Swan."

Kendra sah sich suchend um.

„Mein Herr erwartet uns in Fort Silverrain", erklärte Raschid, den Blick richtig deutend.

Kendra wurde blass. „Sie haben ihn allein gelassen?"

„Es war sein ausdrücklicher Wunsch, dass ich Sie persönlich zu ihm bringe." Bei diesen Worten nahm er im Pilotensessel Platz.

„Gibt es eigentlich etwas, das Sie nicht können?", fragte Kendra erstaunt.

„Ja. Ich bin ein miserabler Tänzer", schmunzelte Raschid, ohne sie anzusehen. Er checkte die Instrumente, nahm Verbindung mit dem Tower auf und ein paar Minuten später hob der Silbervogel sanft ab. Es dauerte nicht lange, bis er die vorgeschriebene Flughöhe erreichte. Raschid schaltete auf Autopilot. „Möchten Sie einen Film sehen?", fragte er Kendra, die etwas verloren in der eingebauten Polstergruppe hockte.

„Nein danke."

„Ein Glas Champagner? Etwas Süßes?"

„Etwas Süßes?", echote Kendra. „Ich glaube, da werde ich schwach."

Raschid klappte das Kühlfach auf. Von Nougat bis Bitterschokolade, über Pralinen und Bonbons aller Schattierungen, bis hin zu gefüllten Törtchen, war alles vertreten. Kendra wählte Nougatkugeln, die sie ganz langsam mit halb geschlossenen Augen auf der Zunge zergehen ließ.

Etwas später nahm sie sich selbst einen Cappuccino aus dem Automaten. Raschid hatte selten so einen pflegeleichten Gast zu betreuen gehabt. Er saß mittlerweile wieder im Pilotensessel, hörte den Funkverkehr ab und hob überrascht den Kopf, als Kendra plötzlich neben ihm stand. Sie deutete auf den Platz des Copiloten. „Darf ich?"

„Aber gern."

Fast zwei Stunden saß sie schweigend einfach neben ihm und genoss den Flug.

„In einer halben Stunde landen wir zum Tanken. Wenn Sie möchten, können Sie auch die Stadt besichtigen, shoppen gehen ..."

Kendra unterbrach ihn lachend. „Ich glaube, ich habe alles, was ich brauche. Wenn die Nougatkugeln bis zum endgültigen Ziel reichen, bin ich schon zufrieden."

Raschid schüttelte amüsiert den Kopf. *Sie ist in der Tat ungewöhnlich*, dachte er bei sich. *Kein Wunder, dass sie Saladin nicht mehr aus dem Kopf gegangen ist.*

Nach dem Tankstopp setzte sich Kendra in die Polster und hatte Mühe, ein Gähnen zu unterdrücken. Als Raschid eine halbe Stunde später nach ihr sah, war sie fest eingeschlafen. Er hob ihre Beine vorsichtig mit auf die Sitzgruppe, entnahm einem Wandfach eine kuschelige Decke, in welche er sie sorgsam einhüllte. Lange betrachtete er ihr wirklich hübsches Gesicht, das selbst im Schlaf ein glückliches Lächeln trug.

„Träumen Sie etwas Schönes", flüsterte er kaum hörbar, als er zum Cockpit zurückging. Den nächsten Tankstopp verschlief Kendra komplett. Raschid hatte es einfach nicht übers Herz gebracht, sie zu wecken. Jetzt saß sie wieder neben ihm.

„Kann ich Ihnen denn gar keine Freude machen?", fragte Raschid.

„Haben Sie doch schon", erklärte sie. „Das ist sicher das einzige Mal, dass ich einen Flug wirklich hautnah aus dem Cockpit erleben darf."

„Keine Wünsche, keine Fragen?", vergewisserte sich Raschid.

Kendra wurde ernst. „Doch, eine Frage hätte ich. Ich weiß nur nicht, wie Sie darauf reagieren werden."

Raschid hob den Kopf. „Das werden wir wohl nur erfahren, wenn Sie sie stellen."

Kendra überlegte lange, wie sie beginnen sollte. „Ich möchte gern verstehen, weshalb Sie bedingungslos Ihr Leben für Saladin geben würden."

„Miss Swan, Sie werden die Erste sein, die diese Geschichte jemals erfährt, weil ich weiß, dass das Geheimnis bei Ihnen auch eines bleibt."

Raschid schaute versonnen in den weiten Himmel, dann begann er leise zu erzählen: „Ich wurde bereits als Säugling in einem Waisenhaus abgegeben. Wer meine Eltern sind, habe ich nie erfahren. Als ich ungefähr zehn Jahre alt war, tauchten mehrere finster aussehende Männer auf, die mich und drei andere Jungen mitnahmen. Sie brachten uns in die Wüste in ein unterirdisches Verlies, in dem wir ab sofort unser Dasein fristeten.

Selten bekamen wir frische Luft und Sonne zu spüren, dafür unzählige Schläge. Wie Verbrecher wurden wir in kleine Einzelzellen gesperrt, mussten mehrere Stunden Kampfkünste trainieren und wie man lautlos Menschen tötet. Der Hass auf alles, was sich auf zwei Beinen bewegt, kam bei dieser Behandlung von ganz allein.

Als ich älter wurde, musste ich, wie alle anderen, in Kämpfen auf Leben und Tod antreten, an denen sich reiche Leute gegen viel Geld ergötzten."

Kendra sah Raschid entsetzt an.

Er nickte. „Gladiatorenkämpfe – nichts anderes. Wer den Kampf überlebte, durfte die Nacht mit einer Frau verbringen. Das war wohl das Einzige, was mich irgendwie am Leben hielt und mich immer wieder aufrichtete. Eines Tages kam der Sohn des Königs, um sich die Kämpfe anzusehen. Noch während der ersten Vorführung wurde das Treiben plötzlich beendet.

Unser Aufseher erschien, baute sich vor unseren Käfigen auf. *Ihr habt ab heute einen neuen Herrn, jetzt könnt ihr beweisen, was ihr wirklich wert seid.*
Saladin überwachte persönlich das Verladen seiner Fracht. In meinem grenzenlosen Hass hätte ich ihn erwürgen mögen. Welches Recht hatte jemand, ein Menschenleben zu kaufen, um es im Spiel zu opfern?

Man brachte uns in die Stadt. Einzeln wurden wir aus dem Fahrzeug gelassen. Als ich an der Reihe war begriff ich plötzlich. Man hatte mir einen Umschlag mit Geld in die Hand gedrückt und gesagt: *Das reicht, um nach Hause zu kommen. Geh!*

Ich blieb stehen, ich hatte nie ein Zuhause gehabt. Wo sollte ich hin in einer Welt, die ich nicht einmal kannte? Da fühlte ich eine Hand auf meiner Schulter. Erstaunt drehte ich mich um.

Saladin stand vor mir. *Warum gehst du nicht?*

Mit wenigen Worten erklärte ich meine Situation.

Er überlegte kurz. *Was hältst du davon, in meinen Sicherheitsdienst einzutreten? Du bekommst freie Kost und Wohnung, eine angemessene Bezahlung und kannst dich innerhalb des Palastgeländes frei bewegen.*

Ich hatte mir geschworen, egal wer es war, dem Menschen, der mir jemals eine Chance auf ein besseres Leben geben würde, bedingungslos zu dienen. Nun war es soweit.

In der Eskorte des Prinzen war ich einer von vielen. Zwar auffällig durch meine Größe und meine Körperkraft, aber nur der unbedeutende Teil eines Ganzen. Dann kam jener denkwürdige Tag, an dem der Prinz beschloss, dem Sklavenhalter endgültig das Handwerk zu legen. Mehrere Tage hielten wir uns schon in der Wüste auf, beobachteten und sammelten Daten.

Gegen Mittag hörten wir aus dem Zelt des Prinzen einen verzweifelten Ruf. Wir stürzten hinüber und erstarrten. Eine Speikobra lag mit aufgerichtetem Kopf vor seinem Feldbett und war nahe daran, ihn zu töten. Mühsam erwehrte er sich mit einem Tablett ihrer Giftattacken.

Während die anderen nach einem geeigneten Werkzeug suchten, schlich ich mich an die Schlange heran, fasste blitzschnell zu und zerriss das Reptil in der Luft. Seit jenem Augenblick bin ich der Schatten Saladins.

Etwas später konnte ich ihn, geleitet durch meinen Instinkt, der so ähnlich wie bei einem Raubtier funktioniert, vor einem hinterhältigen Verrat durch seinen Vetter bewahren.

Nun begann er, mich immer öfter ins Vertrauen zu ziehen. Das, Miss Swan, ist die ganze Geschichte, weshalb ich für meinen Herrn ohne zu zögern in den Tod gehen würde. Er hat mir überhaupt erst ein Leben geschenkt, das diese Bezeichnung auch verdient." Raschid machte eine kurze Pause, dann fügte er hinzu: „Und nicht nur mir – es waren so viele."

„Nun verstehe ich." Kendras Stimme klang kratzig. Raschids Geschichte hatte sie sehr berührt. Er kannte beide Seiten der Medaille – besser als jeder andere auf diesem Planeten. Sie konnte sich gut vorstellen, dass er jede Art von Unehrlichkeit schon Meilen gegen den Wind witterte.

Ganz nebenbei hatte sie noch eine äußerst wertvolle Information von ihm erhalten. Der Kronprinz und Saladin waren ein und dieselbe Person. Kendra hing lange schweigend ihren Gedanken nach.

Den gleichen verträumten Blick habe ich schon einmal gesehen, dachte Raschid für sich, *bei meinem Herrn, nach dem Besuch im Tropenhaus*. Laut sagte er: „In ein paar Minuten erreichen wir den Flughafen, wir steigen in den Heli um und fliegen direkt zum Fort."

Kendras strahlende Augen sagten mehr als Worte. Interessiert betrachtete sie den riesigen Lastenhubschrauber am Ende des Rollfeldes, dessen Ladeklappen soeben geöffnet wurden. Raschid brachte sie mit dem Wagen hinüber. Sie wunderte sich schon gar nicht mehr, als er sich hinter den Steuerknüppel des Heli setzte.

Eine viertel Stunde später nahm sie die Weite der Wüste auf. Ein Meer aus Sand, das ständig in Bewegung war. Der Schatten des riesigen Hubschraubers kroch wie ein winziges Insekt eilig über die Kämme der Wanderdünen.

In der Ferne blitzte etwas auf. So sehr sich Kendra auch anstrengte, sie konnte nichts Genaues erkennen. Das gleißende Licht der reflektierten Sonnenstrahlen schmerzte in den Augen. Raschid flog genau darauf zu.

Silberglänzende Kuppeln schauten aus dem Sand. Eine öffnete sich, gab einen Landeplatz frei, um sich wieder zu schließen, kaum dass der Heli mit den Kufen den Boden berührt hatte. Die Rotoren liefen aus. Ein Mann in Landestracht und Turban betrat den Hangar. Erwartungsvoll blieb er vor der Seitentür des Fluggerätes stehen.

Kendras Herz begann zu rasen – Saladin.

Er ließ alle Etikette beiseite, hob sie einfach die letzten Stufen der ausgeklappten Treppe herunter. „Herzlich willkommen in Fort Silverrain."

Kendra strahlte. „Ich freue mich, dass ich hier sein darf."

Saladin drückte ganz fest Raschids Hand. Eine Geste, die alles sagte.

„Ich habe mir erlaubt, Sie in meinen persönlichen Räumen unterbringen", erklärte Saladin auf dem Weg zu den Unterkünften. „Sie sind die einzige Frau im Fort und ich möchte sie ungern dauerhaft den neugierigen Blicken der hiesigen Techniker aussetzen."

Dass er etwas mehr als Blicke befürchtete, verschwieg er geflissentlich. Immerhin waren die Männer oft Monate hier in der Wüste, ehe sie für einige Tage zu ihren Familien zurückkehrten. Erstaunt registrierte Kendra, dass die ihr zugedachten Räume eine halbe Etage des Komplexes einnahmen.

„Darin verlaufe ich mich ja", murmelte sie ungläubig.

Genau so ungläubig betrachtete Saladin die beiden Koffer. Raschid zuckte auf den fragenden Blick hin nur mit den Schultern.

Kendra lachte. „Das passt mit Sicherheit in einen einzigen Schrank. Ich gehe davon aus, dass es hier eine Waschmaschine gibt."

Saladin schmunzelte. „Miss Swan, Sie geben mir immer neue Rätsel auf. Ich muss mein Bild, das ich bisher über erfolgreiche Geschäftsfrauen hatte, komplett über Bord werfen."

Kendra lachte herzlich. „Dann muss ich wenigstens nicht alleine nachdenken. Ich war auf feldmäßige Bedingungen mit Zelt und Schlafsack eingerichtet. So kann man sich irren."

Saladin stellte ihr das Dienstpersonal vor. „Man wird jeden Ihrer Wünsche sofort erfüllen", erklärte er. „Ich möchte Sie bitten, mit mir zu Abend zu essen. Zwanzig Uhr? Wenn Sie möchten?"

„Sehr gern." Kendra freute sich auf ihren ersten Abend im Fort und noch mehr auf die Gesellschaft Saladins.

Kaum waren sie allein, deutete Saladin auf den Sessel sich gegenüber. Raschid nahm Platz.

„Erzähle!"

„Ich weiß gar nicht, wie ich beginnen soll."

Saladin stutzte. „Das ist ungewöhnlich."

Raschid deutete mit dem Kopf in Richtung der anderen Zimmer. „Sie ist ungewöhnlich. Sie hat mehrere Stunden stumm neben mir im Cockpit gesessen und doch damit mehr gesagt, als andere mit stundenlangem Geplapper. Sie ist nicht nur die ungewöhnlichste Europäerin, die ich je begleitet habe, sondern die ungewöhnlichste Frau überhaupt."

Statt sich wie die anderen erst einmal quer durch die Bar zu trinken, mit Ausdauer dummes Zeug zu reden und pausenlos nach Gesellschaft und Bedienung zu rufen, ist ihre Anwesenheit ein wahrer Segen."

„Klingt wie eine kleine Liebeserklärung."

„Mag sein. Es ist die pure Wahrheit. Hast du schon einmal erlebt, dass eine der Ladys, ohne zu nörgeln, auskam? Mal war der Tee zu heiß, mal die Schokolade zu fad, die nächste wollte mehr Sahne auf dem Törtchen. Einen Flug als solchen zu genießen, hat auch noch keine geschafft.

Miss Swans einziger Wunsch war, auf dem Copilotensessel sitzen und den weiten Himmel betrachten zu dürfen. Sie hat sich fast entschuldigt, als sie um eine neue Portion Nougatkugeln bat. Sie ist in der Lage einfachste Dinge mit allen Sinnen zu genießen. Und ich kann dich inzwischen recht gut verstehen."

„Inwiefern?"

Raschid hob die Augenbrauen. „Seit wir aus Europa zurückgekehrt sind, ist nicht ein einziger Tag vergangen, an dem du nicht mindestens ein Mal von ihr gesprochen hast. Manchmal lächelst du vor dich hin, als hättest du die Insel der Glückseligen gefunden. Das hast du vorher nie getan."

Saladin schaute Raschid fast erschrocken an. Schließlich fragte er: „Was macht dich so sicher, dass sie auch so denkt?"

Raschid winkte ab. „Sie trägt dein Geschenk, falls du es nicht bemerkt haben solltest, und ganz bestimmt nicht aus purer Höflichkeit. Als sie dich vorhin wiedersah, hat ihr Herz so laut geklopft, dass ich es hören konnte. Fällt dein Name, dann strahlen ihre Augen wie kleine Sterne. Sonst noch Fragen?"

Saladin schüttelte den Kopf. Raschid war ein exzellenter Beobachter. Daran gab es überhaupt keinen Zweifel. „Du klingst ja fast, als wolltest du Amors Pfeil etwas mehr Kraft verleihen."

„Warum nicht, wenn es nötig sein sollte?" Raschid zwinkerte Saladin zu, dann begab er sich in seine Räume, um sich nach dem langen Flug endlich richtig frisch zu machen.

Kendra hatte inzwischen ihre Koffer ausgepackt, alles im Schrank verstaut und nahm ein ausgiebiges Bad. Die unzähligen Flakons auf dem breiten Rand der Wanne hatten ihr die Wahl nicht leicht gemacht. Am Ende war ihre Entscheidung auf Milch und Honig gefallen.

Nun lag sie in der Wanne, den Kopf in der elastischen Halterung und schaute interessiert die Decke des Raumes an, die langsam ihre Farbe veränderte. Endlich begriff sie – die Kuppel, die von außen silbern glänzte, war von innen gläsern durchsichtig. Das berauschende Farbenspiel war nichts weiter, als ihr erster Sonnenuntergang inmitten der weiten Sandwüste.

„Fantastisch", hauchte sie und schaute etwas genauer hin. So wie das Tageslicht abnahm, begannen einzelne Fliesen an der Wand zu leuchten. Erst nur ganz matt, dann immer mehr. Kendra schmunzelte, mit solchen technischen Spielereien hatte sie vor Jahren mit Arved begonnen, richtig Geld zu verdienen.

Aus der Zwei-Mann-Truppe wurde im Laufe von fünf Jahren eine Firma, die es mit den ganz Großen aufnahm und sie auf einigen Gebieten sogar überflügelt hatte. Am Anfang stand stets eine irre Idee, die sie mit ganzer Kraft technisch umsetzten. Die Konsumschiene im Spielzeugbereich war die tragende Säule, darum herum gruppierten sich Lösungen für die Industrie und Sonderwünsche ausgeflippter Kunden. Wobei Letztere deutlich überwogen. Sie arbeiteten gut, sehr gut sogar, sonst hätte der Prinz wohl kaum Notiz von ihnen genommen.

Das Startkapital stammte damals von Arveds Vater, das Know-how von Kendra. Es dauerte nicht einmal lange, bis sie ihren Kredit an den alten Herrn zurückzahlen konnten. Kendra, die Sparsame, legte ihr Gehalt an, während Arved den Lebemann mimte. Im zweiten Jahr nach der Firmengründung, sie waren gerade an die Börse gegangen, kaufte Kendra Stück für Stück fünfzig Prozent der Aktien.

Dieser Warnschuss hatte bei Arved gesessen. Kendra zog die Fäden allerdings auch weiterhin nur aus dem Hintergrund. Niemand hätte in ihr den eigentlichen Boss vermutet. Schon gar nicht, wenn man sah, welch banale Arbeiten sie ganz nebenbei ausführte, oder wie sich Arved ihr gegenüber manchmal verhielt.

Kendra konnte mit Luxus perfekt umgehen, aber genau so gut lebte sie ohne ihn. Ob die Wanne, in der sie badete, aus Emaille oder Marmor war, spielte für sie keine Rolle. Wichtig war das warme Wasser darin.

Der leise Gong des Timers schlug an. Sie ließ das Wasser ab, spülte die Schaumreste vom Körper, massierte ein wenig Pfirsichlotion in die leicht feuchte Haut, bevor sie in das gepunktete Kleid schlüpfte. Sie war froh, überhaupt ein Kleid mitgenommen zu haben.

Zwanzig Uhr erschien Raschid, um sie abzuholen. Ein leichtes Schmunzeln schlich sich in seine Mundwinkel. Zu Null-Komma-Ein Prozent war Miss Swan doch auf mehr als Wüste eingerichtet.

Ähnliches musste auch Saladin durch den Kopf gegangen sein. „Ich habe Sie fast in Jeans und Rollkragenpullover erwartet", sagte er scherzhaft, während er sich innerlich freute, dass sie genau dieses Kleid gewählt hatte.

Kendra war Profi genug, das Arbeitsessen auch eines werden zu lassen. Sie sprachen die Details für die Arbeiten am kommenden Morgen durch. Kendra bat darum, für den Anfang sieben Monteure bereitzustellen.

„Sie sehen sorgenvoll aus", stellte Saladin erstaunt fest.

Kendra schaute auf. „Es wird nicht ganz einfach werden. Ich bräuchte normalerweise noch einen Softwarespezialisten, der sich mit unserer Programmierung auskennt."

„Raschid wird hier im Fort und bei den Arbeiten an der Außenstation Ihr persönlicher Schatten sein, mit allen Konsequenzen. Wenn Ihnen einer helfen kann, dann er. Es gibt selten etwas, dass er nicht in kürzester Zeit beherrscht."

Kendra atmete auf. „Danke. So wie ich ihn kenne, bin ich davon ebenfalls überzeugt."

„Ganz nebenbei bemerkt, er hat Wirtschaftswissenschaften und IT studiert. Hat er nichts darüber erzählt?"

Kendra warf Raschid einen achtungsvollen Blick zu. Sie hatte etwas Ähnliches vermutet und hier nun die Bestätigung erhalten. „Er spricht nicht viel und ich frage nicht viel", sagte sie schließlich. „Und das Offensichtliche erklärt sich schließlich selbst."

„Mister Cunning scheint eine andere Meinung zu haben", warf Saladin ein, der sehr wohl dessen Blicke für Raschid bemerkt hatte.

Kendra erbleichte. „Dann möchte ich mich als Vertreterin des *Level 333* offiziell bei Raschid entschuldigen", antwortete sie fester Stimme. „Es tut mir wirklich leid."

„Mir tut es leid, dass ich Sie damit in Bedrängnis gebracht habe. Beenden wir hier den offiziellen Teil", schlug Saladin vor. „Ich möchte trotzdem gern etwas mehr erfahren. Mit Ihnen geht Mister Cunning ja auch nicht gerade um, als wüsste er, dass Sie das Lebenslicht der Firma sind."

Kendra zuckte zusammen. Sie schloss für einen Moment die Augen.

„Ich möchte nicht darüber sprechen", entgegnete sie mit tonloser

Stimme. „Wenigstens nicht jetzt und heute", schränkte sie einen Augenblick später ein. Saladin würde ja doch irgendwoher die Antworten auf alle seine Fragen bekommen.

Raschid deutete ein kaum merkliches Kopfschütteln an. Er fühlte sich noch unwohler, dass Saladin das Thema Cunning überhaupt angesprochen hatte.

Kendra erhob sich. „Ich möchte mich zurückziehen, Mister Saladin. Der Tag war sehr anstrengend."

Saladin hätte sich ohrfeigen mögen. Er hatte es eindeutig übertrieben. Dabei hätte ihm klar sein müssen, dass sie die Firmeninteressen über ihre eigenen stellen würde. Raschids vorwurfsvoller Blick gab ihm den Rest.

„Ich weiß", murmelte er. *Ich habe es vermasselt*, setzte er für sich hinzu. Dabei hatte er sich über alle Maßen auf den Abend mit ihr gefreut.

Trotzdem imponierte es ihm, dass sie ihm, ohne zu zögern, deutlich die Grenzen aufzeigte. Sie war geschäftlich hier, das würde auch er akzeptieren müssen. Miss Swan hatte sich bisher in einer Männerwelt behauptet und das würde sie mit allen Konsequenzen auch weiterhin tun.

Für den Augenblick blieb Saladin nur der Trost, dass er die Frau, von der er so oft träumte, ganz in seiner Nähe wusste.

In ihren Zimmern angekommen merkte Kendra erst, wie anstrengend der Flug wirklich gewesen war. Kaum lag sie im Bett, schlief sie ein.

Raschid, der Unentbehrliche

Den Wecker ihres Kommunikators hatte sie vorsichtshalber auf eine ganze Stunde vor gestellt, um ja nicht an ihrem ersten Arbeitstag unpünktlich zu sein. Als sie am Morgen das Bad verließ, stand schon ein reichhaltiges Frühstück auf ihrem Tisch.

Erfreut sprach sie den frischen Brötchen zu, die Saladin mit Sicherheit extra wegen ihr hatte backen lassen. Zusammen mit dem duftenden Orangengelee war das ein wirklicher Hochgenuss.

Nach dem Frühstück brachte Raschid Kendra zum Helikopter. Die angeforderten Techniker standen bereit. Raschid stellte ihnen die leitende Ingenieurin des Projektes, Miss Kendra Swan, vor und forderte strikte Einhaltung aller ihrer Anweisungen. Was die Männer in diesem Moment dachten, war ihren Gesichtern nicht anzusehen.

Kendra zuckte ebenfalls mit keinem Muskel, Pokerfaces gehörten zum Geschäft. Raschid würde ihr zweifellos den nötigen Respekt verschaffen. Sie setzte sich auf den Platz des Copiloten.

Ehe sie die Helme überstülpten, beugte sich Raschid zu ihr hinüber. „Ich habe das gestern Abend nicht gewollt."

„Ich weiß."

Raschid ließ die Motoren an. Der Flug dauerte nur wenige Minuten. Kendra betrachtete überwältigt die unübersehbare Wüste, die im Licht der Morgensonne einen satten Goldton angenommen hatte. Der Turm der Pumpstation ragte einsam aus dem Sand. Zumindest sah es auf den ersten Blick so aus.

Auf den zweiten Blick tauchten der Landeplatz und zwei Kuppeln, ähnlich denen des Forts, auf. In einem halben Jahr sollte hier alles vollautomatisch laufen. Der Heli landete.

Als Raschid nach ihren beiden Taschen greifen wollte, schüttelte sie den Kopf. Das passte ihm zwar nicht, aber er hatte die strikte Order, wirklich jeden ihrer Wünsche zu erfüllen.

In der Halle, die einmal das Herzstück der Überwachungsanlage werden sollte, überprüfte Kendra noch einmal die Vollständigkeit aller Teile mit den Lieferpapieren. Die Holzkisten mit den Großrechnern waren zwar geöffnet, aber noch nicht ausgepackt worden. Kendra verglich die Seriennummern, wies jedem Rechner seinen Platz zu, dann ließ sie die Techniker mit dem *Kabelfitzen* beginnen, wie sie es scherzhaft nannte.

Immer wieder legte sie selbst mit Hand an. Sie kniete unter den Tischen, fädelte Kabel durch die Führungsschienen und hätte wohl noch die Kaffeepause verpasst, wenn da nicht Raschid gewesen wäre, der ihr kurzerhand den Schraubendreher wegnahm. Die Männer setzten sich im Schneidersitz auf den Boden. Raschid machte Anstalten, für Kendra ein Kissen aus dem Heli zu holen.

„Lass!", sagte sie kurz. Sie ließ sich etwas abseits neben einer Kiste nieder, auf der sie die Kaffeetasse abstellte. Nebenbei überflog sie noch einmal den Stromlaufplan des Arbeitstisches, an dem sie gerade werkelte.

Die Männer unterhielten sich angeregt, natürlich auch über die körperlichen Vorzüge ihrer neuen Chefin, die der Overall richtig zur Geltung brachte. Raschid, schweigsam wie immer, saß in ihrem Kreis und hörte zu. Hin und wieder glitt sein Blick zu Kendra hinüber, die nicht im Entferntesten ahnte, dass sie der Mittelpunkt dieser Unterhaltung war.

Sie holte sich eine noch zweite Tasse Kaffee und war trotzdem als Erste wieder an der Arbeit. Kurz vor dem Mittag schaute sie sich suchend um.

„Kann ich helfen?", fragte Raschid.

„Ich hoffe es. Wo sind eigentlich die Toiletten?"

Raschid wurde verlegen. „Gibt es keine. Wir gehen in die Wüste."

Kendra zuckte mit den Schultern. „Okay." Wortlos machte sie sich auf den Weg nach draußen.

Raschid eilte ihr nach. An der Tür blieb er abrupt stehen. Einerseits sollte er sie beschützen, andererseits war es im Augenblick sicher nicht angebracht, als Wachhund hinter ihr herzulaufen. Er behielt lieber die Truppe im Auge, damit sich nicht zufällig einer auf den gleichen Weg machte. Er atmete auf, als Kendra unversehrt zurückkehrte.

„Ein bisschen warm da draußen", war ihr ganzer Kommentar.

Nachdenklich betrachtete Raschid ihren Overall. Es dauerte eine Weile, bis er begriff, dass sie sich ja komplett aus dem Kleidungsstück schälen musste, wenn sie *in die Wüste* ging.

Jeder andere Europäer hätte sich schon lautstark beklagt und jede Frau, die Raschid kannte, hätte sich vehement geweigert, unter solchen Bedingungen überhaupt zu arbeiten. Wobei es sicher ein erfreulicher Anblick gewesen wäre, was unter dem Overall steckte, wie die anderen beim Frühstück schon vermutet hatten, schweiften seine Gedanken ab.

Ein Schraubenschlüssel fiel klirrend zu Boden. Raschid fuhr erschreckt zusammen.

„Guten Morgen", sagte Kendra fröhlich, der es nicht entgangen war, dass er mit offenen Augen geträumt hatte.

„Immer klingelt der Wecker, wenn es gerade am Schönsten ist", beschwerte sich Raschid scherzhaft.

Na endlich taut er ein bisschen auf, freute sich Kendra. *Er geht wohl doch nicht zum Lachen in den Keller.*

Überhaupt machte die Zusammenarbeit mit dem schweigsamen Riesen Spaß. Ein Blick auf die Pläne genügte ihm, um die nächsten Arbeitsschritte perfekt vorzubereiten. Mit seinen Bärenkräften bewegte er die schweren Rechner so leicht von einem Platz zum nächsten, wie Kendra ihren Laptop. Dass ihn deshalb immer wieder die erstaunten Blicke der anderen Techniker trafen, schien er gar nicht zu bemerken.

Kendra gewöhnte es sich innerhalb weniger Stunden an, sich mit ihm nur sitzend zu unterhalten. Irgendwann wurde das Genick steif, wenn sie, die mehr als zwei Köpfe kleiner war, den Kopf in den Nacken legen musste, um ihm in die Augen sehen zu können.

Auch wenn die Blicke der Männer mehr auf Kendras Kehrseite als auf die Stromlaufpläne gerichtet waren, wenn sie unter den Kabeltraversen kniete, hatten sie das Tagespensum schneller erfüllt als gedacht. Kendra ließ die Techniker, zu deren großer Freude, deshalb eher Feierabend machen.

Nach der Landung am späten Nachmittag tauchte Kendra zwischen ihnen unter. Im Trubel gelangte sie schnell und unbemerkt in ihre Räume. Etwas später klopfte es.

„Treten Sie ein, die Tür ist offen." Kendra erschrak, als sie Raschids finstere Miene sah.

Ohne Umschweife, begann ihr der Hüne eine Standpauke zu halten. „Miss Kendra, ich weiß, dass Sie nicht gern eingesperrt oder rund um die Uhr kontrolliert werden möchten. Ich kann das durchaus verstehen. Die Sache hat nur einen Haken – ich bürge mit meinem Leben dafür, dass Ihnen nicht die kleinste Kleinigkeit zustößt. Nicht nur die Wüste ist tückisch. Ich will weder wissen was Sie tun, noch warum, ich möchte nur wissen, wo Sie hingehen. Wenn Sie Saladin aus dem Weg gehen möchten, bitte, aber sagen Sie mir, wo Sie schmollen möchten."

„Hat er Sie deshalb …?"

„Noch nicht, aber es das ist nur eine Frage von Minuten."

Kendra senkte den Blick. „Ich werde es beherzigen."

„Er erwartet Sie übrigens zum Abendessen."

„Dann werde ich mich allein Ihretwegen zusammenreißen", erklärte Kendra.

Raschid lächelte. „Kopf hoch! Die Veranstaltungen, auf die man keine Lust hat, sind am Ende meist die Schönsten."

„Da ist was Wahres dran." Kendra schloss hinter ihm die Tür.

Auf dem Gang stieß Raschid fast mit Saladin zusammen, dem die immer noch recht finstere Miene seines Vertrauten nicht geheuer vorkam.

„Probleme?", fragte er kurz, wobei er schon fast vergessen hatte, dass er Raschid eigentlich die Leviten lesen wollte.

„Ja und nein", antwortete Raschid. „In der Station läuft es super. Nur um Miss Swan mache ich mir einige Sorgen."

„Hat sie sich bei dir beschwert?"

„Ganz und gar nicht, obwohl sie vielleicht allen Grund dazu hätte. Es ist einfach zu viel, was ihr zugemutet wird. Schließlich ist sie gezwungen, fast nackt einem dringenden Bedürfnis nachzugehen. Wir haben an alles gedacht, nur nicht an sie. Ich muss zusehen, dass ich die Männer im Haus halte, wenn sie die Halle verlässt.

Ein Overall ist eben nicht immer praktisch. Ich kann auch nicht an zwei Stellen gleichzeitig sein, wobei sie mir vermutlich die Augen auskratzen würde, wenn ich versuchte, sie draußen unter Beobachtung zu stellen. Es könnte durchaus sein, dass sie es dich heute Abend spüren lässt."

„Auch das noch", stöhnte Saladin. „Dann wird sie wohl eher mir die Augen auskratzen. An jede kleine Schraube und jedes Werkzeug habe ich gedacht, nur nicht an die speziellen Bedürfnisse einer Lady."

Eilends verschwand er in seinem Arbeitszimmer. Wäre Kendra jetzt mit gepackten Koffern erschienen, er hätte es ihr nicht einmal verübeln können. Außerdem hatte er ihr schon den gestrigen Abend gründlich verdorben.

Als Kendra zum Essen kam, trug sie eine schwarze Hose und einen hoch geschlossenen dunkelgrauen Lurexpully. *Hoffentlich ist ihre Laune nicht genau so düster*, dachten beide Männer zugleich.

Kendra war außergewöhnlich schweigsam und einsilbig. Saladin gelang es einfach nicht, ein Thema zu finden, das sie fesselte. Sie aß auch kaum etwas. Raschid machte sich ernsthafte Sorgen. Saladin gab es schließlich auf, ihr eine Unterhaltung aufzwingen zu wollen.

„Möchten Sie mich vielleicht auf einen kleinen Ausflug zur singenden Düne begleiten?", wagte er einen letzten Versuch, sie zu besänftigen. Kendra nickte.

„Am besten ziehen Sie sich etwas richtig Warmes an, die Nächte sind hier bitterkalt."

Ein paar Minuten später erschien Miss Swan mit Jeans, derben Schuhen und einer gefütterten Jacke.

Raschid öffnete die Kanzel des Raupenfahrzeuges. „Es ist ein wenig eng hier drin, aber es ist das sicherste Fahrzeug für nächtliche Ausflüge."

Schaukelnd setzte sich das Gefährt in Bewegung. Fast eine Stunde dauerte die abenteuerliche Fahrt. Im Mondlicht sah die Landschaft beinahe unwirklich aus. Zielsicher steuerte Raschid das schwere Gefährt durch Täler und über weite Ebenen. Auf dem Kamm einer großen Düne hielt er es schließlich an.

Saladin reichte Kendra die Hand, um ihr beim Aussteigen zu helfen. Sie blieb stehen und lauschte verwundert. Tatsächlich – in der Düne summte es wie in einem Bienenkorb.

Raschid breitete eine Decke aus und stellte einen Picknickkorb darauf, bevor er sich in das Raupenfahrzeug zurückzog. Kendra setzte sich zu Saladin. Sie lauschte dem Singen des Sandes, von dem er ihr so viel erzählt hatte. Der Vollmond goss silbernes Licht über den wehenden Sand.

„Es ist schön hier", flüsterte Kendra, als fürchte sie, den Gesang der Düne zu stören.

Saladin nickte. „Sie haben Ihre Schmetterlinge, ich den Sand, der täglich eine neue Geschichte erzählt. In ein paar Wochen wird es diese Düne nicht mehr geben. Aber meine Erinnerung, dass ich mit Ihnen dieses Wunder bestaunen durfte, wird für immer bleiben."

Er legte schützend seinen Arm um sie, wie er es auf der Galerie der Andromeda-Bar getan hatte. Diesmal suchte Kendra seine Nähe, in dem sie ihren Kopf an seiner Schulter ruhen ließ. Ihr Groll war längst verflogen. Sie teilten sich die Köstlichkeiten aus dem Korb. Saladin schenkte noch einmal heißen Tee nach. Kendra versuchte, ihre kalten Hände an der Thermotasse zu wärmen. Ein ziemlich sinnloses Unterfangen.

„Möchtest du zurück ins Fort?", fragte er.

„Eigentlich noch nicht", gestand Kendra.

„Dann komm her." Er zog sie auf seinen Schoß, hüllte sie mit in den weiten Kamelhaarmantel und nahm ihre Hände in die seinen. Kendra hatte nichts dagegen, dass er einfach so zum vertrauten *Du* überging.

Ihr fielen Arveds Worte ein: Könntest du einfach so, in seinem Beisein …?

Sie kuschelte sich an Saladin. *Ja, ich könnte*, dachte sie mit einem leisen Lächeln. Auf dem Rückweg schlief Kendra durch das sanfte Schaukeln des Raupenfahrzeugs fest ein. Saladin hielt sie im Arm und lauschte ihren ruhigen Atemzügen. Er trug sie persönlich in ihr Schlafzimmer, zog ihr vorsichtig Schuhe und Jacke aus, deckte sie zu, hauchte ihr einen Kuss auf die Stirn, bevor er noch einmal sein Arbeitszimmer aufsuchte. Er las die E-Mails, dann ging er ziemlich zufrieden schlafen.

Als Kendra am nächsten Tag in der Station beiläufig bemerkte, dass sie erst einmal in die Wüste gehen wolle, fasste Raschid nach ihrer Hand. „Stopp. Mitkommen."

Neugierig folgte ihm Kendra. Raschid blieb vor einer der gepanzerten Türen stehen.

Er drückte ihr eine kleine Goldfolie in die Hand. „Nicht verlieren, das ist der Schlüssel." Dann zeigte er ihr, wie die Tür zu öffnen ging.

Kendra bekam große Augen. „Eine Chemietoilette! Ich wusste gar nicht, dass es so was noch gibt."

„Es war sicher auch nicht leicht gewesen, das Ding aufzutreiben", grinste Raschid schadenfroh.

„Wessen Idee war das?", fragte Kendra, in die Halle zurückkehrend.

„Saladins. Ich habe ihm nur ein Licht aufgesteckt, dass es ungehörig ist, eine Lady in der Wüste zum Striptease zu zwingen."

„Dann muss ich Ihnen danken. Es ist wirklich etwas nervenaufreibend gewesen, um es vorsichtig auszudrücken."

„Ich hoffe, dass nun alles wieder gut ist", schmunzelte er.

„Vielleicht noch nicht ganz. Ich habe eine Frage, auf die ich eine ehrliche Antwort möchte." Kendra machte eine kurze Pause. Sie überlegte, wie sie es formulieren sollte. „Hat Saladin wirklich mehrere Ehefrauen?", fragte sie dann doch ganz direkt.

Raschid begann herzhaft zu lachen. „Nicht eine Einzige hat er. Nicht mal eine, die sich Hoffnung auf diesen Posten machen könnte. Sie haben wirklich das dumme Zeug geglaubt, das Cunning erzählt hat??"

„Sie haben gelauscht", stellte Kendra trocken aber überaus zufrieden fest. „Trotzdem danke für die Auskunft." *Oh ja, Arved, und wie ich könnte, jetzt erst recht und noch besser wäre, wenn du gezwungen wärst zuzuschauen*, dachte sie mit fast sadistischer Schadenfreude.

„Ihrem Blick nach hatten Sie soeben völlig undamenhafte Gedanken", murmelte Raschid sichtlich erstaunt.

„Stimmt. Aber sicher nicht schmutziger als die Fantasien mancher Männer."

Kendra machte sich wieder an die Arbeit. Dass Raschid völlig entgeistert aus der Wäsche schaute, schien sie nicht zu bemerken.

Er überlegte angestrengt, was plötzlich in sie gefahren sein könnte. Dann fiel ihm die Unterhaltung ein, der er mit Saladin unfreiwillig zugehört hatte. Kendras Frage bezog sich eindeutig darauf. Was davor oder danach zwischen ihr und Cunning vorgefallen war, wusste er nicht, er ahnte nur, dass es wie ein giftiger Stachel in ihr sitzen musste.

„Miss Swan?"

„Kendra und du", schlug sie vor, ohne aufzusehen.

„Okay, Kendra, vielleicht solltest du Saladin doch erzählen, was dir in Bezug auf Cunning so das Leben vergällt."

„Schlägst du mir das in der Eigenschaft als mein persönlicher Berater oder als Vertrauter Saladins vor?"

„Beides."

„Du magst Cunning nicht besonders", stellte Kendra fest. „Das haben wir wohl gemeinsam. Er ist ein arroganter Fatzke geworden. Offensichtlich ist ihm der Erfolg zu Kopf gestiegen."

„An dem du den größeren Anteil hast."

Kendra machte eine wegwerfende Handbewegung.

„Was ist dir wirklich so in die Nase gefahren?" Raschid hielt Kendras Hand fest.

„Eigentlich war es nur eine einzige Frage, die er mir sofort nach dem Stadtbummel mit Saladin stellte und die in jenem Augenblick einfach so geschmacklos und deplatziert war", flüsterte sie. „Er fragte sinngemäß, ob ich mit ihm schlafen könnte, wenn du, als sein Schatten, immer dabei wärest."

„Dann hast du also vorhin gerade herausgefunden, dass du es könntest", konstatierte Raschid amüsiert.

Kendra nickte, ziemlich heftig errötend. „Wirst du es Saladin erzählen?"

„Ganz bestimmt nicht – und Cunning solltest du für die nächsten Monate einfach aus deinem Gedächtnis streichen." Raschid wechselte das Thema. Kendra war sicher, dass er es ohne handfesten Grund auch nie wieder erwähnen würde. Seine Gedanken dazu hätte er ihr so wie so keinesfalls verraten.

In den nächsten Tagen kamen sie mit den Montagearbeiten schnell voran. Kendra lag unter einer Kabeltraverse und schraubte Schellen fest. Inzwischen hatte sie sich die volle Achtung der Männer erarbeitet. Sie verlangte von ihnen nicht mehr und nicht weniger, als von sich selbst. Heute war sie einfach völlig fertig. Der Nacken war verspannt, die Arme schmerzten, kurz, sie fühlte sich elend. Nur gut, dass das Wochenende bevorstand.

„Du siehst ziemlich mitgenommen aus", sagte Raschid besorgt, als sie mit halb geschlossenen Augen neben ihm im Heli saß.

„Ich fühle mich, als wäre ich unter den Dampfhammer gekommen. Mir tut jeder Knochen einzeln weh."

„Du wolltest ja nicht auf mich hören", murmelte Raschid vorwurfsvoll. „Ich weiß nicht einmal, wie ich das Saladin beibringen soll."

„Ein heißes Bad und eine Massage", seufzte Kendra, als hätte sie Raschids Worte überhaupt nicht gehört.

Raschid drückte zwei Tasten, dann sagte er ein paar Sätze auf Arabisch. Der Heimweg kam Kendra heute doppelt so lang vor. Mühsam stemmte sie sich aus dem Sitz. Sie wehrte sich nicht einmal, als ihr Raschid die Laptoptasche abnahm. Er brachte sie bis an ihre Tür.

Kendra ließ die Tasche achtlos auf dem Boden liegen. Auf dem Weg zum Bad streifte sie ihren Overall ab, Slip und BH, um endlich wenigstens heiß zu duschen. Im selben Moment klopfte es.

Kendra wäre am liebsten in Tränen ausgebrochen. Sie wollte einfach nur noch Ruhe, Ruhe und Ruhe haben.

„Moment", rief sie, während sie das große Badetuch um ihren Körper knotete. Sie öffnete die Tür einen Spaltbreit.

„Komm, das Bad und die Massage warten", hörte sie Saladin sagen. „Na, komm schon", bat er, als er ihren ungläubigen Blick sah.

Sie war viel zu müde, um zu reagieren. Saladin nahm sie kurzerhand auf die Arme. Er trug sie in das Bad seines Wohnbereiches.

Kendra glaubte, in einer der Geschichten aus Tausend und eine Nacht angekommen zu sein. Boden und Wände zierten Mosaike in verschiedenen Blautönen, das gemauerte Badebecken, in welches drei Stufen hinunterführten, zeigte ebensolche Mosaike in grün und türkis. Überall brannten Öllämpchen, es duftete nach Räucherwerk und verschiedenen

Essenzen. Schalen mit Obst waren auf dem Rand verteilt. Aus einem Sektkühler schaute der Hals einer Champagnerflasche.

Erst als Saladin sie vorsichtig am Rand der Stufen absetzte, bemerkte Kendra, dass auch er nur einen Badeüberwurf trug, den er soeben ablegte. Fragend sah er sie an. Kendra lächelte versonnen. Dann löste sie den Knoten, ließ das Tuch zu Boden sinken, nahm die dargebotene Hand. Sie ließ sich in das Becken führen, dessen milchiger Inhalt herrlich nach Honig duftete.

Die leicht cremige Konsistenz und die intensive Wärme taten Kendra gut. Mehrere verschieden tiefe Zonen machten das Baden zum Erlebnis. Sie legte sich im flacheren Randbereich auf den Bauch, den Kopf bettete sie auf die verschränkten Arme.

Saladin setzte sich zu ihr. Er begann, sanft ihren Nacken und den Rücken zu massieren. Die beheizten Mosaike des Beckens hielten das Wasser gleichbleibend warm. Langsam entspannte sich Kendra. Wohlige Schauer huschten über ihre Haut.

„Lass dich einfach treiben", flüsterte Saladin kaum hörbar.

Kendra deutete ein leichtes Nicken an. Ja, einfach treiben lassen, Saladins Zärtlichkeiten genießen, nach denen sie sich täglich verzehrte und doch bisher nie den Mut hatte, sie anzunehmen. Sie warf ihre Zweifel über Bord.

Saladin spürte die Veränderungen, die langsam in ihr vorgingen. Seine Hände stießen kaum noch auf Widerstand, während sie langsam immer tiefer den Rücken hinab glitten. Nach einer Weile unterbrach er das Streicheln, wandte sich der Champagnerflasche zu. Kendras Blicke huschten über seinen durchtrainierten Körper.

Sie dachte an jenen Abend in der Andromeda-Bar zurück, welches Verlangen sie gespürt hatte, als er sie tanzend in seinen Armen hielt. Jetzt war sie vom Spiel der Muskeln unter seiner feucht glänzenden braunen Haut fasziniert.

Sie kam zu ihm, ließ ihre Fingerspitzen über seinen Rücken huschen. Saladin drehte sich langsam um. Er reichte ihr das volle Glas. „Auf diesen wundervollen Abend."

Mit der anderen Hand zog er den schlanken nackten Körper an sich, der seine Fantasie seit Monaten beflügelte. Saladin war Raschid unglaublich dankbar für den Funkspruch, den er ihm auf dem Heimweg von der Pumpstation gesandt hatte und welcher ihm jetzt die ersehnten Zärtlichkeiten bescherte. Kendra bewegten ähnliche Gedanken. Sie hatte zwar kein Wort von dem verstanden, was Raschid sagte, aber ihr Wunsch und seine prompte Erfüllung erklärten schließlich genug. Saladin stellte die beiden leeren Gläser ab, um sich wieder mit allen Sinnen Kendra zu widmen, die in einem endlosen Kuss langsam dahinschmolz.

Kendra erwachte, als die Sonne schon recht hoch am Himmel stand. Reglos blieb sie liegen. Sie lauschte. Sie glaubte, so etwas wie Kampfschreie gehört zu haben. Mit einem Ruck setzte sie sich auf. Plötzlich begriff sie, dass sie nicht in ihrem Bett lag.

Die zerwühlten Kissen erzählten von einer langen, sehr heißen Nacht. Saladin war nirgends zu entdecken. Sie hüllte sich schnell in den Morgenmantel, den sie auf einem Polsterhocker neben dem Bett fand, huschte zur Tür, spähte vorsichtig auf den Gang, ehe sie eilig in ihrem Schlafzimmer verschwand. Rasch duschte sie, zog sie sich an, dann fielen ihr die Schreie wieder ein.

Auf dem Gang stehend war sie sicher, dass sie sich nicht täuschte. Ein anderes Geräusch mischte sich ein, welches sie eigentlich nur aus Filmen kannte. Es klang wie ein Gefecht mit Säbeln. Kendra erschrak zutiefst. Doch bald gewann die Neugier Oberhand. Schnell hatte sie den Ort lokalisiert, woher die Kampfgeräusche kamen.

Lautlos näherte sie sich der Tür, atmete tief ein, dann drückte sie sie vorsichtig einen winzigen Spalt auf. Ihre Augen wurden groß. An den Wänden hingen unzählige verschiedene Waffen. Raschid und Saladin fochten tatsächlich mit den gefürchteten Krummsäbeln gegeneinander. Sie trugen nur weite lange Hosen, die nackten Oberkörper glänzten vor Schweiß. Kendra schloss lautlos die Tür und huschte schnell davon. Die Männer hatten sie nicht bemerkt. Kaum war sie in ihren Zimmern angekommen, klopfte es.

„Ja bitte."

Ahmed, einer der Bediensteten, trat ein. „Miss Swan, mein Herr erwartet Sie in einer halben Stunde zum Frühstück."

„Danke, Ahmed. Ich werde kommen."

Kendra träumte bis dahin mit offenen Augen. Die vergangene Nacht war in jeder Beziehung einfach märchenhaft gewesen. Sie stellte sich Saladin mit Turban und weitem Mantel, den Krummsäbel an der Seite, auf einem weißen Araberhengst vor, auf der Hand einen Jagdfalken. So wie der Prinz in den Sagen ihrer Kindheit auf einem Schimmel auszog, um seine Prinzessin aus den Klauen eines bösen Zauberers zu befreien.

Nur das Märchen, welches sie gerade erlebte, war die Realität. Saladin war nicht nur *der* Multimilliardär, sondern ein Nachfahre legendärer Könige, der jetzt selbst schon zu einer Legende geworden war, trotz seiner noch nicht einmal ganz fünfunddreißig Jahre. Raschids Geschichte mehrte nur die Geheimnisse, die sich um ihn rankten. Dann war da noch sein Lächeln, das sie immer wieder faszinierte und in seinen Bann zog.

Kendra trat ihm nach dieser Nacht etwas befangen gegenüber. Er schien es nicht zu bemerken, nahm ihre Hände, zog sie an sich und hauchte ihr einen guten Morgen Kuss auf die Wange.

Raschid hob für den Bruchteil einer Sekunde den Blick. Saladins Geste war für ihn das untrügliche Zeichen, dass sie ihn in jener Nacht endlich erhört und seinem Werben nachgegeben hatte.

Immer wieder berührten sich die Hände der beiden wie zufällig, wenn sie sich den Salzstreuer oder andere Frühstücksutensilien reichten. Und in beider Augen leuchtete diese Glut, die aus dem kleinsten Anlass rasch wieder zu einem alles verzehrenden Feuer werden konnte.

„Möchtest du mit in die Stadt kommen?", fragte Saladin Kendra nach dem Essen. „Ich habe einige Geschäfte zu erledigen. Raschid wird dich begleiten."

Sehr erfreut sagte sie zu. Hatte sie doch einige dringende Einkäufe zu tätigen.

Saladin schaute auf die Uhr. „Wo steckt denn eigentlich Ahmed? Ich habe noch ein paar Instruktionen für ihn."

„Ich würde sagen, er ist noch mit der Spurenbeseitigung am Tatort beschäftigt", warf Raschid mit todernster Miene ein.

Saladin schaute ihn etwas irritiert an, ehe ein amüsiertes Lächeln über sein Gesicht flog. In der Tat hatte er seinem Bediensteten ein paar zusätzlich Aufgaben für diesen Morgen beschert und Raschid konnte sehr wohl eins und eins zusammenzählen.

Mit ein paar Minuten Verzögerung, machten sie sich auf den Weg und flogen mit dem Hubschrauber direkt auf den Landeplatz des Palastes. Saladin machte keinen Hehl aus seinem offensichtlichen Interesse an seiner hübschen Begleiterin. Logischerweise wurde Kendra von den Angestellten wie eine Königin behandelt. Nur fühlte sie sich in dieser Rolle ziemlich unwohl.

Daran, dass Raschid sie ebenso behandelte, hatte sie sich inzwischen gewöhnt, zumal sie es fühlte, dass es aus seinem tiefsten Inneren kam.

Sie atmete geradezu auf, als sie mit ihm endlich über den belebten Basar schlenderte.

Seine Furcht einflößende Erscheinung hielt gar zu aufdringliche Händler auf gehöriger Distanz. Da man ihr die Europäerin auf den ersten Blick ansah, folgten ihr immer wieder neugierige Blicke. Sie musste einfach eine hochgestellte Persönlichkeit sein, wenn sie sich solch einen Bodyguard leisten konnte.

Kendra blieb immer wieder stehen, sich suchend umschauend. Das, was sie brauchte, gab es hier auf keinen Fall.

Raschid bemerkte ihre Unruhe. „Kann ich helfen?"

Kendra zögerte, sie hätte lieber mit einer Frau darüber gesprochen. Schließlich überwand sie sich. Raschids Miene blieb, wie meist, unbewegt. Auf geradem Weg brachte er sie zu einem Pharmaziegeschäft, wo sie alles bekam, was sie haben wollte.

Allerdings hatte sie nicht geahnt, dass Raschid jedes Wort übersetzen und sie ihm so die intimsten Dinge offenbaren musste.

Auf der Straße beruhigte er sie. „Es ist hier normal, dass Ehepaare gemeinsam solche Einkäufe tätigen."

Kendra wurde rot. „Du hast mich als deine Frau ausgegeben?"

„Ja sicher. Wie hätte das ausgesehen, wenn du mit einem fremden Mann Verhütungsmittel und Tampons kaufst?"

Raschid hatte recht. Das hätte in der Tat etwas befremdlich gewirkt. Ganz sicher hatte er, auf die eine oder andere Weise, schon erfahren, was letzte Nacht geschehen war. Welche der Informationen, die er gerade abgefragt hatte, für den Händler bestimmt waren und welche er für sich behalten hatte, wollte sie lieber gar nicht erst wissen. Auf seine Verschwiegenheit konnte sie sich jedenfalls felsenfest verlassen. Außerdem wusste er immer einen Rat.

Im Boutiquenviertel ging Kendra auf die Suche nach Badebekleidung. Sie war nicht darauf gefasst gewesen, mitten in der Wüste einen Pool vorzufinden. So hatte sie bis jetzt schweren Herzens auf das Badevergnügen verzichtet, auch wenn ihr Raschid immer wieder versicherte, dass nur Saladin und er Zugang hatten und sie es nur zu sagen bräuchte, wenn sie völlig ungestört sein wolle.

Wobei das *völlig ungestört* Auslegungssache war, immerhin waren mehrere Überwachungskameras unter Wasser installiert, die mit einem Computer gekoppelt, sofort Alarm schlagen konnten, wenn ein Körper länger zehn Sekunden regungslos am Grund verharrte.

Welch seltsame Wege die Daten auf einem Rechner manchmal gehen konnten, wusste sicher niemand besser als sie. So stand sie jetzt vor den Auslagen der Boutique, konnte sie sich nicht zwischen einem Bikini und einem raffinierten Einteiler entscheiden, wobei es für sie ja wirklich kein Problem gewesen wäre, beides zu kaufen.

„Nimm den Einteiler", riet Raschid nach einer Weile. „Der heizt die Fantasie intensiver an."

Kendra versuchte, in seinen Augen zu lesen. Sie war nicht sicher, ob er seine oder Saladins Fantasie meinte. Trotzdem folgte sie seinem Rat. Das war bisher immer das Beste gewesen.

Etwas später saßen sie zusammen unter Palmen im Garten eines Restaurants, schleckten Eis, tranken Kaffee und genossen die Stille.

„Es ist verrückt", sagte Kendra nach einer Weile. „Du weißt mehr über mich, als meine eigene Mutter und vor allem Dinge, die eine Frau normalerweise nur ihrer besten Freundin offenbart."

Raschid nickte. „Es ist mein Job, immer alles zu wissen."

„Das ist sicher nicht immer leicht für dich."

Raschid nickte noch einmal. „Besonders jetzt, wo du da bist." Seine Augen verrieten ihr ziemlich deutlich, was er meinte. „Aber auch das ist mein Job", setzte er leise hinzu. Er wollte noch etwa sagen, als sich sein Kommunikator meldete.

Besorgt registrierte Kendra, wie sich von Sekunde zu Sekunde seine Miene verfinsterte. Er steckte das Gerät in die Tasche. „Tut mir leid, wir müssen sofort zurück. In der Pumpstation hat es mehrere Explosionen gegeben."

Kendra schreckte zusammen. Das neu installierte Überwachungssystem! Sollte ihr etwa ein Fehler unterlaufen sein?

Raschid führte sie durch enge verwinkelte Gassen auf dem schnellsten Weg zurück zum Palast. Saladin erwartete sie bereits am Helikopter. Weder er noch Raschid ließen eine Bemerkung zu den Vorkommnissen in der Station fallen. Kendra fühlte sich elend. Raschid steuerte den Heli direkt zur Außenstation.

Dichter schwarzer Rauch trieb mit dem Wind langsam davon. Schon von Weitem war zu erkennen, dass eine der Kuppeln in Trümmern lag. An verschiedenen Stellen in der großen Pumpanlage brannte es. Mehrere Männer schaufelten Sand in die öligen Brandnester.

Der Landeplatz war bereits notdürftig von Trümmern geräumt worden, die sich als eine Art Wall, am Rande auftürmten. Raschid brachte das Fluggerät sicher auf den Boden. Kendra sprang aus dem Heli, stürzte an den zentralen Überwachungsrechner.

Mit fliegenden Fingern tippte sie Befehle ein, checkte Messreihen und versuchte den Fehler zu finden. Es gab keinen. Das System hatte bestens funktioniert, den Ölzufluss sofort gestoppt, als es eine Anomalie feststellte und damit verhindert, dass der ganze Produktionskomplex in die Luft flog.

Als die Anspannung etwas nachließ, brach Kendra in Tränen aus.

Saladin hatte ziemliche Mühe, sie zu beruhigen. „Ohne deine hervorragende Arbeit wäre hier alles nur noch ein einziges Trümmerfeld. Vergiss nicht, dass das System erst zu einem Bruchteil fertig ist und trotzdem hat es mich schon vor einem Millionenverlust bewahrt."

Kendra zitterte noch immer am ganzen Körper. Saladin wechselte einige Sätze auf Arabisch mit Raschid. Er notierte etwas in seinen Organizer, wobei er mehrmals zu Saladins Worten nickte.

Als die letzten Brandnester gelöscht waren, ließ Saladin seine Männer abrücken. Die drei Raupenfahrzeuge machten sich auf den Weg zum Fort, gefolgt vom Helikopter des Prinzen.

Kendra fand einfach keine Ruhe. Wie eine Tigerin im Käfig lief sie in ihrem Arbeitszimmer auf und ab. Sie öffnete ihren Laptop, um online Arved einen Bericht über das Unglück zu schicken.

Nebenbei hörte sie die neuesten Nachrichten aus aller Welt. Sie verharrte plötzlich, um zu lauschen.

„… wie ein Sprecher des Palastes mitteilte, konnte der Brand innerhalb weniger Minuten eingedämmt werden. Dank der hervorragenden Arbeit der leitenden Ingenieurin des Systemherstellers *Level 333*, Miss Kendra Swan, wurde die Anlage nahe Fort Silverrain vor dem Totalausfall bewahrt. Prinz Saladin Ibn Sina spricht der Firma seinen persönlichen Dank aus …"

Kendra schloss die Augen. Eine Zentnerlast fiel von ihr ab. Bis gerade eben hatte sie geglaubt, sie hätte vielleicht doch ein Detail übersehen. Ihr fielen die Worte ihres Vaters ein: Dir wird dein Perfektionswahn irgendwann noch einen Herzinfarkt einbringen.

Er hatte ja recht – nur konnte sie nicht einfach so aus ihrer Haut schlüpfen. Den ersten Denkzettel hatte sie erhalten, als sie den Zentralcomputer der Etagenwohnung endgültig zur Verzweiflung trieb. Andererseits war das der Auslöser gewesen, durch den sie Saladin wirklich kennenlernte und das wiederum der Grund, weshalb sie heute hier war. Sie seufzte.

„Kendra nimmt sich alles viel zu sehr zu Herzen", sagte Saladin zu Raschid, als sie beide allein in seinem Arbeitszimmer saßen. „Ich habe manchmal richtig Angst um sie."

„Sie selbst würde sagen, dass sie nur ihren Job macht", warf Raschid ein.

„Den macht sie wirklich verdammt gut. Ich möchte nur nicht zusehen, wie sie hier Stück für Stück zusammenbricht."

„Hast du Vorschläge?"

„Eben nicht. Bei ihr funktionieren die üblichen Tricks nicht. Man kann sie weder mit Schmuck noch mit Mode und schon gar nicht mit mondänen Partys auf andere Gedanken bringen. Von Segeltouren hält sie erst recht nicht viel, wie sie ganz nebenbei einmal fallen ließ."

Raschid winkte ab. „Das sehe ich eher als eine Abwehrhaltung, weil Cunning passionierter Segler ist. Er muss ihr danach wohl stundenlang mit seinen Geschichten auf den Nerv gehen."

Saladin überlegte kurz. „Hast du herausbekommen, was es zwischen den beiden für Reibereien gibt?"

„Nicht direkt. Die paar Andeutungen lassen mich vermuten, dass er ein Schwätzer ist, der sich wie ein Pfau spreizt, damit ihn auch wirklich alle sehen, weil er ansonsten wohl in der grauen Masse untergehen würde. Die ständigen Taktlosigkeiten ihr gegenüber scheint er jedenfalls für völlig normal zu halten."

„Das würde sich mit dem decken, was ich bei meinen Recherchen herausgefunden habe", stellte Saladin zufrieden fest. „Kendra fühlt sich offenbar noch immer in seiner Schuld, weil er bei der Firmengründung das Kapital aufgetrieben hatte. Na gut. Das ist nicht mein Problem. Sag mir lieber, womit ich sie nun wirklich überraschen könnte."

„Dann gönne ihr doch ein Vergnügen der besonderen Art. Wie wäre es mit einem Zweitagesritt über die alte Karawanenstraße?", schlug Raschid vor. „Ich könnte mir vorstellen, dass unsere Männer der Eskorte in voller Bewaffnung mit Schwertern und Krummdolchen ein wenig Eindruck auf sie machen. Oder hast du etwa nicht bemerkt, wie ihr das Herz aufgeht, wenn du in Landestracht erscheinst? Sie ist hoffnungslos romantisch. Sei einfach, was du bist – der orientalische Prinz auf einem weißen Ross. Wenn es nicht funktioniert, kannst du mich an die Geier verfüttern."

„Soweit kommt es noch!" Saladin tippte sich an die Schläfe. „Du wirst noch heute fliegen und alles für den Ausritt klären. Vor morgen Abend will ich dich hier nicht wieder sehen", fügte er scherzhaft hinzu. „Lass dich richtig verwöhnen."

Raschid verbeugte sich kurz, als er Saladin verließ. Als offiziellem Gesandtem standen ihm in der Tat einige wahrhaft paradiesische Annehmlichkeiten bevor, die er sich auch redlich verdient hatte, wie Saladin fand. Beim Abendbrot vermisste Kendra Raschid. Zudem hatte sie den Hubschrauber wegfliegen sehen. „Gibt es Probleme?", fragte sie besorgt.

„Nichts dergleichen", versicherte Saladin. „Ich hielt es nur für angebracht, ihn wenigstens eine Nacht und einen Tag so verbringen zu lassen, wie es einem Mann zusteht. Vergiss nicht, dass er ständig eine überaus leckere Frucht vor der Nase hat, deren Genuss für ihn durchaus üble Folgen haben könnte."

Kendra schüttelte missbilligend den Kopf. „Du würdest den wertvollsten Menschen, den es für dich gibt, wegen einer Frauengeschichte in Ungnade fallen lassen?"

Saladin schaute Kendra forschend an. Sie schien es nicht begriffen zu haben, dass er sie als die Frau an seiner Seite auserkoren hatte. „Nicht wegen irgendeiner Frauengeschichte", sagte er schließlich. „Könntest du dir vorstellen, für immer bei mir zu bleiben?"

Kendra dachte ungewöhnlich lange nach, ehe sie ganz langsam den Kopf schüttelte. „Auch ein riesiger Käfig aus reinstem Gold ist am Ende doch ein Käfig."

Nun wusste er, warum sie ihre Gefühle immer wieder in den Hintergrund drängte. Die Firmeninteressen waren die eine Seite, die Angst, ein Leben lang in unsichtbaren Ketten zu liegen, die andere. Als seine offizielle Partnerin könnte sie nicht einfach mit Schlabberpulli und ausgewaschenen Jeans in den nächsten Laden huschen, um eine Tafel Billigschokolade zu kaufen. Zuhause fiel sie damit nicht auf.

Kaum einer wusste, wer die Frau wirklich war, die die Wohnung 170 gekauft hatte. Kendra mochte es nicht sonderlich, im Mittelpunkt zu stehen, was dann unausweichlich wäre.

Saladin vereiste innerlich. Nicht aus gekränktem Stolz – unendliche Trauer machte sich breit. Er hatte diese Antwort befürchtet. Und die Zeit lief davon. Woche um Woche rückte der Termin der Fertigstellung der Anlage näher.

Als Raschid Sonntagnacht zurückkam, brannte in Saladins Arbeitszimmer immer noch Licht. Er erschrak fast, als er ihn anschaute.

„Sie hat dir einen Korb geben", sagte er leise, aber in einem Tonfall, als habe er nichts anderes erwartet.

Saladin antwortete nicht. Stattdessen fragte er: „Ist alles bereit?"

„Zwei weiße, elf schwarze Pferde, fünf Lastkamele und das große Zelt. Zehn Mann Eskorte und der Karawanenführer. Wasserdepots auf dem ganzen Weg."

„Gut."

„Der letzte Versuch?"

Saladin wiegte den Kopf. „Der Vorletzte. Der Allerletzte ist die Grotte, dann gebe ich auf. Schlimmer, als sie nicht zu bekommen, wäre, sie ein Leben lang unglücklich zu sehen."

Der Überfall

In den nächsten Tagen herrschte in der Pumpstation reges Treiben wie in einem Ameisenhaufen. Ein großer Lastenhubschrauber brachte Baumaterial und Arbeiter in die Wüste. In Windeseile begann man, die zerstörte Kuppel wieder aufzubauen. Kendras Anwesenheit erregte unter den Bauleuten mehr Aufmerksamkeit, als ihr lieb gewesen wäre.

Auf der kurzen Strecke vom Landeplatz zur Kuppelhalle des Überwachungssystems fühlte sie, wie sie unzählige Augenpaare jedes Mal regelrecht auszogen. Es war wohl auch besser, dass Raschid nicht alles hörte, was gesprochen wurde. Er hätte ziemliche Mühe gehabt, sich zu zügeln. Kendra war für ihn ein Heiligtum, welches er von Ferne anbetete.

Kamal, einer der Computertechniker, kam aus der Wüste zurück. „Draußen, vor unserer Halle, treiben sich mehrere Bauleute herum", wandte er sich an Raschid.

Raschid zog die Augenbrauen zusammen. „Ich schau mal nach dem Rechten. Ich vertraue euch für diese Zeit Miss Swan an." Und an Kendra gewandt: „Verlasse bitte die Halle nicht, bis ich zurück bin."

Kamal hatte sich nicht getäuscht. Kaum hatten die Arbeiter Raschid gesehen, machten sie sich eilig davon. Er ging hinüber in das provisorische Büro des Bauleiters. „Falls deine Firma an weiteren Aufträgen durch Saladin interessiert ist, solltest du deine Leute besser unter Kontrolle halten", begann er ohne Umschweife.

„Was soll ich machen? Ich kann nicht fast fünfzig Leute ständig im Auge haben", versuchte sich der Bauleiter, zu verteidigen. „Eure Spezialistin ist eben ein besonderer Appetithappen, auf den wohl jeder normal veranlagte Mann mehr als ein Auge wirft."

„Wie du es machst, ist dein Problem", entgegnete Raschid ungerührt. „Sollte auch nur einer Miss Swan belästigen, brennt hier die Luft. Darauf gebe ich dir Brief und Siegel. Über alles Weitere hat dann Saladin das letzte Wort."

Saladin beorderte einen zweiten Bodyguard für Kendra in die Station, nachdem Raschid immer wieder den einen oder anderen Bauarbeiter auf dem Gang vor Kendras Toilette erwischt hatte. Er konnte seine Augen schließlich nicht überall haben. Aber er hatte sie genau zur richtigen Zeit am richtigen Ort.

Kendra war gerade dabei die Panzertür von außen zu schließen, als sie zwei Hände in eindeutiger Absicht an ihrer Taille spürte. Sie zuckte erschreckt zusammen. Plötzlich wurde ihr eine Hand auf den Mund gedrückt, um sie am Schreien zu hindern. Die andere Hand betastete genüsslich ihren Körper und fingerte schließlich nach dem Reißverschluss ihres Overalls.

Vergeblich versuchte sie, sich zu wehren, während der Fremde langsam den Zipper des Verschlusses nach unten zog. In ihr wallte Panik auf. Wo war Raschid?

Im selben Augenblick ließ sie der Angreifer mit einem Schmerzensschrei wieder los, dann krümmte er sich auf dem Boden. Raschid hatte ihm mit seinen Bärenkräften das Schlüsselbein, wenn nicht noch mehr gebrochen, als er ihn an der Schulter packte und zurück riss.

„Rührst du sie auch nur noch einmal mit dem kleinen Finger an, breche ich dir sämtliche Knochen", zischte er auf Arabisch. „Bring ihn weg", wandte er sich an seinen Kollegen Ibrahim, der dem Schrei gefolgt war.

Kendra lehnte schreckensbleich an der Wand. Mit zitternden Händen hielt sie ihren halb offenen Overall mühsam zusammen. Raschid fädelte wortlos den Zipper wieder in die Führung, schloss vorsichtig den Reißverschluss, legte Kendra den Arm um die Schulter. „Komm, ich bringe dich ins Fort."

Ohne eine Antwort abzuwarten, holte er ihre Tasche. Wie betäubt folgte sie ihm zum Hubschrauber. Raschid ahnte sehr wohl, dass das ihren Entschluss, nach Abschluss der Arbeiten nach Hause zurückzufliegen, nur noch bestärken werde.

Nichts Gutes ahnend, bemerkte Saladin den Landeanflug des Heli. Er beeilte sich, zum Hangar zu kommen, zumal es völlig ungewöhnlich war, dass Raschid per Funk keinen Grund durchgegeben hatte. Er half Kendra beim Aussteigen. Sie flüchtete sich regelrecht in seine Arme und vergrub das Gesicht an seiner Brust.

„Einer der Bauarbeiter hat versucht, sich an ihr zu vergreifen", berichtete Raschid auf Englisch. „Ich habe ihm wahrscheinlich ein paar Knochen gebrochen."

„Ich hätte es sogar vertreten, wenn du ihm das Genick gebrochen hättest", stieß Saladin wütend hervor. Dann fügte er auf Arabisch hinzu: „Ich erwarte eine Erklärung von dir."

Auch wenn an Raschids Reaktion nicht zu erkennen war, was Saladin soeben gesagt hatte, konnte es sich Kendra fast denken.

„Es war nicht seine Schuld", sagte sie leise.

„Ich will nur wissen, was genau passiert ist", versuchte sie, Saladin zu beruhigen.
„Versprichst du es mir?"
„Ich verspreche es."
In Saladins Arbeitszimmer angekommen, gab Raschid einen kurzen Bericht. „Ibrahim hatte mehrere Männer der Baukolonne abgefangen und hinaus geschickt, als am Ende des Ganges noch einer auftauchte. Ich beobachtete deshalb, in welche Richtung er lief. Es waren nur ein paar Sekunden, in denen ich die Tür nicht im Auge hatte und von beiden Seiten war nicht zu sehen gewesen, dass sich in der Nische, wo die großen Feuerlöscher stehen, noch jemand versteckt."
Saladin schaute Raschid in die Augen. „Wie weit ist er gekommen?"
Raschid erwiderte den Blick, schüttelte leicht den Kopf. „Er hat versucht, ihren Reißverschluss zu öffnen."
„Dann werde ich ..."
„Hör auf!", fiel ihm Raschid ins Wort. „Weißt du was passiert, wenn du sie auf Schritt und Tritt beobachten lässt? Sie erträgt es ja jetzt schon kaum. Sie hat mich gefragt, ob hier die Räume alle videoüberwacht werden."
„Und?"
„Ich glaube kaum, dass ich sie wirklich überzeugt habe, dass nur der Pool aus Sicherheitsgründen beobachtet wird." Raschid erhob sich.
Saladin tat es leid, kaum dass sein bester Mann hinausgegangen war, dass er ihm nicht gedankt hatte. Immerhin hatte er das Schlimmste verhindert. Wer weiß, was wirklich geschehen wäre, wenn der Schuft, der sich heimlich eingeschlichen hatte, Kendra gezwungen hätte die Panzertür wieder zu öffnen. Die zierliche Frau hätte nicht die geringste Chance gegen einen kräftigen Mann gehabt.
Auf dem Gang passte Kendra Raschid ab. Er sah ihr deutlich an, was sie fragen wollte. „Alles in Ordnung", sagte er lächelnd. „Er hat es dir doch versprochen."
„Okay", Kendra atmete sichtlich auf. „Ich möchte nicht, dass du meinetwegen noch mehr Ärger bekommst. Habe ich eigentlich schon Danke gesagt?"
„Das ist mein Job. Sag mir lieber, wie es dir geht."
„Einigermaßen."
Raschid sah sie prüfend an. Kendra wirkte noch ziemlich nervös.

„Würdest du bitte mit in den Freizeitraum kommen?", fragte Kendra. „Ich möchte nicht allein sein."

„Ja sicher." Raschid folgte ihr.

Kendra nahm die Dartpfeile aus dem Wandfach. „Spielst du mit?"

„Wenn du es befiehlst."

„Bitte." Sie setzte einen treuen Hundeblick auf.

Raschid schüttelte amüsiert den Kopf. Ein paar Minuten später hatte ihn dann doch der Kampfgeist gepackt. Kendra war eine harte Gegnerin. Ihre Pfeile liefen wie an einem Leitstrahl ins Ziel. Ihr fröhliches Lachen lockte schließlich auch Saladin herbei. Er zog sich einen Sessel heran und beobachtete den Kampf um den Sieg, der zwar ernst, aber nicht erbittert, geführt wurde. Die Partie endete unentschieden.

Saladin klopfte Raschid lachend auf die Schulter. „Jetzt hat sie es dir aber gegeben."

„Kein Wunder, ich habe ja auch die Waffen gewählt", schmunzelte Kendra. „Diesmal ist Raschid dran."

„Das wäre ziemlich unfair", lachte Saladin. „Gegen seine Treffgenauigkeit mit der Streitaxt hättest du keine Chance."

„Versuchen wir es", schlug Kendra vor.

„Im Ernst?", vergewisserte sich Saladin.

„Natürlich."

Raschid brachte zwei der schweren doppelschneidigen Äxte herbei. Die Zielscheibe, eine halbmeterdicke Holzscheibe, zeigte im Zentrum deutliche Spuren eines hervorragenden Meisters.

„Habe ich zwei Probewürfe?", fragte Kendra. „Ich habe noch nie so ein Ding in der Hand gehabt. Was wiegt so eine Axt überhaupt?"

„Etwas über acht Kilo." Raschid schwang seine Axt leicht und locker aus dem Handgelenk. „Gibst du auf?"

„Niemals!" Kendra griff die gefährliche Waffe. Sie wog sie in der Hand und suchte den Schwerpunkt. Aus der Drehung heraus schleuderte sie sie ohne Vorwarnung. Die Schneide fuhr in den Ring neben dem Zentrum.

Raschid pfiff leise durch die Zähne. Saladin amüsierte sich über seinen ungläubigen Blick. Kendra ging, um die Axt aus dem Holz zu ziehen. Die Waffe hing fest wie genietet.

„Ich glaube, ich brauche etwas Hilfe", rief sie lachend.

Raschid zog die Axt ohne sichtbare Mühe aus dem Holz. „Nicht übel", lobte er, als er sie ihr zurückgab.

Der zweite Wurf war nicht ganz so gut. Kendra nahm es mit Humor, wenigstens hatte sie das Holz getroffen. Natürlich siegte Raschid haushoch. Jeder seiner Würfe traf die Mitte der Scheibe. Kendra fiel Raschids Vergangenheit ein. Er war durch eine brutale Schule gegangen und wenn er eine Waffe in die Hand nahm, dann um zu siegen.

„Hast du ihn schon einmal bezwungen?", fragte sie Saladin.

„Nie", gab der ohne Umschweife zu. „Raschid ist ein Phänomen. Kannst du dir vorstellen, dass jemand solch eine Kette mit bloßen Händen zerreißen kann?", Saladin deutete an die Wand.

„Das kann er?", fragte Kendra entsetzt.

„Möchtest du es sehen?" Saladin bedeutete Raschid, den Beweis seiner Worte anzutreten.

Raschid legte sein Hemd ab. Kendra erschrak. Sie gab einen erstickten Laut von sich. Über seinen Rücken und die Brust zogen sich die grässlichen Narben jener Kämpfe, die er nur knapp überlebt hatte.

„Du musst das nicht tun, Raschid", flüsterte sie. „Nicht zu meinem Vergnügen."

„Du weißt davon?", fragte Saladin erstaunt.

Kendra nickte. „Ich habe ihn auf den Flug von Europa hierher gefragt, was es mit deinem Satz vom Sklavenmarkt auf sich hat. Er muss es mir nicht beweisen."

Raschid hatte inzwischen mit beiden Händen in die riesigen Glieder der Kette gegriffen. Er spannte sie über seinen Rücken und begann mit all seiner Kraft zu ziehen. Die Adern an seiner Stirn schwollen an. Kendra konnte sich der Faszination des Spiels seiner stahlharten Muskeln nicht entziehen. Raschid stieß einen wilden Schrei aus, die Kette riss. Klirrend fielen die beiden Hälften vor ihm zu Boden. Triumphierend schaute er Saladin und Kendra an.

„Du bist und bleibst der Beste", sagte Saladin voller Anerkennung.

Kendra war an die Stücke der Kette herangetreten. Nur mit Mühe konnte sie die vor ihr liegende Hälfte anheben.

„Darf ich?" Raschid räumte die Teile beiseite.

„Bin ich froh, dass ich dich nicht zum Tennisspiel aufgefordert habe", seufzte Kendra erleichtert.

Beide Männer begannen herzhaft zu lachen. Saladin wandte sich Kendra zu. Die Gelegenheit war günstig.

„Ich möchte dich für das kommende Wochenende zu einem langen Ritt über die alte Karawanenstraße einladen. Wir werden zwei Tage unterwegs sein."

„So richtig mit Übernachtung im Zelt?", fragte sie neugierig.

„Genau so", versprach Saladin.

Kendra strahlte: „Von so was habe ich schon immer geträumt."

„Und warum hast du es mir nicht gesagt?", fragte Saladin verständnislos.

Kendra zuckte hilflos die Schultern. Sie war es eben nicht gewöhnt, andere mit großen Sonderwünschen zu belästigen. Ähnliches hatte Raschid schon Tage zuvor zu Saladin gesagt: *Du wirst sie nicht ändern. Sie wird im tiefsten Herzen immer das Mädchen aus einfachen Verhältnissen bleiben, das es mit Fleiß, Geschick und Mut aus eigener Kraft zu etwas gebracht hat. Vor allem wird sie immer ihren Dickkopf durchsetzen, es sei denn, du hast stichhaltige Argumente.*

Saladin hatte daraufhin mit den Schultern gezuckt. *Gerade das ist es, was ich mich an ihr so fasziniert. Sie wirkt so zerbrechlich, dabei weiß sie ganz genau was sie will.*

In den nächsten beiden Tagen steckten Kendra und Raschid mitten in der Programmierung der Anlage. Einen ganzen Abend lang hatten sie vor Kendras Laptop verbracht und alle Details noch einmal durchgesprochen. Raschid schrieb sich die wichtigsten Daten auf, um alle Befehle an der richtigen Stelle, zeitgleich mit Kendra, eingeben zu können.

Ibrahim übernahm in dieser Zeit den kompletten Sicherheitsdienst für Kendra. Er ging ihr keinen Schritt von der Seite, solange sie in der Außenstation zugange waren. Dabei wurde sie das Gefühl nicht los, dass ihn mehr die Angst vor Raschid, als vor Saladin dazu trieb, denn Ibrahim hatte keine Ahnung von den intimen Kontakten zwischen ihr und dem Prinzen.

Er war nicht der Einzige, der Raschids Anweisungen stehenden Fußes befolgte – seit dem Vorfall mit Kendra wagte sich niemand mehr, auch nur ansatzweise, Regeln zu missachten. Es hatte sich schnell herumgesprochen, dass Raschid für seine Hände fast einen Waffenschein brauchte. Mit der Truppe der Techniker hatte es von Anfang an keinerlei Probleme gegeben und die Bauleute wagten sich seitdem nicht einmal mehr in die Nähe der anderen Kuppel.

So saß Ibrahim relativ entspannt neben Kendra, schaute mit auf den Monitor und hatte schon bei der zweiten Befehlszeile keinen blassen

Schimmer mehr, worum es ging. Ihn faszinierte einfach die Tatsache, dass jemand überhaupt mittels einiger Zeichen auf dem Monitor eine ganze Fabrikanlage steuern konnte.

Raschid fragte immer seltener um Rat. Er hatte die Programmiersprache schnell begriffen, verständigte sich mit Kendra durch Handzeichen, da in der lauten Halle verbale Verbindungen kaum möglich waren. Freitag, kurz nach dem Mittag, schickte Kendra ihre Techniker ins Wochenende. Sie hatten ihr Wochenpensum übererfüllt und sich die zwei Tage bei ihren Familien redlich verdient. Im Fort wimmelte es indes von fremden Gesichtern.

„Das ist die Wachmannschaft, für die Zeit, wo wir abwesend sind", erklärte Raschid. Er brachte Kendra zu ihren Zimmern.

Sie hatte ihren kleinen Rucksack für den Ausritt schon gepackt. Saladin wollte noch vor dem Abend in die Hauptstadt fliegen, die Nacht mit ihr im Palast verbringen und früh, möglichst vor dem Morgengrauen, losreiten.

„Raschid!", rief sie ihm noch hinterher. „Was brauche ich eigentlich wirklich?"

Der Hüne drehte sich um, zwinkerte ihr zu: „Eigentlich nur dich selbst und vielleicht deine Kamera, alles andere wirst du zeitig genug erfahren oder bekommen."

Kendra seufzte. Nun wusste sie genau so viel wie vorher. Auch aus Saladin bekam sie nicht mehr heraus. Kendra wurde immer neugieriger, aber je näher sie dem Palast kamen auch immer stiller. Am liebsten hätte sie in einem Hotel übernachtet.

„Freust du dich gar nicht?", fragte Saladin beunruhigt.

Kendras Antwort war eine Mischung aus Kopfschütteln und Nicken. „Ich habe keine Ahnung, was ich tun und lassen muss. Was trägt man zum Abendessen für Kleidung? Ihr tut beide nur furchtbar geheimnisvoll", antwortete sie vorwurfsvoll.

Saladin küsste sie um Verzeihung heischend auf die Stirn, während Raschid still vor sich hin lächelte. „Pass auf: Sei einfach, wie du bist. Das ist mein Palast und da mache ich die Regeln. Wenn du etwas möchtest oder nicht möchtest, dann sag es mir. Und zum Abendessen zieh das Bequemste an, was du mithast. Das meine ich durchaus wörtlich. Für den Rest lass dich einfach überraschen."

Kendra atmete tief ein. „Okay, auf deine Verantwortung. Ich wasche mich völlig in Unschuld. Du wirst schon sehen, was dabei herauskommt."

Saladin zog sie an seine Schulter. „Manchmal glaube ich, du bist der personifizierte Perfektionswahn."

„Stimmt ja gar nicht! Ich bin unpünktlich", konterte Kendra.

Raschid begann zu kichern. „Jetzt fehlt bloß noch, dass du sagst: Stimmt ja doch", wandte er sich an Saladin. „Aber Torten, die ihr euch gegenseitig ins Gesicht drücken könnt, muss ich euch nicht reichen?"

Die beiden verhinderten Streithähne sahen ihn groß an und mussten lachen. Raschid schüttelte amüsiert den Kopf, dann ging er zum Landeanflug über. Saladin war, seit Kendra im Fort weilte, wie ausgewechselt. Er war zu Späßen aufgelegt, wie ihn Raschid nie zuvor erlebt hatte. Raschid hoffte inständig, dass die beiden kommenden Tage Kendra doch noch zum Bleiben bewegen könnten. Er folgte ihnen in die Eingangshalle des weitläufigen Palastes.

„Wie wäre es mit einem Bad?", fragte Saladin.

„Gern", antwortete Kendra und ihre Augen setzen hinzu: „Mit dir?"

Die Antwort folgte ebenfalls mit einem tiefen Blick. Raschid war im Bilde. Sofort instruierte er das Hauspersonal entsprechend. Dann führte er Kendra in eines der prunkvollen Zimmer.

„Ich fühle mich hier verloren, das ist mir alles zu groß", murmelte sie.

Raschid zwinkerte ihr verschwörerisch zu. „Durch diese Tür kommst du zum Badebecken und von da geradeaus, durch die nächste, in Saladins Schlafzimmer. Ein kleiner Weg für eine große Sehnsucht. Und wenn du Fragen hast oder meine Hilfe brauchst, dann drücke den kleinen blauen Knopf. Ich werde erscheinen wie der Geist aus der Lampe."

„Würde mich nicht wundern, wenn der hier auch irgendwo wohnt", schmunzelte Kendra.

Kaum hatte Raschid die Tür hinter sich geschlossen, bereitete sie sich auf das gemeinsame Bad mit Saladin vor. Sie drehte jede einzelne Haarsträhne zu kleinen Lockenringen, die sie mit bunten Spangen feststeckte, wickelte sich in eines der großen königsblauen Frottiertücher aus dem kleinen Badezimmer, welches ihrem Schlafzimmer angeschlossen war, dann öffnete sie die Tür, hinter der das Badebecken liegen sollte.

Ein Duft von Pfirsich und Mandel wehte ihr entgegen. Saladin war schon im Wasser. Sie ließ das Tuch zu Boden gleiten. Langsam stieg sie die Stufen zu ihm hinab. Diesmal war das Wasser bernsteinfarben klar.

Es war mit verschiedenen Ölen versetzt, die sich angenehm auf der Haut verteilten. „Ich glaube, nach dieser Art zu baden, werde ich langsam süchtig", seufzte sie.

Saladin nahm sie in die Arme. „Warum bleibst du dann nicht einfach bei mir? Ich würde dir alle Genüsse meiner Heimat bereiten. Wir könnten so viele Wunder gemeinsam entdecken und die Wunder, die es nicht gibt, würde ich extra für dich zu erschaffen versuchen."

Kendra schloss die Augen. „Lass mir bitte Zeit. Ich bin noch nicht bereit dafür."

„Zeit?", fragte Saladin mit einem bitteren Unterton. „In drei Wochen wirst du deine Koffer packen ..." Er beendete den Satz nicht. *Nur keine Spannungen aufbauen*, hämmerte es in seinem Hirn. *Wenn sie heute aus Frust von dir geht, hast du nie mehr eine Chance.* Einzig die Tatsache, dass sie niemals seinen kleinen Schmetterling ablegte, gab ihm immer wieder Hoffnung.

Eine ziemlich törichte Hoffnung, wie er sich selbst eingestand. Aber daran klammerte er sich, wie ein Ertrinkender an einen Strohhalm. Süchtig, hatte sie gesagt. Er war süchtig nach ihr. Die Entzugserscheinungen würden grausam werden. Was nutzte ihm aller Reichtum? Ein Wunder hätte er jetzt dringender gebraucht, doch das ließ sich für alles Geld der Welt nicht kaufen.

Saladin ließ seine Fingerspitzen sanft über Kendras Rücken gleiten. Er wusste, wie sehr sie diese Berührungen mochte. „Dann lass mich wenigstens die letzten Tage mit dir in vollen Zügen genießen", flüsterte er ihr zärtlich ins Ohr.

Das gehauchte „Ja" ließ sein Herz ein wenig schneller schlagen. Ohne Zögern machte er ihr deutlich, was er darunter verstand. Zielstrebig führte er sie von einer Ekstase zur nächsten, bis sie schließlich völlig erschöpft im Liegebereich des Beckens in seinen Armen ruhte.

Raschid zog für seinen Herrn wirklich alle Register. Persönlich überwachte er die Vorbereitungen für den Abend. Ein Fest für alle Sinne sollte es werden, der wahr gewordene Traum aus den wundervollen orientalischen Märchen, die Kendra so sehr liebte.

Die Badenden hatten das Becken inzwischen verlassen. Kendra schlüpfte in ihren zart himmelblauen weiten Hausanzug aus Seide, dessen Rückenteil handgemalte tropische Schmetterlinge zierten. Sie hatte den Designer-Anzug in einer der Boutiquen am Basar gesehen, sich in die Schmetterlinge verliebt und ohne zu zögern ihre Scheckkarte gezückt.

Sie band den Gürtel enger. So wirkte die Jacke fast wie ein kurzes Kleid über einer legeren weiten Hose. Dazu trug sie flache Sandalen, die eigentlich nur aus einer dünnen Ledersohle und zwei Riemchen bestanden. Das haselnussbraune Haar ließ sie offen. Ihre Haut duftete noch immer intensiv nach Pfirsich. Kendra fühlte sich wohl.

Es klopfte. Eines der Dienstmädchen bat sie, ihr zu folgen. Als die große Doppelflügeltür vor ihr aufschwang, weiteten sich ihre Augen in ungläubigem Staunen. Auf einem pflastersteindicken Teppich lagen unzählige Kissen verstreut, auf dem flachen Tisch davor türmten sich wohl alle Früchte dieser Welt zwischen den appetitlichsten Häppchen der Region.

Saladin ruhte, auf eines der Kissen gestützt, und sah ihr erwartungsvoll entgegen, während Raschid am Rande des Teppichs mit untergeschlagenen Beinen sitzend, Champagner in drei Gläser schenkte. Beide trugen Pluderhosen unter weiten bestickten Hemden.

Saladin deutete auf das Kuschelkissen neben sich. Er küsste Kendra zärtlich. „Herzlich willkommen in der wundervollsten orientalischen Nacht. Ach, da ist ja auch schon der Geist mit der Flasche", witzelte er, als Raschid ihnen die Gläser reichte. Sie stießen an. „Auf die Schönste, aller Frauen", erklärte Saladin, der von Kendras Outfit wirklich angetan war. Sie überraschte ihn immer wieder.

„Dem schließe ich mich gern an", pflichtete Raschid bei.

Kendra dankte ihnen lächelnd. Die Überraschung war ganz ihrerseits. Leise Musik erklang aus unsichtbaren Lautsprechern, unbekannte Düfte schwebten in der Luft. Die Fontaine eines herrlichen Springbrunnens aus weißem Marmor in der Mitte des Saales wechselte immer wieder ihre Farbe. Kendra brauchte eine Weile, um alle Eindrücke zu erfassen. Zufrieden nickte Saladin Raschid zu, der die zündende Idee hierzu hatte. Sie unterhielten sich, testeten sich quer durch alle Köstlichkeiten auf den Tischchen, bis die erste Sättigungsphase eine kleine Pause erforderte.

Die Musik wurde etwas lauter. Raschid hob erstaunt den Kopf. Das hatte er so nicht vorgesehen. Dann schwangen die Türflügel auf. Eine Gruppe Bauchtänzerinnen schwebte grazil herein.

Saladin beantwortete Raschids ungläubigen Blick mit einem breiten Lächeln. „Extra für dich, mein Freund. Ich glaube, du hast dir etwas

Abwechslung verdient. Kendra wird später noch auf ihre Kosten kommen."

Die schlangengleichen Bewegungen der Mädchen faszinierten nicht nur die Männer. Kendra überlegte, welches Wunder der Natur wohl nötig sei, um solch einen rhythmischen Hüftschwung zu fabrizieren. Am Ende des Tanzes fielen die Schleier. Nur eine der Tänzerinnen, deren Hüfttuch mit Goldfäden verziert war, behielt den ihren. Kendra schaute Saladin fragend an.

„Raschid hat keine Ahnung, was jetzt gleich geschieht", flüsterte er ihr kaum hörbar zu.

Die Musik setzte wieder ein. Jetzt begriff Raschid, dass dieser Tanz nur ihm galt. Die glutäugige Schönheit hätte einem ganzen Saal voller Männer ordentlich einheizen können. Raschid nahm die Herausforderung an.

„Folge ihr", sagte Saladin auf Arabisch, als der letzte Schleier fiel. Raschid hätte jetzt auch nichts lieber getan.

Kendra sah lächelnd hinterher, als er inmitten der Mädchen verschwand. „Und mir hat er erzählt, er wäre ein miserabler Tänzer."

„Nach Walzer und Tango darfst du in auch nicht fragen", schmunzelte Saladin. Er freute sich über die gelungene Überraschung.

„Sind die Mädchen auch hier im Palast angestellt?", wollte Kendra wissen.

„Nein. Ich habe sie extra für Raschid engagiert. Ich gebe gern zu, dass sie sehr anregend sind und auch ich etwas genauer hingesehen habe. Hoffentlich bist du mir deshalb nicht böse?"

„Im Gegenteil. Er hat es verdient und auch mir hat ihr Tanz sehr gefallen. Weshalb hat Raschid eigentlich keine Frau?"

„Er betrachtet Frauen noch immer als besondere Belohnung. Vielleicht war auch noch nicht die Richtige dabei", mutmaßte Saladin. „Auf alle Fälle sagt man ihm nach, dass er ein überaus feuriger Liebhaber sei."

„Und was sagt man über dich?", hauchte ihm Kendra ins Ohr.

„Darüber kannst wohl nur du wirklich Auskunft geben." Saladin zog sie in seine Arme, um ohne Worte zu erklären, dass er sich keinesfalls hinter Raschid verstecken musste.

Raschid erschien zwei Stunden später, als wäre nichts gewesen, aber mit verräterisch strahlenden Augen. Wie zufällig legte er fünf Feigen nebeneinander auf seinen Teller, die er nacheinander genüsslich verspeiste. Im Gegensatz zu Kendra war Saladin sofort allumfassend informiert.

Raschid hatte folglich hinter jedem Schleier sein Vergnügen gefunden und die zwei Stunden überaus intensiv genutzt. Ganz offenbar musste er Vorzüge haben, denen die Frauen einfach nicht widerstehen konnten.

Kaum war Raschid wieder da, flogen die Flügeltüren mit Getöse auf und eine Horde bewaffneter Gestalten in Pluderhosen stürmte herein. Kendra erschrak fast zu Tode. Nur die Ruhe, mit der beide Männer das Treiben beobachteten, gab ihr die Überzeugung, dass alles mit rechten Dingen zuging.

Einige Sekunden später entspannte sie sich und genoss die halsbrecherische Vorführung der Kämpfer. Saladin und Raschid tauschten sich auf Englisch aus, um Kendra an ihrer Fachsimpelei teilhaben zu lassen.

„Vielleicht solltet ihr beide einmal zeigen, was ihr immer vor mir verbergt? Ohne Choreografie ist es sicher noch spannender", warf sie nach einer Weile ein, um die beiden zu necken.

„Dein Wunsch ist mir Befehl." Saladin küsste ihre Stirn.

Raschid erhob sich. Als er zurückkam, trug er zwei Krummsäbel, die schon auf den ersten Blick ihren höllisch scharfen Schliff offenbarten. Etwas irritiert beobachteten ihn die Akteure. Saladin unterbrach mit einem Wink den Schaukampf. Er gebot den acht Männern, sich am Rande des Teppichs niederzulassen.

Kendra wurde blass. „Aber das sind doch keine Trainingswaffen!", rief sie entsetzt.

„Nein, das sind sie ganz und gar nicht. Um für die schönste Frau im ganzen Palast zu kämpfen, ist das schärfste Schwert gerade gut genug." Saladin legte genau wie Raschid die Kleidung bis auf die Pluderhose ab, umfasste den Griff seines Lieblingsschwertes.

Kendras Herz begann zu rasen. Die ohnehin bärenstarke Gestalt Raschids wirkte nun noch um einiges furchteinflößender. Die Männer der Folkloregruppe hielten den Atem an, als Saladin und Raschid die Waffen gegeneinander erhoben.

In das Klingen des Stahls mischten sich die Kampfschreie der Gegner. Funken stoben. Kendra ahnte, dass Raschid nur mit halber Stärke agierte, auch wenn es nicht so aussah. Spätestens seit der Sache mit der Kette kannte sie seine wahre Kraft. Die Kontrahenten verständigten sich mit den Augen, ehe sie gleichzeitig die Waffen am Ende sinken ließen.

Der frenetische Beifall der Männer und die Bewunderung Kendras waren ihnen gewiss.

„Zufrieden?", fragte Saladin lächelnd, als er sich wieder neben ihr niederließ.

Kendra schmiegte sich fast katzenhaft an ihn. „Du bist unmöglich", seufzte sie. „Musst du mich in solche Ängste versetzen?"

„Ich habe nur deinen Wunsch erfüllt", verteidigte er sich, glücklich darüber, dass sie sich Sorgen um ihn gemacht hatte.

Kendra schlang ihm die Arme um den Nacken. In einem schier endlosen Kuss sanken sie in die Kissen. Raschid machte sich vorsichtshalber auf leisen Sohlen davon. Wohl gerade im rechten Moment, wie ihm das lustvolle Seufzen, welches er beim Verlassen des Saales noch hörte, kundtat.

Als er am nächsten Morgen Saladin zum vereinbarten Zeitpunkt wecken wollte, fiel sein Blick, kaum dass er die Tür einen Spalt öffnete, auf einen zierlichen nackten Rücken, den eine Flut aus haselnussbraunem Haar halb verdeckte. Mit einem leisen Lächeln zog Raschid die Tür wieder zu.

Unter diesen Umständen würde Saladin sicher auf sein Morgentraining verzichten. Kendra spürte im Unterbewusstsein den leichten Lufthauch, den die Tür verursachte. Sie öffnete die Augen und begegnete Saladins liebevollem Blick. Er hatte schon lange wach gelegen, es aber nicht übers Herz gebracht, sie zu wecken. Dass die Nacht so enden würde, wie sie begonnen hatte, verstand sich fast von selbst.

Raschid ließ kurzerhand Frühstück für zwei in Saladins Zimmer bringen. In Kendras eigentliches Zimmer trug er persönlich eine Überraschung für den Zweitagesritt. So wunderte er sich auch nicht, als etwa eine Stunde später sein Kommunikator meldete, dass ihn Kendra zu sehen wünschte.

Wie er es vorausgesehen hatte, kam sie allein mit dem Inhalt des Päckchens nicht klar. Raschid half ihr, als hätte er nie etwas anderes getan. Mit dem Ergebnis waren beide äußerst zufrieden.

„Komm. Saladin erwartet dich bereits auf dem Hof", sagte Raschid, nach einem letzten kritischen Blick.

Er führte sie hinaus. Saladin konnte eigentlich nichts so schnell etwas aus der Ruhe bringen. Kendras Erscheinen ließ ihn jedoch in freudigem Schreck zusammenzucken. Sie trug die Gewänder einer persischen Prinzessin und sah darin umwerfend aus. Raschid hatte mit dem zarten

Himmelblau genau ihren Geschmack getroffen und so hatte sie sich auch nicht geweigert, diese Kleider zu tragen. Erst recht nicht, als er ihr die Vorteile eines Schleiers bei einem Wüstenritt vor Augen führte.

Kendra ihrerseits fühlte, das Herz bis zum Hals schlagen. Saladin trug Kleider aus der gleichen Epoche, reich bestickt mit Gold und Silber. Er führte ein schneeweißes Pferd am Zügel. Dass sich Raschid noch einmal davongemacht hatte, merkte sie in der Aufregung gar nicht. Saladin hob Kendra auf das Pferd, bestieg sein eigenes, ebenfalls schneeweißes Pferd und wandte sich zum Tor. Langsam ritten sie hinaus.

Hinter ihnen erklang trommelnder Hufschlag. Kendra drehte sich neugierig um. Ihre Augen weiteten sich in ungläubigem Staunen. Raschid, nicht viel weniger prunkvoll gekleidet wie Saladin, führte die zehn bewaffneten Reiter der Eskorte an. Das Fell der elf Rappen glänzte im Sonnenschein.

Auf der Straße liefen Neugierige zusammen, die das Aufgebot, welches sonst nur bei hohen Staatsgästen zum Einsatz kam, bestaunten. Auch ohne Straßensperrungen zollten die Autofahrer den Reitern des Prinzen den gebührenden Respekt. Am Rande der Wüste traf die kleine Schar auf die der Lastkamele. Der Führer setzte sich an die Spitze der Karawane, die Reiter folgten ihm gemächlich. Bald nahm sie die Weite des Sandmeeres auf.

Kendra konnte kaum ihre Augen von Saladin wenden. Der Prinz ihrer Kinderträume konnte nicht stattlicher aussehen. Ein Stoffzipfel des weißen Turbans verdeckte als Mundschutz das halbe Gesicht und ließ die kohlschwarzen Augen noch geheimnisvoller erscheinen. Der weite Mantel reichte bis zur halben Flanke des Pferdes hinunter. Er umspielte den Körper des Tieres und schützte ihn vor der Sonne. Ein Gefühl tiefster Ehrfurcht beschlich sie, wenn sie daran dachte, dass Saladin eines der ältesten Herrscherhäuser dieser Welt repräsentierte. Sie konnte es sich einfach nicht vorstellen, dass er sie bei diesem historischen Hintergrund, wirklich als die einzige Frau an seiner Seite begehrte.

Der letzte Versuch

Gegen Mittag erreichten sie eine Wasserstelle. Die ehemals riesige Oase war fast vollständig unter einer Wanderdüne verschwunden. Einige Palmen und die Dächer einiger Häuser schauten noch aus dem Sand. Der Brunnen, zwar noch sichtbar, war ebenfalls völlig versandet. Raschids Weitsicht, ein Depot für den Ritt anlegen zu lassen, beeindruckte Kendra. Nun ahnte sie auch, warum man für zwei Zelte fünf Kamele mitgenommen hatte. Die ledigen Tiere hatte Raschid für den Abtransport der leeren Wasserschläuche vorgesehen.

„Du siehst glücklich aus", stellte Saladin fest, als er sich mit ihr Fladenbrot und Braten unter einem Sonnensegel teilte.

„Ich bin glücklich", bejahte Kendra seine Beobachtung, dabei sah sie ihm deutlich an, was unausgesprochen blieb: *So könnte es immer sein, wenn du es nur wolltest.*

Raschid entging diese stumme Zwiesprache nicht. Er hätte vieles dafür gegeben, Kendra zum Bleiben zu bewegen. Was ließ sie nur so zögern? Es war doch mehr als nur ein Funken Sympathie, was sie Saladin entgegenbrachte. Sie gab sich ihm hin, entzog sich ihm aber gleichzeitig. Raschid verstand die Welt nicht mehr.

Nach einer ausgiebigen Mittagsruhe ritten sie weiter, bis sich die Sonne langsam anschickte unterzugehen. Auf einer weiten Ebene ließ der Karawanenführer rasten. Die Männer bauten die Zelte auf. Kendra staunte. Solch ein prunkvolles Zelt, wie das Saladins, kannte sie auch nur aus Filmen. Mit gewebten Teppichbahnen wurde ein Teil abgetrennt.

Seit dem Angriff der Kobra blieb Raschid stets im Zelt bei seinem Herrn. Er entfachte auch das Feuer in dem kleinen Kohlebecken, welches für den Abend etwas Wärme bringen sollte. Im Zwei-Stunden-Takt wechselten die Wachen im Lager. Nach dem Abendbrot zog sich Raschid in seinen Teil des Zeltes zurück.

Saladin teilte sein Nachtlager mit Kendra, die sich Wärme suchend anschmiegte. Saladins Zärtlichkeiten ließen sie rasch völlig vergessen, dass die Wände nur aus Stoff und davor zwölf still erfreut lauschende Zuhörer waren, von denen sich Raschid aus etwas anderen Motiven freute, obwohl der Anlass derselbe war. Die kleinen Flammen aus dem Kohlebecken warfen die vergrößerten Schatten Kendras und Saladins an die Stoffbahnen, sodass sich einige der Zuhörer auch noch zu Zuschauern mauserten. Bis irgendwann die verglimmenden Kohlen das wirklich sehenswerte Schauspiel beendeten.

So hatte Raschid heute auch zum ersten Mal erlebt, dass sich die Männer regelrecht um die Nachtwache vor dem Zelt des Prinzen rissen. Was ihm wiederum die seltene Möglichkeit gab, ganz beruhigt zu schlafen, da alle anderen ihre Ohren auf Empfang hielten. Und Raschid nutzte die Gelegenheit, ohne zu zögern.

Am Morgen war er als Einziger wirklich ausgeschlafen, Saladin müde aber rundum zufrieden. Schließlich hatte der Morgen wieder mit jenen intensiven Zärtlichkeiten begonnen, die ihm Kendra schon die halbe Nacht lang geschenkt hatte.

Jetzt erinnerte sie sich erschreckt daran, dass die Geräusche, die sie von außen hören konnte, genau so in umgekehrter Richtung zu hören waren. Sie war Raschid wirklich sehr dankbar für den dichten Schleier. Sie fühlte die Augen der Männer förmlich an ihrem Körper kleben, wenn sie das Zelt verließ und so merkte wenigstens niemand, dass ihr jedes Mal eine heftige Röte ins Gesicht stieg.

Saladin konnte ganz sicher sein, dass ihn die meisten seiner Männer nicht nur Kendras wegen in dieser Nacht beneidet hatten.

Nach dem gemeinsamen Frühstück wurden die Zelte mit wenigen Handgriffen abgebaut und fachmännisch auf die beiden Kamele verladen. Während des Essens waren immer wieder die Blicke der Männer hinüber zu Kendra gehuscht, die sich inzwischen an die neu entstandene Situation gewöhnt hatte. Saladins stolzer Blick gab ihr den nötigen Mut.

Die Route des heutigen Tages führte an einem ausgedehnten Salzsee vorbei. Es roch nach Salz, die Luft schmeckte danach und bei jedem Windhauch erhoben sich winzige Kristalle von den Ufern wie Rauchfahnen in die Luft. Ein unvergleichliches Schauspiel. Dem nächsten Wasserdepot sprachen Menschen wie Tiere gleichermaßen zu. Der ständige Geschmack des Salzes hatte sie durstig gemacht.

„Wird in diesem See auch Speisesalz gewonnen?", fragte Kendra interessiert.

Saladin schüttelte den Kopf. „Wir haben ihn unter Schutz gestellt. Hier brüten die selten gewordenen Rosa Flamingos. Sie ernähren sich von den Salinenkrebsen, die es hier zu Millionen gibt. Speisesalz gewinnen wir ganz nebenbei bei der Entsalzung des Meerwassers, um unseren Trinkwasserbedarf zu decken. Dort soll in den nächsten Jahren auch eine neue Steuerzentrale entstehen und ich wüsste eine Spezialistin, die ich liebend gern mit der Installation und Programmierung der Computer beauftragen würde", erklärte Saladin mit einem Augenzwinkern.

„Darüber ließe sich durchaus verhandeln", erwiderte Kendra lächelnd. Raschid erschien. Er wechselte leise ein paar Sätze mit Saladin auf Arabisch. Saladin nickte. Kendras fragenden Blick beantwortete er mit: „Er hält es für angebracht, sofort weiterzureiten."

„Dann sollten wir das tun, auch wenn ich nicht weiß, worum es geht. Wenn ich eins in den letzten Monaten gelernt habe, dann, dass man Raschids Warnungen sehr ernst nehmen sollte." Sie ließ sich von Saladin auf das Pferd helfen. Die Karawane zog rasch weiter. Raschid beobachtete besorgt den Horizont.

Kendra wurde schließlich aufmerksam. „Verratet ihr mir, was euch so nervös macht? Ein Überfall?"

„Das nicht gerade", erklärte Raschid. „Ich fühle nur ziemlich deutlich, dass sich ein Sandsturm zusammenbraut, dem wir nach Möglichkeit entkommen sollten."

„Und wie stehen unsere Chancen?", fragte Kendra.

„Wenn ich es wüsste, wäre mir wohler." Raschid fixierte einen gelblichen Streifen in der Ferne.

„Ist er das?" Kendra war seinem Blick gefolgt.

Raschid nickte. „Fragt sich nur, wohin er zieht. Die Windstille hier gefällt mir gar nicht."

Der Karawanenführer war stehen geblieben. Er diskutierte wild gestikulierend mit den Männern der Eskorte. Raschid wandte sich um. Zornig rief er einige Befehle, wobei er seinen Krummsäbel zog. Sofort formierte sich die Karawane wieder. Raschid setzte sich, trotz des Gezeters des Führers, an die Spitze. Er trieb die Tiere im Trab vorwärts.

„Hast du Angst?", fragte Saladin Kendra leise.

„Nein, ich habe keine Angst. Ich vertraue Raschid", gab sie laut genug zurück, dass es alle hören konnten.

Augenblicklich hörte der Karawanenführer auf zu lamentieren. Von einer Frau wollte er sich wirklich nicht beschämen lassen. *Geht doch!* Raschid schmunzelte trotz aller Besorgnis. Er beobachtete konzentriert die heftigen Bewegungen des Sandes an den nahen Dünen. Nach einer halben Stunde trafen sie wie aus dem Nichts heiße Windböen.

„Bleibt dicht zusammen!", befahl Raschid. „Das sind nur die Ausläufer des Sturmes."

Trotzdem wurde das Atmen fast unerträglich. Mühsam quälten sich die Pferde vorwärts. Sie schienen zu fühlen, dass dies die einzige Rettung war. Nach einer weiteren Stunde flaute der heiße Atem der Wüste langsam ab.

„Da vorn ist schon die nächste Wasserstelle", gab Raschid erleichtert bekannt.

Kendra konnte, trotz alle Mühe, außer ein paar ungewöhnlichen Hügeln nichts erkennen.

„Wir werden graben müssen", rief Raschid der Eskorte zu.

Egal. Hauptsache Wasser und wenigstens eine Stunde Ruhe für Mensch und Tier. Die Männer warfen verstohlene, aber dankbare, Blicke auf Raschid, der sich nach allen Strapazen bei Kendra und Saladin niederließ. Er hatte auf dieser Etappe dem Ruhm, der ihm vorauseilte, eine neue Tat hinzugefügt. Jetzt lechzte er nach ein paar Minuten Ruhe.

In langen Zügen trank er den frisch gebrühten Kaffee. Durch die halb geschlossenen Augen beobachtete er den Karawanenführer, der seine Tiere versorgte und ihm anerkennend zunickte. Sie befanden sich allesamt in einer blendenden Verfassung. Kendra war an Saladins Schulter lehnend aus Erschöpfung eingeschlafen. Er hielt sie sicher im Arm.

„Du hast dich wieder einmal selbst übertroffen", sagte Saladin leise zu Raschid. „Ich bin nicht minder beeindruckt als sie."

„Wenn es nur die erhoffte Wirkung hätte", seufzte Raschid. „Sie ist ein Buch mit sieben Siegeln."

Saladin lächelte versonnen vor sich hin. „Mein Großvater hatte es da noch leichter. Er hätte sie einfach in seinem Harem verschwinden lassen."

Raschid hob erstaunt den Kopf. „Bist du sicher, dass dich das glücklich machen würde?"

„Unsinn. Ich will sie als Frau und nicht als Spielzeug. Ich will Kendras Liebe, statt nur ihren Körper. Was hätte ich davon, wenn sie unter solchen Umständen, widerwillig und voller Hass, das Bett mit mir teilen würde?" Saladin machte eine kurze Pause. „Außerdem kann ich mir lebhaft vorstellen, dass du mir solch ein Verbrechen niemals verzeihen könntest. Ich werde so lange um sie kämpfen, bis sie mir selbst sagt, dass sie einen anderen Mann liebt."

„Ich wünsche dir Glück", murmelte Raschid.

Die letzten Kilometer legten sie in gemächlichem Tempo zurück. Bald tauchten die ersten Palmen und schließlich die Silhouette der Stadt am Horizont auf. Raschid gebot, die Karawane umzuformieren.

Fünf Bewaffnete, dahinter der Prinz mit Kendra, er und dann die anderen fünf der Eskorte, zuletzt die Lastkamele. Mit der untergehenden Sonne erreichten sie die Hauptstraße, welche in der Nähe des Palastes vorbeiführte. Im Blitzlichtgewitter zogen sie durch das schmiedeeiserne Tor.

Noch am selben Abend überschlugen sich die Medien mit Vermutungen, wer wohl die Frau gewesen sein könnte, die mit dem Stolz einer Königin an Saladins Seite ritt. Kendra ahnte nichts von alledem und Raschid hütete sich, sie mit der Nase darauf zu stoßen.

Sie genoss mit Saladin das heiße Bad, ließ sich von ihm verwöhnen, um schließlich in seinen Armen einzuschlafen. Am nächsten Morgen kehrten sie mit dem Heli nach Fort Silverrain zurück. Kendra begann mit den restlichen Tests, ehe die zweiwöchige Erprobungsphase beginnen konnte.

Mit Bangen betrachtete Saladin seinen Kalender. Noch neunzehn Tage, noch siebzehn Tage … Es gelang ihm einfach nicht, Kendra umzustimmen. Sie wiederholte stereotyp, dass sie noch Zeit für solch eine Entscheidung bräuchte. Saladin war verzweifelt. An diesem Abend hatte sie ihm wieder einen Korb gegeben.

Er fühlte sich zutiefst getroffen, dass Kendra die Nacht auch noch allein verbringen wollte. Diesmal ließ er seinen ganzen Frust an Raschid und den Bediensteten im Fort aus. Niemand konnte ihm irgendetwas recht machen. Raschid versuchte, die aufgeheizte Stimmung einigermaßen zu beruhigen.

Es dauerte eine Weile, ehe sich Saladin wieder unter Kontrolle bekam. „Tut mir leid", murmelte er, als ihn Raschid mit wohlgesetzten Worten auf seine unmögliche Laune hinwies. „Ich bin am Ende. Ich fühle mich, als würde man mich mit winzigen Schritten zum Richtblock führen, um mir den Todesstoß zu geben", klagte er. „Ich habe mich in meinem ganzen Leben noch nie so mies und verlassen gefühlt."

Raschid hätte ihm gern etwas Tröstendes gesagt. Nur wusste er zu gut, wie sinnlos das war. „Was erwartest du von mir?", fragte er stattdessen.

Saladins Gestalt straffte sich. „Dass du uns morgen in die Grotte begleitest."

Raschid deutete eine Verbeugung an. „Ich höre und gehorche", sagte er mit tonloser Stimme. Er verließ Saladins Arbeitszimmer. Auf dem Gang lehnte er sich schwer atmend an die Wand. War es Gedankenlosigkeit, dass sein Herr gerade das von ihm verlangte?

Raschid war sich keines Vergehens bewusst, das solch eine Strafe nach sich ziehen konnte. Er schlurfte zur Tür hinaus, setzte sich vor der Wohnkuppel auf einen Mauervorsprung und schaute zu den Sternen auf. Als der Morgen graute, saß Raschid noch immer an derselben Stelle.

Saladin hatte ihn inzwischen gesucht und verwundert festgestellt, dass sowohl das Bett als auch sein Frühstück unberührt geblieben waren. Er fand Raschid am Raupenfahrzeug, wo er gerade noch einmal die Funksysteme überprüfte. Ein paar Minuten später erschien Kendra.

Sie erschrak zutiefst, als sie Raschids leeren Blick bemerkte. Er schüttelte kaum sichtbar den Kopf, um sie zu beruhigen, dann setzte er das Fahrzeug in Bewegung. Die Ketten ächzten, während es die steilen Dünen erklomm. Kendra wunderte sich, weshalb sie heute nicht mit dem Heli zur Station flogen. Dann fiel ihr auf, dass es in eine völlig andere Richtung ging.

Nach einer dreiviertel Stunde stoppte Raschid. Kendra schien es, als sei seine Gestalt auf unerklärliche Weise geschrumpft. Raschid schien eine Zentnerlast zu tragen. Vor einer gepanzerten Tür, die in einen Tunnel führte, blieb er stehen. Er zog eine jener seltsamen Goldfolien aus der Tasche, die Kendra als Schlüssel bereits kannte. Geräuschlos glitt die Tür zur Seite. Raschid ließ die beiden passieren, dann schloss er die Tür von innen, um ihnen in etwa fünf Schritten Abstand zu folgen.

Sein seltsames Verhalten ängstigte Kendra mehr, als sie wahrhaben wollte.

Die beiden Männer trugen starke Lampen, die den Weg in die Tiefe des Tunnels erhellten. Niemand sprach ein Wort. Der Gang knickte plötzlich nach rechts ab. Kleine in den Stein gehauene Zellen, wie in einem alten Kloster, wurden sichtbar. Dann gewahrte Kendra die Reste von Eisengittern. In ihr stieg Furcht auf.

Weshalb brachte Saladin sie hierher? Und was war mit Raschid geschehen? Sie traute sich nicht einmal, sich umzudrehen. Ihr Zittern schob sie auf die Kühle an diesem unwirtlichen Ort. Dann erweiterte sich der Gang zu einem Kreis. An den Wänden erkannte sie Sitzreihen, wie in einem alten Amphitheater. Kendra blieb abrupt stehen. Sie presste eine Hand auf ihren Mund, um den Entsetzensschrei zu ersticken. Sie wankte. Raschid fing sie im letzten Moment auf.

„Die Gladiatorenarena", hauchte Kendra mit tonloser Stimme.

Raschid nickte stumm. Saladin drehte sich um, als sei er gerade in diesem Moment aus einem tiefen Traum erwacht. Er begegnete Kendras anklagendem Blick.

„Warum tust du das?", fragte sie. „Warum zwingst du ihn, hierher zu gehen?" Sie wischte eine Träne weg.

„Nur er und ich kennen das wahre Geheimnis dieses Ortes", versuchte Saladin, zu erklären.

Kendra schüttelte wild den Kopf. „Ist wirklich etwas wertvoll genug, dass du deinen besten Freund dafür so quälen musst?"

Saladin sah Kendra und Raschid erstaunt an. Erst jetzt bemerkte er dessen Verfassung. Was wusste er eigentlich darüber, was man den Sklaven hier noch alles angetan hatte? Nichts. Raschid hatte nie darüber gesprochen. Es musste der unbeschreiblichste Albtraum gewesen sein, wenn er nach über zehn Jahren noch so auf diesen Ort reagierte.

Kendras Mitgefühl richtete Raschid wieder auf. Langsam kam wieder Leben in seine Augen. „Ich werde es überstehen", sagte er leise. „Die Schatten der Vergangenheit brauchen nur manchmal sehr viel Licht, um endlich zu verschwinden. Kommt. Lasst uns in die Grotte gehen."

Saladin legte Raschid eine Hand auf die Schulter. „Es tut mir leid."

Raschids Lächeln sagte: Ich verzeihe dir.

Am Ende des nächsten Ganges klaffte ein Spalt im Felsen. Raschid zwängte sich hindurch, dann reichte er Kendra die Hand, um ihr über die Barriere hinweg zu helfen. Saladin folgte ihnen.

„Was ist das für ein Geräusch?", flüsterte Kendra. „Das klingt wie der Atem eines Riesen."

„Noch ein paar Meter, dann wirst du es sehen", sagte Saladin geheimnisvoll.

Er führte sie tiefer in die gewachsene Höhle hinein. Schräg vor ihnen flimmerte etwas in der Finsternis, das einem Wasserfall nicht unähnlich sah. In einem exakten Kreis von etwa drei Metern Durchmesser rieselten silberne Fünkchen zu Boden. Stoppte der Vorgang, so klang es, als atme jemand tief ein oder aus. Dann fiel wieder ein paar Sekunden dieser funkelnde Regen zu Boden. Es roch nach Ozon.

„Silverrain", flüsterte Kendra.

Die Männer nickten. „Ja, das ist, was unserem Fort Namenspate stand."

„Kann man es berühren?", fragte Kendra fasziniert, während sie den Kreis einmal umrundete.

„Nein. Es wird durch eine Art Kraftfeld geschützt", erklärte Saladin. Die Fünkchen zauberten huschende Lichtreflexe auf Kendras Gesicht.

„Das scheint nicht irdisch zu sein."

„Davon gehen wir auch aus. Wir beide haben es damals gefunden, als wir die Sklavenstation in die Luft sprengen wollten", berichtete Saladin weiter. „Wir dürfen nicht zu lange hierbleiben. Niemand weiß, wie es auf den menschlichen Organismus wirkt."

Sein Kommunikator schlug an. Saladin lauschte. Unwillig schüttelte er den Kopf. „Der Regen scheint auch die Funkwellen abzuschirmen. Ibrahim hat etwas von atmosphärischen Störungen und Sturmfront gesagt, mehr habe ich leider nicht verstanden."

„Dann sollten wir uns schleunigst auf den Rückweg machen, ehe das Raupenfahrzeug im lockeren Sand stecken bleibt", riet Raschid. Er drehte sich um, prallte an einer unsichtbaren Wand ab und landete unsanft auf dem Rücken.

Mit ungläubig geweiteten Augen blieb er einen Moment liegen. Saladin stürzte auf die Stelle zu, wo er ebenfalls gestoppt wurde.

„Das war es dann wohl." Raschid setzte sich resigniert mit dem Rücken an die Wand.

„Und was machen wir jetzt?", fragte Kendra nervös.

Saladin zuckte mit den Schultern. „Das Gleiche wie Raschid – hinsetzen und abwarten, bis das Kraftfeld wieder verschwindet. Es reagiert offenbar auf Luftdruckveränderungen. Wenn der Sturm vorbei ist, lässt es uns sicher wieder gehen. Löschen wir lieber die Lampen. Wir werden sie später noch brauchen."

Das Flimmern des unwirklichen Regens gab genug Licht, um sich wenigstens gegenseitig schemenhaft erkennen zu können. Stunde um Stunde harrten sie aus. Das Kraftfeld blieb gleich stark. Die Kommunikatoren hatten keine Chance es zu durchdringen.

„Was passiert, wenn wir hier nie mehr rauskommen?", flüsterte Kendra.

Saladin versuchte zu lächeln. „Dann bleibt nur der Trost, dass wir gemeinsam sterben."

„In diesem Fall hätte ich einen allerletzten Wunsch", seufzte sie. „Ich möchte noch einmal mit dir schlafen."

„Diesen Wunsch würde ich dir am liebsten sofort erfüllen." Saladin küsste sie besitzergreifend.

„Dann tu es doch", hauchte Kendra.

Raschid blieb wie gebannt sitzen. Wohin hätte er auch gehen sollen? Er schaffte es nicht einmal, seinen Blick von Saladin und Kendra wegzuwenden, die zum Greifen nahe, geradezu hemmungslos ihre Gier nach Liebe stillten und aus unerklärlichen Gründen seine Anwesenheit völlig vergessen hatten.

Raschid hatte den Silberregen im Verdacht. *Wenn du auch nur einen Funken von Intelligenz hast*, bat er die geheimnisvolle Quelle im Stillen, *dann tu irgendwas, dass diese beiden für immer zueinanderfinden. Das wäre mein einziger wirklicher Wunsch.*

Als hätte der Funkenregen nur darauf gewartet, schwächte sich das Kraftfeld genau in jenem Moment ab, als auch Kendra und Saladin völlig außer Atem voneinander abließen.

„Der Weg ist frei", erklärte Raschid, als beide ihre Kleider geordnet hatten. Er stieg durch den Spalt im Gestein und reichte Kendra wieder die Hand.

Sie sah in seinen Augen die gleichen Fünkchen wie im Silberregen tanzen. Festen Schrittes betrat Raschid die Arena. Noch einmal schaute er sich um. Dann blinzelte er Kendra zu. „Wenigstens gehe ich diesmal mit ganz wundervollen Erinnerungen."

Dass sie puterrot anlief, konnte er bei dieser Beleuchtung nur ahnen. Auf dem Gang mit den Zellen streifte seine Hand wie zufällig eine Wand. Kendra wusste instinktiv, dass es sein Verlies gewesen war. Die Schatten der Vergangenheit hatten für ihn endlich ihren Schrecken verloren.

„Sauna und Abendbrot?", fragte Saladin auf dem Rückweg.

Kendra schüttelte den Kopf. „Bitte in umgekehrter Reihenfolge. Ich sterbe vor Hunger."

„Du weißt, ich erfülle dir gern immer wieder deinen letzten Wunsch", warf Saladin lächelnd ein.

Kendra lachte. „Weißt du eigentlich, dass du unersättlich bist?"

„Kein Wunder – schließlich willst du mich in ein paar Tagen in eine lebenslange Fastenzeit schicken. Ich brauche Reserven."

Raschid gratulierte Saladin im Stillen zu dieser Antwort. Irgendetwas musste doch geeignet sein Kendras Herz zu erweichen. Er kannte Saladin lange genug, um zu wissen, dass dieser Jahre brauchen, ehe er sich nach Kendra, vielleicht einmal einer anderen Frau zuwenden werde. Außerdem würde er alle ständig mit ihr vergleichen und das konnte nicht gut gehen.

„Scheiß Spiel", murmelte Raschid verzweifelt, als er sich spät in der Nacht noch immer schlaflos in seinem Bett herumwälzte.

Die letzte Woche vor Kendras Abreise verbrachten sie vorwiegend im Fort, von wo aus die Daten der Pumpstation auch abgerufen werden konnten.

Wenn Raschid Saladin dringend suchte, fand er ihn fast immer intensiv mit Kendra beschäftigt. *Ich brauche Reserven*, hatte er gesagt und ganz offensichtlich legte er sie nun bei der kleinsten sich bietenden Gelegenheit an. Auch Ahmed gewöhnte es sich innerhalb einiger Stunden an, erst das Ohr an die Tür zu legen, ehe er einen Raum betrat. Zweimal war er völlig ahnungslos in die peinlichsten Situationen hineingestolpert. Nur gut, dass die beiden alles um sich herum völlig ausgeblendet hatten

„Was soll ich denn nun machen?", jammerte Ahmed.

„Nichts", riet ihm Raschid. „Saladin hat andere Sorgen, als sich damit zu beschäftigen, ob du von Miss Swan etwas mehr gesehen hast, als dir zusteht. Tu so, als wärst du gar nicht da gewesen. Ich bin ziemlich sicher, dass er nicht mal gemerkt hat, dass jemand ins Zimmer gekommen ist." Und er hatte wieder einmal recht damit.

Dann kam der Tag des Abschieds. Raschid trug Kendras Koffer zum Helikopter. Saladin ging wie ein geprügelter Hund mit hängendem Kopf hinter ihr her. Er hatte sich schon in der Nacht von ihr verabschiedet. Jetzt saß er mit versteinertem Gesicht neben ihr im Heli und wartete noch immer auf ein Wunder. Vergeblich.

Am Flugzeug küsste er sie noch einmal auf die Stirn. „Pass gut auf dich auf. Lass ab und zu wenigstens von dir hören."

Kendra versprach es ihm.

Saladin schaute dem Flugzeug hinterher, bis es endgültig in den Wolken verschwand. Eine nie gekannte Leere breitete sich in ihm aus. Kendra, die täglich sein Leben zu einem Erlebnis gemacht hatte, kehrte nach Hause zurück. Er hatte sie fast auf Knien angefleht, bei ihm zu bleiben. Ohne Erfolg.

Ich möchte nicht mein Leben lang in einem goldenen Käfig eingesperrt sein, hatte sie gesagt. Nicht einmal Raschid, auf dessen Rat sie fast immer hörte, konnte sie umstimmen. Saladin hatte von Anfang an gewusst, dass sie weder Reichtum noch Titel beeindruckten, doch er hoffte bis zum letzten Tag, dass Kendra ihren Plan noch ändern werde. Nun war sie fort. Für immer.

Kendra saß einsam in den Polstern der Sitzecke. Sie mied Raschids Gesellschaft, weil sie den halb wehmütigen, halb anklagenden Blick nicht ertragen konnte. Im tiefsten Grunde ihres Herzens fühlte sie, dass es falsch war zu gehen.

Kendra wischte ein paar stumme Tränen fort. Ihr Magen begann zu rebellieren. Sie schob es selbst dann noch auf die große Aufregung, als sie sich immer wieder heftig übergeben musste. Kaum hatte Raschid den Autopiloten eingeschaltet, eilte er zu ihr hinüber. Kendras Gesicht hatte eine kalkig-graue Farbe angenommen.

„Kann ich dir helfen?", fragte Raschid besorgt.

Kendra schüttelte gequält den Kopf. Sie legte sich auf die Polsterbank und schloss stöhnend die Augen. „Das wird schon wieder", murmelte sie mit tonloser Stimme.

„Beim ersten Tankstopp hole ich einen Arzt", erklärte Raschid. „Saladin würde es mir nie verzeihen, wenn dir etwas zustieße und ich mir selber erst recht nicht."

Eine Stunde später hatte sich Kendra wieder erholt. Sie setzte sich zu Raschids großer Freude in den Sitz des Copiloten.

„Möchtest du vielleicht doch etwas essen?", fragte er.

„Bloß nicht! Rede nicht vom Essen, mir wird gleich wieder übel!", rief Kendra.

„Und du rede nicht davon, dass ich mir keine Sorgen machen soll." Leise fügte er hinzu: „Wenn es nach mir ginge, dann würde ich auf der Stelle umdrehen, dich zu Saladin zurückbringen und mit Freude mein Leben lang dein persönlicher Leibwächter bleiben."

„Tut mir leid", flüsterte Kendra.

Raschid winkte ab. Wenn sie sich etwas fest in ihr hübsches Köpfchen gesetzt hatte, war eh alles zu spät. Er konnte sich gut vorstellen, wie es im Augenblick gerade in Saladin aussah. Die letzte Landung fiel Raschid am schwersten, denn nun war der Augenblick des endgültigen Abschieds nicht mehr weit. Stumm brachte er Kendra mit dem Straßenkreuzer nach Hause. Er hatte alles gesagt, alles versucht.

Vor ihrer Wohnungstür stellte er die beiden Rollkoffer ab. Er beugte sich zu Kendra hinunter, drückte sie zum Abschied. „Pass gut auf dich auf. Falls du es dir noch …"
Kendra legte ihm einen Finger auf den Mund.
„Dann schreib wenigstens ab und zu eine Mail", bat Raschid.
„Das werde ich nicht vergessen."
Als er gegangen war, zog Kendra die beiden Koffer in ihre Räume, warf sich quer über das Bett, um augenblicklich in einen traumlosen Schlaf zu fallen.
Am Morgen weckte sie Kaffeeduft. Ronda hatte ihrer Tochter Frühstück neben dem Bett auf das kleine Tischchen gestellt. Dankbar machte sich Kendra über die frischen Brötchen her. Die Freude war von kurzer Dauer. Ihr wurde furchtbar übel. Mit zwei schnellen Sätzen spurtete sie zur Toilette.
Am nächsten Morgen dasselbe Spiel. Nun zog sie doch einen Arzt zurate, womöglich hatte sie sich in der Wüste einen Virus eingefangen. Es dauerte eine Weile, bis die Blut- und Urinwerte vorlagen.
Der Mediziner bat Kendra, Platz zu nehmen. Umständlich putzte er seine Brille. *Kein Mensch trägt heute mehr Brille*, schoss es Kendra durch den Kopf.
„Also, Miss Swan, die Werte sind soweit in Ordnung. Einen Virus konnten wir auch nicht entdecken." Er machte eine Pause.
Kendra rutschte unruhig auf ihrem Stuhl hin und her. Fragend schaute sie ihn an.
„So wie ich die Lage einschätze, wird Ihr Magenproblem in etwa achtzehn Monaten laufen lernen."
Kendra klammerte sich an der Tischkante fest, sonst wäre sie glatt vom Stuhl gefallen. „Bitte was?", fragte sie, nur um überhaupt etwas zu sagen.
„Sie sind schwanger."
„Sicher?"
„Ganz sicher."
Kendra hätte in diesem Moment die ganze Welt umarmen mögen. Wie hatte Saladin gesagt: *Wir haben keine Ahnung, welche Auswirkungen der Silberregen auf den menschlichen Organismus hat.* Ganz offensichtlich hatte er bei ihr die Wirkung des Verhütungsmittels aufgehoben. Egal. Sie freute sich auf das Baby.

„Und?", fragte Ronda kurz, als Kendra zurückkam. Kendra schob kommentarlos, aber mit einem glücklichen Lächeln, das erste Ultraschallbild über den Tisch.

Ronda glaubte zu träumen. „Wirst du es ihm mailen?", fragte sie, als sie sich vom ersten Staunen erholt hatte.

Kendra schüttelte den Kopf.

„Du bist ungerecht. Was willst du dem Kleinen eines Tages sagen, wer sein Papa ist?", schimpfte Ronda. „Ich verstehe dich nicht. Saladin hat dir die halbe Welt zu Füßen gelegt."

„Ich verstehe mich doch selbst nicht", murmelte Kendra.

In der Firma wurde sie an ihren ersten Arbeitstag fast stürmisch begrüßt. Arved hatte mit seinen Launen die ganze Belegschaft zur Verzweiflung gebracht. Jeder tat kund, wie glücklich er doch sei, dass sie endlich wieder da sei. Cunning zerriss sich fast vor Nettigkeit ihr gegenüber. Kendra ignorierte seine Bemühungen. Sie sichtete die Projekte und sortierte sie auf zwei Haufen.

Einen schob sie Arved auf den Schreibtisch. „Deins." Den anderen schichtete sie in ihre Ablageschale. „Meins."

Cunning wartete darauf, dass sie ein paar Erlebnisse zum Besten geben würde. Fehlanzeige. „Wie war's?", fragte er schließlich.

„Ziemlich warm und sehr arbeitsreich", gab Kendra kurz zurück.

Kendra hatte in einem ihrer Berichte vom Fortgang der Arbeiten in der Station geschrieben, dass Raschid sie bei allen Arbeiten unterstützte. Arved konnte es sich nicht verkneifen, zu fragen: „War dein Bewacher den ganzen Tag bei dir?"

Sie hob kurz den Kopf. Wären ihre Blicke Messer gewesen, dann läge Cunning jetzt tot in einer Blutlache. „Mein Bewacher", sie betonte das Wort genau wie Cunning, „war den ganzen Tag bei mir. Er hat die Anlagen mit mir simultan programmiert, ohne auch nur den allergeringsten Fehler zu machen.

Mister Raschid hat mehr Hirn und Gefühl im kleinen Finger, als andere Männer im ganzen Körper. Überdies ist er ausgebildeter Jet- und Hubschrauberpilot, hat Wirtschaftswissenschaften und IT studiert, ist ein äußerst aufmerksamer und zuvorkommender Gesellschafter, absolut verschwiegen und ein Freund, auf dessen Rat man hören sollte."

Cunning zog verschüchtert den Kopf ein. Das halbe Jahr hatte Kendra sehr verändert. Schon ihre ersten Berichte über den Fortgang der Arbeiten im Fort hatten einen anderen Ton als früher. Er würde sich warm anziehen müssen. Kendra hatte ganze Stäbe von Technikern quasi befehligt.

In den nächsten Monaten ließ sie ihn immer öfter spüren, dass er gefälligst seine Arbeiten selbst beenden sollte. Gnadenlos warf sie unvollständige Programme und Handbücher wieder mitten auf seinen Tisch, wo sie früher nächtelang alles selbst noch einmal ergänzte und überarbeitete.

Jetzt sparte sie ihre Kraft für ihr Baby auf, dessen Existenz, dank geschickt gewählter Kleidung, noch niemand bemerkt hatte. Für Januar und Februar des kommenden Jahres schrieb sie volle sechs Wochen Urlaub an den öffentlichen Plan. Bis dahin waren es noch etwa fünf Wochen.

„Völlig unmöglich!", zeterte Arved. „Du kannst mich doch nicht die ganze Zeit hier allein arbeiten lassen."

„Nicht?", fragte Kendra. „Das halbe Jahr Wüste ging doch auch."

„Ich will mit Mary-Ann in den Winterurlaub fahren und ..."

Kendra setzte ein amüsiertes Lächeln auf, strich mit beiden Händen liebevoll über ihren Bauch. „Mister Cunning, ich glaube kaum, dass sich mein Baby um Ihren alljährlichen plötzlichen Sonderwunsch schert. Es wird im Januar auf die Welt kommen, ob es Ihnen passt oder nicht."

Arved starrte Kendra mit offenem Mund an. Dass sie in den letzten Monaten etwas zugenommen hatte, war ihm schon aufgefallen. „D ... d ... du bist schwanger?" Er musste sich setzen.

Kendras Worte hatten wie eine Bombe eingeschlagen. Jetzt kapierte er auch schlagartig, weshalb sie nur noch im äußersten Notfall Überstunden machte und die meisten Langzeitprojekte auf seinen Stapel gelegt hatte. Januar? Aber dann ... Dann musste sie ja ... Ob wohl Raschid der Vater war?

So wie sie ihn verteidigt hatte, wäre es durchaus denkbar. Schließlich hatte sie ja auch gesagt, dass er stets den ganzen Tag bei ihr gewesen sei. Warum nicht auch nachts? Cunning verging fast vor Neugier. Kendra hatte nichts, aber auch gar nichts erzählt, was sie in ihrer Freizeit gemacht hatte. Ihre Arbeit musste jedenfalls außergewöhnlich gut gewesen sein.

Erst die Meldung in den Nachrichten und kaum war sie aus der Wüste zurück, flatterte ihnen ein Dankschreiben Saladins auf den Tisch, der sich in höchsten Tönen lobend über die gute Zusammenarbeit aussprach. Dass die Anlagen bisher störungsfrei liefen, bestätigte dies. Er wollte es genau wissen. „Ist Raschid der Vater?", fragte er schließlich ganz direkt.

Kendra schaute ihn amüsiert an. „Nein, er ist es nicht. Du hast noch genau zweiunddreißig andere Versuche", schlug sie vor, auf die Anzahl der gesamten Belegschaft des Forts anspielend.

Arved gab auf. Zumindest wusste er jetzt, dass sie tatsächlich schwanger aus Fort Silverrain zurückgekehrt war. Sie verriet nicht einmal, ob es ein Mädchen oder ein Junge war, nur ganz offensichtlich freute sie sich riesig.

Raschid war auf dem schnellsten Weg nach Fort Silverrain zurückgeflogen. Kaum stand der Jet auf dem Boden, sprang er in den Heli. Noch nie war ihm ein Flug derartig lang vorgekommen. Die Rotoren des Helikopters standen noch nicht einmal still, als ihm Ahmed und Ibrahim aufgeregt entgegen liefen.

„Bloß gut, dass du wieder da bist! Saladin hat sich seit zwei Tagen in seinen Zimmern verbarrikadiert, reagiert nicht auf Klopfen und hat, seit er wieder hier ist, keinerlei Essen mehr angerührt!", rief Ibrahim schon von Weitem. „Vielleicht hört er auf dich. Ich weiß mir keinen Rat mehr."

Raschid drückte Ibrahim seine Reisetasche in die Hand, eilte in Saladins Wohnetage und klinkte an allen Türen. Saladin hatte sich tatsächlich eingeschlossen. „Geht. Ich versuche mit ihm zureden."

Die beiden ratlosen Männer zogen sich zurück. Raschid postierte sich an der Tür des Schlafzimmers. Obwohl er keinen Laut hörte, klopfte er. „Saladin?! Saladin?! Ich bin's – Raschid!" Er lauschte.

Schlurfende Schritte näherten sich. Der Schlüssel wurde herumgedreht. Raschid drückte die Tür auf und erschrak. Saladins Gesicht sah grau und einfallen aus unter dem Dreitagebart. In seinen Augen lag ein fiebriger Glanz. Wortlos deutete er auf die Sitzgruppe, ließ sich in die Polster fallen und schloss die Augen. Als Raschid nicht reagierte, öffnete er sie wieder, um ihn fragend anzuschauen.

„Erst isst du, dann erzähle ich", sagte Raschid in einem Tonfall, der keine Widerrede duldete. „Oder soll ich lieber Kendra mailen, dass du dich gehen lässt?"

Saladin fuhr empört auf. Als er Raschids entschiedenem Blick begegnete, ließ er sich wieder auf den Sessel fallen, winkte ab und murmelte: „Okay."

Raschid zog seinen Kommunikator aus der Tasche, orderte Abendbrot für Saladin und sich. „Ach, Yussuf, bring vorab eine Fleischbrühe mit Gemüse hoch. Beeile dich."

Dann inspizierte er den kleinen Kühlschrank der Bar. Die Wasserflaschen waren völlig unberührt.

„Sag mal, willst du dich umbringen?", fragte er, sich zu Saladin umdrehend.

Der zuckte gleichgültig mit den Schultern. Raschid zog eine Flasche aus dem Fach, goss eines der großen Gläser voll und reichte es Saladin. Einen Augenblick später klopfte es. Raschid öffnete, nahm Yussuf die Brühe und den Löffel ab, um es sofort Saladin zu bringen, der seinen Widerstand inzwischen aufgegeben hatte.

Erst als die Suppentasse leer war, gab sich Raschid versöhnlicher. Er berichtete über den Flug und dass Kendra ihre Tränen doch nicht ganz verbergen konnte. Nur über ihre Magenprobleme verlor er kein Wort.

„Aus und vorbei", murmelte Saladin verzweifelt.

Raschid sah ihn mit einem unbeschreiblichen Blick an. „Du gibst auf? Ich kann mich lebhaft daran erinnern, dass du kämpfen wolltest, bis sie dir selber sagt, dass sie einen anderen liebt. Sehr ernst scheint es dir ja nicht mit ihr gewesen zu sein", sagte er sarkastisch.

Saladin zuckte zusammen. Raschids Worte hatten ihn zutiefst getroffen. Wortlos stand er auf und verließ das Zimmer.

Raschid ballte die Fäuste. Es gab nur zwei Möglichkeiten. Entweder hatte er den Bogen überspannt und Saladin rastete aus oder er würde in ein paar Minuten wieder auftauchen und sich bei ihm bedanken. Vorerst war alles offen.

Er glaubte allerdings, im Bad das Wasser rauschen zu hören. Da saß er nun und spielte den Helden, obwohl er sich lieber in einen finsteren Winkel verzogen und jämmerlich geheult hätte. So merkte er auch erst recht spät, dass sich die Tür wieder öffnete und Saladin frisch geduscht und rasiert erschien.

Raschid atmete auf. Seine Worte waren wohl doch auf fruchtbaren Boden gefallen. Fast im gleichen Moment brachte Yussuf das Abendbrot. Raschid ließ ihn diesmal mit ruhigem Gewissen eintreten.

Schweigend machten sie sich über die Köstlichkeiten her, die der Koch gezaubert hatte. Raschid schenkte Saladin noch einmal Tee nach. Saladin nickte dankbar.

Sein Blick ruhte lange auf Raschids Gesicht. „Du siehst auch nicht aus, als ob es dir wirklich gut ginge."

Raschid zuckte mit den Schultern. „Was hast du erwartet?"

Saladin hob hilflos die Hände. „Sie fehlt mir. Nachts wache ich auf, weil ich plötzlich das Gefühl habe ihren Körper zu spüren. Es ist so unheimlich still ohne sie. Was würde ich darum geben, ihr fröhliches Lachen noch einmal hören zu können."

Raschid seufzte. „Mir fehlt sie auch. Ich habe doch wirklich alles versucht ..."

„Ich weiß", bestätigte Saladin traurig. „Vielleicht hätte ich sie wirklich auf Knien anflehen sollen ..."

Raschid schüttelte den Kopf. „Hätte nichts genutzt."

„Und nun?"

„Müssen wir zusehen, dass das Leben erst mal weitergeht", sagte Raschid. „Die Hoffnung stirbt zuletzt."

Saladin horchte auf. „Hast du wirklich welche?"

„Vielleicht. Wenn alle Stränge reißen, forderst du sie als Spezialistin für die Steuerzentrale der Entsalzungsanlage an."

„Stimmt." Saladins Miene hellte sich etwas auf.

Raschid erhob sich. „Kann ich dich allein lassen oder muss ich morgen früh die Tür aufbrechen?"

„Wird schon gehen."

„Dann bis morgen." Er fasste nach der Klinke.

„Raschid!"

Fragend drehte er sich um.

„Danke."

„Schon o. k."

In dieser Nacht träumten beide von Kendra. Saladin, wie er sie an jenem wundervollen Abend mit allen sinnlichen Genüssen des gemeinsamen Bades verführt hatte. Und Raschid sah immer wieder das Bild vor Augen, als die beiden völlig der Welt entrückt in der Grotte des Silberregens ihre Leidenschaft auslebten.

Noch vor dem Morgengrauen war Saladin auf den Beinen. Ruhelos wanderte er im Schlafzimmer auf und ab. Sein Blick fiel auf einen der Sessel. In der Polsterritze zwischen Lehne und Sitz steckte etwas, das dort sicher nicht hingehörte.

Neugierig schaltete er das Licht an. Vorsichtig zog er an dem himmelblauen Stoffzipfel, der unter dem Polster hervorlugte. Dann hielt er eines von Kendras Seidentüchern in der Hand, die sie zusammengerollt öfter wie Haarbänder trug. Es hatte sich wohl hierhin verirrt, als er in den letzten Tagen mehr mit ihr im Bett als woanders zu finden war.

Das Tuch duftete noch immer leicht nach Flieder. Saladins Herz schlug schneller. Vielleicht hatte Raschid recht und es lohnte sich wirklich, weiter um sie kämpfen. Er wand das Tuch um seine Hand und dachte eine Weile nach. Schließlich ließ er es in seine Hosentasche gleiten. Dann machte er sich auf den Weg zum Trainingsraum.

Raschid kam eine viertel Stunde nach ihm dort an. Verwundert blieb er in der Tür stehen. Er hatte nicht damit gerechnet, Saladin heute hier zu finden.

Saladin lächelte sogar ein wenig, als er Raschid erklärte: „Weißt du, sie steht eher auf Waschbrett, als auf Waschtrommel."

Raschid lachte. „Ist sicher auch angenehmer, einen ordentlichen Sixpack zu streicheln, als zwischen Speckrollen zu versinken."

„In diesem Sinne – volles Programm." Saladin wandte sich wieder den Kraftmaschinen zu.

Raschid atmete auf. Er hatte mit einem Kampf an allen Fronten gerechnet. Dass sich Saladin nicht mehr hängen ließ, stimmte ihn zuversichtlich.

„Was hat den plötzlichen Sinneswandel verursacht?", fragte er ganz direkt.

„So etwas wie ein Zeichen." Saladin zog das Tuch aus der Tasche. „Ich habe es zwischen den Polstern eines Sessels gefunden. Ich möchte nicht wie der letzte Waschlappen dastehen, wenn ich sie eines Tages vielleicht doch, noch einmal in die Arme nehmen darf."

Hassans Poolparty

Nach einem reichhaltigen Frühstück setzten sie sich in Saladins Arbeitszimmer und ordneten das Chaos der letzten drei Tage. Die Hälfte der E-Mails löschte Saladin noch vor dem Lesen. Raschid öffnete inzwischen die Briefpost, die er auch gleich sortierte. Die Rechnungen überprüfte er sofort, versah sie mit einem Buchungskennzeichen, ehe er sie scannte und die Originale abheftete.

„Nur das Übliche", beantwortete er Saladins Seitenblick.
Jetzt widmete er sich den anderen Papieren. „Oh ha!"
„Was ist?"
„Eine Einladung zum Segeltörn mit deinem Onkel."
Saladin verdrehte die Augen. „Bleibt mir denn gar nichts erspart? Wann soll es denn losgehen?"
„Nächste Woche Donnerstag."
„Besonderheiten?"
Raschid gab ein meckerndes Lachen von sich. „Und ob. Klingt ganz so, als solltest du verkuppelt werden – Suleika und Aisha sind dabei."
„Tut mir leid. Ich bin krank. Teilnahme unmöglich", sagte Saladin kurz. „Wie du die Absage formulierst, ist dein Problem."
Raschid nickte. Ihm würden schon die richtigen Worte einfallen. Saladin griff nach dem nächsten Brief.
Wie eine heiße Kartoffel ließ er ihn fallen. „Hab ich irgendwas verpasst? Gibt es einen neuen Virus oder was? Sind die denn alle plötzlich verrückt geworden?"
Raschid schaute ihm über die Schulter. „Poolparty in der Wüste? Zeig mal her!" Nach den ersten Zeilen schaute er Saladin fast mitleidig an. „Hassan meint das wirklich ernst. Blöd ist nur, dass du ihm nicht mit Krankheit und so kommen kannst. Er hat dein Wort."
„Ja leider." Saladin schlug seinen Planer auf. „Schreib ihm, dass er in vier Wochen anrücken kann." Und auf Raschids irritierten Blick: „Ich muss ja erst mal meine Krankheit auskurieren."
„Stimmt."
„Ahmed und Yussuf werden sich freuen, wenn hier tagelang lang der Ausnahmezustand tobt", murmelte Saladin verstimmt. „Die vier Wochen Galgenfrist werden sie kaum beruhigen."
Der Laptop meldete eine neue Email. Saladin warf einen finsteren Blick hinüber. Plötzlich huschte ein glückliches Lächeln über sein Ge-

sicht. „Von Kendra – sie hat ihren ersten Arbeitstag gut überstanden." Er schloss die Augen. „Wenn sie wüsste, wie sehr sie mir fehlt."

Dabei hatte er keine Ahnung, was seit vierundzwanzig Stunden für Kendra Gewissheit war.

Raschid klickte seinen Laptop ins Netzwerk ein. Während Saladin die letzte Post überflog, setzte er den Brief an dessen Onkel auf. Saladin warf einen Blick auf den Monitor, stutzte und begann zu lachen. „Du bist doch wirklich ein Schlitzohr. Spätfolgen einer Rauchvergiftung während des Brandes in der Pumpstation."

„Wäre es dir lieber, wenn ich ihm mitteile, dass du akut an Schwermut und Liebeskummer erkrankt bist oder an schweren Hormonstörungen durch Liebesentzug?"

Saladin hob erschreckt den Kopf, dann sah er Raschid lange nachdenklich an. „Du versuchst es mit Galgenhumor?"

„Ja sicher. Mir ist zumute, als müsste ich mich in die nächste Ecke setzen und Rotz und Wasser heulen. Nur ist mir damit nicht geholfen und dir schon gar nicht."

„Du magst sie wirklich sehr", stellte Saladin lächelnd fest.

„Ja – und daraus habe ich auch nie einen Hehl gemacht. Ich habe es ihr auch auf dem Rückflug gesagt, dass ich am liebsten umdrehen, sie zu dir zurückbringen und bis an mein Lebensende ihr Leibwächter bleiben würde. Ihr könnte ich, ohne zu zögern, genau wie dir mein Leben opfern."

Saladin legte Raschid die Hand auf die Schulter. „Ich glaube, das weiß sie." Dann huschte wieder so ein melancholisches Lächeln über sein Gesicht. Ja, sie wäre die ideale Frau an seiner Seite gewesen. Schließlich raffte er sich auf.

„Na, dann wollen wir mal mit Yussuf und Ahmed beratschlagen, was wir an Vorräten für Hassans Party brauchen." Bevor er die Tür öffnete, blieb Saladin noch einmal stehen. „Ach, erinnere mich bitte daran, dass Ibrahim und zwei andere aus der Eskorte deinen Job während dieser Zeit übernehmen müssen."

Raschid zog die Augenbrauen zusammen. „Warum?"

„Weil du als Partygast eingeladen bist und du demzufolge sehr lange Nächte haben wirst. Jedenfalls so wie ich dich kenne. Jemand muss ja auch für deine Sicherheit sorgen."

Raschid schaute noch immer ziemlich ratlos aus der Wäsche.

„Los freu dich schon, du hast eine halbe Woche Urlaub."

„Und wer passt auf dich auf?", fragte Raschid leise und in einem Tonfall, der Saladin genau zeigte, was er meinte.

Saladin erwiderte Raschids sorgenvollen Blick. „Ich glaube, dazu ist ein guter Freund besser beeignet als ein bezahlter Sicherheitsmann. Ich werde wohl den einzigen wahren Freund bitten, den ich habe." Er machte eine kurze Pause. „Könntest du trotz Partystress ein paar freie Minuten opfern?"

„Immer", antwortete Raschid mit einem dankbaren Lächeln. Dieser Auszeichnung, die wohl kaum noch jemand bekommen würde, wollte er sich jederzeit würdig erweisen. Und Saladin wusste genau, dass es Raschid nie zu Kopf steigen würde, dafür hatten sie schon zu viel gemeinsam erlebt.

Schließlich suchten sie die Küche auf.

Yussuf zückte seinen Organizer. „Wie viele Leute sind es denn diesmal?"

„Fünfundzwanzig bis dreißig, du kennst ja Hassan", antwortete Saladin.

„Haben sie ein bestimmtes Motto oder einfach nur *Lass die Sau raus*?", fragte der Koch weiter.

„Coconut-Island."

„Na gut. Einen Affen haben alle spätestens nach dem vierten Glas an der Leine", brummelte Yussuf mit einem breiten Grinsen.

Ahmed warf ihm einen mörderischen Blick zu. Er war derjenige, der jeden Morgen die Reste entsorgen, den Schnapsleichen jeden Wunsch und seine üblichen Aufgaben bei Saladin erfüllen musste. Dabei war es ihm morgens mehr als einmal passiert, dass eine der angesäuselten Damen mehr Wert auf seine Gesellschaft im Bett, als auf ein sauberes Zimmer legte. Ahmed, ganz Gentleman, genoss und schwieg.

Und bei Hassans Partys gab es richtig was zu genießen, der rückte meist mit international gefragten Pin-up-Girls an. Saladin stellte ihm die Räumlichkeiten und das Personal zur Verfügung, blieb den wilden Events aber fast immer fern, sehr zum Kummer der angereisten Schönen. Aber spätestens, wenn Raschid auf der Bildfläche erschien, verrauchte der Kummer recht schnell.

Muskelbepackte, wohlproportionierte Zwei-Meter-Zehn konnte man schlecht übersehen und selten wieder vergessen. Schon gar nicht, wenn er spät in der Nacht seine anderen Qualitäten offenbart hatte.

Yussuf, der weder auffallend attraktiv noch groß gewachsen war, punktete mit seinen kulinarischen Genüssen. Wobei die ihm immer wieder mal ein Schäferstündchen außer der Reihe eingebracht hatten.

Seit er wusste, wie sich Raschid Sonderboni in der Küche des Königs erwarb, drehte er den Spieß einfach um und forderte scherzhaft für die Extrawünsche der Partymäuse ein paar kleine und große liebevollen Zuwendungen. Die er oft auch bekam. Saladin drückte, solange es keine Beschwerden über seine Leute gab, beide Augen zu. Es kam selten genug vor, dass sie über die Stränge schlagen konnten. Nur eine seiner Regeln galt unumstößlich: kein Tropfen Alkohol im Dienst.

Die beiden Hauswunder, wie Raschid Ahmed und Yussuf manchmal nannte, trugen die Ankündigung der drei verrückten Tage mit Fassung. Sie wussten, dass der Prinz ihre Bitte um zusätzliches Personal erfüllen werde. Raschid hielt ihnen ja auch immer, wenn es wirklich einmal nötig war, den Rücken frei.

Der tippte Yussuf auf die Schulter. „Kleine Bemerkung ganz am Rande: Diesmal müsst ihr ohne mich auskommen."

„Was??? Wieso denn das? Hast du was ausgefressen?", riefen beide Männer durcheinander.

Saladin lachte herzlich. „Nichts dergleichen. Raschid ist offiziell eingeladen. Er hat Urlaub und wird ihn sicher genießen."

„Glückspilz." Yussuf zwinkerte Raschid lustig zu. „Dann kann ich ja deine Verpflegung für diese Zeit streichen."

Ahmed begann, auf Raschids verstörten Blick hin, zu kichern. „Na, weil du doch reihenweise die Mädels vernaschst", platzte er schließlich heraus.

Raschid drohte beiden mit dem Finger. Dann wurde er ernst. Die Personalfrage war zu wichtig, um sie auf die leichte Schulter zu nehmen. Am Ende bekam Yussuf die sieben Personen genehmigt, die schon während des Baus der Computerzentrale für die Techniker gekocht hatten und Ahmed vier dienstbare Geister für den Zimmer- und Reinigungsservice.

„Meine Etage bleibt für diese Zeit komplett tabu", erklärte Saladin. „Zugang haben nur ihr drei, Ibrahim und noch zwei Männer aus der Eskorte. Codierung über Papillarlinienfeld – ich möchte keine ungebetenen Besucher in meinen Räumen haben. Die Wendeltreppe und der Lift zum Pool werden freigegeben."

Raschid und Ibrahim überprüfen in den nächsten Tagen die Rettungsplattform der Kuppel. Der Arztnotruf funktioniert wie gehabt, Erstversorgung durch die drei Wachmänner. Der Hangar wird in diesen drei Tagen komplett videoüberwacht. Wer ihn wann betritt, entscheiden Ibrahim, Raschid oder ich. Na, dann viel Spaß bei der Vorbereitung."

Saladin verließ mit Raschid den Küchenbereich. „Hast du das Schreiben an Mister Cunning fertig?", fragte er ihn auf dem Weg zum Arbeitszimmer.

„Fehlt nur noch deine Unterschrift." Raschid legte ihm die Mappe vor. Saladin las mehrmals aufmerksam den Text. „Ich glaube, das trifft es in aller Genauigkeit. Kendra ist wirklich die beste Spezialistin, die wir je hatten – gründlich, schnell und absolut zuverlässig."

„Du hast schon wieder diesen Glanz in den Augen", schmunzelte Raschid.

Saladin seufzte. „Ich fühle mich manchmal wie ein Teenager, der von seiner allerersten Liebe schwärmt. Mit Kendra konnte ich die ganze Welt um mich herum vergessen. Aber das brauche ich dir ja nicht erst erzählen, du hast es ja selbst erlebt", fügte er hinzu, auf die Grotte des Silberregens anspielend. Dabei huschte ein fast verlegenes Lächeln über sein Gesicht.

Raschid hatte nie mehr ein Wort darüber verloren. Man hätte fast meinen können, er wäre an jenem denkwürdigen Tag gar nicht dabei gewesen. Saladin war ihm sehr dankbar dafür. Kendra hatte es ihm gegenüber auch mehrfach betont, wie sehr sie die Verschwiegenheit Raschids schätzte, besonders nach jenem Besuch in der Grotte oder dem Wüstenritt. Bei ihm hatte sie auch nie das Gefühl gehabt, beobachtet zu werden, selbst dann nicht, wenn er in der Sauna die Aufgüsse machte. Wie hatte Saladin gesagt: Er ist ein Phänomen. Dem gab es nicht hinzuzufügen.

Raschid hatte inzwischen die Daten seines Planers mit denen Saladins abgeglichen. „Oh, morgen ist Termin in der Pumpstation, die Abnahme des zweiten Abschnitts beim Wiederaufbau ist fällig. Kommst du mit?"

Saladin dachte lange nach, dann schüttelte er ganz langsam den Kopf. „Es ist für die Baufirma besser, wenn ich hierbleibe."

„Wegen der Sache mit Kendra?"

Saladin nickte. Er hatte sich in den letzten Tagen immer wieder die Sequenzen von der einzigen Überwachungskamera der Computerzentrale angesehen, auf die er rein zufällig gestoßen war. Der Angriff auf Kendra war tatsächlich nur eine Sache von Sekunden gewesen, die ihr allerdings in ihrer Angst unendlich lang vorgekommen sein mussten. Raschid traf keinerlei Schuld. Er hatte völlig korrekt gehandelt.

„Kann ich ihnen in Bezug auf weitere Aufträge irgendwelche Zusagen machen?", fragte Raschid.

„Noch nicht. Lassen wir sie ruhig noch eine Weile zappeln. Du hattest sie ja vorgewarnt, dass es durchaus Konsequenzen geben könnte, wenn sie ihre Leute nicht im Griff haben."

Raschid machte sich am nächsten Morgen allein auf den Weg. Schon beim Landeanflug des Hubschraubers verzogen sich die Arbeiter schleunigst, die letzten spätestens als sie sahen, dass Raschid allein gekommen war. Die drei Männer der Bauleitung begrüßten ihn fast untertänig.

Beim Rundgang über die Baustelle war Raschid dann doch sehr erstaunt. Eingedenk seiner Worte und dessen, was danach geschehen war, hatte der große Boss der Firma einige Konsequenzen gezogen – den Bauleiter ausgetauscht und drastische Strafen auf jegliche Zuwiderhandlungen der Anweisungen des Prinzen, und als dessen Vertreter Raschids, angekündigt. So konnte dieser nach zwei Stunden seine volle Zufriedenheit ausdrücken.

Die Frage nach weiteren Aufträgen stellte man ihm vorsichtshalber gar nicht erst, um den positiven Eindruck, den man hinterlassen hatte, nicht zu schmälern. Bis zur endgültigen Bauabnahme waren ja noch einige Tage Zeit.

Abdul, der neue Bauleiter, begleitete Raschid zum Heli. „Ich hätte eine ganz private Frage – ist Miss Swan identisch mit der jungen Frau, die von den Medien in Begleitung des Prinzen gesehen worden ist?"

Raschid überlegte einen Moment. „Ich hätte einen ganz privaten Rat – vergessen Sie meine Antwort sofort wieder. Es handelt sich um ein und dieselbe Frau." Er drehte sich um und stieg in den Helikopter.

Abdul schaute hinterher, bis dieser außer Sicht war. *Na, da haben wir wohl ein echtes Problem,* dachte er, als er ins Büro zurückging. Normalerweise hätte jeder stutzig werden müssen, weil Saladin sie von seinen Leibwächtern, besonders Raschid, schützen ließ. Nun musste er, der am wenigsten Einfluss auf die Dinge gehabt hatte, das Ansehen der Firma wieder herstellen.

Raschid hatte ihm eine äußerst wertvolle Information zukommen lassen und er werde darüber schweigen wie ein Grab. Dieses Vertrauen zu verspielen, wäre gleichbedeutend mit einem Todesstoß für die Firma gewesen. Abdul wandte sich den unterzeichneten Papieren über die Abnahme des Bauabschnitts zu.

Die vier Wochen bis zur Invasion der Partygäste vergingen Saladin viel zu schnell. Trotzdem gelang es ihm, sein charmantestes Lächeln aufzusetzen, als er die achtzehn Damen und neun Herren begrüßte, die in den nächsten Tagen sein Refugium in der Wüste, auf den Kopf zu stellen gedachten.

Er erschien sogar zum gemeinsamen Abendessen am Pool, um den Ahmed und seine Männer Sitzgruppen unter Palmen aufgestellt hatten. An seinem Tisch nahmen nur noch Raschid, Hassan und der griechische Bildhauer Arion Platz.

Hassan redete wie immer viel, Raschid hörte schweigend zu, Saladin machte gute Miene zum bösen Spiel und Arion fühlte sich, als habe man ihn in den falschen Film gesteckt. Hassan bemerkte das gar nicht, Saladin und Raschid umso mehr. Als Hassan schließlich seine Small-Talk-Runde um die Tische drehte, kamen die drei anderen endlich zu einem vernünftigen Gespräch.

„Nun, Mister Arion, Sie sehen etwas unglücklich aus", stellte Saladin leise fest. „Sagen Sie Bescheid, wenn es Probleme gibt. Mein Personal wird Ihre Wünsche im Rahmen des Möglichen gern erfüllen."

Arion hob überrascht den Kopf. „Nein, nein, es gibt keine Probleme", versicherte er schnell. „Es ist nur ..." Er suchte nach den richtigen Worten. Dann hob er mit einer hilflos wirkenden Geste die Hände. „Ich möchte ehrlich sein. Ich bin solch illustre Gesellschaften nicht gewöhnt und habe ganz einfach die Befürchtung, mich aus Unwissenheit unmöglich zu benehmen."

Jetzt war es an Saladin, überrascht zu sein. „Sie gehören nicht zu Hassans engerem Freundeskreis?", fragte er erstaunt.

Arion schüttelte den Kopf. „Wir haben uns vor ein paar Tagen in einer kleinen Künstlerkneipe in meinem Wohnort in Griechenland kennengelernt. Er hat sich einige meiner Arbeiten angesehen und gesagt: *Ich glaube, ich kenne jemanden, den Ihr Stil interessieren könnte. Wenn Sie Zeit haben, können Sie mich drei Tage lang begleiten.* Nun ja, ich habe spontan zugesagt, weil man ein Angebot keinesfalls gleich ablehnen sollte.

Besonders dann, wenn man noch ziemlich unbekannt ist. Erst am nächsten Tag habe ich aus dem Internet erfahren, dass er einer der größten Kunstmäzene unserer Zeit ist und ganz nebenbei der Lebemann schlechthin. Wohin die Reise geht, hat er mir erst heute früh im Flugzeug gesagt. Mein einzig wirkliches Problem ist, dass ich kein Partylöwe bin."

„Keine Sorge, Mister Arion, man wird Sie zu nichts zwingen, was Sie nicht selber wollen. In einem Punkt hat Hassan recht, ich interessiere mich wirklich für Skulpturen und Reliefs. Während die anderen wild feiern, sollten wir uns Ihre Arbeiten anschauen. In der kleinen Zentrale hier hinter Wand ist ein leistungsfähiger Rechner mit Großbildschirm. Sie sind doch mit Ihren Werken online?"

„Ja, natürlich", strahlte Arion. „Es wird mir eine große Ehre sein." Er folgte Saladin durch die fast unsichtbare Tür.

Raschid, der den Leibwächter trotz Urlaub nicht ganz ablegen konnte, so sehr er sich auch bemühte, postierte sich gegenüber, um ungebetene Neugierige fernzuhalten. Ahmed kam mit einem Tablett voller Champagnergläser zu ihm. Raschid lehnte dankend ab.

„Ich denke, du hast Urlaub?", fragte Ahmed irritiert.

Raschid zwinkerte ihm lustig zu. „Der Abend ist noch lang und ich möchte ihn genießen."

„Ah, verstehe", schmunzelte Ahmed und zog mit seinem Tablett weiter.

Eine halbe Stunde später zeigte der reichliche Champagnergenuss bei den ersten Damen Wirkung. Die Abendrobe landete achtlos auf den Lehnen der Polsterstühle, während sich die Besitzerinnen nur mit BH und Slip in den Pool warfen. Ahmed ließ Badetücher und -mäntel bringen, die drei Bodyguards wachten mit Argusaugen über das irre Treiben.

Raschid fühlte plötzlich, eine Hand zärtlich über seinen Arm streichen. Neugierig wandte er sich um. Aus einem sinnlichen Gesicht unter einer roten Löwenmähne hervor schmachteten ihn zwei große grüne Augen an.

„Jennifer!", sagte er erfreut. „Ich wusste gar nicht, dass du auch wieder einmal hier bist."

Sie lachte. „Du weißt doch, wie sehr ich auf eine heiße Nacht mit dir stehe. Hassan brauchte mich also nicht zweimal bitten, mitzufliegen, und Ahmed hat mir gerade verraten, dass du Urlaub hast."

„Deshalb werde ich mir auch wirklich fast die ganze Nacht lang Zeit für dich nehmen", versprach ihr Raschid. Er machte Ibrahim ein Zeichen mit den Augen, dass er ab sofort die volle Verantwortung für Saladin habe, nahm von Ahmeds Tablett zwei Gläser und verschwand mit Jennifer.

Da seine Räume in Saladins Etage lagen, wich er einfach mit ihr in einen der Bereitschaftsräume aus. Mit wenigen Handgriffen klappte er die bequeme Couch zu einer großen Spielwiese aus, ehe er sich mit allen Sinnen der schlanken, langbeinigen Schönheit zuwandte, die seine Zärtlichkeiten schon sehnsüchtig erwartete. Seit ihrer ersten Begegnung auf einer von Hassans Partys trieb es sie immer wieder zueinander, wenn sich zufällig die Gelegenheit ergab. Jennifer hatte damals über eine ihrer Model-Kolleginnen von Raschids schon fast legendärer Ausdauer erfahren, sich noch am selben Abend von seinen Qualitäten überzeugt und seitdem jede Gelegenheit genutzt, selbige zu genießen.

Der Gedanke, dass Raschid heute das erste Mal weder auf die Uhr noch auf den Kommunikator schauen musste, jagte wohlige Schauer über ihre Haut. Sie schloss die Augen, als er sie in die Arme nahm, ihren Hals und ihre Schultern mit heißen Küssen bedeckte und gleichzeitig den langen Reißverschluss ihres Abendkleides öffnete. Eine winzige Bewegung mit den Schultern, das Kleid glitt zu Boden und sie trug nur noch diesen Hauch von Nichts als Tanga, der aus einer stilisierten Blüte mit dünnen Bändern bestand und eigentlich mehr enthüllte als verdeckte.

Raschid trug sie zur Couch. Streichelnd modellierten seine Hände diesen wundervollen Körper nach, der völlig ohne die Arbeit eines Schönheitschirurgen, einen Mann in den Wahnsinn treiben konnte. Jennifer legte ihm die Arme um den Nacken. Mit sanften Fingern huschte sie über seine stahlharten Muskeln. Manchmal erschauerte sie, wenn sie dabei zufällig die tiefen Narben an seinem Körper berührte. Von einem Motorradunfall würden sie stammen, hatte ihr Raschid einmal beiläufig erklärt. Jennifer glaubte nicht daran, aber das stand auf einem anderen Blatt.

Statt ihn zu entstellen, ließen ihn diese Narben martialisch erscheinen. Jennifer malte ihn sich in ihren Träumen als siegreichen römischen Gladiator aus. Sie ahnte ja nicht, wie nahe sie damit der Wahrheit kam. Er war der Feldherr, von dem sie sich gern erobern ließ. Während Hassan, der mehr als nur ein Auge auf die rassige Rothaarige geworfen hatte, beinahe alle Register ziehen musste, um sie höchst widerwillig ins Bett zu bekommen.

Für sie hatten Männlichkeit und erotische Anziehungskraft einen Namen: Raschid. Hassan mochte ja ein ganz netter Junge sein, im Geld schwimmen und einen gewissen Einfluss haben, aber im Bett war er schlechter Durchschnitt. Dem Vergleich mit Saladins Bodyguard hielt er keineswegs stand. Und er hatte es noch immer nicht begriffen, dass sie nur Raschids wegen so wild auf die Partys bei Saladin war und auch nur seinetwegen in jedem Jahr plötzlich etwas zugänglicher für ihn, Hassan, wurde.

Die jährliche Einladung war ihr ein paar fade Nächte mit Hassan durchaus wert, besonders dann, wenn sie an die Entschädigung dafür dachte. Sie werde jedenfalls einen Teufel tun, um ihn mit der Nase darauf zu stoßen.

„Du lächelst so hintergründig", stellte Raschid fest. „Hat Hassan ernstere Absichten?"

Jennifer lachte. „Ich will's lieber gar nicht wissen."

Raschid zuckte mit den Schultern. „Das hielte mich auch nicht ab."

„Ich weiß." Sie zog Raschids Kopf an ihre Brust. Seine warmen Lippen wanderten langsam tiefer.

Wie er es geschafft hatte, von ihr unbemerkt, ganz nebenbei Ahmed um Sekt und Knabbereien zu bitten, wusste sie nicht zu sagen – nicht einmal, wann Ahmed überhaupt im Zimmer gewesen sein konnte. Auf alle Fälle standen, als sie wieder etwas zu Atem gekommen war, auf dem kleinen Tisch plötzlich ein Sektkühler, zwei Gläser und von Obst bis Gebäck alles für den Snack zwischendurch.

Ihren völlig erstaunten Blick quittierte Raschid mit: „Ich habe dir doch eine lange Nacht versprochen."

Jennifer hüllte sich kurzerhand in sein Oberhemd, das ihr natürlich viel zu groß war, krempelte die Ärmel etwas auf und huschte zum Tisch. Raschid sah ihr amüsiert zu, dann streifte er sich nur seine Hose über, um ihr zu folgen. Sie lächelte ihn über den Rand ihres Sektglases hinweg an. „Dabei dachte ich immer, dass ich all deine Qualitäten schon kenne …"

„Von fünf Mal einer halben Stunde, ganz hoch gerechnet?", fragte er mit spöttischem Blick, sie vorsichtig an sich drückend.

„Du weißt es noch?"

„Aber sicher. Ich bin Genießer und was ich genieße, das merke ich mir auch."

Jennifer kuschelte sich enger an ihn. „Ein etwas ungewöhnliches Kompliment, aber für zwei so beziehungsuntaugliche Menschen wie uns, wohl zutreffend."

Bis kurz vor dem Sonnenaufgang verwöhnte Raschid sie mit Zärtlichkeiten, von denen sie nicht einmal eine Ahnung gehabt hatte, dass diese so viel Spaß machen konnten. Er war es gewohnt, mit wenig oder tagelang auch mal ohne Schlaf auszukommen. Jennifer hingegen schlief völlig erschöpft in seinen Armen ein.

Raschid legte ihr fürsorglich sein Hemd um, bevor er sie eine Etage höher in ihr Zimmer trug. Ahmed werde sich am Morgen schon darum kümmern, dass sie ihr Kleid, die Schuhe und was sonst noch im Zimmer verstreut lag, zurückerhielt.

Noch einmal streichelte er liebevoll das Gesicht der fest schlummernden Schönheit, ehe er auf schnellstem Weg in seinen Räumen verschwand, um sich für das Morgentraining mit Saladin frisch zu machen. Er kam sogar wenige Augenblicke vor ihm dort an.

„Ich werde nicht wieder – du hast es tatsächlich geschafft, heute früh munter zu sein?!" Saladin konnte es kaum fassen.

Raschid schmunzelte. „Um ganz ehrlich zu sein – ich habe nicht geschlafen. Jennifer ist hier."

„Da erübrigt sich jede Erklärung. Möchtest du lieber aufs Fechten verzichten?"

„Keineswegs."

Saladin war schon nach ein paar Sekunden erstaunt, wie reaktionsschnell Raschid trotz durchwachter Nacht agierte. Ganz gleich wie sehr er sich auch bemühte, er packte es nicht ein einziges Mal, dessen Deckung zu durchdringen.

„Du bist und bleibst der Beste", murmelte Saladin mit voller Bewunderung, aber auch völlig neidlos.

„Ich gebe mir Mühe." Raschid kontrollierte die Waffen, bevor er sie wieder in die Halterungen an der Wand steckte. „Wie war das Gespräch mit Arion?"

„Ziemlich interessant. Wir haben bis weit nach Mitternacht im Kontrollraum gesteckt und online seinen Katalog durchstöbert."

„Bist du fündig geworden?"

„Ja und nein." Saladin folgte Raschid zum Pool, bei dem Ahmed und seine Männer schon fleißig gewesen waren. Außer den vielen Sitzgruppen deutete nichts mehr auf die vergangene chaotische Nacht hin. Ahmed war gerade noch dabei, die Arbeit seiner Leute zu kontrollieren. Raschid nickte ihm lächelnd zu. „Danke."

Ahmed lächelte zurück. „Für unsere Gäste nur das Beste." Dann setzte er beiläufig hinzu: „Es ist bereits alles erledigt."

Saladin schaute Raschid fragend an.

„Meinetwegen hat er wieder mal Zusatzarbeit gehabt."

„Wie das?"

„Ich habe die Nacht mit Jennifer im kleinen Bereitschaftsraum verbracht", erklärte Raschid, während er gemächlich neben Saladin her schwamm.

Saladin wirkte etwas irritiert.

„Hast du deinen Befehl vergessen?", fragte Raschid. „Die Etage ist tabu."

„Ja, aber doch nicht für dich. Schließlich sind deine Räume hier."

„Befehl ist Befehl. Da mache ich keine Ausnahme." Raschid hielt sich am Beckenrand fest.

Saladin atmete tief durch. „Okay, dann anders: Ich befehle dir, falls deine Wahl in der nächsten Nacht wieder auf deine Lieblingsschmusekatze fällt, sie mit in deine Räume zu nehmen und ihr eine heiße Zeit beim, im und um das Badebecken herum zu bereiten."

Diesmal schaute Raschid irritiert. Dieses Becken gehörte direkt zu Saladins Bereich und war normalerweise immer tabu.

„Vergiss nicht – das ist ein Befehl." Saladin schwamm schmunzelnd die nächste Bahn. Raschid guckte aber auch zu komisch. „Im Gegenzug habe ich eine Bitte", fuhr Saladin fort. „Ich möchte, dass du mich heute nach dem Mittagessen mit Arion zur singenden Düne bringst."

„Aber gern." Raschid strahlte über das ganze Gesicht. Er hatte schon befürchtet, Saladin werde sich während der drei tollen Tage nur von Ibrahim und den beiden anderen Bodyguards bewachen lassen. „Ach und noch was, andere Gäste sind dabei willkommen. Notfalls fahren wir mit mehreren Raupenfahrzeugen."

„Glaubst du wirklich, dass Mittag schon jemand wach ist?"

„Nicht so richtig, aber man weiß ja nie."

Die beiden Männer verließen den Pool.

„Versuche zu schlafen", schlug Saladin vor, als er merkte, dass Raschid in Richtung der Arbeitsräume ging. „Du hast Urlaub."

„Macht der Gewohnheit." Raschid hob beinahe hilflos die Hände. Schließlich folgte er doch der Stimme der Vernunft. Zuvor allerdings bat er Ahmed, eine jener unvergesslichen Nächte am Badebecken vorzubereiten.

„Saladin will sich wohl doch anderweitig trösten?", fragte der total erstaunt.

Raschid schnitt ihm das Wort ab. „Unsinn. Für mich sollst du es tun."

„Hä???", war alles, was Ahmed herausbrachte. So etwas hatte es noch nie gegeben. Dann beeilte er sich, Raschids Wünsche zu notieren. Der Appetithappen, den Raschid in der vergangenen Nacht im Bett gehabt hatte, war sicher dieser Ehre würdig. Sie war eine der ganz wenigen Frauen um Hassan, die nur dadurch auffielen, dass sie außergewöhnlich gut aussahen.

„Sie ist deinetwegen hier?", fragte Ahmed schließlich.

Raschid nickte. Dann hielt er Ahmed am Arm fest. „Behalte es bitte für dich. Hassan steigt ihr auffällig nach."

„Ich weiß. Er hat sie gestern Nacht mehrmals gesucht."

Raschid zuckte zusammen.

„Beruhige dich. Ich habe ihm gesagt, dass sie sich zurückgezogen habe, weil es ihr nicht gut ginge. Für diese Nacht fällt mir auch was ein." Ahmed grinste spitzbübisch, klopfte Raschid auf die Schulter und wandte sich wieder seinem Tagewerk zu.

Raschid verstand sich selbst nicht mehr. Bisher war es ihm ziemlich egal gewesen, ob er eine seiner Bettgenossinnen wieder sah oder nicht. Genau so egal war es ihm auch, ob diese mit anderen Männern heiße Nächte erlebten. Und plötzlich störte ihn der Gedanke, dass Hassan Jennifer für sich beansprucht und er sie vielleicht zum letzten Mal sah. Im Einschlafen huschte eine Idee durch seinen Kopf: *Dann werde ich Saladin zum allerersten Mal um einen persönlichen Gefallen bitten ...*

Jennifer war als Erste auf den Beinen. Im Gegensatz zu den anderen Partygästen hatte sie nur drei Gläser Champagner getrunken. Jetzt schlenderte sie durch die Wohnkuppel zur Küche. Yussuf stellte augenblicklich ihr Wunschmenü zusammen. Ahmed deckte in Windeseile einen Tisch für sie ein. Jennifer bat ihn, Platz zu nehmen. Sie wollte nicht ganz allein sein.

„Die Männer haben gestern über die großen Raupenfahrzeuge gesprochen. Darf ich mir die einmal aus der Nähe ansehen?", fragte sie.

„Darüber können nur Saladin oder sein persönlicher Stellvertreter entscheiden", sagte Ahmed mit Bedauern. „Soll ich Ihre Bitte weiterleiten?"

Jennifer schüttelte den Kopf. „Nein, nein, ich möchte keinesfalls Umstände bereiten."

„Möchten Sie selbst mit einem der beiden reden?"

Jennifer verneinte.

Ahmed merkte endlich, dass sie keine Ahnung hatte, wer Raschid wirklich war. Ganz offensichtlich kannte sie ihn nur als Saladins Leibwächter. Er schickte ihm eine Nachricht auf den Kommunikator. Raschid erschien, bevor Jennifer mit dem Essen fertig war.

„Wo brennt es denn?", fragte Raschid, nachdem er sie zärtlich geküsst hatte.

„Miss Jennifer möchte sich gern die Raupenfahrzeuge ansehen", erklärte Ahmed. „Sie traut sich nur nicht, danach zu fragen."

„Warum so schüchtern?" Raschid schüttelte amüsiert den Kopf.

Jennifer wurde nervös. „Ich kenne weder Saladin persönlich, noch seinen Stellvertreter", murmelte sie.

Raschid begann zu lachen. „Das entspricht wohl nicht ganz der Wahrheit, mit Letzterem hattest du schon ziemlich heiße Nächte, wie ich aus ganz sicherer Quelle weiß."

Jennifer verfärbte sich jäh. „Das stimmt nicht", flüsterte sie mit tonloser Stimme. „Ich weiß ja nicht einmal, wie der Stellvertreter des Prinzen heißt."

Raschid nahm sie in den Arm. „War ich gestern Nacht wirklich so schlecht, dass du dich nicht einmal mehr an mich erinnern möchtest?"

Jennifer hob überrascht den Kopf. „D – d – du bi – bist Saladins Stellvertreter?", stotterte sie verstört.

„Ja. In voller Lebensgröße."

Jennifer schloss die Augen. Wenn sie mit allem gerechnet hätte, nur auf keinem Fall damit. Ihre Gedanken fuhren Achterbahn.

Raschid zog sie auf seinen Schoß. „Du möchtest die Raupen sehen, ich zeige sie dir. Du wirst sogar mitfahren. In einer halben Stunde breche ich mit dem Prinzen und Arion in die Wüste auf. Zieh etwas Bequemes an und sei bitte pünktlich. Dann habe ich noch eine Bitte. Ich möchte, dass du den heutigen Abend und die Nacht mit mir verbringst."

Jennifer schmiegte sich lächelnd an seine Brust. „Ich werde pünktlich sein – auch heute Abend."

Sie eilte davon, um sich wüstentauglich anzuziehen. Überpünktlich erschien sie wieder. Raschid erwartete sie bereits auf dem Gang zum Hangar. Er öffnete mit seinem Fingerprint die Tür. Das war wohl für sie der letzte Beweis, dass er tatsächlich Saladins rechte Hand war.

Ihr bewundernder Blick sprach ganze Bände. Raschid führte sie zu einer der größeren Raupen, die zur Durchsicht mit geöffneter Motorhaube in der Werkstatt standen. Jennifer beugte sich über den Motorraum.

„Soll ich dir die Technik erklären?", fragte er.

„Nicht alles. Ich möchte nur wissen, wie dieses Kühlsystem funktioniert."

Raschid gab ihr die technischen Daten, erklärte sogar die Zusammensetzung des speziellen Kühlmittels.

„Sind das etwa geheime Informationen?", fragte Jennifer vorsichtig.

„Keineswegs. Ich könnte sie dir sogar ausdrucken."

„Wirklich?"

„Aber ja. Nur was willst du damit?", fragte Raschid interessiert.

Jennifer zögerte etwas. „Mein Bruder ist Fahrzeugmechaniker bei uns im Wüstengebiet. Wir haben ständig Probleme mit unseren Raupen ..."

„Ist er gut?"

„Das sagt man. Aber warum fragst du?"

Raschid zeigte in die Runde. „Wir könnten hier für eine Weile noch einen Mann gebrauchen, der sein Handwerk versteht. Nur sind die Bedingungen ziemlich hart."

„Du meinst die Einsamkeit?"

Raschid nickte. „Aber er hätte die Möglichkeit, sich vor Ort die nötigen Kenntnisse anzueignen."

Jennifer nickte. „Ich glaube, da wäre er nicht abgeneigt."

„Gib mir seine E-Mail-Adresse", bat Raschid. „So, nun aber schnell, Saladin wird gleich hier sein."

Sie gingen hinüber in den Hangar, wo auch die Helikopter standen.

Arion und Saladin kamen gleich nacheinander. Der Prinz stutzte kurz, dann küsste er Jennifer zur Begrüßung die Hand. Auch Arion begrüßte sie mit Handkuss.

„Miss Jennifer wird uns begleiten", erklärte Raschid, während er ihr beim Einsteigen half.

„Sie lieben die Wüste?", fragte Saladin.

„Ich bin am Rande der Mojave-Wüste geboren und wohne auch heute noch dort. Mein Bruder lebt davon, dass er Touristen mit einer Sandraupe durch dieses unwirtliche und doch so wundervolle Gebiet führt", erklärte Jennifer. „Deshalb interessiert mich eher die Technik als der Sand, weil wir immer wieder Probleme damit haben", gab sie unumwunden zu.

Saladin schaute sie erstaunt an. „Ihr älterer Bruder?"

Jennifer nickte. „Ich habe nur diesen einen Bruder. Er ist fünfzehn Jahre älter als ich. Er hat mir von klein auf Vater und Mutter ersetzt, die beide in der Wüste umgekommen sind, als ich gerade fünf war."

Raschid horchte auf. Kein Wunder, dass Jennifer anders war, als alle die Hassan sonst anschleppte.

„Er ist sicher sehr stolz auf Sie. Immerhin sind Sie eines der gefragtesten Models."

„Dafür muss ich ihm dankbar sein. Er hat mich auf die besten Schulen geschickt und mich auch unterstützt, als es am Anfang in meinem Job noch nicht so gut lief. Dabei hätte er das Geld viel dringender gebraucht", setzte sie versonnen hinzu. „Jetzt kann ich ihm wenigstens etwas von dem zurückgeben, was er für mich getan hat."

„Und ich habe mich schon gewundert, was Sie immer wieder in die Einsamkeit der Wüste zieht, um mit Hassan Partys zu feiern", warf Saladin wie nebenbei ein.

Jennifer wurde rot.

Saladin schaute sie amüsiert an.

„Das hat dann doch einen anderen Grund", flüsterte sie kaum hörbar.

„Genießen Sie den Grund", riet Saladin mit einem Augenzwinkern. „Und sagen Sie Bescheid, wenn ich Ihnen Hassan dabei etwas vom Hals halten soll."

Jetzt hätte es Jennifer farblich mit jeder Tomate aufnehmen können. Sie hatte nicht geahnt, wie gut Saladin über die vergangene Nacht Bescheid wusste. Nun warf sie einen scheuen, etwas hilflosen Blick zu Arion hinüber.

„Von mir erfährt Hassan ganz bestimmt nichts", versicherte der junge Bildhauer schnell, wobei er zum Schwur eine Hand auf seine Brust legte.

Raschid drehte sich zu Saladin um. Seine Augen sagten deutlich: *Bitte tu es.*

Seit sie mit Kendra hier gewesen waren, hatte sich die singende Düne sehr verändert. Das Klingen des Sandes war leiser geworden und man musste schon genau hinhören, um verschiedene Tonfolgen zu erkennen. Trotzdem lauschten Jennifer und Arion ganz ergriffen. Jennifer hielt ihre Kamera dicht an den Boden, um das Lied des Sandes aufzunehmen. Über Saladins Augen legte sich ein Schleier.

„Sie haben wundervolle Erinnerungen an diese Stelle", flüsterte ihm Jennifer zu. „Wenn ich mich nicht völlig irre."

Saladin nickte kaum merklich.

„Ist das der Grund, weshalb Sie der Party fern geblieben sind?", fragte sie leise.

Noch einmal nickte er. Raschid legte ihm tröstend die Hand auf die Schulter. Arion hatte in der vergangenen Nacht lange mit Saladin dessen Wünsche und Ideen beraten, einen Auftrag erhalten und bekam nun hier ganz zufällig ein wenig Hintergrund über die Bitte des Prinzen. Mit neu beflügelter Fantasie fielen ihm immer neue Details für das geplante Kunstwerk ein.

Jennifer ließ indes eine handvoll Sand in eine kleine Tüte rieseln. Dabei umspielte ein glückliches Lächeln ihre Mundwinkel. Raschid brachte den Picknickkorb und den kleinen Kocher aus dem Fahrzeug. Im Handumdrehen zauberte er den begehrten starken Kaffee, den man hier in der Wüste so liebte. Dankbar nahmen die Ausflügler das Angebot an.

Dann saßen sie unter dem kleinen Sonnensegel und beobachteten, wie der leichte Wind den Sand in der Ferne empor wehte. Man hätte meinen können, dass Rauch von den Dünen aufsteige. Jennifer erzählte leise vom Death Valley, von den unzähligen Klapperschlangen und wie faszinierend es sein konnte, die tanzenden Staubteufel zu beobachten, die hin und wieder über das staubtrockene Land zogen.

„Ich freue mich aufrichtig, dass Sie uns begleiten", sagte Arion nach einer Weile. „Ich habe Sie am Anfang für eine dieser neureichen, verzogenen Gören gehalten, die außer dem Discoparkett keinen anderen Boden kennen und Champagner für die einzig genießbare Flüssigkeit halten. Ich bin froh, dass ich meine Meinung revidieren konnte. Frauen, wie Ihnen, gönne ich den Erfolg, weil er wirklich hart erarbeitet ist."

Jennifer lachte herzlich. „Danke. Manchmal glaube ich, dass die Wüste auf mich abgefärbt hat. Wenn nach langer Trockenheit und einem langen Durst nach Leben, ein paar Tropfen Wasser Hoffnung mitbringen, dann blühe ich für ein paar Tage auf."

„Ein wundervoller Vergleich", murmelte Saladin beeindruckt.

Raschid nahm Jennifer in die Arme und küsste sie zärtlich. Jetzt erst, machte es bei Arion wirklich *klick*.

Das also war es, was sie einmal im Jahr in die Wüste lockte. Und nun konnte er sich auch ihre Furcht davor erklären, dass Hassan dahinter kommen könne. Er würde sie kurzerhand nicht mehr zu seinen Events einladen, sei es aus Rache oder aus gekränktem Stolz.

„Oh je", seufzte Arion. „Ich habe nicht erwartet, plötzlich Geheimnisträger zu werden."

„Sehen Sie es positiv, es könnte Ihnen Freunde fürs Leben einbringen", sprach Saladin sehr ernst.

Arion nickte. „Ich werde dieses große Vertrauen keinesfalls enttäuschen." Dann strahlte er über das ganze Gesicht. „Ich habe eine Idee, wie wir Hassan die ganze Nacht beschäftigen können! Er kann keine Pokerrunde auslassen und ich bin ein ganz passabler Spieler, was er nicht weiß. Vielleicht lässt er sich trotz meiner minimalen Einsätze aus der Reserve locken."

Raschid lachte schallend. „Wirklich genial. Mister Arion, ich bin durchaus bereit, Ihnen alle Unkosten zu erstatten und Sie die entstehenden Unannehmlichkeiten vergessen zu lassen."

„Wünschen Sie mir einfach Glück, alles andere wird sich finden", schmunzelte Arion. „Es ist die Chance für mich, dem wilden Party-Gehopse zu entkommen."

Saladin schüttelte amüsiert den Kopf. „Dieses Schauspiel lasse ich mir nicht entgehen. Hassan hält sich für unschlagbar."

Unter fröhlichem Gelächter packten sie gemeinsam Decken und Geschirr in die Raupe, um sich auf den Heimweg zu machen. Im rotgoldenen Licht der untergehenden Sonne erreichten sie die Wohnkuppeln des Forts.

Auf dem großen Gang vor den Freizeiträumen kam ihnen Hassan entgegen. Er ging auf Jennifer zu, legte ihr den Arm um die Schulter und wollte sie ganz selbstverständlich in einen der Räume lotsen.

„Wo hast du denn gesteckt? Ich habe dich den halben Tag gesucht", sagte er vorwurfsvoll.

Jennifer zog die Augenbrauen zusammen. „Seit wann bin ich dir Rechenschaft über mein Privatleben schuldig?", fragte sie scharf.

Raschid verkrampfte sich, Arion wurde blass.

„Komm, wir wollen das große Fotoshooting vorbereiten." Hassan zog sie einfach an der Hand hinter sich her.

„Hassan!", rief ihm Saladin nach. „Miss Jennifer wird heute mit mir zu Abend essen."

Er wartete die Antwort gar nicht erst ab. Hassan wusste, wann es besser war, die Wünsche des Prinzen zu erfüllen, denn ihn zu reizen hieß, möglicherweise Einfluss zu verlieren.

Raschid stieß die angehaltene Luft mit einem Mal aus. Arion strich sich mit der Hand über die Stirn. Die Spiele, die hier abliefen, waren ganz und gar nicht sein Metier.

„Sie werden sich an solche Dinge gewöhnen müssen, wenn Sie ganz oben auf der Welle mitschwimmen wollen", erklärte Raschid mit finsterer Miene.

Saladin legte ihm, kaum dass sie in seinem Arbeitszimmer angekommen waren beide Hände auf die Schultern, schaute ihm in die Augen: „Könnte es sein, dass es dich schwer erwischt hat? Ich möchte es fast behaupten."

Raschid runzelte die Stirn. „Unsinn. Es ist rein körperlich."

„Und wenn es anders wäre, dann würdest du es ungern zugeben", beendete Saladin das Thema.

Eine dreiviertel Stunde später trafen sich alle am Pool, um das Abendessen gemeinsam einzunehmen. Saladin rückte eigenhändig für Jennifer den Stuhl zurecht, um Hassan in dem Glauben zu lassen, dass sie seinetwegen an diesem Tisch platz nahm.

Sie trug eine weiße weite Hose und eine moosgrüne, taillierte Bluse, die einen herrlichen Kontrast zu ihrem naturroten Haar ergab. Arion verglich sie unbemerkt mit den anderen Mädchen. Jennifer hatte Stil. Sie war wohl auch die Einzige, die nicht schon halb nackt am Tisch saß.

Sie kannte ihren Marktwert. Deshalb hielt sie es auch für unter ihrer Würde, ihre Vorzüge ständig zur Schau zu stellen. Während ringsum die Unterhaltung immer lauter und ausgelassener wurde, war der Tisch der vier beinahe eine Insel der Ruhe. Dann kam zufällig Hassan vorbei und Arion, den sowieso die anderen Partygäste als etwas naiven Außenseiter belächelten, schlug ihm eine Pokerrunde vor. Kein Mensch hätte vermutet, dass er der Initiator eines Täuschungsmanövers war. Hassan sagte mit breitestem Siegerlächeln zu.

„Haben Sie sich das auch gut überlegt?", fragte Jennifer mit gut gespieltem besorgtem Unterton, was Hassans Grinsen noch verstärkte.

Noch jemand freute sich unverhohlen über die Pokerspieler – Ahmed, der plötzlich bei den vielen überzähligen Damen sehr gefragt war und nicht wegen des Tabletts mit den Champagnergläsern. Raschid verschwand schnell mit Jennifer. Er führte sie die offizielle Wendeltreppe hinunter, um vom anderen Treppenaufgang wieder in dieselbe Etage zu gelangen.

„Wohin bringst du mich?", fragte Jennifer beunruhigt, als sie merkte, dass sich hier die persönlichen Räume des Prinzen befanden.

Raschid drückte sie an sich. „Dreimal darfst du raten", schmunzelte er, als er die Tür seines Schlafzimmers öffnete.

„Du hast es aber eilig", murmelte Jennifer erstaunt.

Raschid antwortete nicht, begann stattdessen langsam und genussvoll die Knöpfe ihrer Bluse zu öffnen. Jennifer hielt den Atem an. Raschid war heute anders als sonst.

Noch mehr wunderte sie sich, als er sie nicht ins Bett zog, sondern ihr einen kuscheligen Badeponcho überstreifte. Neugierig ließ sie sich an seiner Hand quer über den Gang zu einer Tür in Saladins Bereich führen. Sie trat nach Raschid ein. In ungläubigem Staunen weiteten sich ihre Augen.

Sie war vieles gewöhnt, aber diese Pracht hatte sie noch nie gesehen. Ahmed hatte, auf Raschids Anweisung, Schalen mit Früchten und Naschwerk um den Rand des Badebeckens verteilt, der Champagner war kaltgestellt und Räucherschalen verbreiteten einen geheimnisvollen Duft.

„Weiß Saladin, dass wir hier sind?", flüsterte sie.

„Ja. Ich hätte ohne seine ausdrückliche Genehmigung nie gewagt, diesen Raum zu nutzen, zumal hinter dieser Tür hier sein Schlafzimmer ist. Komm, genießen wir dieses einmalige Vergnügen, solange er bei den anderen ist und wir ihn nicht stören werden."

Jennifer folgte Raschid nur zu gern in das leicht cremige Bad. Die intensive Wärme der beheizten Mosaike gefiel ihr. Raschid ließ ihr die Zeit, sich mit allen Sinnen auf das Badevergnügen einzustimmen. Er schenkte in dieser Zeit die beiden Gläser voll.

„Worauf stoßen wir an?", fragte er lächelnd.

Sie sah ihm lange in die schwarzen Augen. „Ich weiß es nicht", hauchte sie. „Du stürzt mich in ein Wechselbad der Gefühle. Bis heute Mittag war ich der Überzeugung, dass du einfach nur der beste Bodyguard des Prinzen bist, der hin und wieder etwas Abwechslung braucht, weil es hier in der Wüste ziemlich einsam ist.

Plötzlich stellt sich heraus, du bist sein Berater, sein Schatten, ein Mann, der mehr Einfluss auf die große Weltpolitik hat, als viele andere und der ganz andere Möglichkeiten der Abwechslung hätte.

Du betonst immer wieder, dass es nur eine flüchtige Zuneigung ist, wählst aber immer wieder mich unter all den gut aussehenden Mädchen aus, die hierher kommen. Dann die gestrige Nacht und dies hier."

Raschid schloss die Augen und hielt sie einfach nur ganz fest im Arm. „Saladin hat mich heute auch schon gefragt, was ich eigentlich will. Ich weiß es nicht. Ich will deine Gesellschaft genießen, solange es geht, deinen Körper, deine Zärtlichkeiten – ich will mich aber nicht binden. Dir wehzutun liegt mir noch ferner.

Ich weiß nur, dass das alles nicht zusammenpasst und ich wohl eine Entscheidung treffen muss. Ganz sicher ist nur, dass ich dir eines nie versprechen werde – treu zu sein."

Jennifer ließ ihren Zeigefinger über seine Brust gleiten. „Das ist doch immerhin eine klare und ehrliche Aussage. Belassen wir alles, wie es bisher war, und versprechen uns nur, dass jeder von uns dem anderen Bescheid gibt, wenn er keine körperliche Nähe mehr wünscht. Ansonsten werde ich im nächsten Jahr wieder hier sein, wenn es mir gelingt bei Hassan eine Einladung zu erschlafen. Falls er nicht schneller die Nase von mir voll hat als du."

Raschid hatte immer geahnt, auf welche Weise die Einladungen vergeben wurden. Jetzt bekam er die Bestätigung.

„Jetzt, wo ich das weiß, werde ich mich um dich bemühen, als wäre jedes Mal das letzte Mal." Er trug sie in den Liegebereich des Beckens. Jennifer hielt die Augen fest geschlossen, als seine Hände streichelnd über ihre Haut huschten. Sie war jetzt fünfundzwanzig. Oft würde sie Raschid nicht wiedersehen.

In ziemlich naher Zukunft nähme eine andere ihren Platz in Hassans Partyliste ein. Raschid brauchte nicht zu sehen, dass sie seinetwegen weinte. Trotzdem blieb es ihm nicht verborgen, denn er schmeckte das Salz auf ihren Wangen, als er sie zärtlich küsste.

„Kann es sein, dass du doch etwas mehr suchst, als sexuelle Befriedigung?", fragte er leise.

„Unsinn. Es ist rein körperlich", antwortete Jennifer.

Raschid schaute sie amüsiert an. „Mit haargenau den gleichen Worten habe ich Saladin geantwortet. Vielleicht sollten wir uns lieber darauf einigen, dass jeder dem anderen eine Mail schreibt, wenn er es gar nicht mehr ohne ihn aushält. Einen Weg, ohne Hassan hierher zu gelangen, wird es schon geben. Das erste Alibi wäre dein Bruder. Kommt er wirk-

lich, um hier zu arbeiten, dann musst du ihn ja mal für ein paar Tage besuchen.
Für mich hingegen ist es beinahe unmöglich, zu dir zu kommen. Also werde ich alle Hebel in Bewegung setzen, um dich zu mir zu holen, wann immer wir es beide wollen. Wie denkst du darüber?"
Jennifer wischte die letzten Tränen fort. „Okay. Damit könnte ich leben."
„Das heißt auch, dass du nicht mehr mit Hassan schlafen musst, nur um eine Einladung zu bekommen."
Sie lächelte. „Das merke ich mir ganz besonders."
„Und vergiss bitte niemals, dass du nur in dem Augenblick wo du bei mir bist, die Einzige für mich bist", warnte sie Raschid noch einmal. Er drehte sich nach den Sektgläsern um. „Oh, je! Jetzt ist auch noch dieser edle Tropfen warm geworden!"
Jennifer lachte herzlich. „Macht nichts. Mein Verlangen nach dir ist heißer. Stoßen wir auf eine lange, wilde und unvergessliche Nacht an."
Sie leerten die Gläser, ehe sie ihre Leidenschaft in vollen Zügen auslebten. Diesmal verschlief Raschid glatt das Morgentraining. Saladin sah es ihm gern nach. Er war selbst erst tief in der Nacht ins Bett gegangen, ohne sich zu wundern, dass aus dem Baderaum genau daneben, noch immer Jennifers lustvolles Stöhnen zu hören war.
Wie gern hätte er jetzt Kendra in seinen Armen gehabt. So lag er noch ziemlich lange wach und lauschte ganz interessiert, wenn auch etwas unfreiwillig.
Raschid weckte Jennifer gegen elf Uhr, sonst hätte sie glatt das Mittagessen und den Heimflug verpasst. Ahmed und seine Mitarbeiter hatten die große Tafel im Speisesaal eingedeckt. So saßen alle noch einmal gemeinsam am Tisch.
Hassan zog ein Gesicht, wie sieben Tage Regenwetter. Arion hatte ihn ganz nebenbei um beträchtliche Summen erleichtert. „Bei nächster Gelegenheit fordere ich eine Revanche!", rief Hassan zu Arion hinüber.
„Ganz der Ihre", entgegnete Arion mit einer angedeuteten Verbeugung.
Hassan schnaufte: „Anfängerglück – nichts als Anfängerglück."
Jennifer verkniff sich mühsam das Lachen.
Beim Abschied drückte Arion Raschid die Hand. „Es war mir ein wirkliches Vergnügen."

„Ganz meinerseits", entgegnete der mit einem vielsagenden Augenzwinkern. „Sie werden immer ein gern gesehener Gast bei uns sein."
Jennifers Hände hielt er etwas länger fest. „Wir sehen uns wieder, egal wie", raunte er ihr ins Ohr. „Ich werde die Mail an deinen Bruder erst abschicken, wenn du wieder zu Hause bist", fügte er laut hinzu. „Dann kannst du ihn wenigstens etwas auf unser Anliegen vorbereiten."
Er sah dem davonfliegenden Helikopter lange hinterher.
„Sie ist hübsch und intelligent", hörte er Saladins Stimme hinter sich.
„Und siedendheiß", setzte Raschid hinzu, sich langsam zu ihm umdrehend.
„Das war nicht zu überhören." Saladin klopfte ihm auf die Schulter. „Hast du dir diesmal wenigstens ihre Telefonnummer geben lassen?"
Raschid nickte. „Ich habe ihr versprochen, dass ich sie irgendwie hierher hole, wenn sie mal ein paar Tage Abwechslung haben möchte, ohne dass sie dafür mit Hassan ..." Er winkte ab.
„Sie hat es dir erzählt, wie Hassan seine Mädchen auswählt?", fragte Saladin erstaunt.
„Hm. Geahnt habe ich es allerdings schon lange. Nun befürchtet sie, genau, wie es Arion vorhergesehen hat, dass Hassan einen Schlussstrich ziehen könnte."
„Kopf hoch. Das wäre ja nun wirklich das erste Mal, dass du persönliche Wünsche äußerst, und ich werde bestimmt nicht Nein sagen", beruhigte ihn Saladin.

Brautschau

Gemeinsam betraten sie sein Arbeitszimmer.

„Brauchst du Hilfe?", fragte Raschid, auf einen Riesenstapel Post deutend.

„Hast du nicht Urlaub?", vergewisserte sich Saladin im Gegenzug.

Raschid atmete tief ein. „Ich habe einfach keine Lust allein irgendwo zu hocken und Trübsal zu blasen."

„Ach schau an. Auch liebeskrank – herzlich willkommen im Klub", kicherte Saladin.

Raschid schaute ihn groß an. Ganz offensichtlich hatten ihm die letzten beiden Tage gut getan, indem sie ihn etwas von seinem eigenen Kummer ablenkten.

Wie auf Kommando machten sie sich zusammen über die Briefe her.

„Ooops, die letzten beiden Tagen waren ganz schön teuer", rutschte es Raschid heraus, als er die Rechnungen sichtete. „Yussuf hat voll zugeschlagen."

„Er hat seine Sache aber auch vorzüglich gemacht. Genau wie all die anderen. Außerdem sind die Lager noch gut gefüllt." Saladin angelte nach seinem Kommunikator. Er bat den Koch und Ahmed zu sich. Wenige Augenblicke später klopfte es. Die beiden Männer traten ein.

„Setzt euch." Saladin deutete auf die beiden freien Sessel. Mit gemischten Gefühlen warteten die beiden auf eine Standpauke oder Ähnliches, obwohl sie sich keiner Schuld bewusst waren. Schließlich hatten sie nur dem Drängen der Mädchen nachgegeben, wenn auch mit ganzer Hingabe.

„Ich möchte euch für die gute Arbeit danken", begann der Prinz. Sofort hellten sich die Gesichter der beiden Bediensteten auf. „Diesmal wird es, außer dem finanziellen Bonus, noch eine kleine Überraschung geben. Bereitet bitte für heute Abend für die gesamte Belegschaft des Forts eine kleine Dankparty vor.

Solange die Sitzecken am Pool stehen, sollten wir die Gelegenheit gleich nutzen. Ich erwarte niemanden in Schlips und Kragen und der Pool steht jedem zur Verfügung. Für die Sicherheit sind diesmal die Computer zuständig. Wir werden eine Nacht lang die Ausnahmezustandsregelung für die Sicherheitsanlagen in Kraft setzen. Es haben ab neunzehn Uhr alle offiziell dienstfrei. Ich hoffe, dass wir trotzdem einen minimalen Küchenbetrieb gewährleisten können."

Raschid schmunzelte, als er in die erstaunten Gesichter blickte. „Seht mich bitte nicht so an. Ich habe, genau wie ihr, gerade eben davon erfahren. Ich mische aber gern in der Küche mit."

Saladin entließ Ahmed als Ersten in seine Aufgaben. Kaum war er in den Wirtschaftsbereich zurückgekehrt, machte er seinen Leuten Dampf. „Dass mir ja bis achtzehn Uhr alle Räume als gesäubert gemeldet werden. Zwei Mann folgen mir sofort in Saladins Bad, einer säubert Raschids Räume. Die anderen reinigen den Pool und kümmern sich um die Sitzgruppen, zuletzt sind die Gästezimmer dran."

Inzwischen wandte sich Saladin Yussuf zu. „So, nun zu dem, was ich erwarte: Zur Begrüßung gibt es Champagner für alle. Den Rechnungen nach müsste genügend eingelagert sein."

„Stimmt." Yussuf nickte.

„Kaltes und warmes Buffet, sowie die Getränke in Selbstbedienung", sprach Saladin weiter. „Den Alkohol betreffend, gehe ich einfach mal davon aus, dass jeder weiß, was er verträgt, wenn er früh beizeiten fit zum Dienst zu erscheinen hat."

Als Yussuf ging, bat ihn Raschid: „Sag mir einfach, wenn du mich brauchst." Dann wandte er sich den restlichen Briefen zu, die noch ungeöffnet auf dem Schreibtisch lagen.

„Äh, Saladin, du bist doch gerade in Partylaune ..." Er reichte den Briefbogen weiter.

„Oh Gott! Gibt der denn niemals auf?" Saladin schlug beide Hände vor das Gesicht. „Ich will einfach nicht mit auf Segeltour gehen."

Raschid verkniff sich das Lachen. „Dabei hat sich dein Onkel wirklich solche Mühe gegeben, sie zu verschieben, bis du richtig gesund bist. Was willst du denn den armen Mädchen erzählen?"

„Arme Mädchen? Ich kriege mich ja gar nicht mehr ein!" Saladin redete sich in Wallung. „Die beiden sind über dreißig, haben nie etwas zuwege gebracht, was nennenswert wäre, sehen figürlich aus, wie Presswürste auf Modenschau – kein Wunder, dass sie ledig sind. Ich will kein Inventar für meinen Palast, ich will eine Frau.

Eine die ich lieben, anbeten und auf die ich mich den ganzen Tag lang freuen kann – kurz: ich will Kendra. Ich bekomme sie nicht und eine andere bekommt mich nicht. So einfach ist die Rechnung."

„Hauptsache, du hast sie nicht ohne deinen Onkel gemacht", murmelte Raschid. „Der ist imstande und hetzt dir deinen Vater auf den Hals."

„Okay, okay, okay. Ich werde auf diese verdammte Yacht gehen. Aber nur des lieben Friedens willens." Saladin warf den Brief wütend in den obersten Ablageschub. „Und du halte mir dort die Hände fest, damit ich die beiden Schnepfen nicht ins Wasser schmeiße. In solchen Fällen könnte man nur hoffen, dass eine erzwungene Ehe kinderlos bliebe, um sie annullieren zu lassen."

Raschid wagte kein Wort mehr zu sagen, sonst wäre Saladin womöglich noch vor Wut explodiert. Die pummeligen, mäßig gebildeten Schwestern gegen Kendra – ein Vergleich, der nicht krasser sein konnte. Er war wirklich heilfroh, dass er, trotz seiner hohen Stellung, nicht standesgemäß für die beiden Damen war. Dieser Kelch werde mit größter Sicherheit an ihm vorübergehen. Wobei – Saladins Onkel Hussein stellte mitunter die unmöglichsten Ansinnen. Raschid nahm sich vor, auf der Hut zu sein und an Bord so wenig wie möglich aufzufallen.

Saladin schaute ihn plötzlich von der Seite an: „Ich kann förmlich fühlen, was du denkst. Im Ernstfall könnte ich nicht einmal etwas für dich tun."

„Ich weiß und bei dem Gedanken wird mir richtig übel."

Schweigend öffneten sie die letzten Umschläge. Wenigstens lauerten hier keine bösen Überraschungen mehr. Saladin atmete auf. „Bis zu dieser Farce auf der Yacht sind es ja noch ganze drei Monate. Vielleicht fällt mir wieder eine plausible Entschuldigung ein."

„Ich würde es uns von ganzem Herzen wünschen", erwiderte Raschid. „Nur denk daran: Die Migräne vom Goldfisch oder die Halsschmerzen des Kanarienvogels zählen nicht."

„Ha! Da kommt mir ein Gedanke!", rief Saladin. „Die große Falkenjagd und die Hengstschau sind ja auch noch. Man könnte sich doch vom Pferd fallen lassen."

Raschid zog die Augenbrauen zusammen. „Lass den Unsinn", bat er eindringlich. „Es könnte sein, dass so aus Spaß ganz schnell Ernst wird. Denk an Kendra. Ich glaube kaum, dass du als Krüppel wirklich gute Chancen bei ihr hättest."

„Stimmt."

Raschid erhob sich. „Lass es einfach herankommen und beschränke dich auf das Reagieren. Es ist schade um jeden Gedanken, den du daran verschwendest."

Saladin gab Raschid recht, als er sich ebenfalls erhob, um mit ihm gemeinsam in die Küche zu gehen.

Die Vorbereitungen für den Abend liefen auf Hochtouren. Raschid schnappte sich die Getränkekästen, von denen er je zwei gleichzeitig mit jeder Hand tragen konnte. Nach zehn Minuten standen alle neben dem Buffet. Yussuf hatte sämtliche mobile Warmhalteplatten für den Einsatz vorbereitet, genau wie die Heißgetränkeautomaten. Es war höchst unwahrscheinlich, dass irgendjemand nicht zufriedengestellt werden konnte.

Der Prinz beobachtete erfreut das rege Treiben seiner Leute. Schließlich kribbelte es ihm in den Fingern. Er musste einfach mit zupacken. Raschid staunte nicht schlecht, als ihm Saladin mit einem Servierwagen voller Gläser entgegenkam.

Kurz vor der üblichen Abendbrotzeit ließ Saladin die gesamte Belegschaft antreten. Ahmed und Yussuf hatten geschwiegen wie zwei Gräber. So schaute der Prinz in erwartungsvoll-neugierige Gesichter, während Raschid schon unterwegs war, um die Sicherheitsanlagen scharfzumachen.

Er konnte den Applaus der Männer, nach Saladins kurzer Rede, bis zur Schaltzentrale hören. In Windeseile schlüpften alle in ihre Freizeitkleidung, um den Sektempfang nicht zu verpassen. Der Abend verlief in ausgelassener, entspannter Stimmung.

Saladin hatte recht behalten, beim Alkohol zügelten sich alle von ganz allein, wohingegen Raschid nach zwei Stunden noch einmal neuen Nachschub an Wasser und Säften holen musste. Danach setze er sich gemütlich zu Saladin unter eine Palme und schaute amüsiert dem lustigen Treiben im Pool zu.

Saladin räusperte sich. „Habe ich dir eigentlich erzählt, was Arion für mich erschaffen soll?"

„Nein. Aber ich hoffe, dass ich es gleich erfahren werde", antwortete Raschid lächelnd.

„Ich lasse im Palastgarten ein kleines Tropenhaus für Schmetterlinge bauen. Ins Zentrum möchte ich aus weißem Marmor einen Springbrunnen mit Reliefs haben und zwei Bänke. Und dafür hat Arion schon ein paar ganz wundervolle Skizzen angefertigt."

„Für Kendra?", fragte Raschid leise.

„Ja, für wen sonst." Saladin schaute hinauf zur Kuppel der Halle, wo ein glänzender Vollmond durch die beschichteten Scheiben lugte. „Ich werde um sie kämpfen, egal, was es mich kostet. Ich habe bereits mit der *Wilhelma* in Deutschland Kontakt aufgenommen. Dort ist eine ganz wundervolle Schmetterlingshalle. Man hat mir schon Beratung und Unterstützung zugesichert. Mal sehen, vielleicht können wir noch in diesem Jahr den Park besuchen, falls mein geplanter Bau nicht eher steht."

„Und die Pflanzen?", fragte Raschid.

Saladin nickte. „Auch daran habe ich gedacht und die Bäume und Sträucher bei zwei Gärtnereien in Auftrag gegeben. Ich denke, im November wird die Anlage komplett fertig sein."

„Wen hast du mit dem Bau beauftragt?"

„Du ahnst es sicher. Sie haben etwas gut zu machen. Ich bin nicht nachtragend, zumal die Verantwortlichen zur Rechenschaft gezogen wurden."

Eine Weile saßen die beiden Männer schweigend, beobachteten die verrückten Geschicklichkeitsspiele, die die anderen, unter schallendem Gelächter, im Wasser ausprobierten.

„Hat sich Kendra wieder mal gemeldet?", fragte Raschid schließlich.

„Mit der Präzision eines Schweizer Uhrwerks." Saladins Augen strahlten bei diesem Gedanken. „Jeden Sonntagabend kommt eine kurze Mail. Sie schreibt leider kaum etwas über sich und wenn, dann dass es ihr gut ginge."

„Du glaubst nicht daran?", wollte Raschid wissen.

„Ich muss es ja glauben", murmelte Saladin traurig. „Sie fehlt mir. Wenn ich hingegen an Suleika und Aisha denke, dann möchte ich am liebsten der allerletzte Schuhputzer sein."

Die Wochen bis zum meistgehassten Ereignis in Saladins bisherigem Leben vergingen unter diesen Voraussetzungen auch viel zu schnell.

Ahmed erschrak fast, als er ihm das Frühstück am Morgen jenes Tages brachte. Saladin hatte die ganze Nacht nicht geschlafen, stattdessen über sich, Kendra und die nächsten Tage nachgedacht. Er war blass, hatte Augenringe und seine Laune war restlos im Keller. Seine Einsfünfundneunzig Körpergröße hatte sich buchstäblich über Nacht in ein Häufchen Elend verwandelt.

„Pass bitte gut auf ihn auf", raunte Ahmed Raschid auf dem Gang zu.

„Versprochen."

„Hast du wenigstens schon gepackt?", fragte Raschid bei Saladins Anblick.

Saladin schüttelte verzweifelt den Kopf. Raschid seufzte, dann macht er sich über Saladins Schränke her. Bevor der ihn bremsen konnte, packte er schnell den Smoking zu unterst in die große Reisetasche, dann wählte er sorgfältig die andere Kleidung aus. „Hast du spezielle Wünsche?", rief er in den Wohnraum hinüber.

„Ja, ich möchte hierbleiben."

Raschid steckte mit tadelndem Blick den Kopf durch die Tür.

„Schon gut", sagte Saladin resigniert. „Tut mir leid, dass ich dir deswegen das Leben schwer mache."

Eine Stunde später trafen sie sich im Hangar. Saladin stutzte kurz, als Raschid im schwarzen Anzug erschien. „Ach, ja", seufzte er schließlich. „Ich muss mich erst wieder daran gewöhnen, dass du streng dienstlich auftrittst."

„Fort Silverrain ist eben ein magischer Ort, wo alles etwas anders ist, als in der Welt ringsumher", entgegnete Raschid leise.

„Dann wünschte ich mir jetzt lieber einen fliegenden Teppich, um meine geliebte Prinzessin heimlich zu entführen", schmunzelte Saladin.

„Diese Sicht der Dinge könnte glatt von Kendra stammen." Raschid startete die Rotoren.

„Weißt du, Raschid, bis zu Kendras Ankunft, habe ich mich nie mit den Geschichten aus Tausend und einer Nacht beschäftigt. Auch die Vergangenheit meiner Familie hat mich nie sonderlich beeindruckt. Erst Kendra hat mir wirklich gezeigt, was mich so besonders macht. Vielleicht ist es genau das, was sie vertrieben hat."

Raschid atmete tief ein. „Endlich bin ich von meinem Eid erlöst. Ich musste ihr schwören, dir genau das nicht zu sagen. Aber es war ja nur eine Frage der Zeit, bis du es herausfinden würdest. Sie konnte es sich einfach nicht vorstellen, dass sie wirklich die einzige Frau an deiner Seite sein sollte."

„Ich hätte sie doch auf Knien anflehen sollen", murmelte Saladin traurig. „Flieg weiter", bat er, als er bemerkte, dass Raschid den Landeplatz des Palastes ansteuern wollte. „Bringen wir es hinter uns."

Der Helikopter drehte bei, um direkt den großen Yachthafen an der Küste anzufliegen. Die „Arabia Fire Wing" Husseins war kaum zu übersehen. Eine Riesin unter lauter Zwergen. Kaum stand der Heli auf dem Boden, brachte Raschid das Gepäck an Bord. Er kannte das Spiel bereits in- und auswendig. Saladins Luxus-Kajüte war mit der seinen durch eine Tür verbunden.

Hussein respektierte Saladins Wunsch, seinen Leibwächter und Berater jederzeit direkt erreichen zu können. Raschid packte sofort die Reisetaschen aus. Er hatte Saladin versprochen, sich um dessen persönliche Dinge zu kümmern, weil dieser ungern Husseins Personal um sich haben wollte.

In einem kleinen Seitenfach entdeckte Raschid das himmelblaue Seidentuch Kendras. Er steckte es in die Jackentasche von Saladins Pyjama. Plötzlich fiel ihm ein, dass ihm Ahmed vor Wochen ein kleines Tütchen mit den Worten gegeben hatte: *Das lag auf dem Sieb des Abflusses vom Badebecken.*

Raschid hatte es in seine Laptoptasche gesteckt und nicht mehr daran gedacht. Beim Anblick des Tuches kam die Erinnerung wieder. Raschid fingerte nach dem Tütchen. Er öffnete es vorsichtig und kippte den Inhalt auf seine Handfläche.

Erstaunt betrachtete er das schmale Goldkettchen, welches er ziemlich gut kannte. Es gehörte Jennifer. Offensichtlich hatte sie nach jener heißen Nacht den Verlust ihres Fußkettchens nicht einmal bemerkt. Mit einem glücklichen Lächeln clipte es Raschid an das Metallband seiner Uhr. Dort war es ihm unauffällig nahe und ging sicher nicht verloren.

Die Kette konnte nur ein gutes Zeichen sein. Saladin und er würden die leidigen Tage auf der Yacht schon überstehen.

Hussein kam Saladin mit ausgebreiteten Armen entgegen. Dem Prinzen gelang es sogar, ein unverbindliches Lächeln aufzusetzen. Allerdings fror es recht schnell ein, als die beiden Schwestern auftauchten. Saladin bewahrte Haltung, begrüßte sie mit Handkuss und war froh, als er sich mit ihrem Vater unter Deck in den kleinen Salon verziehen konnte.

Raschid nahm ganz in der Nähe Platz. Trotz der Entfernung entging seinen Luchsohren nicht ein Satz, den die Männer sprachen. Es ging um Geschäfte, um die Ölförderung in der Wüste, die neue Trinkwasseranlage, und um eine Zuchtstute, die Hussein um jeden Preis von Saladin haben wollte.

Nach dem Mittagessen wollte sich Saladin ein wenig auf das Sonnendeck setzen.

„Ich hoffe, hiermit in deinem Sinne gehandelt zu haben", sprach Raschid, als er ihm Bermudas und ein langes weites Shirt reichte.

„Oh ja." Saladin nickte zufrieden. „Nur nicht zu viel Haut und schon gar keinen durchtrainierten Körper zeigen. Und was ziehst du an?"

Raschid deutete grinsend auf seinen schwarzen Anzug. „Ich bin im Dienst."

„Mal sehen, wie lange wir das Spiel durchhalten", seufzte Saladin. „Ich werde es mir sogar verkneifen, schwimmen zu gehen. Sonst klebt der nasse Stoff am Körper und weckt vielleicht doch noch Begehrlichkeiten."

Kaum waren sie an Deck erschienen, tauchten Suleika und Aisha auf, die nicht im Entferntesten ahnten, dass Saladin bereits eine Frau fürs Leben erwählt hatte und dass er schon gar nicht auf die mollige Variante stand.

Seelenruhig setzte sich Saladin auf einen der Liegestühle in den Schatten, zog ein Büchlein aus der Hosentasche und begann interessiert zu lesen. Neugierig versuchte Raschid, den Titel zu erkennen. Saladin musste das Buch wohl in der Laptoptasche transportiert haben, denn er konnte sich nicht erinnern, es schon einmal bei ihm gesehen zu haben. Der Einband ließ keinen Aufschluss über den Inhalt zu. Auf dem hellgrauen Leinen standen mehrere Worte in Goldschrift.

Saladin bemerkte, dass Raschids Hals immer länger wurde. Belustigt hielt er ihm das Buch hin – Geschichten aus Tausend und einer Nacht in englischer Sprache. Raschid nickte zufrieden, machte es sich wieder bequem und ließ sich, für alle anderen unhörbar, mit heißen Rhythmen aus seinem Kommunikator berieseln.

Die beiden Badenixen gaben sich alle Mühe, Aufmerksamkeit zu erregen. Sie steckten in lackartig glänzenden Badeanzügen, die die unförmigen Körper walzenartig aussehen ließen. Einzig die Leute der Besatzung riskierten hin und wieder ein Auge. Immerhin hätte derjenige ausgesorgt, den das Los traf, Husseins Schwiegersohn werden zu dürfen. Saladin und Raschid saßen wie die Statuen und zuckten mit kaum einem Muskel. Dabei bekamen sie aus den Augenwinkeln durchaus mit, welch schmachtende Blicke ihnen die beiden Grazien zuwarfen.

Nach fünf Tagen, mit immer demselben Spiel, wurde es Hussein langsam unheimlich. Saladin verhielt sich den beiden Frauen gegenüber derartig reserviert zurückhaltend, dass Hussein langsam anfing zu glauben, sein Neffe stände auf Männer. Das wollte er seinen Töchtern dann wirklich nicht antun. Jetzt begann er, sich auffallend bei Saladin nach Raschid zu erkundigen.

Der Prinz roch Lunte. „Es wird brenzlig für dich", sagte er eines Abends leise zu Raschid. „Offensichtlich glaubt Hussein, dass ich von der anderen Sparte bin und nun will er sich an dich halten."

Raschid lachte leise. „Dann erzähle ihm doch, dass ich impotent oder zeugungsunfähig bin. Vielleicht gibt er endlich auf. Ich glaube nicht, dass er von meinen kleinen amourösen Abenteuern wirklich Kenntnis hat."

„Sag mal, was macht dich eigentlich so cool, seit wir hier sind?", fragte Saladin äußerst interessiert.

„Wie waren deine Worte? Ein Zeichen." Er reichte Saladin seine Uhr über den Tisch. „Das ist Jennifers Fußkettchen. Ahmed hatte es im Badebecken entdeckt." Dann erzählte er ihm, wann er sich daran erinnert hatte.

Saladin gab die Uhr zurück. Ein breites Grinsen, wie es Raschid noch nie bei ihm gesehen hatte, zog über sein Gesicht. „Der impotente Coole und der Schwule. Klingt doch fast wie der Aufreißer einer Klatschzeitung."

„Mal bloß nicht den Teufel an die Wand!", kicherte Raschid. „Dein Vater würde durchdrehen, wenn er das lesen müsste."

„Noch drei Tage", bemerkte Saladin zufrieden. „Dann haben wir es hinter uns."

Am nächsten Morgen bekam er seine Chance. Hussein versuchte wieder, Informationen über Raschid zu bekommen. „Dein Berater ist eine stattliche Erscheinung. Warum hat er keine Frau?"

Saladin zog ein bekümmertes Gesicht. „Ganz im Vertrauen, die Natur kann manchmal grausam sein. Das, was sie ihm an Körpergröße und Statur gegeben hat, hat sie an anderer Stelle ironischerweise eingespart."

„Wie meinst du das?", fragte Hussein beunruhigt.

Saladin beugte sich zu ihm hinüber. „Behalte es bitte für dich. Ich habe ihm die besten Ärzte besorgt, Raschid ist unfruchtbar, vielleicht sogar impotent. So genau wollte ich dann doch nicht nachfragen, weil es ja nichts mit seinem Job bei mir zu tun hat. Denn den macht er hervorragend."

Hussein warf einen fast mitleidigen Blick zu Raschid hinüber. Endlich hörte die neugierige Fragerei auf.

„So wie er mich anschaut, hat er den Köder geschluckt", konstatierte Raschid, als er etwas später mit Saladin, in dessen Kabine, saß.

„Zufrieden?"

„Aber natürlich. Es muss doch eine schweißtreibende Tortur sein, solche Fleischberge zu beglücken."

Die letzten Tage konnten beide wirklich ganz entspannt genießen. Suleika und Aisha gaben sich noch immer alle Mühe, den Männern einen Blick zu entlocken. Hussein hatte die Informationen, die ihm Saladin hinter vorgehaltener Hand gegeben hatte, für sich behalten. Trotzdem atmeten sie erst auf, als sie im Heli saßen und Richtung Wüste flogen.

„Worüber denkst du nach?", wollte Saladin wissen, als Raschid leise vor sich hin lächelte.

„Darüber, dass ich bei den beiden wohl wirklich Potenzprobleme bekommen würde. Ich habe selten etwas gesehen, das unerotischer war", erklärte er. „Nichts gegen, etwas fülligere, Frauen, aber es sollten wenigstens die Proportionen stimmen."

„Da sprichst du mir aus der Seele."

Ahmed kam ihnen im Hangar entgegen. „Schön, Sie wiederzusehen", sagte er strahlend.

Saladin lachte befreit auf. „Danke, das beruht auf Gegenseitigkeit. Ich habe mich nie stärker nach Hause zurückgesehnt, als in den letzten Tagen." „Wie läuft es in der Station?"

„Keinerlei Probleme. Die Fördermengen sind stabil. Das System gleicht die Schwankungen perfekt aus", gab Ahmed zur Antwort.

Raschid stellte mit einem leisen Lächeln fest, dass Saladin schon wieder dieser verträumte Glanz in die Augen stieg. Ging es um die Station, dann hatte Saladin sofort Kendra im Kopf. Sie hatte ganze Arbeit geleistet – auch diesbezüglich.

Raschid graute es jetzt schon vor den nächsten Begegnungen mit Hussein und seinen Töchtern. Wenigstens war dort kein Zwang, sich halb nackt zur Schau stellen zu müssen, wie auf der Yacht.

Saladin schien wieder einmal Raschids Gedanken erraten zu haben, denn er sagte: „Eins schwöre ich dir – irgendwann machen wir so richtig Badeurlaub, ohne Fleischbeschau und Lügenmärchen. Außerdem habe ich beschlossen, bei der Falkenjagd das volle Register zu ziehen. Nichts mit vom Pferd fallen, ganz im Gegenteil, wir beide werden alles in den Schatten stellen, was die anderen aufbieten. Wenn ich schon dieses alberne Spiel, welches Hussein begonnen hat, mitspielen muss, dann zu meinen Bedingungen."

Saladin verschwand in seinem Arbeitszimmer.

Raschid hob eine Augenbraue. Wenn Saladin zu solchen Mitteln griff, dann könnte es in den nächsten Wochen noch heiß hergehen. Hoffentlich verbrannten sie sich nicht die Finger. König Sharif standen sicher

Mittel zur Verfügung, den renitenten Prinzen unter seinen Willen zu zwingen, falls Hussein das verlangte.

Raschid fuhr seinen Laptop hoch, dann begann er, die beiden Reisetaschen auszupacken. Dass das Ahmeds Arbeit gewesen wäre, interessierte ihn nicht. Irgendwie musste er sich von den unschönen Gedanken ablenken. Das Signal für den Eingang neuer E-Mails ertönte. Raschid ließ die Wäsche fallen. Die lief sicher nicht weg.

„Ach schau an", murmelte er zufrieden. Mister Jonathan Westwood hatte auf sein Angebot geantwortet, im Fort einige Monate für Saladin als Techniker und Fahrer zu arbeiten. Jennifer hatte tatsächlich recht behalten. Jonathan war sich, obwohl er selbst ein Unternehmen führte, nicht zu schade, richtig zuzupacken, wenn es dem Wohl der eigenen Firma diente. Er hatte bereits alle firmeninternen Dinge geregelt. Den Termin seiner Ankunft legte er auch gleich fest.

Dann entdeckte Raschid das Post Scriptum. *Herzliche Grüße auch von meiner Schwester Jennifer,* stand dort in kleinerer aber fett gedruckter Schrift.

Raschid seufzte. Jennifer – die heißeste Frau, die er jemals kennengelernt hatte. Vielleicht hatte Saladin nicht einmal unrecht und es war doch so etwas wie Liebe. Die rassige Amerikanerin mit dem rot gelockten Haar spukte seit ihrem letzten Zusammentreffen ständig durch seine Gedanken. Unbewusst berührte er das Kettchen an seinem Uhrband.

In den nächsten Wochen nahmen Staatsgeschäfte und die Planung der nächsten Ölförderplattform den gesamten Tagesablauf ein. Saladin hielt sich vorwiegend in seinem Palast auf. Allerdings ließ er es nicht nehmen, die Wochenenden im Fort Silverrain zu verbringen, wo ihm niemand so einfach auf den Pelz rücken und mit Sonderwünschen belästigen konnte.

Es war auch ein Samstag, an dem Mister Westwood auf dem großen Flughafen der Hauptstadt eintraf. Raschid ließ es sich nicht nehmen, ihn persönlich abzuholen.

Jonathan Westwood erspähte die turmhohe Gestalt Saladins Leibwächters schon von Weitem. Jennifer hatte nicht übertrieben, in voller Lebensgröße sah dieser noch um einiges imposanter aus, als auf den Bildern im Internet. Jonathan erwiderte den festen Händedruck, der schon fast freundschaftlich wirkte.

„Herzlich willkommen, Mister Westwood. Ich hoffe, Sie hatten eine angenehme Reise." Raschid nahm den großen Koffer, wie selbstverständlich. Statt ihn zu ziehen, trug er ihn ohne Mühe zum Helikopter. Jonathan stellte schnell fest, dass die Geschichten um diesen außergewöhnlichen Mann einen realen Hintergrund hatten. Das Wachpersonal des Flughafens lotste die beiden ehrerbietig durch einen Nebengang zum Landeplatz der Hubschrauber. Raschid verstaute das Gepäck, nahm Verbindung zum Tower auf. Schon schwebte der gigantische Lastenhubschrauber in der Luft.

„Nicht gerade klein", schmunzelte Jonathan, wie er so das Fluggerät betrachtete.

Raschid lachte. „Wir haben ja auch mehrere Tonnen Treibstoff, neben etlichen Kisten Ersatzteilen, für die Fahrzeuge des Forts an Bord, sonst hätte ich Sie sicher mit dem Privat-Heli des Prinzen abgeholt."

Jonathan schwieg beeindruckt. Hier dachte man wirklich in anderen Dimensionen. Jennifer hatte ja auch von einer ganzen Flotte verschiedener Raupenfahrzeuge erzählt. Seine Neugier wuchs. Inzwischen überflogen sie die ersten Ausläufer der Wüste. Interessiert betrachtete er das Land unter sich. Er lebte in der Wüste und von der Wüste, trotzdem war er jetzt aufgeregt, wie selten in seinem Leben. Das gleichmäßige Knattern des Hubschraubers beruhigte ihn etwas.

„Ist das das Fort?", fragte er, als ein Funkeln am Horizont zu sehen war.

„Ja, das sind die Kuppeln von Fort Silverrain", bestätigte Raschid. „Eine einsame Perle in der Weite des Sandes."

„Beeindruckend." Jonathan staunte über die gelungene Architektur. Er suchte den Landeplatz.

„Lassen Sie sich überraschen." Raschid kündigte per Funk die Landung an.

Mister Westwoods Augen weiteten sich in ungläubigem Staunen. Da fuhren doch tatsächlich die beiden Hälften einer der äußeren Kuppeln auseinander, um den riesigen Hubschrauber aufzunehmen. Punktgenau und sanft brachte Raschid das Fluggerät zum Stehen.

„Jetzt übernehmen sofort die Techniker. Sie überprüfen den Heli nach jedem Flug. Außerdem muss der geladene Treibstoff in die unterirdischen Sicherheitstanks umgepumpt werden. Kommen Sie, Mister Westwood, ich bringe Sie zu Ihren Räumen."

Dort angekommen erklärte er ihm einige technische Besonderheiten und zeigte ihm die Freizeiträume. „Dies hier sind die Ruftasten für Ahmed, den Mann vom Zimmerservice und Yussuf, den Koch." Raschid schaute nach der Zeit. „Ich werde Sie nun etwas in Ruhe lassen. Mister Ibn Sina erwartet sie zwanzig Uhr zum Abendessen. Ich hole Sie ein paar Minuten vorher ab. Falls Sie keine brennenden Fragen mehr haben, klären wir alle Details heute Abend."

Jonathan setzte sich für ein paar Minuten in einen Sessel, um Jennifer eine Textnachricht auf ihren Kommunikator zu schicken. „Bin soeben gut im Fort Silverrain angekommen. Mister Raschid ist eine beeindruckende Persönlichkeit. Gruß Jonathan."

Der Genannte erschien zehn Minuten vor Termin, um ihn in die höher gelegene Etage zu bringen. Saladin erhob sich, als die Männer eintraten. Jonathan Westwood sah genau so aus, wie er sich ihn nach Jennifers Worten vorgestellt hatte. Der Vierzigjährige wirkte wesentlich jünger, beinahe jugendlich. Saladin gab es ihm auch unumwunden zu verstehen.

Jonathan lachte. „Kein Wunder, Jennifer hat mich immer auf Trab gehalten. Sie ist ein Wirbelwind."

Saladin blinzelte Raschid kaum merklich mit einem Augenlid zu. Die Beschreibung passte wohl in jeder Weise.

„Wie geht es ihr?", fragte Saladin.

Jonathan suchte nach den richtigen Worten. Raschid und Saladin ahnten, dass sie ihm ihr Herz ausgeschüttet hatte. „Es geht ihr gut, obwohl sie im Moment ziemlich unter Druck steht, was die Eventplanungen betrifft", sagte er schließlich. Ob er damit Arbeitsdruck oder seelischen Druck meinte, ließ er offen. Raschid würde sicher die richtigen Informationen aus diesem Satz herauslesen. Und richtig schoss es Raschid durch den Kopf: *Hassan!*

Saladin wechselte sofort das Thema. Nach vier Stunden gingen sie mit einem ganzen Katalog geplanter Arbeiten auseinander. Jonathan war sehr zufrieden. Saladin stellte ihm Ibrahim als persönlichen Ansprechpartner zur Seite, Raschid tauschte mit ihm die Kommunikatorkennungen aus, um sich im Notfall sofort gegenseitig erreichen zu können.

Die Techniker des Forts waren auf einen feinen Herrn im teuren Zwirn aus gewesen, der ihnen eher bei der Arbeit zusehen, als sie unterstützen sollte. Hoch erfreut nahmen sie zur Kenntnis, dass der Boss des *Death Valley Travel* zupacken konnte und genau wie sie, im Overall, ölverschmiert, mit unter den Fahrzeugen lag.

„Learning by doing", schmunzelte er, als er ihre erstaunten Gesichter sah. „Ich bin als Lehrling hier. Das heißt, dass ich oft genug um Rat fragen werde."

Jonathan zeigte wirklich keine Starallüren. Er fügte sich nahtlos in das Team der Techniker ein. Saladin konnte völlig beruhigt seine vielen Termine wahrnehmen, unter anderem die Falkenjagd.

Drei Tage vor dem großen Ereignis flogen sie zum Palast, wo Saladin noch einmal intensiv mit seinen beiden Lieblingsfalken zu trainieren gedachte. Ganz nebenbei inspizierte er die Baustelle seines Tropenhauses. Raschid kümmerte sich inzwischen um die Jagdausstattung inklusive der beiden Pferde.

Eingedenk der Tatsache, dass Saladin aufzufallen gedachte, wählte er für ihn einen Schimmel, für sich hingegen einen Rappen. Der Kontrast des vollkommen weiß gekleideten Herrn, zu seinem ganz in Schwarz gewandeten Bodyguard musste einfach ins Auge stechen. Auch bei Sattel und Zaumzeug überließ er nichts dem Zufall – Saladins Ausstattung in Gold, die seine in Silber. Außerdem bestimmte er drei zusätzliche Leibwächter als Eskorte. Am Morgen des vierten Tages ritten sie los. Die wertvollen Vögel würden Saladin mit einem Fahrzeug gebracht werden, um ihnen die Strapazen des Rittes zu ersparen.

Es dauerte auch keine fünf Minuten, als sich die ersten Fotografen an ihre Fersen hefteten. Der Prinz und sein Leibwächter zuckten mit keinem Muskel. Gleichmütig nahmen sie das Blitzlichtgewitter hin, genau wie die Pferde, die auf solche Fälle gut vorbereitet worden waren. Saladin hätte alles Mögliche dafür gegeben, jetzt mit Kendra hier reiten zu dürfen. Seine Gedanken flogen zu ihrem gemeinsamen Wüstenritt zurück.

Raschid betrachtete ihn nachdenklich. Er ahnte, was jetzt gerade in ihm vorging. Als sie sich dem Prunkzelt des Königs näherten, stellten sie fest, dass alle anderen in großen Geländefahrzeugen angereist waren. Saladin musste sich mühsam ein Grinsen verkneifen. Seinem und Raschids Pferd sah man es auf den ersten Blick an, dass sie den Preis der Fahrzeuge weit in den Schatten stellten.

Hussein bekam leuchtende Augen, als er die edlen Tiere erspähte. Raschids Anwesenheit hielt ihn, wie immer, gehörig auf Distanz. Saladin begrüßte zuerst seinen Vater und schließlich alle anderen Anwesenden. Seine Eskorte hielt sich völlig im Hintergrund. Raschid hätte, von seiner Stellung her, das Recht gehabt, an den Wettbewerben teilzunehmen.

„Man kann nicht auf allen Hochzeiten tanzen", sagte er leise zu Saladin. „Ich bin als dein Schatten hier."
„Hauptsache, du tanzt auf meiner Hochzeit mit Kendra", gab Saladin ebenso leise zurück.
„Das mit dem allergrößten Vergnügen", schmunzelte Raschid. Er folgte seinem Herrn in das große Zelt.
Sharif beugte sich zu seinem Sohn hinüber. „Sind hier nicht ein paar Mädchen dabei, die dich interessieren könnten?"
„Ich bin zwar auf der Jagd, aber nicht nach Hühnern", erklärte Saladin mit todernstem Gesicht.
Sharif schaute ihn völlig entgeistert an. Saladin tat so, als würde er es nicht bemerken. Er kümmerte sich lieber draußen um die Ankunft seiner beiden Falken. Raschid nahm den zweiten Vogel auf seinen Handschuh. Seinem wachsamen Auge entging nicht, dass Saladin heute tatsächlich unter erschwerten Bedingungen antrat.
Im Fort war ihnen der Hoftratsch glatt entgangen und sie bemerkten erst jetzt, dass es sich hier in erster Linie um eine Brautschau für Saladin, statt um die alljährliche Jagd handelte. Die beiden Männer tauschten sich darüber nur durch Blickkontakt aus. Wer weiß, wo überall lauschende Ohren lauerten.
Saladin zog sein Spiel bis zum Ende durch. Was kümmerte es ihn, ob zwanzig Männer oder fünfzig Frauen zusahen. Er war auch der einzige Jäger, den die Situation nicht nervös machte.
Am Abend nach der Jagd, die für seinen Sohn ein voller Erfolg geworden war, wagte Sharif den nächsten Versuch. Im Festsaal des Palastes waren wirklich auffallend viele junge Mädchen der angesehensten Familien versammelt. Ausnahmslos hatten sie Saladin auf seinem weißen Hengst bewundert, ihm die Daumen gedrückt und gehofft, dass er sie und gerade nur sie allein mit einem Blick oder sogar einem Lächeln bedenken würde. Saladin fühlte sich langsam wie in einer schlechten Komödie. Zu offensichtlich versuchte man, ihn zu verkuppeln.
„Das dort drüben ist Fatima, die älteste Tochter des obersten Richters", erklärte Sharif. „Oder da, die Kleine mit dem blauen Schleier, ..."
Er kam nicht mehr dazu, weiterzusprechen.
Saladin stand abrupt auf. „Schluss jetzt. Ich mache diesen Schwachsinn nicht mehr mit. Ab morgen bin ich im Urlaub." Er knallte die Tür zu.

„Was hat er denn bloß?", fragte sein Vater verständnislos. „Irgendwann muss er doch mal heiraten."

Raschid zuckte mit den Schultern. Dann eilte er Saladin hinterher.

Das Wiedersehen

„Hast du das mit dem Urlaub wirklich ernst gemeint?"
„Todernst."
„Gibt es ein bestimmtes Ziel?", fragte Raschid."
„Ja." Saladin setzte sich an seinen Schreibtisch. Er tippte ein paar Befehle in die Tastatur seines Laptops. Raschid ging langsam um den Tisch herum. Neugierig schaute er auf den Monitor. „Buchung bestätigen", murmelte Saladin und drückte zufrieden die Entertaste.
Raschid schaute zweimal hin, weil er an ein Versehen glaubte.
„Das *77*?", flüsterte er.
Saladin stand auf, klopfte ihm auf die Schulter. „Richtig. Ich habe nur noch einen einzigen Wunsch – ich will Kendra wiedersehen. Ich halte es einfach nicht mehr ohne sie aus. Du kannst mich meinetwegen für völlig verrückt erklären, aber ich habe jetzt drei Nächte lang geträumt, dass sie um Hilfe ruft und niemand für sie da ist. Und alles war voller Blut. Morgen früh hauen wir ab, bevor den anderen noch mehr Schwachheiten einfallen."
„Wirst du ihr mailen, dass du kommst?"
„Auf gar keinen Fall."
„Aus Angst, dass doch ein anderer bei ihr gelandet ist?"
„Auch." Saladin packte den Laptop in die Tasche. Dann sperrte er in seinem Kommunikator alle Kontakte, bis er nur noch von Raschid, Ibrahim und Fort Silverrain aus zu erreichen war. Nun begann er ganz gemächlich, seine beiden Koffer zu packen. Raschid verschwand in seinem Zimmer und tat das Gleiche. Anderthalb Stunden später brachte er das Gepäck und einen großen Kunststoffbehälter ungesehen in Saladins Jet.
„Ich würde am liebsten noch vor dem Frühstück verschwinden", erklärte Saladin. „Ich habe keine Lust, mir dumme Sprüche anzuhören."
Raschid grinste breit. „Kein Problem. Ich habe es geahnt und vorhin gerade ein paar leckere Happen im Kühlschrank deponiert."
„Wen hast du denn diesmal verführt, um Sonderkonditionen in der Küche zu bekommen?", fragte Saladin ziemlich interessiert, weil Raschid in den letzten Wochen regelrecht zahm gewesen war.
„Janina."
„Wirklich? Von ihr hieß es doch immer, sie wäre, was das betrifft, etwas unleidlich."

Raschid lächelte hintergründig. „Dachte ich auch. Unerfahren, weil unberührt, trifft den Nagel auf den Kopf. Zumindest war sie es bis vor einer Stunde."

Saladin schmunzelte. „Gibt es hier eigentlich noch Frauen, die du nicht näher kennst, um es vorsichtig auszudrücken?"

„Durchaus. Nur auf die drei bin ich auch nicht sonderlich scharf." Raschid hob die Augenbraue.

Saladin seufzte. „Wenigstens versucht niemand, dich zu überzeugen, eine von denen zu heiraten."

„Heiraten? Das wäre das Letzte, was ich machen wollte. Dann wäre Schluss mit lustig", kicherte Raschid.

„Kendra hat mich mal gefragt, warum du keine Frau hast."

„Und was hast du geantwortet?"

„Dass wohl noch nicht die Richtige dabei war. Dass du der gefährlichste Schürzenjäger diesseits des Ozeans bist, hätte sie mir sowieso nicht geglaubt", erklärte Saladin Schulter zuckend. „Sie sieht dich nur als den schweigsamen Riesen, der immer korrekt und äußerst zuvorkommend ist."

„Oh je! Dabei lauern doch Dr. Jekyll und Mr. Hyde in fast jedem von uns", sagte Raschid eher zu sich als zu Saladin. „Wobei – ihr gegenüber könnte ich nicht anders als bisher. Sie ist etwas Besonderes, egal ob du Ansprüche erhebst oder nicht. So, und nun gehe ich schlafen, morgen wird ein harter Tag und übermorgen holen wir sie uns wieder."

„Dein Wort in den Gehörgang aller guten Geister", stöhnte Saladin. „Ich bin aufgeregter als ein Kind vor seinem Geburtstag."

„Soll ich dir eine Schlaftablette besorgen?", fragte Raschid vorsichtshalber.

„Bloß nicht! Lieber hocke ich die halbe Nacht vor dem Laptop und schaue mir die Bilder von ihr an. Ob sie sich wohl sehr verändert hat?"

Raschid schmunzelte. „Du bist ja wirklich mehr als nervös. Übermorgen, gegen Mittag, wirst du es genau wissen. Also hab noch ein klein wenig Geduld."

Vier Tage vor dem errechneten Geburtstermin trat Kendra ihren Urlaub an. Niemand ahnte, welche Sorgen sie bedrückten. Das Baby lag verkehrt herum und es machte auch keine Anstalten, sich zu drehen. Zudem hatte sich die Nabelschnur um seinen Hals gewickelt. Sie vermisste die tröstenden Worte Raschids und die Geborgenheit, die ihr Saladin gegeben hatte. In den Mails, die sie in regelmäßigen Abständen schrieb, erwähnte sie weder ihre Schwangerschaft noch, dass es ihr nicht gut ging.

Trotz modernster Technik wurde es eine schwere Geburt. Kendra verlor viel Blut, sie musste mehrmals operiert werden. Ihr Leben hing stundenlang am seidenen Faden. Sie gab dem Wohl ihres Kindes den Vorrang, auch wenn es sie fast das eigene Leben gekostet hätte. Heute durfte sie endlich nach Hause. Der Kleine, den sie Eric nannte, gedieh prächtig.

Das rabenschwarze Haar und die etwas dunklere Haut verrieten, dass seine Wurzeln woanders lagen. Kendra war gerade dabei ihr Söhnchen zu stillen, als der Türgong anschlug.

Ronda schaute auf den Monitor. Schnell öffnete sie die Tür. Mit solchem Besuch hatte sie keinesfalls gerechnet. Seltsam war nur, dass Saladin und Raschid überhaupt keine Ahnung zu haben schienen, was sie gleich erwartete.

Ronda führte die Gäste ins Wohnzimmer. „Haben Sie einen Moment Geduld", bat sie. „Kendra ist erst heute früh aus dem Krankenhaus entlassen worden. Es wird noch eine Weile dauern, ehe sie wieder richtig auf den Beinen ist." Dann ging sie hinüber zu ihrer Tochter.

Saladin und Raschid tauschten besorgte Blicke.

„Dein Traum", flüsterte Raschid erstaunt.

Saladin nickte bekümmert. „Ich habe geahnt, dass da was nicht stimmt."

Kendra hatte nichts von einer Krankheit geschrieben. Im Gegenteil, sie beteuerte immer wieder, dass es ihr gut ginge.

„Vielleicht hat sie einen Unfall gehabt", mutmaßte Saladin. „Ihrem Hovercraft traue ich jedenfalls nicht über den Weg."

Ronda öffnete Kendras Schlafzimmertür. „Du hast Besuch."

„Wer ist es denn?"

„Komm und sieh selbst", lockte Ronda.

„Einen Moment noch."

„Sie wird gleich kommen", erklärte Ronda, in ihren Wohnbereich zurückkehrend. Sie servierte den beiden hohen Gästen Mokka. Die besorgten Blicke entgingen ihr nicht. Weil man sie nicht fragte, gab sie auch keine Erklärung. Still lächelte sie in sich hinein.

„Sie ist nicht allein?", fragte Saladin, der gehört hatte, dass Kendra leise mit jemandem sprach.

Ronda wandte sich ihm zu. „Nein, sie ist nicht allein. Der junge Mann, der seit Monaten ihr ganzes Leben bestimmt, ist bei ihr."

Saladin erbleichte. Der schmerzliche Blick, den er Raschid zuwarf, sagte: Ich bin doch zu spät gekommen. Leise Schritte erklangen. Die Männer drehten sich um. In der Tür stand Kendra, ungewöhnlich blass, auf dem Arm einen wenige Tage alten Säugling. Aber sie schien glücklich zu sein. Saladin sprang auf. Zögernd ging er ihr entgegen. Seine Gedanken wirbelten im Kreis.

Dieses Kleine da – das konnte nur sein Kind sein. Alles andere wäre doch völlig unmöglich gewesen. Kendra lächelte. Dann nickte sie stumm. Saladin begriff Rondas Worte.

Sein Sohn war der *Mann*, der Kendras Leben in der Tat bestimmte. Liebevoll nahm er Mutter und Kind in die Arme. Sein Herz klopfte, wie selten in seinem Leben. „Warum hast du es mir nicht gesagt?"

Kendra legte ihren Kopf an seine Brust, wie sie es früher immer getan hatte. „Weil ich nicht wusste, ob du den Kleinen gewollt hättest und wie deine Familie reagieren werde", murmelte sie schuldbewusst.

Saladin schüttelte vorwurfsvoll den Kopf. „Wir leben doch nicht mehr im Mittelalter." Er zog sie neben sich in die Polster.

„Wie hast du es überhaupt erfahren?", fragte Kendra verständnislos.

„Gar nicht. Ich bin gekommen, weil ich dich bitten wollte, zu mir zurückzukehren. Ohne dich ist mein Leben einfach leer", flüsterte Saladin. Er streichelte mit dem Finger sanft das winzige Gesicht seines Söhnchens. „Muss ich dich wirklich erst auf Knien anflehen? Ich werde keine Ruhe mehr finden. Schon gar nicht jetzt, wo ich weiß, dass du mir einen Sohn geboren hast."

Kendra sah Ronda hilflos an.

„Diese Entscheidung musst du ganz allein treffen", antwortete Ronda. „Meine Meinung kennst du." Dabei nickte sie Saladin aufmunternd zu.

Kendra wandte sich nach Raschid um.

Der hob die Hände. „Mich brauchst du gar nicht erst zu fragen. Was werde ich, der nie eine Familie hatte, dir wohl raten? Was glaubst du wohl, wie sehr ich mich nach einem Vater gesehnt habe, der mit mir Fußball spielt?"

Kendra schloss die Augen.

„Warum folgst du nicht einmal wenigstens der Stimme deines Herzens?", fragte Raschid eindringlich. „Außer deinen Eltern – was hält dich hier? Dein Job? Cunning? Ich könnte meinen Turban verwetten, dass du bis zuletzt für ihn fast alle Arbeiten erledigt hast.

Sag ihm, dass die Antwort auf seine Frage *ja* lautet und dass du riesigen Spaß dabei hattest. Dann knall ihm die Tür vor der Nase zu und geh zu dem Mann, der dich über alles liebt und als Frau respektiert."

Kendra sank Saladin schluchzend in die Arme.

Ronda drückte Raschid die Hand. „Danke. Das hat sie gebraucht – einen guten Freund, der ihr gehörig die Meinung sagt und dessen Rat sie sehr schätzt."

Saladins unendlich dankbarer Blick sagte dasselbe.

Raschid schüttelte den Kopf. „Oh nein! Das genügt mir nicht! Ich möchte eine klare Antwort hören."

Saladin und Ronda schauten ihn fast entsetzt an.

„Er hat recht." Kendra drückte ihr Söhnchen an sich. „Ich kann mich nicht immer vor der Antwort drücken. Außerdem hatte ich fast ein dreiviertel Jahr, um wirklich nachzudenken." Sie sah Saladin lange in die Augen. Zitternd wartete er diesmal auf das endgültige Nein. „Eric und ich werden hier" – Saladin schloss entsetzt die Augen, das Wort konnte nur mit *bleiben* enden. Er stöhnte auf und wurde leichenblass – „alle Zelte abbrechen und euch folgen."

Raschid hatte sich ebenfalls jäh entfärbt. Er hatte wohl den gleichen Gedanken wie Saladin im Kopf gehabt.

„Großer Gott! Ich glaube, jetzt brauchen sie eine Herzstärkung! Konntest du den Satz nicht anders formulieren?" Ronda sprang auf, eilte zur Hausbar und goss den Männern einen doppelten Whiskey ein. Saladin kippte das Glas auf Ex und hielt es Ronda noch einmal hin. Nach dem Zweiten kehrte langsam die Farbe in sein Gesicht zurück. „Kannst du das noch einmal wiederholen", bat er Kendra leise und mit stockender Stimme.

Kendra legte ihm kurzerhand Eric in den Arm. „Wir kommen mit und solltest du mich noch einmal fragen, ob ich deine Frau werden möchte, dann wird die Antwort *ja* lauten."

Der nachfolgende Jubelschrei aus zwei Männerkehlen war mit Sicherheit im ganzen Haus zu hören gewesen. Eric begann jämmerlich zu weinen.

Saladin wiegte ihn vorsichtig im Arm. „Nicht weinen, mein Schatz, Papa wird dich nie wieder erschrecken. Und Onkel Raschid wird alle anderen verhauen, die das tun wollen."

„Ja, da bin ich ziemlich sicher", pflichtete Raschid mit dem glücklichsten Lächeln bei, das Saladin und Kendra je bei ihm gesehen hatten.

Saladin gab Kendra einen zärtlichen Kuss. „Dann lasse ich besser nichts mehr anbrennen. Möchtest du wirklich meine Frau werden?"

„Ja, das möchte ich", antwortete Kendra mit strahlenden Augen.

„Dann wird in genau acht Wochen die Hochzeit sein", gab Saladin sofort bekannt. „Ich habe nur noch den einen Wunsch, dich niemals mehr zu verlieren." Er wollte noch etwas sagen, als der Türgong erneut anschlug.

Ronda eilte hinaus. Augenblicke später trat Arved mit zwei Kollegen aus der Produktionsabteilung ein. Beim Anblick der anwesenden Männer wirkte er etwas irritiert. Herzlich gratulierten die Neuankömmlinge der frischgebackenen Mama zu ihrem kleinen Liebling.

Nach der gegenseitigen Begrüßung räusperte sich Saladin. „Nun, Mister Cunning, dann kann ich es Ihnen ja gleich persönlich mitteilen. Ich werde Ihnen in wenigen Tagen Ihre Geschäftspartnerin und Mutter meines Sohnes dauerhaft entführen."

Cunning hatte Mühe, seine Gedanken zu sortieren. Damit, dass der Prinz der Vater des Kleinen war, hatte er dann doch nicht gerechnet. Nun verstand er auch, weshalb sich Kendra darüber ausgeschwiegen hatte.

„Keine Sorge", fuhr Saladin fort, „so, wie ich Kendra kenne, wird sie es nicht ohne ihren Job aushalten. Gewöhnen Sie sich einfach daran, dass Sie Ihnen ab sofort von Ferne zugeschaltet sein wird."

Cunning nickte. Was hätte er auch sagen sollen? Er war schon dankbar, dass Saladin seiner zukünftigen Frau nicht verbot, einem Job nachzugehen. Dann hätte es um die Firma ziemlich schlecht ausgesehen.

Raschid saß noch immer, still vor sich hin lächelnd, Kendra und Saladin gegenüber. Er betrachtete liebevoll das kleine zarte Wesen, das genau so schwarzes Haar wie sein Papa hatte.

„Ich sehe dir deinen Wunsch an der Nasenspitze an", schmunzelte Saladin, dann legte er Raschid vorsichtig seinen Sohn in den Arm. Baby Eric schlief seelenruhig weiter. „Bei Onkel Raschid bist du in guten Händen. Der weiß am besten, wie man auf Prinzen aufzupassen muss."

Ronda blinzelte Kendra glücklich zu. Wer dem Kleinen ernstlich schaden wollte, hätte es ab sofort mit einem furchtbaren Gegner zu tun. Kendra hatte ihr erzählt, wie Raschid die Kette zerrissen hatte.

Die gleichen Hände hielten jetzt sanft und schützend den kleinen Prinzen. Saladin war aufgestanden und suchte etwas in seinen Manteltaschen am Garderobenhaken.

„Vor lauter Glück und Aufregung hätte ich beinahe vergessen, dass ich meinem Schatz etwas mitgebracht habe." Er öffnete ein kleines Etui. Auf schwarzem Samt lag ein Paar Platin-Ohrringe mit Schmetterlingen, die kaum von denen an Kendras Collier zu unterscheiden waren.

„Schmetterlinge!", freute sie sich. „Sie sind wundervoll." Ohne zu zögern, legte sie sie an.

„Wollen wir es ihr verraten?", wandte sich Saladin an Raschid.

„Ach, lassen wir sie noch eine Weile im Ungewissen."

„Meinst du?"

„Aber sicher. Schau mal, jetzt wird sie richtig neugierig!", sagte Raschid lächelnd.

Saladin drückte Kendra an sich.

Kendra schaute die beiden amüsiert an. „Ihr habt euch in den letzten Monaten sehr verändert."

„Wirklich?", fragten die Männer gleichzeitig. „Wie?"

„Fast möchte man meinen, es unterhielten sich nicht der Herr und sein Diener, sondern zwei gute Freunde", erklärte sie unumwunden.

„Gut beobachtet", sagte Saladin zufrieden. „Privat sind wir das inzwischen auch. Und hier sind wir ganz privat. Wenn du wüsstest, was uns in den letzten Monaten widerfahren ist, würdest du dich sicher auch nicht mehr wundern.

Raschid hat mir das Leben gerettet und dafür bin ich ihm zutiefst dankbar. Ein Diener hätte das niemals geschafft, ein wahrer Freund schon."

Erstaunt lauschten Arved und seine Mitarbeiter, dass Saladin ganz private Dinge erzählte.

Arved wandte sich Kendra zu. „Ich muss neidlos anerkennen, dass du eine gute Wahl getroffen hast. Ich glaube, so ein verständnisvoller und liebevoller Mann, steht dir auch wirklich zu.

Ein Arschloch, wie ich es nun mal bin, hat es dir den ganzen Arbeitstag über schwer genug gemacht. Aber ich kann einfach nicht aus meiner Haut heraus. Ich möchte dir für alles danken und freue ich mich nun auf die weitere Zusammenarbeit, auch wenn es aus der Ferne ist."

Für diese ehrlichen Worte bekam Arved Beifall von allen Seiten.

„Es ist wohl leider immer so, dass wir wahre Werte erst erkennen, indem wir sie verlieren", fügte er kleinlaut hinzu.

Kendra strich Saladin mit dem Zeigefinger über die Brust. „Verratet ihr mir nun, was ihr für eine Überraschung habt?"

Raschid nickte ihm zu.

„Okay. Ich habe für dich ein Tropenhaus bauen lassen, damit du nicht auf deine geliebten blauen Falter verzichten musst."

„Extra wegen mir?", fragte sie verständnislos.

„Hmm, weil ich weiß, wie sehr du doch an den fliegenden Juwelen hängst. Es sind sogar schon ein paar der kleinen Flattermänner geschlüpft. Ein Gärtner und zwei Tierpfleger kümmern sich um ihr Wohlergehen."

Arved und seine Leute bekamen große Augen. Für Kendra würde Saladin glatt die Welt aus den Angeln heben, wenn sie das verlangte.

Als sich die Gäste verabschiedeten, erwachte Eric.

„Jetzt wir er gleich energisch", erklärte Kendra lachend, als sie Raschid den Kleinen abnahm. „Wenn er Hunger hat, reagiert er wie ein gereizter Panther."

„Darf ich der Raubtierfütterung beiwohnen?", bat Saladin. Er folgte ihr ins Schlafzimmer. Kendra wechselte sofort Erics Windeln. Saladin betrachtete seine große Liebe und ihr gemeinsames Baby mit strahlenden Augen. Er konnte es noch immer nicht wirklich fassen, dass er plötzlich Vater eines gesunden, kräftigen Sohnes war und überdies kurz vor seiner Hochzeit stand.

Frisch gewindelt beruhigte sich Eric ein wenig, dafür gab er ein hungriges Knurren von sich.

„Klingt tatsächlich wie eine kleine Raubkatze", schmunzelte der stolze Papa.

Mit brennendem Blick schaute er zu, wie Kendra eine ihrer wohlgeformten prallen Brüste entblößte. Eric schnappte regelrecht zu. Kendra traten Tränen in die Augen. Saladin schaute sie fragend an.

„Es ist reichlich schmerzhaft, wie er trinkt", erklärte sie stöhnend. „Eben wie ein kleines Raubtier und einen Zug hat er drauf, als würde ihm jemand etwas wegnehmen."

„Vielleicht ahnt er es, dass er dich ein klein wenig mit mir teilen muss", sagte Saladin lächelnd. „Ich sehne mich seit Monaten nach deinem Körper, dass ich manchmal keinen klaren Gedanken mehr fassen kann."

„Du wirst dich noch gedulden müssen", entgegnete Kendra leise, während sie sich um Eric kümmerte, ihn schließlich ins Bettchen brachte. „Es grenzt fast an ein Wunder, dass ich seine Geburt überlebt habe. Noch sind die Operationsnarben nicht verheilt."

„Das habe ich nicht gewusst", flüsterte Saladin, ihr Haar streichelnd.

„Natürlich nicht. Woher auch?", beruhigte ihn Kendra.

Sie setzte sich auf die Bettkante. Saladin kam zu ihr, nahm sie zärtlich in den Arm und in einem endlosen Kuss ließ sie sich zurücksinken. Saladin legte sich neben sie, um sie einfach nur ganz fest im Arm zu halten. Seine Lippen gingen auf Wanderschaft, liebkosten ihren Hals, um endlich bis an den Ansatz ihrer wundervollen Brüste zu huschen. Seine Hand fand den Weg unter den Stoff ihrer Bluse. Sanft streichelte er ihren Bauch. Er stellte sich vor, wie es sich wohl angefühlt haben musste, als Eric darin heranwuchs. Kendra schien seine Gedanken erraten zu haben.

Sie legte ihre Hand auf die seine, hielt sie ganz fest. „Ich liebe dich", hauchte sie.

Das hatte sie noch nie gesagt.

Saladin stöhnte auf. „Ich liebe dich auch." Er ließ seinen Tränen freien Lauf. Sie spülten die Anspannung der letzten Monate fort. „Lass mich deinen Körper spüren", bat er, während er vorsichtig ihre Bluse öffnete und die weite Hose abstreifte. Ein Schauer lief über seinen Rücken, als er über dem Rand ihres Slips die lange rote Narbe gewahrte.

„Das sieht schlimm aus. Hast du Schmerzen?", fragte er besorgt.

Kendra schüttelte den Kopf. „Im Moment nicht", sagte sie ausweichend.

Saladin streichelte ihren Körper, der schon fast wieder so schlank wie vor der Schwangerschaft war. Seine Hände glitten über ihre Schenkel. Kendra hielt die Augen fest geschlossen. Wie gern hätte sie sich ihm völlig hingegeben. Saladins Zärtlichkeiten nach der langen Trennung brachten ihr schnell die Erfüllung, die sie so oft herbeigesehnt hatte. Saladin genoss ihr lustvolles Stöhnen. Es ließ ihn vergessen, dass es jemals eine Zeit der Trennung gegeben hatte.

„Bleibst du heute Nacht bei mir?", fragte Kendra.

„Wenn du es möchtest."

Sie schmiegte sich eng an seinen Körper. „Oh bitte. Es ist auch kein Problem, Raschid unterzubringen. Es sei denn, dich stört es, wenn Eric ab und zu schreit."

„Ich bin glücklich, dass es den Kleinen gibt. Wenn ich hier bin, musst du wenigstens nicht allein aufstehen. Ich sage Raschid gleich Bescheid." Saladin küsste noch einmal Kendras Schultern, bevor sie sich wieder anzog.

„Ich schätze, sie hat nicht nur Eric, sondern auch dein Verlangen gestillt", schmunzelte Raschid mit einem Blick auf die Uhr.

„Fast richtig", entgegnete Saladin trocken. „Ich habe ihr Verlangen gestillt." Seine vor Glück strahlenden Augen bestätigten seine Worte.

Beide hatten Arabisch gesprochen. Nun wandte sich Saladin auf Englisch an Ronda und Raschid. Beide nickten. Nach der ganzen Aufregung hätten sie sich eher gewundert, wenn Kendra nicht nach Saladins Nähe verlangt hätte.

Ehe Ronda in Panik verfallen konnte, weil sie nicht auf solch hohen Besuch vorbereitet war, sagte Raschid: „Ich werde sofort den Service vom 77 anrufen, dass man uns das Abendbrot bringt."

Die Tat folgte sofort. Er gab seine Bestellung auf, nannte die Zieladresse und informierte das Hotel darüber, dass man die Nacht außer Haus zu verbringen gedachte. Ronda beeilte sich, den großen Tisch im Speisezimmer vorzubereiten.

Saladin kehrte in Kendras Schlafzimmer zurück. Sie saß leichenblass auf der Bettkante.

Saladin erschrak. „Kann ich dir helfen?"

„Das wird schon wieder. Es ist nur etwas zu viel Aufregung", erklärte Kendra mit matter Stimme.

„Leg dich hin. Ich lasse Eric nicht aus den Augen", versprach Saladin.

Wenige Sekunden später war Kendra fest eingeschlafen. Saladin öffnete leise die Tür, winkte Raschid heran und instruierte ihn: „Du fährst am besten ins *77* und holst die Pyjamas und Kleidung für morgen. Bring auch die Laptops mit. Kendra geht es wirklich sehr schlecht. Ich mache mir Sorgen um sie. Bitte beeile dich."

Raschid gab Ronda Bescheid, ehe er verschwand. Plötzlich begann der Kleine zu weinen. Saladin nahm ihn aus dem Bettchen.

Er trug ihn hinüber zu Ronda. „Was machen wir denn jetzt? Der Kleine hat sicher Hunger und Kendra ist gerade erst eingeschlafen."

Ronda lachte. „Da helfen nur Windeln wechseln und Fläschchen geben. Ich wärme schnell die Milch an."

Saladin kümmerte sich inzwischen ums Trockenlegen. „Nicht so perfekt wie Mama, aber wir zwei Männer müssen jetzt zusammenhalten", erklärte er seinem Söhnchen.

Ronda brachte ihm die Flasche, schaute eine Weile zu. „Papa macht das ganz toll", lobte sie.

Den Windeleimer nahm sie gleich mit hinaus. Nun saß sie in der Wohnstube und hatte Zeit zum Nachdenken. Sie hatte Saladin erst heute kennengelernt und war beigeistert von ihm, genau wie von Raschid. Es war schon beeindruckend, mit welcher Selbstverständlichkeit sich der Prinz um seinen Sohn kümmerte und mit welcher Liebe er an Kendra hing. Sie freute sich auf die bevorstehende Hochzeit. Hoffentlich war Kendra bis dahin wieder völlig gesund.

Raschid kam zurück und der Türgong weckte Kendra. Völlig verstört, schaute sie in das leere Kinderbett. Es dauerte eine Weile, bis die Erinnerung wiederkam. In einem der Sessel saß Saladin mit Eric. Der Kleine hatte die Flasche inzwischen geleert, Saladin sich ein Handtuch über die Schulter gelegt, wie er es zuvor bei Kendra gesehen hatte.

An ihre Worte: *Manchmal spuckt er, wenn er die geschluckte Luft wieder loswerden will*, konnte er sich noch gut erinnern. Kendra blieb liegen. Sie wollte ihre beiden Männer nicht in ihrer trauten Zweisamkeit stören. Eric machte sein Bäuerchen.

Zufrieden streichelte Saladin das kleine Köpfchen. „So mein Schatz, nun schauen wir nach Mama."

Kendra streckte ihnen die Arme entgegen.

„Wenigstens siehst du nun nicht mehr ganz so blass aus", freute sich Saladin.

„Es tut gut, dich in der Nähe zu wissen", sagte Kendra. „Du hast mir gefehlt. Es war der größte Fehler gewesen, dich zu verlassen." Sie vergrub ihr Gesicht an seiner Brust. „Und dann war ich zu feige, das zuzugeben. Vielleicht kannst du mir eines Tages verzeihen."

Saladin, der noch Eric im Arm hielt, hauchte ihr einen Kuss auf die Stirn. „Ich bin viel zu glücklich, um mir dir zu schimpfen", gab er zu.

Es klopfte. Raschid trat ein. „Soll ich euch das Abendbrot hier servieren?"

Kendra schüttelte den Kopf. „Pack mich lieber nicht so in Watte, sonst komme ich gar nicht mehr auf die Beine. Ich lege mich schlimmstenfalls auf das Sofa. Wir nehmen Eric im Körbchen mit hinüber. Es wird nur noch ein paar Minuten dauern. Ich muss erst noch für Fläschchennachschub sorgen", sagte sie lächelnd.

Raschid zog sich zurück, um mit Ronda über die Hochzeit zu sprechen.

„Du bist so still." Kendra schaute Saladin fragend an.

„Ich schaue mit Bewunderung, dabei freue ich mich auf den Tag, wo das alles wieder ganz allein mir gehört", schmunzelte er.

„Es sei denn, der Silberregen setzt wieder alle Naturgesetze außer Kraft", entgegnete Kendra mit liebevollem Blick auf Eric.

Saladin schlug sich an die Stirn. „Natürlich! Der Silberregen. Ich habe mir jetzt die ganze Zeit das Gehirn zermartert, weil ich wusste, dass du doch eigentlich verhütet hast."

Kendra lächelte still. „Silverrain wird sich gesagt haben, wer sich solche Mühe gibt, soll auch dafür belohnt werden."

„Mit einer Zeugung unter Zeugen", warf Saladin belustigt ein.

Kendra lachte übermütig.

„Ich habe Kendra schon lange nicht mehr so fröhlich lachen hören", sagte Ronda, als Saladin das Körbchen mit Eric neben dem Tisch stellte.

„Dabei ging es um eine ernste Sache", schmunzelte Saladin. Er erklärte mit wenigen Worten den Grund ihrer Heiterkeit.

Ronda stellte sich die Situation bildlich vor. Sie amüsierte sich über Raschid, der bei Saladins offenen Worten ziemlich verlegen geworden war.

Sie konnte eins und eins zusammenzählen. „Dann war es wohl das, was Kendra Arved sagen sollte?"

Kendra hatte ihr damals nämlich völlig entrüstet über Arveds taktlose Frage berichtet.

„Äh – ja." Raschid zuckte zusammen wie ein ertappter Sünder.

Saladin kam aus dem Lachen nicht mehr heraus. So neben der Spur hatte er Raschid noch gar nicht erlebt.

Raschid öffnete, um etwas von sich abzulenken, zwei Champagnerflaschen.

„Für mich nicht!", rief Kendra schnell.

„Keine Angst. Dieser hier", er deutete auf die erste Flasche, „ist alkoholfrei und genau das Richtige für stillende Mütter und Rekonvaleszenten."

Hochzeitsvorbereitungen

„Sie denken wohl wirklich immer an alles?", fragte Ronda erstaunt.

„Das ist mein Job und den liebe ich nun mal", strahlte Raschid. „Zudem habe ich seit heute noch zwei Gründe mehr."

„Ich möchte dir so gern einmal eine ganz persönliche Freude machen", sagte Kendra. „Du opferst dich immer nur für andere auf."

Raschid wurde ernst. „Ich hätte wirklich eine Bitte."

„Dann heraus mit der Sprache."

„Das hat was mit der Hochzeit zu tun", druckste Raschid herum.

Kendra nahm seine Hand. „Na los. Wenn du mir nicht sagst, was du möchtest, kann ich die Bitte schlecht erfüllen."

Raschid holte tief Luft. „Würdest du jemanden einladen, den du zwar nicht kennst, aber als deine Freundin ausgeben könntest? Weil ..." Er schaute Kendra flehend an.

Sie lächelte. „Weil du sie sehr liebst, Saladin sie nicht einladen kann und dir sehr, sehr viel an ihrer Nähe liegt."

„Erraten." Raschid knetet nervös seine Hände.

Saladin legte ihm die Hand auf den Arm. „Sie sollte am besten schon vorher da sein, damit sie mit ihrer Freundin ein paar nette Tage verbringen kann. Wobei ich mir durchaus vorstellen könnte, dass die beiden wirklich gemeinsamen Gesprächsstoff finden."

„Du kennst sie?", fragte Kendra erstaunt.

Saladin nickte. „Du hast sicher auch schon von ihr gehört. Die Rede ist von Jennifer Westwood."

„Das Model mit der roten Löwenmähne?"

Die Männer nickten.

„Den Wunsch erfülle ich Raschid gern", versprach Kendra. „Wir sollten sofort nach dem Abendbrot Kontakt aufnehmen, damit sie sich den Termin freihalten kann. Soweit ich weiß, ist sie sehr gefragt. Geschäftsfrauen haben den Kalender meist sehr voll."

„Geschäftsmänner leider auch", murmelte Ronda. „Ich habe Vater noch immer nicht erreicht. Er weiß weder, dass du inzwischen entbunden hast, noch, dass er in acht Wochen seine Tochter unter die Haube bringen wird. Die E-Mails haben alle keine Lesebestätigung."

Die Männer schauten Ronda ungläubig an. Kendra streichelte die Hand ihrer Mutter.

Ronda schaute Saladin an. „Wissen Sie, wir haben uns schon vor Jahren auseinandergelebt. Diese Ehe besteht nur noch auf dem Papier."

„War das der Grund, weshalb du dich nicht binden wolltest?", fragte er Kendra.

„Ja, ich wollte nicht auch so verzweifelt enden."

„Wenn Sie das Alleinsein satthaben, dann kommen Sie zu uns. Platz ist genug und es gibt viel zu entdecken in meiner Heimat", bot Saladin an.

„Danke. Das ist gut gemeint, aber ich habe all meine Freunde hier. Die trösten über vieles hinweg", entgegnete sie.

Wie versprochen, setzte sich Kendra etwas später an den Computer. Sie wählte die angegebene Nummer. Auf dem Monitor erschien das ebenmäßige Gesicht Jennifers.

„Westwood", meldete sie sich und schaute neugierig auf ihren Bildschirm.

„Hier ist Kendra Swan vom *Level 333*. Guten Abend, Miss Westwood, ich möchte Sie gern zu meiner Hochzeit einladen."

„Ein Model-Job?", fragte Jennifer.

„Nein, als Gast. Es gibt da jemanden, dem sehr viel an Ihrer Anwesenheit liegt", erklärte Kendra lächelnd.

Jennifer zog kaum merklich die Augenbrauen zusammen. „Wann ist denn der Termin?"

„In genau acht Wochen. Die Details erfahren Sie noch."

„Das ist mir leider zu kurzfristig", entgegnete Jennifer.

„Schade", sagte Kendra betont bedauernd. „Raschid hatte sich so auf Sie gefreut."

Miss Westwood zuckte zusammen. „Raschid?", flüsterte sie.

Kendra nickte. „Es wird ihn sicher hart treffen, wenn er von Ihrer Absage erfährt."

„Warten Sie! Reden wir auch vom selben Raschid?"

„Ich denke schon. Zwei-Meter-Zehn kaum zu übersehende Männlichkeit", erklärte Kendra kurz. „Ganz nebenbei bemerkt, der persönliche Berater einer hochgestellten Persönlichkeit."

Jennifer gab eine Mischung aus Seufzen und Schluchzen von sich. „Ich werde kommen. Einen Moment, ich muss schnell meinen Kalender holen."

Kendra tauschte unbemerkt mit Raschid den Platz. Jennifer kam wieder und blätterte, ohne auf den Monitor zu sehen, in ihrem Kalender. „Ich weiß zwar absolut nicht, wer Sie sind, aber ich werde kommen."

„Sie ist Saladins zukünftige Frau", sagte Raschid leise.

Jennifer schaute irritiert auf. Sie glaubte fast, dass sie plötzlich Halluzinationen habe. „Raschid!" Sie streichelte den Bildschirm, als könne sie ihn so berühren. „Du bist es wirklich." Aus ihrem Blick sprachen freudige Überraschung, Zärtlichkeit und die ganze Sehnsucht der letzten Monate.

„Jennifer, ich möchte dich so gern wiedersehen. Bitte komm schon in vier Wochen. Hast du so viel Zeit für mich?", fragte er. „Miss Swan wird dir eine persönliche Einladung zuschicken. Als ihre Freundin kannst du bei mir sein, ohne dass es jemanden stören könnte."

„Für dich mache ich alles möglich", versprach Jennifer.

„Dann schicke mir eine Nachricht, wenn dein Flugzeug ankommt, ich werde dich abholen."

„Das mache ich. Bis bald. Kann ich noch einmal mit Miss Swan sprechen?"

„Da bin ich schon", schmunzelte Kendra.

Jennifer Westwood wirkte völlig aufgewühlt. „Vielen, vielen Dank, für die wundervolle Überraschung. Ich kann meine Freude, kaum in Worte fassen."

Kendra lachte. „Dann sind wir nun schon mehrere, die sich über denselben Anlass freuen. Geben Sie mir schnell noch Ihre Adresse, damit Sie die Hochzeit auch wirklich hautnah erleben können." Kendra schrieb mit. „Dann sehen wir uns in vier Wochen."

Jennifer nickte. „Ich freue mich darauf, Sie persönlich kennenzulernen. Liebe Grüße an alle. Bis bald."

„Kendra, du bist die Größte!", jubelte Raschid. „Normalerweise müsste ich dich jetzt in die Arme reißen, umherwirbeln – aber damit würde ich dir im Moment sicher wehtun."

Kendra strahlte über das ganze Gesicht. „Mir genügt, wenn ich weiß, dass zwei Menschen heute sehr, sehr glücklich sind." Sie kuschelte sich an Saladin, der sie ganz fest in die Arme schloss.

Eric meldete sich aus seinem Körbchen.

„Oh, wir müssen noch jemanden glücklich machen", stellte Saladin fest. „Und diesmal gibt es bestimmt Milch von Mama." Die kleine Familie verschwand in Kendras Wohnungshälfte.

„Das ist wohl der aufregendste Tag in meinem Leben." Ronda schüttelte fassungslos den Kopf. „Hoffentlich bekomme ich in den nächsten Wochen alles auf die Reihe."

Raschid zuckte zusammen und starrte sie mit unnatürlich großen Augen an. „Ach du Schreck! Ich, als Sprecher Saladins, muss sofort die Geburt seines Sohnes und seine Verlobung bekannt geben. Seine Familie zerreißt mich sonst in der Luft. Entschuldigen Sie."

Er sprang auf, wie von einer Stahlfeder getrieben, eilte in das Gästezimmer und holte seinen Laptop. Ronda stellte ihm ihr Arbeitszimmer zur Verfügung.

„Bitte bleiben Sie in der Nähe, vielleicht brauche ich noch ein paar persönliche Daten von Kendra", sagte Raschid. Dann flogen seine Finger auch schon über die Tasten, um die Pressemitteilung zu schreiben. Zufrieden schickte er den Bericht ab. „So und nun noch ein Häppchen für die Regenbogenpresse." Raschid öffnete den Bilderordner. Neugierig schaute Ronda auf den Monitor. „Kendra", murmelte er und klickte einen der vielen Unterordner auf.

„Sind die schön", flüsterte Ronda ergriffen.

Raschid hatte inzwischen das Richtige gefunden. Kendra stand in einem cremefarbenen langen Kleid auf einer Düne und schaute der untergehenden Sonne nach. Der leichte Wind ließ ihr Haar und das Kleid wehen, welches ihren Körper wie eine zweite Haut nachmodellierte. Das Rotgold der Sonne wetteiferte mit dem Goldton des Sandes, um die Gunst, die Frau im Vordergrund in weiches Licht tauchen zu dürfen. Das Ganze wirkte unglaublich romantisch.

Raschid fügte das Bild ein, änderte die Farbe des Textes und schickte die Mitteilung ab. Dann wandte er sich nach Ronda um. „Wohin soll ich den Ordner übertragen?"

Ronda gab ihm die Zieladresse. Sekunden später war sie im Besitz aller Bilder, die Raschid ganz nebenbei und fast unbemerkt gemacht hatte.

Saladin erschien allein. „Es hat sie zu sehr angestrengt. Sie schläft wie ein Murmeltier. Ich habe die Tür offengelassen, um Eric hören zu können, wenn er weint." Er setzte sich neben Raschid. „Ich dränge ja ungern, aber wir haben noch eine Menge Arbeit heute Abend. Mrs. Swan wird sicher Verständnis dafür haben."

„Lass mal überlegen", antwortete Raschid und klappte seinen Laptop wieder auf. „Da wären die Pressemitteilungen, erledigt vor zehn Minuten und die Einladungen, die ich noch drucken lassen muss." Er reichte

Saladin das Gerät, der interessiert die Texte las und lange Kendras Bild betrachtete.

„Sag mal, wo hast dieses wundervolle Foto her?"

„Aus meinem Kommunikator", schmunzelte Raschid. „Ich bin der geborene Paparazzo."

„Du erstaunst mich immer wieder. Obwohl ich weiß, dass du der Beste bist."

Ronda hob plötzlich den Kopf. „Mister Saladin, darf ich Ihnen eine Frage stellen?"

„Aber natürlich."

„Stimmt es, dass Sie Kendra wirklich nur durch einen Zufall näher kennengelernt haben?"

„Das ist richtig", antwortete er.

Auch Raschid nickte.

„Hat sie es Ihnen nicht erzählt?"

Ronda schüttelte den Kopf. „Nicht alles. Ich verstehe nicht so viel von dem technischen Kram", sagte sie leise. „Ich habe nur ein paar Tage später den Werkstattbericht über die Reparatur des Cityflitzers gelesen."

„Kendra hatte an jenem Tag eine Panne mit dem Fahrzeug und wir haben geholfen", erklärte Saladin ausweichend.

„In dem Bericht stand etwas von *letalem Ausgang, wenn die Tür nicht rechtzeitig geöffnet worden wäre*", sprach sie leise weiter, wobei sie ihn fragend ansah.

Die beiden Männer tauschten einen schnellen Blick. „Auch das ist richtig", gab Saladin schließlich zu.

„Dann weiß ich endlich, bei wem ich mich bedanken kann, dass das Leben meiner Tochter gerettet wurde." Ronda traten Tränen in die Augen.

„Wir haben es gern getan. Beruhigen Sie sich doch, Mrs. Swan", bat Saladin.

„Erzählen Sie mir bitte alles, was passiert ist." Ronda wischte die Tränen weg.

„Wir haben Kendra in dem Augenblick gefunden, als der Sauerstoff fast verbraucht war. Nach ein paar erfolglosen Versuchen gelang es mir, mit einem technischen Trick die Tür zu öffnen. Kendra war zu diesem Zeitpunkt bereits ohnmächtig.

Ich habe sie aus der Kabine gezogen und auf die Rückbank meines Wagens gebracht. In dem Moment, wo ich sie in den Armen hielt, wusste ich, dass ich sie wiedersehen muss. Dann habe ich ihren Kommunikator gefunden und gemerkt, in wen ich mich Hals über Kopf verliebt habe.

Sie ist auf meine Bedingung zum Vertrag, den Abend mit ihr verbringen zu dürfen, eingegangen. Von da an ist sie mir nicht mehr aus dem Kopf gegangen. Schließlich kam sie als Spezialistin nach Fort Silverrain und seitdem kann ich nicht mehr ohne sie leben."

„Das ist noch fast untertrieben", murmelte Raschid fast tonlos.

Ronda und Saladin hatten ihn trotzdem verstanden.

„Kendra muss übermorgen zur Nachuntersuchung ins Krankenhaus", berichtete Ronda. „Es wäre besser, wenn Sie sie begleiten. Ich habe manchmal das Gefühl, dass sie einiges verschweigt. Ihr geht es ohne Zweifel sehr schlecht."

„Mrs. Swan, würde es Ihnen große Umstände bereiten, wenn wir für die nächsten beiden Wochen bei Ihnen wohnen?", fragte Saladin.

„Keinesfalls, ganz im Gegenteil. Darüber freue mich wirklich sehr." Ronda strahlte über das ganze Gesicht. „Nur kann ich Ihnen nicht den Luxus bieten, den Sie gewöhnt sind."

Saladin winkte ab. Er wandte sich an Raschid: „Fahre bitte sofort noch einmal ins *77*, bezahle die Rechnung für die 14 Tage, die ich gebucht habe, und bringe unser Gepäck hierher.

Sag ihnen, dass ich den Außer-Haus-Service nutzen werde, und beruhige sie, dass es nicht an ihrem Haus liegt, wenn ich nicht dort wohnen möchte."

„Ich rufe ein Taxi." Ronda wählte schon die Nummer.

Raschid war nach anderthalb Stunden wieder zurück. Mittlerweile war es ziemlich spät geworden. Ausreichend müde begaben sich alle zu Bett. Saladin schlüpfte zu Kendra unter die Decke, nachdem er noch einmal nach seinem Söhnchen gesehen hatte. Schützend legte er seinen Arm um sie. Er lächelte glücklich, als sie im Schlaf nach seiner Hand fasste, um sie ganz fest zu halten.

Eric weckte Mama und Papa noch vor dem Morgengrauen. Lautstark forderte er eine trockene Windel und Nahrung. Kendra hauchte Saladin einen Kuss auf die Lippen, bevor sie aus dem Bett sprang.

„Bleib liegen", sagte sie. „Deine Nacht war kürzer, als meine." Sie streifte nur einen Morgenmantel über.

„Na, na, wer macht denn mitten in der Nacht so ein Geschrei", sprach sie leise zu Eric. „Komm mein Schatz, jetzt legt dich Mama erst mal trocken, dann bekommst du deine Milch. Was soll denn Papa denken, wenn du so ein Theater veranstaltest?"

Saladin stützte sich mit dem Ellenbogen ab. Mit Hingabe sah er den beiden zu. Mamas Stimme beruhigte Eric etwas, die trockene Windel noch mehr. Sie kam mit Eric ins Bett, um ihn ganz in Ruhe zu stillen. Saladin konnte sich an diesem Bild einfach nicht sattsehen. Immer wieder fragte er sich, ob er nicht alles nur in einer Fieberfantasie erlebte.

Kendra legte den satten, zufriedenen Eric neben Papa ins Bett, der ihn liebevoll mit dem Arm umfing. Nach ein paar Minuten war der Kleine wieder eingeschlafen. Kendra trug ihn ins Bettchen, um ganz schnell seinen Platz neben Saladin einzunehmen, der ihre Zärtlichkeiten schon so lange herbeisehnte. Ihre Hände glitten streichelnd immer tiefer, wohin ihre Lippen langsam folgten. Saladin ließ sie an seiner Lust teilhaben.

Kendra erfuhr erst beim gemeinsamen Frühstück, dass Saladin nicht mehr von ihrer Seite weichen wollte.

„Auch starke Frauen brauchen manchmal etwas Unterstützung", erklärte er unumwunden.

„Darüber freue ich mich auch wirklich sehr", gab sie zu.

Saladin erklärte ihr, was Raschid am vergangenen Abend noch alles unternommen hatte, ihre Verbindung offiziell bekannt zu geben, um größere Querelen mit seinem Vater zu vermeiden.

„Es tut mir leid", flüsterte Kendra.

Saladin und Raschid würden also wieder einmal Ärger wegen ihr bekommen. Ob König Sharif Eric überhaupt als Nummer Zwei der Thronfolge anerkennen werde, stand auch völlig in den Sternen.

Saladin war es so ziemlich egal. Für seine große Liebe hätte er locker auf alles verzichtet, was damit zusammenhing, zumal seine Firmen mehr als genug abwarfen.

Ronda gab Raschid eine gute Adresse, um die Einladungen drucken zu lassen. Der Extrabonus den Raschid versprach, bewirkte die Lieferung innerhalb vier Stunden. So konnten noch am selben Tag alle Karten, unterschrieben vom zukünftigen Brautpaar, auf die Reise gehen. Saladin war hochzufrieden.

Den Nachmittag verbrachten alle auf dem riesigen, voll verglasten Balkon, der die ganze Etage einnahm, genossen die rare Wintersonne, unterhielten sich und verwöhnten Eric, der mehr auf Papas Bauch, als in seinem Körbchen schlief. Die beiden Frauen blätterten in Modemagazinen, um ein paar Ideen für das Brautkleid zu bekommen.

Kendra lebte richtig auf. Die Männer tauschten zufriedene Blicke.

„Ich lasse jeden Designer sofort einfliegen, du musst nur sagen, wer dein Kleid entwerfen soll." Saladin schaute sich die Kleider an, die Kendra mit einem kleinen Aufkleber markiert hatte.

„Mir wäre es am liebsten, wenn es eine Frau entwirft", erklärte Kendra. „Ich glaube nicht, dass sich ein Mann in das Problem mit dem Stillen wirklich hineindenken kann. Meine Favoritin ist Melanie Morrison."

Raschid zückte augenblicklich seinen Kommunikator. Den Frauen blieb glatt die Luft weg, welche Beträge er bot, um die Designerin dazu zu bewegen, auf dem schnellsten Wege zu erscheinen und das Kleid pünktlich zum Hochzeitstermin fertig zu haben.

Als der Name Saladin Ibn Sina fiel, ging plötzlich alles wie von selbst. Mrs. Morrison versprach am übernächsten Tag mit dem Flugzeug einzutreffen, Raschid sicherte ihr die Abholung vom Flughafen zu.

„Und du?", fragte Kendra Saladin.

„Zur Zeremonie keinesfalls schwarzer Anzug", schmunzelte er. „Ich weiß doch, auf was du wirklich stehst und wenn ich mich zehnmal am Tag umziehen müsste."

Kendras Augen strahlten bei dem Gedanken an eine wirkliche Märchenhochzeit. Vorher galt es aber, wieder gesund zu werden.

Sie wehrte sich deshalb auch nicht gegen Saladins Begleitung beim Arztbesuch am nächsten Morgen. Raschid brachte sie zum Krankenhaus. Er blieb im Fahrzeug sitzen, während Saladin das Körbchen mit Eric trug.

„Was ist denn das für eine Nobelkarosse dort unten?", fragte einer der Ärzte, der zufällig aus dem Fenster schaute. Mehrere traten hinzu.

„Also, wenn ich mich nicht völlig irre, dann ist das der Ölmulti, um dessen geheimnisvolle Hochzeit es seit zwei Tagen geht. Fragt mich aber nicht nach den Details", erwiderte eine der Ärztinnen.

Die Kollegen schauten sie ungläubig an. „Was sollte der denn plötzlich ausgerechnet in unserem Krankenhaus wollen?"

„Weiß ich doch nicht."

Professor Williams warf noch einen Blick hinunter. Er sah, wie Kendra aus dem Auto stieg. „Ach du lieber Himmel! Jetzt verstehe ich. Könnt ihr euch an die komplizierte Entbindung von Miss Swan erinnern?"

„Ja sicher, sie hätte für das Leben ihres Babys ihr eigenes gegeben."

„Da unten steht offensichtlich der Grund." Der Professor eilte seiner Patientin entgegen, während die restliche Ärzteschaft neugierig am Fenster klebte. Er begrüßte sie erfreut. „Der stolze Papa?", fragte er, als er Saladin die Hand reichte. „Dann gratuliere ich zu einem strammen Sohn", sagte er lächelnd, als Saladin bejahte. „Und wie es der Mama geht, werden wir gleich wissen." Er bat Kendra auf den Untersuchungsstuhl.

Saladin setzte sich mit Eric in einen der Sessel an der Seite des Zimmers, von wo aus er der Untersuchung aufmerksam folgte.

Der Professor wiegte beim Ultraschall bedenklich den Kopf. „Leider ist noch eine Wundspülung erforderlich."

Kendra zuckte zusammen und wurde blass.

„Es ist eine schmerzhafte Prozedur", erklärte Professor Williams Saladin. „Sie sollten vielleicht ihre Hand halten, um sie etwas abzulenken."

Saladin nickte. Schon die Vorbereitungen jagten ihm kalte Schauer über den Rücken. Kendra musste wegen Eric durch die Hölle gegangen sein. Augenblicke später gruben sich ihm vor Schmerz ihre Fingernägel in die Hand. Kendras Gesicht nahm eine wächserne Blässe an.

„Jetzt haben Sie es fast überstanden – ich muss nur noch die Fäden der äußeren Naht ziehen", tröstete sie der Professor.

Dazu durfte sie auf der Liege Platz nehmen, um auch noch diese Hürde hinter sich zu bringen. Während sich Kendra wieder anzog, gab Williams Saladin eine kurze Zusammenfassung über die Probleme bei der Entbindung, die durchgeführten Eingriffe und wie der Behandlungsplan bisher aussah. Als Kendra erschien, fügte er die aktuellen Ergebnisse hinzu.

„In spätestens zwei Wochen sollten die Wundabsonderungen endgültig aufgehört haben. Von da an ist Verkehr wieder möglich, wobei Sie keine Praktiken anwenden sollten, bei denen der Penis besonders tief eindringt. Alles, was Ihrer Frau Schmerzen bereiten könnte, ist für die nächsten drei bis vier Monate vollständig tabu.

Duschen ist ab sofort wieder erlaubt, Baden erst nach dem vollständigen Abheilen. Sie wird in den nächsten Wochen sicher noch erhebliche Schmerzen haben, da sie, um den Kleinen stillen zu können, keine Schmerzmittel nehmen will. Sie ist eine starke Frau, Mister Ibn Sina. Passen Sie gut auf sie auf."

„Das werde ich, Professor Williams, das werde ich."

Eric begann zu weinen. Der Professor lächelte. „Fast scheint es, als ob er wüsste, dass er nun an der Reihe ist. Komm, kleiner Mann, Nabelschau."

Saladin schmunzelte über die Zweckentfremdung des Begriffs. Er hob Eric aus dem Körbchen. Mit ihm war der Arzt wirklich sehr zufrieden.

„Nabel gut verheilt, alle Reflexe bestens, kräftig und gesund, und wie es scheint, sehr hungrig. Sie können das Stillzimmer gleich gegenüber nutzen", erklärte er.

Kendra ging mit Eric hinüber. Saladin rief Raschid herbei. „Du bleibst bitte bei Kendra. Ich habe noch etwas mit dem Professor zu besprechen."

Raschid klopfte an die Tür des Stillzimmers.

„Komm rein. Ich bin hier allein", antwortete Kendra.

Raschid blieb an der Tür stehen und machte Anstalten, davor zu warten.

„Setz dich", sagte Kendra nachsichtig lächelnd. „Wenn ich mich nicht irre, dann hast du von mir schon mehr gesehen, als blanke Brüste."

Raschid hob etwas hilflos die Hände, als er bei ihr Platz nahm.

Saladin machte inzwischen mit dem Professor einen kurzen Rundgang durch die Klinik. „Welche Bauvorhaben stehen als Nächstes auf dem Plan?", fragte er wie nebenbei.

Der Professor blieb stehen, schaute ihn bekümmert an, dann antwortete er: „Eigentlich eine neue Kinderkrebsstation, aber das wird immer wieder verschoben." Er machte die alt bekannte Bewegung mit Mittelfinger und Daumen.

„Wie viel fehlen?"

„Knapp dreißigtausend."

Saladin blieb am Fensterbrett stehen, zog seinen Kommunikator. Er bat um eine Visitenkarte der Klinik. Professor Williams reichte sie ihm. Wenige Augenblicke später gab der Prinz die Karte zurück. „Ich habe soeben fünfzigtausend auf dieses Konto überwiesen, Buchungstext Kinderkrebsstation. Den kleinen Patienten soll es an nichts fehlen."

„Aber ..."

„Als Dankeschön, dass Sie meine zukünftige Frau und meinen Sohn gerettet haben." Saladin klopfte dem völlig verdatterten Mediziner auf die Schulter.

„Tausend Dank", flüsterte der Professor ergriffen. Er nahm das interne Telefon an der Wand. „Marty, ich bin's Andrew, wie lange gilt noch

das Angebot für die Kinderstation? Bis morgen??? Lass jetzt sofort mit dem Bau beginnen. Sofort! Hast du mich verstanden?! Ich maile in ein paar Minuten den unterschriebenen Vertrag." Er wandte sich um. „Mister Ibn Sina, das werden wir Ihnen ewig danken."
Saladin lächelte glücklich. „Das beruht auf Gegenseitigkeit."
Er ging zurück zum Stillzimmer, wo man ihn schon erwartete. Er nahm Eric auf den einen, legte Kendra den anderen Arm um die Taille, dann führte er sie zum Auto. Raschid folgte ihnen mit dem Tragekörbchen.
Professor Williams' Nachricht hatte sich wie ein Lauffeuer verbreitet. Aus den Fenstern winkten ihnen Ärzte und Schwestern zu. Saladin und Kendra winkten zurück.
„Um welches Bauvorhaben geht es?", fragte Raschid kurz, der Saladin bestens kannte.
„Um die Kinderkrebsstation."
Kendra ging ein Licht auf. „Dich muss man einfach lieben", flüsterte sie.
Ronda empfing ihren zukünftigen Schwiegersohn mit leuchtenden Augen. Der örtliche Nachrichtensender hatte bereits über die Spende berichtet.
Saladin lächelte melancholisch. „Andere Kinder haben nicht so ein Glück wie unser Sohn. Raschid ist nicht der Einzige, der davon ein Lied singen kann."
Kendra sah ihn fragend an.
„Meine Mutter starb bei der Geburt ihres zweiten Kindes. Es hatte ähnliche Komplikationen wie bei dir gegeben. Sie haben es beide nicht geschafft. Es war ein Mädchen."
Saladin drückte Kendra und Eric an sich. „Der Professor hat mir erzählt, wie hart sie um dein Leben kämpften. Außerdem habe ich gesehen, was du jetzt noch alles ertragen musst. Ich werde mit Argusaugen darüber wachen, dass du schnell wieder richtig gesund wirst."
„Erfüllst du mir einen klitzekleinen Wunsch?", fragte Kendra leise. „Ich möchte nach dem Mittagessen hinunter in den Park."
„Wenn du mir versprichst, dass du dich jetzt ein bisschen ausruhst."
Kendra nickte, dann verschwand sie tatsächlich im Bett. Saladin gab inzwischen einen Kurzbericht über die tatsächliche Lage.
Ronda nickte. „So etwas habe ich geahnt. Wollen Sie nicht lieber eine Woche später mit ihr nach Hause fliegen?", fragte sie vorsichtig.

„Ich wollte gerade darum bitten, noch ein paar Tage länger hier wohnen zu dürfen", entgegnete Saladin.

Nach dem Essen hielt er sein Versprechen ein. Stolz schob er den Kinderwagen. Raschid begleitete sie als Freund. Saladin wusste, dass er immer auf der Hut war. Die Wege im Park waren perfekt geräumt, während ringsum alles unter einer dicken Schneedecke lag.

Ronda hatte ihnen eine lange Thermoauflage in das Netz des Kinderwagens gesteckt. Die legten sie nun auf eine der Bänke, damit sich Kendra vor dem Rückweg noch etwas ausruhen konnte. Raschid baute einen winzigen Schneemann. Er hatte sichtlich Spaß an der Sache. Saladin machte davon unbemerkt ein paar Bilder mit seinem Kommunikator.

Am nächsten Tag holte Raschid Mrs. Morrison vom Flughafen ab. Sie hatte zwei riesige Koffer Musterstoffe dabei. Die Männer, Eric inbegriffen, verzogen sich in Kendras Arbeitszimmer, um den Frauen ganz das Feld zu überlassen.

Mrs. Morrison nahm zuerst Kendras Maße, hörte sich ihre Vorstellungen an, ehe sie begann, Vorschläge zu unterbreiten. Schließlich öffnete sie die beiden Koffer. Kendra verliebte sich sofort in einen Hauch aus weißer Spitze mit filigraner Silberstickerei.

Mrs. Morrison nickte erfreut. „Daraus werden wir einen Traum zaubern, den man nicht mehr vergisst", versprach sie.

Schnell skizzierte sie ihre Vorstellungen in den Laptop, gab Kendras Daten an. Das Programm spuckte sofort das Ergebnis aus. Gemeinsam änderten sie die Details, bis Kendra rundum zufrieden war.

Ronda ließ sich nicht zweimal bitten. Sie hatte ebenfalls ihren Traumstoff entdeckt und eine viertel Stunde später erschien das Ergebnis auf dem Monitor.

Jetzt kamen auch die Männer wieder herbei.

„Lieferung beider Kleider auf meine Rechnung direkt zu mir", entschied Saladin, bevor eine der Frauen etwas sagen konnte.

Ronda bekam ein Stück vom Musterstoff, mit dem sie auf die Jagd nach passenden Schuhen gehen konnte. Kendra spielte versonnen mit ihrem Schmetterlingscollier. Raschid tippte Saladin an.

„Stimmt", murmelte Saladin. „Wenn du nicht wärst, hätte ich bald das Wichtigste vergessen."

„Was denn?" Kendra hob neugierig den Kopf.

„Ringe. Wir werden in den nächsten Tagen ganz einfach alle namhaften Juweliere der Stadt heimsuchen, bis wir das Passende gefunden haben", schmunzelte er.

Die Spaziergänge der kleinen Familie wurden von Tag zu Tag länger. Kendras Zustand besserte sich zusehends. Und schließlich wagte es Saladin, mit ihr in die Stadt zu fahren, um Ringe anzuschauen. Gegen Mittag wurde Eric unruhig.

„Was hältst du davon, wenn wir dort Mittag essen, wo du mich bei unserem ersten Stadtbummel hingeführt hast?", fragte Saladin.

„Das ist ein guter Vorschlag", freute sich Kendra. „Herr Schwabinger hat sicher auch ein ruhiges Plätzchen, wo ich Eric versorgen kann." Sie schlug den schnellsten Weg dahin ein.

Einer der Stammkellner hatte die besonderen Gäste schon erspäht, als sie noch ziemlich weit entfernt waren und Hausalarm geschlagen. Der Chef kam ihnen schon vor Freude strahlend auf der Treppe entgegen. Für das Problem der kleinen Familie fand er schnell eine Lösung. Er führte sie zu einem Vierertisch in einer Nische, ließ eine mobile Trennwand herbei tragen, die man wieder entfernen konnte, wenn Kendra das Zeichen dazu gab.

Seit dem ersten Besuch Saladins verfolgte Schwabinger alles, was mit ihm zusammenhing. Jetzt war er stolz drauf, dass man sich seiner erinnert hatte. Die Wiederkehr des erlauchten Gastes adelte sein Haus.

„Ganz bunt?", fragte er Kendra, als er nach dem Essen den Männern die Eiskarte reichte.

„Sie wissen es noch?", fragte sie erstaunt und nickte.

„Wie könnte ich diesen Tag jemals vergessen."

„Drei Mal ganz bunt", bat Saladin. „Das ist ein Farbtupfer zu diesem Grau-in-Grau da draußen." Er deutete aus dem Fenster, vor dem der Schnee in dicken Flocken fiel, um sich auf dem Gehweg in Matsch zu verwandeln.

„Ich möchte fast behaupten, das ist der ungewöhnlichste Winterurlaub, den du je hattest", schmunzelte Raschid.

Saladin lachte. „Da sagst du wahre Worte. Vor allem ist es der aufregendste Urlaub meines ganzen Lebens. In zwei Wochen ist mehr passiert als sonst im ganzen Jahr."

„Freust du dich schon auf zu Hause?", fragte Kendra.

„Ja, aber nur, weil du mit Eric bei mir sein wirst. Ich bin im Zorn gegangen." Saladin ließ sich nicht über den Grund aus.

Nach einer herzlichen Verabschiedung durch Schwabinger machten sie sich auf den Heimweg. Ronda freute sich über ihre Rückkehr. Sie deckte flugs den Kaffeetisch. Raschid half ihr.

„Sie haben geweint", sagte er leise.

Ronda sah ihn prüfend an. Ganz offensichtlich stimmte, was man über ihn berichtete – ihm entging buchstäblich nichts. Sie nickte.

„Wieder keine Antwort auf die E-Mails?", fragte er.

Noch einmal nickte Ronda. „Die Nachrichten kommen als abgewiesen zurück", presste sie hervor.

Raschid schaute sie kopfschüttelnd an. „Vielleicht sollten Sie doch über eine Scheidung nachdenken. Eine gut aussehende Frau, wie Sie, findet bestimmt ein neues, wirkliches Glück."

„Danke." Ronda lächelte versonnen. Ein neues Glück. Raschid hatte sicher recht. „Aber das hat Zeit. Jetzt ist Kendra wichtiger."

Wie auf Zuruf kam Kendra. Saladin folgte ihr mit Eric. Die junge Mutter sah heute weniger blass aus und seit der Rückkehr aus der Stadt hatten ihre Augen diesen wundervollen Glanz, der Saladin früher schon so angezogen hatte.

Jetzt verkündete sie, am nächsten Tag ihre Schränke sichten zu wollen und mit dem Koffer packen zu beginnen.

„Übernimm dich bitte nicht", sagte Saladin besorgt.

„Du kannst ja helfen", schmunzelte sie.

„Wenn es unbedingt sein muss", gab Saladin erstaunt zurück. „Ich packe ja nicht einmal meine eigenen Koffer gern."

„Na gut, dann mache ich es allein." Kendra zuckte beinahe fröhlich mit den Schultern.

Saladin schaute sie groß an. „Fast könnte man meinen, du hättest gute Nachrichten, die du einfach noch ein bisschen für dich behalten willst."

„Stimmt." Kendra blinzelte ihm zu.

Am späten Abend verstand Saladin den Grund ihrer unverhohlenen Freude. Kendra schlüpfte nach dem Duschen ohne Höschen zu ihm unter die Decke.

„Ich habe jetzt drei Tage gewartet, um wirklich sicher zu sein", hauchte sie ihm zärtlich ins Ohr.

Saladin brauchte keine weiteren Worte. Sofort, aber überaus behutsam, schenkte er ihr seine ganze Liebe, nachdem er fast elf Monate lang auf diesen Moment warten musste. Kendra erlebte ein Wechselbad aus Lust und Schmerzen, was Saladin dazu veranlasste, im weiteren Verlauf der

Nacht lieber exzessiv mit ihr zu kuscheln, statt ihr unnötige Qualen zu bereiten.

Am nächsten Morgen heizte ihn Kendra dermaßen auf, dass er kaum noch einen klaren Gedanken fassen konnte und schließlich ihrem Drängen nachgab. Dafür hätte er sich danach am liebsten selbst geohrfeigt. Kendras Tränen schnitten ihm ins Herz.

„Es ist nicht deine Schuld. Ich habe es doch so gewollt", flüsterte sie, sich katzenhaft an ihn schmiegend.

„Dein nackter Körper bringt mich völlig um den Verstand", stöhnte er verzweifelt. „Vielleicht sollten wir eine Weile getrennt schlafen."

„Das ist doch wohl nicht dein Ernst!" Der anklagende Blick Kendras traf ihn.

Saladin schüttelte den Kopf. „Ich würde es nicht durchhalten. Nicht einmal zwei Tage. Schon in der ersten Nacht würde ich jämmerlich winselnd vor deinem Bett stehen", gab er kleinlaut zu, während seine Hände schon wieder an ihren Oberschenkeln entlang huschten.

Eric meldete sich.

Allah sei Dank – dachte Saladin, *wer weiß, was ich sonst noch angestellt hätte.* Dabei freute er sich jetzt schon unbändig auf die kommende Nacht.

Raschid sah ihnen sofort an, was in den vergangenen Stunden geschehen war. Sie hatten beide diesen verräterischen Glanz in den Augen. Er zuckte kaum merklich mit dem Augenlid. Saladin antwortete auf die gleiche Weise.

Nach dem Frühstück half er Kendra dann doch beim Sichten der Schränke. Auf den ersten Blick erspähte er das erdbeerrote Kleid und den himmelblauen Hausanzug.

„Das muss mit", sagte er kurz und legte beides auf den Tisch. „Wo steckt denn das cremefarbene, lange Kleid?"

„Dieses hier?" Kendra reichte es ihm. „Ich dachte, so was macht dir keinen Spaß?"

„Jetzt schon." Er hatte soeben die beiden Schübe mit Dessous entdeckt.

Das fröhliche Gelächter der beiden weckte Eric. Raschid nahm ihn aus seinem Bettchen, setzte sich zu Kendra und Saladin in einen Sessel, wiegte ihn im Arm, bis er sich wieder beruhigte hatte. „Meint ihr nicht, dass es besser wäre, großräumig zu packen? Schließlich wird es ein Umzug."

Kendra und Saladin sahen sich noch größer an. „Du hast recht, wie immer", gaben sie gleichzeitig zu.

„Denken wir also in anderen Dimensionen", schmunzelte Raschid. Er zückte seinen Kommunikator, orderte einen Luftcontainer, gab den Code des Palastes an, dann wandte er sich an Kendra. „So, morgen kannst du beginnen, deinen ganzen Hausrat, den du mitnehmen möchtest, einzupacken. Kartons werden mitgeliefert. Ich helfe dir beim Packen, bringe alles hinunter, am Montag wird der Container verladen und kommt, einen Tag später las wir, im Palast an. Na, ist das ein Plan?"

„Du bist eben doch der Beste", jubelte Kendra.

„Stimmt." Saladin nickte erfreut.

Raschid lachte. „Seht ihr, wir brauchen also nur kleines Gepäck und alles für Eric mitnehmen." Er streichelte den kleinen Prinzen, der seelenruhig in seinem Arm schlief.

„Also packe ich jetzt lieber alle wichtigen Papiere in die große Tasche", sagte Kendra erleichtert.

„Und dann ruhst du dich wieder etwas aus", sprach Saladin ein Machtwort.

Ronda war Saladin überaus dankbar für die strengen Regeln, die er Kendra in Bezug auf die Ruhephasen vorgab. Kendra selbst merkte, wie gut ihr diese Fürsorge tat. Raschid packte in der Zwischenzeit weiter, ohne sich durch irgendwen oder irgendwas aus der Ruhe bringen zu lassen.

Falls zu viel in den Kisten verschwand, müsste Saladin eben die Scheckkarte für die letzten Tage zücken. Kendra nahm es mit Humor. Schlimmstenfalls hätte sie sich bei ihrer Mutter diverse Dinge ausgeborgt.

Abschied von England

Am Freitag derselben Woche war der Container verplombt, wurde abgeholt und alle bereiteten sich auf die Abreise vor. Raschid brachte am Samstag erst das Gepäck zum Jet, dann holte er seine Passagiere ab. Ronda war aufgeregt, wie selten in ihrem Leben. Raschid sah sie erstaunt an.

„Haben Sie Flugangst?", fragte er vorsichtshalber.

Sie lachte. „Ganz und gar nicht. Ich weiß auch nicht, warum ich so erwartungsvoll-unruhig bin."

Raschid schnallte das Babykörbchen an, bat die anderen ihre Gurte anzulegen, nahm Verbindung mit dem Tower auf, steuerte das Flugzeug auf die vorgegebene Rollbahn, um wenige Augenblicke später den Silbervogel in die Luft zu bringen. Als Raschid auf Autopilot geschaltet hatte, konnten sie ihre Gurte ablegen.

Kendra schenkte Getränke aus. Raschid sah Saladin etwas hilflos an. Der zuckte einfach mit den Schultern, als ob er sagen wollte: *Wenn sie denn unbedingt deinen Job machen will ...*"

Dann erinnerte sie sich an die Nougatkugeln. Tatsächlich, Raschid hatte das Fach dreifach bestückt. Kendra nahm sich eine große Portion, kuschelte sich an Saladin, zog die Füße mit auf die Polster und ließ eine Kugel nach der anderen langsam und sehr genussvoll auf der Zunge zergehen.

„Und plötzlich passt du nicht mehr in dein Brautkleid", witzelte Ronda.

Vor Schreck hätte Kendra fast die kleine Schale fallen lassen. „Meinst du wirklich?", fragte sie verstört.

„Unsinn." Ronda lachte übermütig.

„Ich bin noch nie so gern nach Hause geflogen", sagte Saladin. Der Gedanke an die Hochzeit machte ihn glücklich. „Aber da kenne ich noch jemanden." Er deutete mit dem Kopf zu Raschid, dessen Gesicht den ganzen Tag schon ein zufriedenes Lächeln zierte.

Jetzt nickte er. „Ich habe dir doch versprochen, dass wir uns Kendra wiederholen."

Der letzten Landung fieberten alle entgegen. Es glich schon fast einem kleinen Triumphzug, wie Saladin seine Liebste, seinen Sohn und die zukünftige Schwiegermama die Gangway hinunter begleitete. Raschid übergab den Jet an das Bodenpersonal, überwachte das Verladen des

Gepäcks, dann nahm er nur die Laptoptaschen, um sie im Kofferraum des Straßenkreuzers zu verstauen. Das andere Fahrzeug folgte ihnen. Vor der Freitreppe des Palastes hielten beide Wagen.

Ahmed kam ihnen vor Freude strahlend entgegen. „Miss Swan ist wieder da. Endlich!"

Die Ankömmlinge sahen sich gegenseitig schmunzelnd an. Ohne Zweifel hatte man Kendra sehr vermisst.

„Sag ihr ruhig, dass ich ohne sie unausstehlich war", schlug Saladin vor. „Sie erfährt es ja doch früher oder später. Gibt es wissenswerte Neuigkeiten?", fragte er auf dem Weg hinein.

Ahmed nickte.

„Und?"

„Darüber würde ich lieber in Ihrem Arbeitszimmer berichten", entgegnete Ahmed nach kurzem Nachdenken.

Etwas später saßen die drei Männer zusammen.

„Der König ist etwas unleidlich wegen der plötzlichen Hochzeit und der Meldung über den Kleinen", erklärte Ahmed vorsichtig. „Am Anfang hat er gezürnt, sich allerdings nach ein paar Tagen beruhigt und will zumindest die Hochzeit nicht boykottieren. Es ist nur fraglich, ob er Eric als Thronfolger anerkennen wird."

„Mit diesen Problemen habe ich gerechnet", entgegnete Saladin. „Hast du wenigstens auch gute Nachrichten für mich."

Ahmed zog ein paar Zeitungen und Magazine hervor, die er wortlos auf den Tisch packte. Kendra und die Märchenhochzeit auf allen Titelblättern und die Artikel waren voll des Lobes über die zukünftige Frau des Kronprinzen.

„Daran wird er nicht so einfach vorbei kommen", sagte Raschid voller Zuversicht. „Er wird sich zieren, aber sicher in das Unvermeidliche fügen."

Ahmed erhob sich. „Haben Sie noch Anweisungen für den heutigen Tag?"

Saladin schüttelte den Kopf.

Raschid nickte. „Bereite bitte die beiden Gästezimmer in meiner Wohnung für die Ankunft von Miss Westwood vor. Sie wird vermutlich übermorgen eintreffen", bat er.

Ahmed verschlug es fast die Sprache. Raschid widmete der rothaarigen Schönheit auffallend viel Zeit. Wenn er sie auch noch so selbstverständlich in seinen Räumen unterbrachte, wusste Saladin genauestens Bescheid. Sonnenklar konnte hinter dieser Einladung nur Miss Swan stecken. Ahmed machte sich augenblicklich ans Werk, nicht ohne vorher Yussuf zu instruieren, das Abendbrot in den kleinen Salon zu bringen.

Saladin beeilte sich, zu Kendra zu kommen. Sie hatte es sich mit Eric in seinem Schlafzimmer bequem gemacht.

Saladin lächelte befreit. „Kendra, ich möchte, dass wir hier gemeinsam schlafen. Ich halte nicht viel von separaten Zimmern. Ich liebe dich zu sehr, um auch nur eine Nacht von dir getrennt zu sein."

Kendra schenkte ihm einen Augenaufschlag, der so viel Lust versprach, dass Saladin gar nicht anders konnte, als schwach zu werden. Mit gierigen Händen streifte er ihr Bluse und Hose ab. Seine Fingerspitzen berührten dabei zufällig die Narbe auf ihrem Körper. Er erschauerte. Sofort schaltete er mindestens zwei Gänge zurück. Trotzdem bekam Kendra, was sie sich so sehnlich wünschte, nicht einmal der ziehende Schmerz konnte sie davon abhalten.

Sie bettete ihren Kopf an seine nackte Brust. „Erinnerst du dich an die letzten Tage im Fort?", hauchte sie.

„Wie könnte ich die jemals vergessen." Saladin küsste sie zärtlich. „Du musst schnell gesund werden, dann werden wir immer wieder so wilde Zeiten erleben."

Er hielt sie im Arm, streichelte leidenschaftlich ihren festen Po und hätte am liebsten noch einmal die ganze Welt um sich her vergessen, wenn es nicht plötzlich geklopft hätte. Der Rhythmus deutete auf Raschid hin. Saladin schaute auf die Uhr, seufzte: „Wir haben völlig das Abendbrot vergessen."

„Dann sollten wir uns wohl ein wenig beeilen." Kendra zog sich rasch an. Mit Eric im Körbchen begaben sie sich zum kleinen Salon.

Saladin wandte sich an die Frauen. „Ich werde euch ab morgen Abdullah als Begleiter und Ansprechpartner zur Seite stellen. Kendra kennt ihn zumindest vom Sehen her. Er war beim Ritt durch die Wüste dabei. Wenn sich die Lage etwas normalisiert hat, was meinen Vater betrifft, wird euch Raschid wieder voll zur Verfügung stehen."

„Schadensbegrenzung?", fragte Kendra besorgt und beunruhigt.

„So ähnlich." Saladin streichelte ihre Hand. „Du musst jetzt nur äußerlich gelassen bleiben, falls mein Vater dich und Eric zu ignorieren gedenkt. Weinen kannst du nachts in meinen Armen. Du bist eine starke Frau. Gemeinsam werden wir das überstehen." „Im Übrigen ist dies mein Palast und auch er ist hier nur Gast", fügte er erklärend für Kendra und Ronda hinzu.

„Was soll ich tun, wenn der Container morgen ankommt?", fragte Kendra.

„Schnapp dir Ahmed. Er wird genügend Leute zusammentrommeln, die auspacken und dir die vier freien Zimmer ganz nach deinen Wünschen gestalten werden. Die Kinderzimmer sind ja schon fertig und in Bezug auf das Schlafzimmer hoffe ich, dass du meine Bitte erfüllst.

Ach und noch etwas. Du bist in wenigen Tagen die Herrin dieses netten Häuschens, deine Wünsche sind Gesetz. Dulde keine Nachlässigkeiten beim Personal. Wenn du einen grünen Teppich möchtest, dann hat er so grün zu sein, wie du ihn dir vorstellst. Okay?"

„Okay."

„Wenn alle Stränge reißen, dann hast du ja meine und Raschids Kommunikatorkennungen. Ansonsten weiß Abdullah, was er in welcher Situation zu tun und zu lassen hat. Auf alle Fälle wirst du mit deiner Mama und Eric in den nächsten Tagen sicher viel Spaß haben."

Raschid sah Kendra bittend an.

„Keine Sorge, Raschid, ich verspreche dir, dass sich Miss Westwood ab morgen auch nicht langweilen wird", sagte sie.

„Danke."

Ronda schwieg beeindruckt. Ihr wurde erst hier wirklich klar, dass ihr zukünftiger Schwiegersohn der Kronprinz eines uralten Herrschergeschlechts war, der mehr Einfluss auf die große Weltpolitik hatte, als sie überhaupt ermessen konnte.

Während die beiden Männer nach dem Essen in Saladins Arbeitszimmer verschwanden, machten die Frauen mit Eric einen kleinen Abendspaziergang durch den Ziergarten. Abdullah begleitete sie völlig unsichtbar, wie es Kendra von Raschid bei ihrem ersten Aufeinandertreffen erlebt hatte.

„Versuche nicht, ihn zu finden, das ist aussichtslos", schmunzelte Kendra, wenn sich ihre Mutter suchend umschaute. „Saladins Leibwache ist legendär, sie soll die beste im ganzen Land sein, habe ich von verschiedenen Seiten gehört. Eric ist hier sicherer, als das Gold in Fort Knox."

Sie setzten sich unter einem blühenden Strauch auf eine Bank. Ahmed tauchte augenblicklich mit gekühlten Getränken auf. Dankbar nahmen die Frauen an. Lange saßen sie schweigend, schauten in die untergehende Sonne und lauschten den Stimmen der Vögel, die es hier zahlreich zu geben schien. Erst als die Sterne am Himmel standen, gingen sie langsam in den Palast zurück und wünschten sich gegenseitig eine gute Nacht.

Saladin erwartete Kendra und Eric schon voller Sehnsucht. Er half ihr, den Kleinen zu versorgen. Kendra staunte. Saladin hatte das kleine Bad umgestalten lassen. Erics Wanne hatte die richtige Arbeitshöhe, wie auch der Wickeltisch genau daneben. In einem der Wandschränke fand Kendra flauschige Badetücher, welche lustige Tieren zierten. Kurz darauf saß sie in einem bequemen Sessel.

Eric war fast zu müde zum Trinken. Sie musste ihn mehrmals wecken. Schließlich gab sie es auf. Saladin trug sein Söhnchen ins Bett, das für die ersten Monate im Nebenzimmer stand. Leise schloss er die Tür, dämpfte das Licht noch etwas, dann schaute er Kendra erwartungsvoll an.

Sie blinzelte mit einem Auge, mit dem Kopf in Richtung der Duschkabine deutend. Ohne Worte begann Saladin, die vielen Knöpfe ihrer Bluse zu öffnen, wobei er immer wieder ihren Hals und ihre Schultern küsste. Dann beeilte er sich, sein Hemd abzulegen. Kendra überbekam beim Anblick dieses durchtrainierten Körpers wieder dieses Lustgefühl, welches sie nur schwer im Zaum halten konnte.

Das steigerte sich noch, als das Wasser endlich in großen Tropfen über seine Muskeln unter der braunen Haut rann. Er genoss es, ihren Körper sanft zu streicheln, besonders die Stellen, die er in den letzten Wochen nur verpackt zu Gesicht bekommen hatte und die wenigen Minuten wieder seinem Blick entzogen sein würden, zumindest so lange, bis Kendra Eric entwöhnt hätte.

Dann lag sie neben ihm auf dem breiten Bett, schmiegte sich lustvoll an ihn. Ihre zarte, helle Haut faszinierte ihn immer wieder so sehr, dass er gar nicht anders konnte, als jeden Quadratzentimeter voller Hingabe zu streicheln. Spät in der Nacht schlief Kendra in seinen Armen ein. Saladin lag noch lange wach, atmete den Duft ihres Haares und lauschte ihren ruhigen Atemzügen.

Als Eric am Morgen zu weinen begann, tastete Kendra im Halbschlaf neben sich. Der Platz war leer. Sie warf einen Blick auf die Uhr. Trainingszeit. Sie würde sich an Saladins Lebensrhythmus gewöhnen müssen.

Schnell sprang sie auf, holte Eric aus seinem Bettchen. Sauber und satt hüllte sie ihn etwas später mit in ihre Decke, um noch ein wenig zu schlafen. So fand Saladin die beiden, als er sich nach dem Duschen umziehen wollte. Ein glückliches Lächeln umspielte seine Lippen. Seine Liebste und sein Baby hatten den Ortswechsel gut verkraftet. Er wollte sich gerade über sie beugen, um sie wach zu küssen, als sein Kommunikator einen leisen Summton von sich gab. Saladin ging mit dem Gerät ins Nebenzimmer.

Er lauschte Raschids Worten, sagte: „In Ordnung", steckte den Kommunikator wieder ein und ging in sein Arbeitszimmer, statt Kendra und Eric zu wecken.

Raschid steuerte inzwischen den kleinen Hubschrauber zum Flughafen. Von unterwegs aus instruierte er das Sicherheitspersonal. Kaum war er gelandet, schaute er erwartungsvoll hinüber zu dem großen Airbus, der gerade langsam ausrollte. Zwei Sicherheitsleute standen am Fuß der Gangway. Sie beobachteten mit stoischer Ruhe das Aussteigen der Passagiere. Eine hübsche rothaarige Frau betrat soeben die Treppe, als sie sich zunickten.

„Wenn Sie uns bitte folgen wollen, Miss Westwood."

Jennifer Westwood war viel zu überrascht, um zu protestieren. Nach ein paar Schritten merkte sie, dass man sie nicht zur Ankunftshalle brachte. Leichte Unruhe stieg in ihr auf. Da entdeckte sie Raschid, der vor der geöffneten Kanzel des Hubschraubers stand.

Sie ließ ihre Tasche fallen und stürzte mit einem Jubelschrei auf ihn zu. Raschid fing sie auf und schwenkte sie einmal im Kreis. Die verwunderten Gesichter der beiden Männer ignorierte er geflissentlich.

Sie übergaben ihm ordnungsgemäß die Passagierin und die Tasche, mit der Bemerkung, dass das große Gepäck umgehend zum Palast gebracht werden würde. Ein paar Augenblicke später war der Heli bereits auf dem Weg dorthin.

Jennifers Herz klopfte bis zum Hals, erst recht, als sie merkte, wo sie die Nächte im Palast verbringen würde. Die Türklinke noch fast in der Hand ließ Raschid die Tasche fallen und zog Jennifer in seine Arme. Sie erwiderte seine heißen Küsse.

„Heute Abend gibt es mehr", erklärte Raschid leise, während er sich von ihr löste. „Ich bin im Dienst und du wirst bereits erwartet." Er führte sie am Arm in den kleinen Salon, wo der reich gedeckte Frühstückstisch keine Wünsche offen ließ.

Saladin übernahm es, die Frauen einander vorzustellen. Kendra begrüßte Jennifer mit so einer Herzlichkeit, dass ein befreites Lächeln über deren Gesicht flog. Sie stellte auch taktisch klug die Fragen, deren Beantwortung Raschid sicher brennender interessierte, als alles sonst. Jennifer durchschaute das sofort. Sie gab gern und natürlich ausführlich Auskunft.

Saladin zwinkerte Raschid nach einer Weile zu. „Ich habe dir doch gesagt, dass sich die beiden verstehen werden. Die typisch weiblichen Tricks funktionieren jetzt schon hervorragend."

Kendra sah Jennifer an, dann begannen beide zu lachen. Raschid warf Kendra einen dankbaren Blick zu. Er musste sich wirklich keine Sorgen machen. Selbst wenn Jennifer etwas mehr über ihre seltsame Beziehung verlauten lassen würde – eines Tages würde Kendra ja doch dahinter kommen, dass er nicht das unbeschriebene Blatt war, für das sie ihn noch immer hielt.

Die drei Frauen blieben mit Eric im Salon, als die Männer der Stimme ihrer vollen Terminkalender folgen mussten.

„Ich weiß gar nicht, was hier für Gepflogenheiten gelten", sagte Jennifer etwas unsicher. „Raschid konnte mir gar keine Hinweise mehr geben, es ging alles so schnell."

„Keine Sorge, ein wenig kenne ich mich aus, obwohl wir auch erst seit gestern hier sind."

Kendra erklärte ihr das Hausrufsystem, tauschte mit ihr die Kommunikatorkennungen für den Notfall aus und gab ihr einen kleinen Einblick in Raschids tatsächlichen Job, von dem Jennifer kaum Vorstellungen hatte.

„Wir werden also damit leben müssen, dass die Männer wirklich nur am Abend bei uns sein können, so die große Weltpolitik nicht dazwischen kommt. Die örtlichen Gegebenheiten können wir ja tagsüber gemeinsam erkunden.

Abdullah, einer der Leibwächter, ist für unsere Sicherheit hier im Palastgelände zuständig. Wenn wir das Areal verlassen wollen, müssen wir alles im ihm besprechen. Er kümmert sich dann um die Details."

Kendra nahm Eric auf den Arm. „Falls Sie auf den Basar möchten, kann ich Sie leider nicht begleiten. Saladin hat es mir nicht verboten, er sieht es nur nicht gern, wenn ich vor der Hochzeit den Palastbezirk verlasse."

Jennifer nickte. „Das kann ich verstehen." Und mit einem lächelnden Seitenblick auf Eric: „Dieser kleine Prinz ist noch viel zu zart, als dass man ihn den Tücken der Welt da draußen aussetzen könnte."

Kendra nickte. „So etwas wage ich nur, wenn Raschid seinen Schutz übernimmt. Er ist der Einzige, zu dem ich volles Vertrauen habe, weil ich ihn mehr als einmal in Notfallsituationen erlebt habe." Sie machte eine kurze Pause. „Deshalb bin ich auch so glücklich, dass Sie kommen konnten. Es ist mein Dankeschön an ihn."

Jennifers Augen baten darum, etwas mehr zu erfahren. Kendra tat ihr den Gefallen. Sie erzählte über den Sandturm in der Wüste, aber auch über das, was er in der Pumpstation für sie getan hatte. Ronda zuckte zusammen. Davon hörte sie heute zum ersten Mal. Aber nun konnte sie endlich die tiefe Dankbarkeit Kendras begreifen. „Ich möchte, dass er einfach ein paar Tage lang wirklich glücklich sein kann", endete Kendra mit ihrem kleinen Bericht.

Jennifer nahm ihre Hand. „Danke. Ich werde Sie und ihn bestimmt nicht enttäuschen."

Man verabredete sich in einer Stunde am Pool hinter dem nördlichen Seitenflügel des Palastes. Jeder Einzelne aus Saladins Leibwache beneidete nun Abdullah um seinen Job. Denn was hier dem Auge von den jungen Frauen geboten wurde, war wahrlich nicht von schlechten Eltern.

Selbst Ronda brauchte sich mit ihren siebenundvierzig Jahren nicht zu verstecken. Kein Wunder, dass mit Kendra der Apfel nicht weit vom Stamm gefallen war. Und niemand hier ahnte, dass Ahmed von beiden Schönheiten schon weit mehr, als die Bikinis gesehen hatte. Nur Raschid wusste darüber ziemlich gut Bescheid.

Kurz vor dem Mittagessen kam Ahmed zu Kendra, um ihr mitzuteilen, dass der Container eingetroffen sei. „Ich habe ihn zum hinteren Eingang bringen lassen", fügte er noch hinzu. „Wenn Sie nichts dagegen haben, beginnen wir mit dem Auspacken."

„Das möchte ich lieber selber tun."

Ronda schaute Kendra missbilligend an. Sie war gesundheitlich noch lange nicht so weit.

Ehe sie etwas einwenden konnte, sagte Ahmed beschwörend: „Miss Swan, ich bitte Sie, ich setze meine Stellung und meine Existenz aufs Spiel, wenn ich das zulasse. Verstehen Sie mich nicht falsch, aber mein

Herr kann äußerst ungehalten werden, wenn man seine ausdrücklichen Anweisungen missachtet."

„Das habe ich nicht gewusst", murmelte sie, um Verzeihung bittend.

„Dann gebe ich wenigstens die Hinweise, wohin was verstaut werden soll."

Ahmed atmete auf. „Dagegen habe ich nun wirklich nichts."

Kendra ließ Eric in Rondas Obhut zurück und folgte Saladins erstem Kammerherrn in den Palast. Acht Männer und vier Frauen des Dienstpersonals standen schon bereit, um in Windeseile Kendras persönliche Dinge in den Schränken und Regalen unterzubringen. Die Kisten waren gut beschriftet, sodass sie sich damit begnügte, das Einrichten ihres Arbeitszimmers zu beaufsichtigen, denn hier hatte eine bestimmte Ordnung in der Technik, den Büchern und Papieren zu herrschen.

Ronda kam mit Eric und Jennifer herein. Staunend sahen sie zu, wie soeben die letzten leeren Kartons flach gelegt und wieder in den Container gebracht wurden, den ein Lastwagen sofort zurück zum Flughafen transportierte.

„Straffe Organisation ist alles." Ahmed rieb sich zufrieden die Hände. „Wenn Sie möchten, lasse ich Ihnen das Mittagessen im kleinen Salon servieren oder ziehen Sie es vor, jeder für sich zu speisen?"

„Wir essen im Salon", entschied Kendra.

Jennifer war ihr dafür sehr dankbar. Seit dem Tod ihrer Eltern hatte Jonathan immer sehr darauf geachtet, dass sie möglichst gemeinsam am Tisch saßen. Jennifer fand, dass es in Gesellschaft einfach besser schmeckte. Kendra wusste von Raschid, dass Jonathan Westwood im Moment gerade als Techniker in Fort Silverrain arbeitete.

So kam es ganz von selbst, dass sich die Frauen über die Wüste unterhielten. Jennifer erzählte über den Ausflug zur singenden Düne. Ein glückliches Lächeln huschte über Kendras Gesicht.

„Dort haben Saladin und ich mitten in der Nacht unser erstes gemeinsames Picknick gemacht, ohne zu ahnen, dass jemals mehr daraus werden könnte", schmunzelte sie. „Wer ist eigentlich dieser Mister Hassan, dessen Namen Sie erwähnten? Ich muss schon einmal von ihm gehört haben."

Ein dunkler Schatten legte sich über Jennifers Augen. „Seien Sie froh, dass Sie ihn nur vom Hörensagen kennen. Ich möchte jetzt wirklich nicht darüber sprechen."

Kendra akzeptierte das und beschloss, Saladin in einem ruhigen Moment danach zu fragen, weil Miss Westwoods Reaktion ein ungutes Gefühl in ihr zurückließ.

In den folgenden Tagen erfuhr Kendra sowohl von Jennifer, mit der sie inzwischen wirklich gut befreundet war, als auch von Saladin und Raschid einige Details, die sich wie ein kompliziertes Puzzle langsam zu einem Bild zusammensetzten. Sie war nicht einmal wirklich überrascht, als ihr Raschid in einem langen Gespräch seine Leidenschaft für die Frauen verriet.

Ein Hobby musste er ja haben und Schürzenjäger gab es überall. Außerdem gehörten immer zwei zu einem Schäferstündchen. Und wenn er mit Jennifer diese verrückte Vereinbarung getroffen hatte, dann war das ganz allein die Sache dieser beiden. Hauptsache war doch, dass sie damit glücklich waren.

Ihr gegenüber blieb er immer der korrekte Gentleman und nur das zählte für sie. Sein Privatleben konnte doch jeder gestalten, wie es ihm beliebte.

Raschid war trotzdem sehr erleichtert, als er es ihr gebeichtet hatte.

Kendra schüttelte lächelnd den Kopf. „Jetzt verstehe ich auch endlich die Sache mit den Feigen. Du hast tatsächlich …?"

Raschid nickte amüsiert, weil sie dieser Punkt ganz offensichtlich sehr beschäftigte.

Am Nachmittag herrschte plötzlich große Aufregung unter dem Personal.

„Der König ist eingetroffen", erklärte Ahmed im Vorbeieilen.

Kendra wurde blass. Jennifer drückte ihren Arm. „Du solltest tun, als ginge es dich nichts an. In vier Tagen ist deine Hochzeit und nur das ist wichtig."

Das war einfacher gesagt, als getan. Sharif wechselte kein Wort mit ihr und die Blicke, mit denen er sie bedachte, trafen sie wirklich sehr. Eine Mischung aus tiefster Missbilligung und Anklage, als wolle er sagen: Du wagst es, dich in meine Familie einzuschleichen.

Raschid war ab sofort in erhöhter Alarmbereitschaft. Er hatte die Order, Kendra und Sharif auf größtmöglicher Distanz zu halten. Saladin ließ noch am selben Abend seinen Leibarzt kommen, weil es Kendra wirklich sehr schlecht ging. Sie weinte schon den ganzen Abend und zitterte am ganzen Körper. Saladin fürchtete, dass sie die letzten vier Tage seelisch nicht verkraften würde.

Der Mediziner ließ sich sofort Kendras Krankenakte schicken. Bis zu deren Eintreffen maß er Blutdruck, hörte sie ab und machte sich ein Bild über den derzeitigen Zustand seiner neuen Patientin.

„Ich könnte ihr nicht einmal ein Beruhigungsmittel geben", sagte er bekümmert. „Es würde sofort in die Milch gehen und das wäre für Ihren Sohn ganz und gar nicht gut."

„Gibt es nicht etwas Kurzzeitiges, dass sie wenigstens diese Nacht etwas zur Ruhe kommt?", fragte Saladin. „Der Vorrat für Eric reicht bis morgen Abend."

Der Doktor zog die Augenbrauen zusammen. „Äußerst ungern und wirklich nur einmalig."

„Dann lassen Sie es hier, für den Notfall. Wir werden erst einmal versuchen, ohne es auszukommen." Saladin ließ sich den Blister mit der einzelnen Tablette geben.

Dr. Hakim vertiefte sich in die Akte, die ihm das englische Krankenhaus in den letzten Minuten zugemailt hatte. Ein paar Mal nickte er wissend. Lange schaute er die leichenblasse Kendra an, die Saladins Hand umklammert hielt.

„Dürfte ich einen Vorschlag unterbreiten, der zwar mit dem Zustand von Miss Swan, aber auch mit Ihrem Vater zu tun hat?", fragte Hakim.

Saladin sah ihn fragend an und nickte.

„Nun, die Bilder gleichen sich ziemlich, mit dem, was ich über Ihre Mutter gelesen habe", begann der Arzt. „Vielleicht sollten wir Sharif die Akte über Miss Swan ganz zufällig, versteht sich, noch am Tag der Hochzeit, aber erst nach der Trauung zuspielen ..."

Saladin überlegte eine Weile. „Dr. Hakim, Sie sind ein Schlitzohr. Aber der Zweck heiligt die Mittel, heißt es doch immer. Tun Sie es."

„Erklärst du es mir?", bat Kendra, als der Doktor gegangen war.

Saladin lachte bitter. „Psychokrieg. Ich schlage auf meine Weise zurück. Mal sehen, wer die besseren Nerven hat. Würde mich wundern, wenn der alte Brummbär nicht doch noch handzahm wird." Dann legte er sich neben Kendra, nahm sie in den Arm und schloss demonstrativ die Augen.

Lächelnd kuschelte sie sich an, hielt seine Hand umklammert und schlief schneller ein, als Saladin erwartet hatte. Vorsichtig wand er sich aus ihrem Griff, zückte seinen Kommunikator und bat, trotz fortgeschrittener Stunde, den Zeremonienmeister für die Trauung zu sich.

Ohne Umschweife begann er: „Ich weiß, dass Sie mit meiner Braut den gesamten Ablauf perfekt einstudiert haben. Leider ist es unumgänglich, den Notfallplan zu proben. Ich erwarte deshalb, dass Sie morgen nach dem Frühstück sowohl mit ihr, als auch mit ihrer Mutter die Variante besprechen, wo mein Vater nicht in Erscheinung tritt. Raschid fungiert in jedem Fall als persönlicher Leibwächter meines Sohnes. Er wird sich deshalb stets mit ihm einen Schritt hinter uns befinden. Für diesen Fall wird der Kadi Mrs. Swan begleiten und mir die Braut zuführen. Er weiß Bescheid und wird sich entsprechend bereithalten. Es darf nicht der geringste Formfehler passieren."

Der Zeremonienmeister nickte. Wenn er an die Launen des Königs dachte, wurde ihm ganz elend. Saladin tat gut daran, sich für den schlimmsten Fall seine Braut von einem offiziellen Hüter des Rechtes als rechtmäßige Gattin zuführen zu lassen. Nicht einmal der König hätte dann die Möglichkeit, die Ehe anzufechten.

Saladin hatte Raschid noch in der Nacht eine Nachricht wegen des ausfallenden Morgentrainings geschickt. Das Wohlbefinden Kendras war wichtiger. Jetzt erwachte sie gerade in seinen Armen. Ihr glückliches Lächeln ließ sein Herz schneller schlagen. Eric schlief noch ganz fest. Ehe Saladin sich versah, gab er schon wieder Kendras schmachtenden Blicken nach.

Noch jemand war gar nicht böse, dass eine Morgenbeschäftigung der anderen Art angesagt war – Raschid. Bis zum Frühstück war noch gut eine Stunde Zeit, die er mit Jennifer so intensiv nutzte, als ginge es um ihrer beider Leben.

Wenn er daran dachte, dass Jennifer in wenigen Tagen wieder nach Hause fliegen würde, konnte er Saladin bestens verstehen, der bei Kendras Abreise fast durchgedreht war. Raschid gestand sich ein, dass er auch schon dabei war, Reserven anzulegen. Jennifer bewunderte inzwischen nicht nur seine Manneskraft, sondern auch, wie er es schaffte, für seinen Herrn Unmögliches möglich zu machen.

Auch, wenn er erst am späten Abend wirklich nur für sie da sein durfte, so fühlte sie sich in den Tagen bei ihm nie überflüssig. Kendra unternahm in den beiden Tagen vor der Hochzeit ausgedehnte Spaziergänge in die entferntesten Winkel des riesigen Parks, um bloß nicht mit dem König zusammenzustoßen.

Jennifer begleitete sie nur zu gern, weil sie so fast den ganzen Tag in Raschids Nähe sein konnte. Mitunter saßen sie stundenlang im Tropenhaus und sahen den wundervollen Schmetterlingen zu.

„Was wirst du tun, wenn du wieder zu Hause bist? Hast du schon den nächsten Job gebucht?", fragte Kendra.

Jennifer dachte lange nach, ehe sie antwortete. „Ich bin am Überlegen, ob ich nicht lieber bei Jonathan ins Geschäft mit einsteige. In ziemlich naher Zukunft ist die Modelkarriere vorbei." Sie seufzte.

„Und dann sind da ja noch die Bedingungen Hassans, die ich einfach nicht mehr erfüllen will, wenn du verstehst, was ich meine", fügte sie tonlos hinzu. „Damit sind ziemlich viele Veranstaltungen für mich von vornherein passé. Ich werde mich also schnell umorientieren müssen."

Raschid spitzte die Ohren. Bei dem Namen Hassan sah er inzwischen dunkelrot.

„Sag, wenn du Hilfe brauchst. Ich kenne durch meine Firma auch eine Menge Leute, die seriös genug sind, um sich nicht mit Sex bezahlen zu lassen", bot Kendra an.

Jennifer nickte.

„Weißt du, was ganz passabel wäre, um kontinuierlich Geld in die Kasse zu spülen?", fragte Kendra plötzlich.

„Keine Ahnung."

„Ein Computerspiel zu kreieren, wo du die Hauptperson bist. Mit jedem Kleidungsstück, das man der virtuellen Jennifer anzieht, bekommt sie einen anderen Hintergrund und eine Geschichte, die man spielen kann. Zieh ihr ein mittelalterliches Gewand an und sie wird von einem bösen Drachen entführt werden, den der Ritter ihrer Träume unter tausend Gefahren zur Strecke bringen muss. Ist der Spieler gut, dann siegt am Ende die große Liebe und Jennifer bekommt ihren Zwei-Meter-Zehn Traummann."

Kendra schaute Jennifer aufmunternd an. „Wir werden eine Menge Spaß haben und beide nicht schlecht daran verdienen." Schon die Werbung dafür mit dir wird der Renner werden.

„Ich hatte ganz vergessen, dass du eine der besten Computerspezialistinnen bist", entgegnete Jennifer nachdenklich. Dann flog ein Lächeln über ihr Gesicht. „Okay, ich bin dabei."

„Super, dann werde ich mich auf die Jagd nach einem Skizzenzeichner machen", freute sich Kendra.

„Arion", sagte Raschid hinter ihr.

„Kenne ich nicht", sagte Kendra erstaunt, während Jennifer erfreut nickte.

„Dann musst du ihn unbedingt kennenlernen", schlug Jennifer vor. „Er ist noch ein Geheimtipp und wird glücklich sein, wenn sein Name auf den Packungen der Spiele erscheint. Raschid und ich sind ihm ziemlich zu Dank verpflichtet."

Kendra wandte sich Raschid zu, der bestätigend nickte. „Wir sitzen gerade auf einem seiner Werke und auch dieser Brunnen ist von ihm. Ihr solltet euch beides einmal etwas genauer ansehen", erklärte Raschid mit einem hintergründigen Lächeln.

Die Frauen standen auf, um das Motiv am Fuß des Brunnens, welches eindeutig nach griechischen Göttersagen aussah, näher in Augenschein zu nehmen. Zwei Zentauren trugen auf ihren Rücken anmutige Frauen über einen reißenden Fluss. Kendra hatte zuerst bemerkt, was Raschid meinte. Sie tippte, auf die gemeißelten Gesichter deutend, Jennifer an.

„Ach du Schreck." Das Model ließ seine Fingerspitzen über den Marmor gleiten. „Kendra, Saladin, Raschid und ich."

Und auch die Gesichter der beiden Heroen auf den Sockeln der Bänke, die siegreich gegen eine Übermacht von Feinden kämpften, um am Ende Lorbeerkränze aus den Händen ihrer Liebsten zu erhalten, trugen ihre Züge.

„Du hast es gewusst?", fragte Kendra Raschid.

„Nein. Ich habe es auch erst vor ein paar Tagen ganz zufällig bemerkt. Saladin hatte kein Wort gesagt. Ich wusste nur, dass er Brunnen und Bänke bei Arion in Auftrag gegeben hatte. Ich habe aber noch etwas entdeckt."

Er zeigte auf die Säule des Brunnens, der die Fontaine entsprang und von dieser in einem Vorhang aus Wasser verdeckt wurde. Kendra wechselte ihren Standort, bis das Wasser den Blick deutlicher freigab. Das etwa einen Meter hohe Relief zeigte eine Göttin mit stolzen Gesichtszügen, zu deren Füßen demütig ein Krieger kniete, ohne Hoffnung auf ein Wort der Schönen, die über ihn hinweg in weite Ferne sah – Kendra und Saladin.

„Ich habe damals nicht geahnt, wie sehr ich ihm wehtun würde, wenn ich gehe", flüsterte Kendra zutiefst berührt.

„Das Gesamtwerk Arions heißt *Erinnerung*. Ich habe es in den Frachtpapieren gelesen", erzählte Raschid.

Auf dem Rückweg zum Palast kam ihnen Sharif mit zweien seiner Leibwächter entgegen. Ausweichen war nicht möglich. Kendras Gestalt straffte sich.

Mit stolz erhobenem Kopf, Eric auf dem Arm, ging sie an ihm vorbei, ohne ihn eines einzigen Blickes zu würdigen. Das Wissen um den Brunnen gab ihr die Kraft dazu.

Dass er stehen blieb, als sie ihn passiert hatte und ihr erstaunt hinterher sah, bemerkte nur Raschid, der sich ein genüssliches Grinsen nicht ganz verkneifen konnte.

Die frostige Atmosphäre veranlasste Raschid, noch einmal mit Kendra alle Details der Trauung durchzusprechen.

Sie bewies Galgenhumor. „Wenigstens werden wir beide von unseren Vätern verraten. Der eine reagiert überhaupt nicht und der andere würde uns am liebsten die Petersilie verhageln – zwei Gründe mehr mit dem Stolz einer Amazone aufzutreten."

Hochzeitsüberraschungen

Am Hochzeitsmorgen herrschte im Palast Hochbetrieb. Mehrere Mädchen kümmerten sich um die Braut und den kleinen Prinzen, während Ahmed ganz Saladin und Raschid zur Verfügung stand.

Die gesamte Elitetruppe Saladins war auf den Beinen. In Prunkgewänder gehüllt, bewachten sie schwer bewaffnet die Tore des Palastes, die Gänge und kontrollierten genauestens jedes Fahrzeug, das sich dem Gebäude auch nur näherte.

Ein Fanfarenstoß kündete vom Beginn der Zeremonien. Kendra hatte tief verschleiert in einer offenen Sänfte Platz genommen, die nun von sechs Leibwächtern Saladins durch den Park zum großen Pavillon getragen wurde.

Zu ihrer Rechten ritt Raschid mit Eric auf dem Arm. Sie hatte ihn schon oft in den wundervollen Staatsgewändern gesehen, nur was er heute trug, ließ ihr bald die Augen übergehen. Die Sonne brach sich in den aufwendigen Silberstickereien seines tiefschwarzen langen Umhanges, brachte sie zum Funkeln und verkündete schon von Weitem die Ankunft der Braut.

Manchmal blitzte der juwelenbesetzte Griff seines Krummschwertes kurz auf. Kendra wusste, dass er es nicht nur zur Zier trug. Gerade in seinen Händen war es eine furchtbare Waffe.

Von der anderen Seite des Parks ritt ihnen Saladin mit seiner Eskorte entgegen. Allein das Zaumzeug seines Schimmels musste ein halbes Vermögen wert sein, von den Edelsteinen auf der Kleidung des Prinzen ganz zu schweigen. Seinen weißen Umhang zierten goldene Blüten, in deren Kelchen je ein geschliffener Diamant prangte.

Kendras Herz schlug bis zum Hals. Sie hatte immer gelächelt, wenn sie in ihren Märchenbüchern von einem Prinzen las, der *unermesslich reich und stolz* sein sollte. Saladin trat soeben den Beweis dafür an. Dieses Feuer in seinen schwarzen Augen, welches sie schon immer fasziniert hatte, loderte wie eine alles verzehrende Flamme.

Kendra versagten fast die Beine, als ihr Raschid aus der Sänfte half. Er drückte unbemerkt ihre Hand, um ihr Halt und Mut zu geben. Ronda, in ein champagnerfarbenes langes Kleid gehüllt, führte ihre Tochter in die Nähe des Tisches, auf dem die Eheurkunden bereitlagen.

Symbolisch übergab sie Kendra in die Hände des Kadis, der sie im Verlaufe der Zeremonie Saladin zuführte. Raschid, immer einen Schritt mit Eric hinter den Brautleuten, der die ganze Prozedur mit großen Kulleraugen betrachtete, hin und wieder das Gesicht verzog, als wolle er weinen.

Raschid sprach leise auf ihn ein, streichelte ihn liebevoll und schon vergaß der kleine Prinz seinen Kummer. Seine kleinen Fingerchen spielten mit den Bändern an Raschids Umhang. Es gab wohl keinen unter den Festgästen, den dieses Bild nicht anrührte.

Endlich war der Zeitpunkt gekommen, wo Saladin den perlenbestickten Schleier seiner wunderschönen Braut und nunmehrigen Frau lüften durfte, um sie, unendlich glücklich, zu küssen.

Nun stiegen beide in die Sänfte, die von Abdullah und Raschid flankiert wurde, der Saladin erst jetzt Eric übergab. Der stolze Papa ließ gern jeden an seinem Glück teilhaben. Für die Pressefotografen ließ er sogar extra anhalten. Ronda ging mit Jennifer gemeinsam hinter der Sänfte her. Jennifer tupfte ab und zu eine Träne fort.

„Das ist ja so romantisch", hauchte sie immer wieder.

Dabei war ihr trotzdem nicht entgangen, wie beinahe alle Frauen hier mit den Augen Raschid folgten. Allerdings wunderten sich einige von ihnen dann doch sehr, dass er gar nicht, wie sonst immer, mit Blicken eine Gespielin für die Nacht auswählte. Sein Augenmerk war einzig und allein auf die Sänfte gerichtet.

Saladin führte seine hübsche Frau die große Freitreppe hinauf in den festlich geschmückten Saal. Mit versteinerter Miene nahm Sharif den Ehrenplatz neben dem Brautpaar ein. Ronda lächelte, als sie mit unzähligen Glückwünschen überhäuft wurde.

Sie wusste ganz genau, was sie für einen liebenswerten Schwiegersohn bekommen hatte und daraus machte sie auch keinen Hehl. Ob sich bei Sharif nicht vielleicht doch so etwas wie Stolz auf seinen Sohn regte, war seinem unbewegten Gesicht nicht anzusehen. Saladin spielte jedenfalls so gelassen mit Eric, als wären sie ganz allein am Tisch.

Schließlich gab er ihm einen Kuss auf die zarten Pausbäckchen. „So mein Schatz sei fein brav, nun müssen Papa und Mama erst einmal essen." Eric vergnügte sich inzwischen mit seiner bunten Rassel am Körbchen.

Nach dem Dessert verließ Kendra den Saal, um Eric zu versorgen. Ronda folgte ihr, um ihr zu helfen. Sharif sah den Frauen nachdenklich hinterher. Sie schien es nicht einmal zu berühren, wenn er sie öffentlich ignorierte. Warum er Mrs. Swan so abweisend begegnete, hätte er nicht einmal sagen können.

Vielleicht aus Prinzip, weil sie die Mutter der Braut war. Dann vermisste er plötzlich den Vater der Braut. Offensichtlich gab es keinen, denn bei der Zeremonie hatte die Mutter dessen Part übernommen. Neugier überschwemmte sein Denken.

Vielleicht war sie ja genau so allein wie er. Unwillig verscheuchte er diesen Gedanken. Obwohl ... sie sah ausnehmend gut aus und sie schien eine wirklich starke Frau zu sein. Beide machten den Eindruck unglaublich starker Frauen.

Die Frau seines Sohnes, er weigerte sich noch immer, sie als Schwiegertochter zu bezeichnen, war vermögend genug, um von jedem Mann dieser Welt völlig unabhängig zu sein. An diesem Punkt, begann Sharif endlich wirklich nachzudenken. Kendra hatte sein Wohlwollen einfach nicht nötig und ihn das vor zwei Tagen auch deutlich spüren lassen.

Sehr in sich gekehrt verließ Sharif den Saal, um die dringenden Nachrichten zu lesen, die er schon am gestrigen Tag erwartet hatte.

Als er nach einer halben Stunde zurückkehrte, wirkte er auffällig verändert. Er lächelte sogar, als er zufällig Rondas Blick begegnete, die in Begleitung einer anderen Dame zurückgekommen war und sich mit ihr angeregt unterhalten hatte.

Nun stand Ronda am Fenster, schaute in den blühenden Garten und dankte Ahmed, der ihr ein Glas gekühlten Orangensaft servierte.

Hussein hatte seinen Bruder schon sehnsüchtig erwartet. Er nahm neben ihm Platz und begann schnell und intensiv auf ihn einzureden. Ahmed blieb abrupt stehen.

Ronda wurde aufmerksam. „Worum geht es hier?", flüsterte sie ihm zu, ohne sich umzudrehen.

Ahmed beugte sich zu ihr hinunter und übersetzte unbemerkt.

Ronda eilte völlig aufgelöst aus dem Festsaal in den kleinen Salon.

„Was ist passiert?", fragte alle durcheinander.

„Ich weiß es nicht", sagte Ronda zögernd. „Vielleicht habe ich auch etwas nicht richtig verstanden ..." Sie schaute Raschid verstört an. „Ich habe ein paar Mal den Namen *Raschid* gehört und Ahmed gebeten, zu übersetzen, was gesprochen wird."

Raschid legte ihr den Arm um die Schulter, führte sie zu einem Stuhl. „Beruhigen Sie sich erst einmal und dann erzählen Sie bitte der Reihe nach, was Sie so aufwühlt." Er setzte sich ihr gegenüber.

„Also, dieser Mister Hussein, der bei der Trauung hinter Saladins Vater saß, hat zu diesem gesagt, dass er sich morgen wegen einer Suleika und einer Aisha, wenn ich das richtig verstanden habe, an Mister Raschid halten würde. Und er hat noch gesagt, dass er gleich am Montag mit dem Kadi darüber sprechen will."

Raschid entfärbte sich jäh. Saladin sprang auf und begann nervös im Zimmer auf und ab zu wandern.

„Was bedeutet das?", fragte Jennifer mit erstickter Stimme.

Raschid schloss die Augen. „Das bedeutet, dass wir uns niemals wiedersehen können, wenn er seinen Plan in die Tat umsetzt. Er will mich zur Hochzeit mit seinen beiden Töchtern zwingen und ich kann gar nichts dagegen machen."

„Nein, nein, nein, ich will das einfach nicht glauben." Jennifer brach in Tränen aus. Sie warf sich Saladin vor die Füße, umfasste flehend seine Knie. „Bitte, bitte, Sie müssen ihm helfen", presste sie mit erstickter Stimme hervor.

Kendra saß völlig erstarrt, schaute nur abwechselnd Saladin und die beiden völlig verzweifelten Liebenden an, für die es keine Hoffnung zu geben schien.

Saladin zog Jennifer auf die Füße. „An diesem Punkt endet meine Macht. Es tut mir so schrecklich leid."

Jennifer brach zusammen. Saladin konnte sie gerade noch auffangen. Raschid sprang hinzu.

„Ich liebe dich", flüsterte sie mit matter Stimme. „Ich will dich nicht verlieren."

Raschid kniete neben ihr auf dem Boden. Er zog die Augenbrauen zusammen. Jennifer schluchzte wahrhaft herzzerreißend. Ronda und Kendra hatten ebenfalls Tränen in den Augen. Durch Raschids Gestalt ging ein Ruck.

Er nahm Jennifers Hände, sah ihr lange in die verweinten Augen. „Möchtest du meine Frau werden?", fragte er mit fester Stimme.

„Ja, ich will. Ich schwöre es." Jennifer zog seine Hände an ihre Brust.

Raschid schaute auf. „Saladin, würdest du den Kadi bitten, die Zeremonie jetzt sofort durchzuführen."

Saladins Augen strahlten auf. „Aber natürlich, mit dem allergrößten Vergnügen." Er warf Kendra einen liebevollen Blick zu und eilte hinaus. Die Minuten vergingen. Jennifer zitterte am ganzen Körper. Raschid konnte sie kaum beruhigen.

„Er wird kommen", versicherte er ihr immer wieder.
Nach einer halben Stunde kam Saladin zurück. Ihm folgte der Kadi in voller Amtstracht. Kendra drückte Jennifer ihren Brautstrauß in die Hand, Saladin heftete seine Blume vom Knopfloch an Raschids Hemd. In Windeseile rückten sie Tisch und Stühle und ein paar Minuten später unterschrieb das Brautpaar die Eheurkunden. Der Kadi gratulierte ihnen von ganzem Herzen.
Die beiden frisch Vermählten nahmen Ronda in die Arme. „Wenn Sie irgendeinen Wunsch haben, sagen Sie es. Wir werden alles für Sie tun, was menschenmöglich ist", versprachen sie.
Ronda wehrte ab.
Saladin und Kendra bedankten sich ebenfalls überschwänglich bei ihr. „Ohne dich hätte es eine furchtbare Katastrophe gegeben."
Ronda bat nur um eines: „Ihr müsst mir jetzt erst einmal erklären, wie das alles zusammenhängt. Ich glaube fast, mir fehlt da ein Stück Film."
Raschid orderte bei Ahmed Champagner, Naschwerk und Obst. Saladin nahm Eric auf den Arm, legte Kendra den anderen Arm um die Schulter und begann von jenem Tag an zu erzählen, als sie ihn verlassen hatte. Raschid ergänzte die Stellen, die Saladin nicht wissen konnte. Zwischendurch tippte er etwas in seinen Kommunikator ein.
Die Männer berichteten über Hassans Party, um Kendra und Ronda zu informieren, ehe sie sich ganz detailliert über die Tage auf der Yacht und die Falkenjagd ausließen.
Die beiden jungen Ehefrauen erlebten ein Wechselbad der Gefühle. Sie bewunderten die Kaltblütigkeit, mit der ihre Männer ihr persönliches Glück gerettet hatten.
„Sie haben Hussein wirklich erzählt, dass Raschid zeugungsunfähig ist?" Jennifer kamen vor Lachen die Tränen. „Du lieber Himmel!"
„Leider hat es nicht viel genutzt, wie ihr ja jetzt gerade seht. Hussein greift nun zum allerletzten Mittel, um einen standesgemäßen Schwiegersohn zu bekommen. Ihm ist es offensichtlich schon völlig egal, ob die Ehe kinderlos bliebe, Hauptsache er bringt seine Töchter bei einem wohlhabenden Mann unter die Haube. Euer Glück ist noch nicht ganz gerettet. Hussein wird schon morgen versuchen, Raschid zu erpressen. Ihr müsst beide stark sein."
Jennifer schaute ihn lächelnd an. „Ich werde um mein Glück kämpfen und ich weiß auch schon wie." Sie flüsterte Raschid ein paar Sätze ins Ohr.

Raschid lachte herzlich. „Du bist nicht nur unglaublich hübsch, du bist auch absolut clever. Dein Plan könnte funktionieren." Er schloss sie in die Arme.

„Was werden Ihre Eltern zu dieser Blitzhochzeit sagen?", fragte Ronda leise.

„Nichts. Leider nichts", erklärte Jennifer. „Ich habe sie mit fünf Jahren verloren."

„Und ich habe nie Eltern gehabt. Ich bin in einem Waisenhaus aufgewachsen. Ich habe nicht einmal einen zweiten Namen", sagte Raschid.

Ronda murmelte: „Ach ja, ich vergaß es."

Jennifer zuckte zusammen. „Wirklich?"

Kendra nickte ihr und Raschid zu. „Raschid, du solltest ihr erklären, woher die Narben an deinem Körper stammen. Sie muss es wissen."

Auch Saladin drängte ihn dazu.

Raschid zog seine junge Frau auf den Schoß. Leise und emotionslos erzählte er seine Geschichte. Jennifer schmiegte sich mit geschlossenen Augen an seine Brust. „Noch mehr Gründe, dich zu lieben", hauchte sie.

Ronda hatte Mühe, nicht in Tränen auszubrechen.

Es klopfte. Ahmed trat ein und sagte ein paar leise Worte zu Raschid.

„Lass ihn eintreten", entgegnete er und gab die Tür frei. Schritte näherten sich. Jennifer sprang auf.

„Jonathan! Jonathan ist hier!" Sie flog ihrem Bruder regelrecht entgegen.

„Jennifer. Mein kleines Schwesterchen. Schön, dich zu sehen", strahlte Jonathan. Er löste sie vorsichtig von seinem Hals, um die Anwesenden in aller Form begrüßen zu können. Er hatte im Fort von der Märchenhochzeit gehört und in den Medien davon gelesen. Er gratulierte Kendra und Saladin und wünschte ihnen alles Glück dieser Welt. Saladin dankte ihm.

„Mister Westwood, wir haben Sie kommen lassen, weil es noch einen Grund zu feiern gibt. Jennifer ist vor einer Stunde Mrs. Raschid geworden."

Jonathan schaute seine Schwester und Raschid zutiefst überrascht an. So glücklich, wie die beiden aussahen, musste das wohl stimmen. Er schloss sein Schwesterchen in die Arme und reichte Raschid die Hand. „Seien Sie nicht böse, dass mir die Worte fehlen."

Jennifer erklärte ihm mit wenigen Sätzen, was der Grund für die überstürzte Hochzeit war.

„Für mich ist nur wichtig, dass du glücklich bist", lächelte Jonathan. „Und da du den Mann deiner schlaflosen Nächte geheiratet hast, gehe ich davon aus, dass du sehr, sehr glücklich bist."

„So kommt es heraus", schmunzelte Saladin.

Jennifer schmiegte sich selig an Raschid, als sie Jonathan erklärte: „Dabei wollte ich dich ganz anders überraschen. Ich hatte geplant, nach Kendras und Saladins Hochzeit ein paar Tage ins Fort zu kommen. Stattdessen hast du sogar meine eigene Trauung verpasst."

„Schwesterchen, alles ist gut. Ich habe mindestens eine Sorge weniger."

Raschid sah ihn fragend an.

„Hassan kann seine schleimigen Finger nicht mehr nach ihr ausstrecken", flüsterte Jonathan. „Seit Ihre E-Mail bei mir ankam und mir Jennifer erzählt hatte, was Sie ihr bedeuten, hatte ich ständig Angst, dass dieser unmögliche Kerl meine Schwester erpressen würde, weil er vielleicht etwas zu viel erfahren haben könnte."

„Jonathan, Raschid und du – okay. Klingt komisch, wenn man vom eigenen Schwager gesiezt wird."

Ronda füllte die Gläser, damit Mister Westwood wenigstens auf die Hochzeit seiner kleinen Schwester anstoßen konnte. Sein Blick ruhte lange auf den beiden, denen das Glück ganz groß ins Gesicht geschrieben stand. Einen Mann wie Raschid zum Schwager zu haben, über den man sich allerorten die unwahrscheinlichsten Dinge erzählte, die sich Stück für Stück als die volle Wahrheit herausstellten, machte den Kleinunternehmer vom Rande des Death Valley unglaublich stolz. Jennifer sah es ihm an der Nasenspitze an.

Natürlich weihten sie ihn auch ein, dass ihre Hochzeit streng geheim bleiben musste, bis Raschid persönlich Redefreiheit erteilte.

Kendra verschwand mit Eric nach nebenan. Für den kleinen Prinzen war es ein anstrengender Tag gewesen, der ja noch nicht einmal zu Ende war. Saladin folgte ihr sofort. Die Designerin hatte sich mit dem Brautkleid selbst übertroffen. Das Oberteil war so perfekt gearbeitet, dass niemand eine stillende Mutter in der Braut erkannt hätte, wenn er es nicht wusste.

Nur war es allein etwas mühsam, den Kleinen anzulegen. Saladin half ihr natürlich gern. Seine Hand glitt lustvoll über Kendras nackte Schultern und den Rücken.

„Du kannst wohl die Hochzeitsnacht gar nicht mehr erwarten?", fragte sie augenzwinkernd.

„So ähnlich." Er küsste sie auf die Stirn. „Ich werde es mit allen Sinnen genießen, dass mir nun gehört, was ich mir in meinem ganzen Leben bisher am allermeisten gewünscht habe."

Kendra schaute fragend auf Eric. Saladin strich ihm vorsichtig über das rabenschwarze Haar. „Auf unseren Sohn werden wir wohl ein wenig Rücksicht nehmen müssen. Aber er hat in den letzten Tagen ja fast immer durchgeschlafen. Vielleicht macht er uns heute Nacht auf diese Weise ein kleines Geschenk."

Kendra lehnte sich an Saladins Schulter. „Weißt du was? Wenn ich ihn in ein paar Wochen abgestillt habe, dann holen wir unsere Hochzeitsnacht nach, so richtig romantisch mit gemeinsamem Bad und Kuscheln, bis die Sonne aufgeht."

„Dein Wunsch ist mir Befehl. Auf diesen Tag, wo dein Körper endlich mir allein gehört und ich ihn ohne Einschränkungen genießen kann, freue ich mich, dass ich es mit Worten gar nicht ausdrücken kann." Saladin nahm den zufriedenen, satten Eric auf den Arm, half mit einer Hand Kendra bei ihrem Kleid, ehe sie gemeinsam zu den anderen zurückkehrten.

Raschid und die beiden Geschwister hatten sich viel zu erzählen gehabt. Ronda kam immer mehr zu der Überzeugung, dass Kendra, hier in dieser Welt, wie sie es bezeichnete, in guten Händen war. Raschid wachte, obwohl er seine Freundin und nunmehrige Frau an seiner Seite hatte, mit Argusaugen darüber, dass niemand Saladins Familie zu nahe trat. Abdullah und die anderen der Eskorte kannte sie inzwischen auch schon ein paar Tage.

Eric schaute mit großen Augen in die Runde. Jennifer streichelte seine kleinen süßen Pausbacken. Saladin zwinkerte Raschid zu. Ehe sich Jennifer versah, hatte sie den Kleinen auf dem Arm. Sie sang ihm ein kurzes amerikanisches Kinderliedchen vor. Eric lauschte.

Jonathan lächelte. „Ein Baby steht dir übrigens auch ganz wunderbar."

Sie warf Raschid einen neugierigen Blick zu.

„Ich werde mich anstrengen", sagte der im Brustton der Überzeugung. „Besonders nach dem Spaß auf der Yacht. Wunderheilungen soll es ja immer wieder geben."
„Muss ich für heute Nacht Schallschutz installieren lassen?", schmunzelte Saladin.
Das Ehepaar Raschid sah sich an und begann herzerfrischend zu lachen. „Ihr könnt euch ja morgen schriftlich bei uns beschweren."
Saladin nahm Jennifer sein Söhnchen wieder ab. „Wir sollten langsam zurück in den Festsaal gehen. Man wird sicher schon auf uns warten."
Jonathan reichte Ronda den Arm. Erstaunlicherweise schaute der König ihnen allen lächelnd entgegen. Hatte er noch den halben Vormittag mit Saladin geschmollt, so zeigte er jetzt eindeutiges Interesse. Saladin kannte den endgültigen Auslöser für diesen Sinneswandel. Dr. Hakim hatte seine Sache gut gemacht und ganz *zufällig* den Krankenbericht an die falsche Adresse geschickt.

Der König hatte, wie erhofft, nichts Eiligeres im Sinn, als sich in die Akte zu vertiefen. Das Leid, das seine Familie fast zum zweiten Mal getroffen hätte und von dem er so gar nichts geahnt hatte, ließ ihn im Stillen Abbitte bei Kendra tun.

Nun rückte er sogar eigenhändig den Stuhl für seine Schwiegertochter zurecht und wie zufällig huschte seine Hand über Erics Köpfchen. Saladin, Raschid und Kendra tauschten einen schnellen Blick. Offenbar fand sich der König mit der unausweichlichen Situation ab, zumal die Medien die junge Frau des Kronprinzen mit Lob überhäuften und sie geradezu in den Himmel hoben.

Dass die Zeitung mit dem ersten Bild, was er jemals von ihr gesehen hatte, gut gehütet in seinem Schreibtisch lag, hätte er ja doch nicht zugegeben, genau so wenig, dass es ihm sehr imponierte, dass Kendra eine sehr erfolgreiche Geschäftsfrau war und auch bleiben würde.

Saladin legte Eric in das Tragekörbchen, welches zwischen ihm und Kendra auf einem Stuhl stand. Der König schaute immer wieder mit sehnsüchtigem Blick hinüber. Gern hätte er sich als stolzer Großvater präsentiert, doch der Stolz hielt ihn auch davon ab, sich seinem süßen Enkel zu nähern. Er bewunderte insgeheim, wie Saladin in seiner Vaterrolle aufging. Und in ihm wuchs die Dankbarkeit, dass Kendra so um das Leben des kleinen Prinzen gekämpft hatte und was sie dafür noch heute auf sich nehmen musste.

Als sie kurzzeitig den Saal verließ und Saladin einem Gespräch mit Würdenträgern nicht ausweichen konnte, nahm Raschid den kleinen Prinzen, der angefangen hatte zu weinen, aus dem Körbchen, wiegte ihn im Arm und sprach leise mit ihm. Sofort beruhigte sich der kleine Mann.

„So klein und hat schon den berühmtesten Bodyguard der Welt", sagte eine der Damen lächelnd, als sie an den beiden vorbeiging.

„Höchste Sicherheitsstufe für seine Hoheit hat sein Vater befohlen", entgegnete Raschid mit einer angedeuteten Verbeugung.

„Und das ist gut so", sagte eine Stimme hinter ihm.

Raschid drehte sich um und schaute in das Gesicht des Königs.

Saladin wurde aufmerksam. Langsam kam er auf die beiden zu. „Gab es Probleme?", fragte er beunruhigt.

„Meinst du im Ernst, dass sich jemand mit Raschid anlegen würde?", fragte sein Vater.

„Ich will es nicht hoffen. Der Letzte hatte von einem Mal Zufassen mehrere Knochenbrüche", schmunzelte Saladin.

„Und was war sein Vergehen?"

„Versuchte Vergewaltigung", sagte Raschid wahrheitsgemäß.

Sharif nickte wissend. Man berichtete ihm den Vorfall und er war dankbar gewesen, dass sich Raschid stark zurückgehalten hatte. Allerdings ahnte er da noch nicht, welche Absichten sein Sohn in Bezug auf die hübsche Engländerin hegte.

„Saladin, gestattest du, dass ich meinen Enkel einmal auf den Arm nehme?", fragte der König vorsichtig.

„Ich befürchtete schon, du würdest ihn nicht als zukünftigen Thronfolger anerkennen", erklärte Saladin mit ziemlich ernster Stimme.

Raschid übergab dem König seinen Enkel.

Sharif wiegte Eric. „Nicht anerkennen? Dein Papa kommt auf komische Ideen. Du warst nur etwas schneller auf der Welt, als ich mir das vorgestellt habe. Du hast mich sozusagen überrumpelt, kleiner Mann."

Kendra kam wieder. Sie blieb abrupt stehen. Es dauerte einen Moment, bis sie begriffen hatte, dass sich Sharif wirklich darum bemühte, normale Verhältnisse herzustellen.

„Oh, deine Mama ist wieder da." Er lächelte Kendra dankbar zu. „Einen prächtigen Enkel habt ihr mir geschenkt."

„Sie erkennen ihn an?", fragte Kendra direkt, aber etwas irritiert.

Sharif gab ihr Eric auf den Arm. „Kendra es tut mir leid, was heute Vormittag und in den vergangenen Tagen geschehen ist. Herzlich willkommen im Schoß der Familie." Er küsste sie auf die Stirn. Beifall brandete im Saal auf.

Schnell waren die Hoffotografen zur Stelle, um endlich doch noch ein paar gemeinsame Bilder der jungen Familie mit Sharif und Ronda zu machen. Natürlich ließ sich auch der stolze Großvater mit seinem Enkel allein ablichten.

Es gab nur vier Personen, die an dem ganzen Fest nicht die rechte Freude hatten – Hussein und seine Familie. Aisha und Suleika wollten sich keine Blöße geben, sonst hätten sie wohl jämmerlich geweint. Kendra und Saladin ließen nicht den geringsten Zweifel aufkommen, dass sie aus Liebe geheiratet hatten. Rein finanziell waren beide nun wirklich von vornherein bestens abgesichert.

„Warum hast du eigentlich erst so spät Erics Geburt bekannt gegeben?", fragte Sharif seinen Sohn voller Neugier.

Saladin zog Kendra in seinen Arm. „Weil ich an jenem Tag überhaupt erst erfahren habe, dass ich Vater bin. Ich habe nicht einmal gewusst, dass Kendra schwanger war, als sie zurück nach Europa flog."

Der König sah Kendra erstaunt an.

„Und hätte er nicht ganz plötzlich vor meiner Tür gestanden, dann wüsste er es auch heute noch nicht", sagte sie leise. „Ich habe nicht geahnt, wie ernst ihm unsere Verbindung wirklich war."

Sharif begriff endlich, dass ihr tatsächlich nichts ferner gelegen hatte, als Mitglied der königlichen Familie zu werden und dass für beide selbst jetzt einzig die tiefe Liebe zählte. Saladin hatte zweifellos die richtige Wahl getroffen. Endlich konnten die Hauptpersonen die Feier wirklich genießen.

Sharif beteiligte sich mit großem Interesse an den Unterhaltungen, dankbar dafür, dass Kendra nicht nachtragend war. Ihre natürliche Herzlichkeit gefiel ihm.

Ronda sprach eher wenig. Sie begnügte sich damit, zuzuhören und zu beobachten. Sharif war ziemlich überzeugt, dass das an ihm lag, und hoffte inständig, sie nicht mit seiner abweisenden Art zu tief verletzt zu haben.

Raschid und Jennifer spielten ihre Rolle so perfekt, dass selbst Jonathan und Ronda darauf hereingefallen wären, wenn die eine nicht Zeugin der Trauung gewesen wäre und der andere an den Worten seiner

Schwester und ihrer Freunde gezweifelt hätte. Ronda war schließlich wieder diejenige, die zuerst aufmerksam wurde.

Sie kam, wie zufällig zu Kendra, beugte sich zu ihr hinunter, dabei flüsterte sie Raschid zu: „Passen Sie auf, Hussein schaut so seltsam."

„Danke Mrs. Swan, ich werde auf der Hut sein", gab er ebenso unauffällig zurück.

„Das Spiel beginnt", sagte Ronda, als sie sich wieder neben Jennifer setzte.

Raschids hübsche Frau wurde eine Spur bleicher. Ihre Gestalt straffte sich gleichzeitig. Saladins und Kendras zuversichtliches Lächeln gab ihr Kraft. Raschid warf ihr einen so liebevollen Blick zu, dass sie ein heftiges Stechen in der Herzgegend fühlte.

Als die Feier tief in der Nacht endete, eilte Jennifer in Raschids geschmackvoll eingerichtete Wohnung, in der sie seit ihrer Ankunft lebte und die seit gestern auch ihr Zuhause war. Ahmed brachte Jonathan in eines der riesigen Gästezimmer.

Raschid vergewisserte sich, dass das Brautpaar mit Eric unbehelligt seine Privaträume erreichte, dann lief er mit raumgreifenden Schritten zum anderen Ende des Ganges. Leise öffnete er die Tür. Kein Laut war zu hören. Raschids Herz klopfte bis zum Hals, als er die Schlafzimmertür aufzog und ihm Jennifer erwartungsvoll entgegenschaute. Sie lag wie gemalt zwischen den großen Seidenkissen, trug noch das wundervolle Festkleid und ihr Blick versprach ihm das Paradies.

Raschid warf Jackett, Krawatte und Hemd achtlos auf einen Stuhl. Jennifer stöhnte beim Anblick seines gut gebauten, muskulösen Oberkörpers lustvoll auf. Er legte sich zu ihr, stützte sich mit den Armen ab und schaute ihr tief in die Augen. Jennifer ließ ihre Hände über seine Brust gleiten, huschte streichelnd über seinen Rücken, um ihn plötzlich an sich zu ziehen. Ineinander verknäult rollten sie über die Kante des breiten Bettes.

Jennifer landete auf Raschid, der sofort die Gelegenheit nutzte, ihren Reißverschluss zu öffnen. Die Korsage gab den Blick auf ihre wohlgeformten Brüste frei. Raschid streifte das Kleid endgültig von ihrem Körper, dann hob er sie auf das Bett zurück. Mit halb geschlossenen Augen schaute sie zu, wie er seine Hose ablegte. Früher hatte es ihr genügt, wenn sie bekam, was sie gerade bewunderte – jetzt verlangte es sie nach dem ganzen Mann.

Raschid streichelte ihren schlanken Körper, küsste jeden Zentimeter ihrer zarten Haut. Atemlos fieberte sie dem Moment entgegen, in dem sie sich ihm völlig hingeben konnte. Endlich öffnete er die kleinen Schleifen ihres winzigen Höschens, um die Ehe mit ihr zu vollziehen. Jennifer erlebte eine Lust wie nie zuvor. Raschid wusste, wie er diese ins fast Unermessliche steigern konnte. Jennifer schwanden die Sinne.

„Mrs. Raschid, ich wusste nicht, dass ich dich noch überraschen kann", flüsterte er zärtlich, als sie wieder zu sich kam.

Sie schlang ihre Arme um seinen Körper. „Das habe ich auch nicht geahnt. Ich weiß nur, dass ich dich unsagbar liebe, Mr. Raschid."

Jennifer schmiegte sich Schutz suchend an. Raschid hielt sie fest im Arm, bis sie eingeschlafen war. Dann deckte er sie fürsorglich zu, betrachtete lange ihr hübsches, völlig entspanntes Gesicht, bis ihn an ihrer Seite ebenfalls der Schlaf übermannte.

Die Hochzeitsnacht der Ibn Sinas verlief nicht weniger leidenschaftlich, nur etwas ruhiger. Eric schlief nach diesem aufregenden Tag fest wie ein Stein. Saladin trug Kendra zum Bett, neben dem er sie vorsichtig auf die Füße stellte. Während er ihren Hals und die Schultern küsste, zog er den langen Reißverschluss am Rücken auf. Eine leichte Bewegung mit den Schultern, das Kleid glitt raschelnd zu Boden.

Er nahm sie auf die Arme, um sich mit ihr auf das Bett zu setzen, dann ließ er sich langsam umsinken. Kendra folgte nur zu gern der Bewegung. Sie löste seinen Krawattenknoten, öffnete Knopf für Knopf sein Hemd und als sie am Hosenbund angekommen war gleich noch die restlichen Knöpfe. Saladin ließ seine Kleidung einfach neben das Bett fallen.

Dann widmete er sich diesem göttlichen, schlanken Geschenk zwischen den Kissen, indem er es endgültig auspackte. Kendra hatte nichts dagegen, dass er ihr auch den BH mit den Stilleinlagen auszog. Irgendwie würden sie sich schon beide mit der besonderen Situation arrangieren.

Die große, wenn auch langsam verblassende Narbe erinnerte Saladin daran, dass er Kendra nach wie vor nur besonders vorsichtig seine große Liebe beweisen durfte. Seine sanften Berührungen brachten ihr immer wieder die Erfüllung ihrer wilden Lust. Den stechenden Schmerz, der hin und wieder ihren Körper durchzog, ignorierte sie so gut es ging. Saladin hatte sich vor zwei Tagen noch einmal eingehend mit ihrem

Arzt unterhalten. Er wusste, dass ihm Kendra nichts von ihren Schmerzen sagen würde.

Deshalb setzte er auch alles daran, dass Kendra diesen Tag und besonders die Nacht wirklich genießen konnte. Er wusste, dass er eines Tages, wenn sie wieder richtig gesund wäre, mit ihr wieder heiße Nächte bis zur totalen Erschöpfung erleben würde. Jetzt lag sie schlummernd an seinen Körper geschmiegt. Die Festlichkeiten mussten für sie unglaublich anstrengend gewesen sein.

Saladin legte schützend den Arm um sie, zog die Decke über das Bett, um mit dem Wissen einzuschlafen, dass er heute das Ziel seiner Sehnsüchte erreicht hatte.

König Sharif

Sharif wartete fast sehnsüchtig auf den Moment, wo sich der Raum inmitten der ringförmigen riesigen Tafel in ein Tanzparkett verwandeln würde. Galant reichte er Kendra den Arm, während Saladin Ronda zur Tanzfläche führte, um den Tanz zu eröffnen. Nach den ersten beiden Walzer-Runden erfolgte in einer schnellen Drehung der Partnertausch für eine Runde, dann wirbelte Saladin mit Kendra allein über das Parkett.

Sharif war mit Ronda am Rand der Tanzfläche stehen geblieben. Seine Hand ruhte noch immer an ihrer Hüfte, allen anderen kund tuend, dass der nächste Tanz mit ihr für ihn reserviert sei. Endlich gab Saladin die Tanzfläche für alle frei. Heiße Tangorhythmen erklangen.

Ronda kam nicht einmal dazu, zu erschrecken. Sharif zog sie so leidenschaftlich an sich, dass ihr siedendheiß wurde. Er dirigierte sie langsam in die Mitte der Tanzfläche, wo sie unzählige Paare vor zu neugierigen Blicken schützten. Hier fiel es auch niemandem auf, dass sich beim dritten Tanz seine Hand an ihrem Körper tiefer bewegte, bis er die noch immer ziemlich knackigen Rundungen ihrer Kehrseite streichelte.

Unter anderen Umständen hätte ihm dies mit Sicherheit eine saftige Ohrfeige eingebracht. Ronda gab einen erstickten Laut zwischen Seufzen und Stöhnen von sich. Sharif zähmte mühsam sein Verlangen nach mehr.

„Ich muss dich wiedersehen", flüsterte er ihr ins Ohr.

Sie antwortete, indem sie sich fester an ihn schmiegte. Sharif schloss für einen winzigen Moment die Augen. Wenn er von der Mutter auf die Tochter schließen konnte, dann musste Saladin wohl einen ähnlichen Sinnesrausch erleben. Kein Wunder, dass er nicht mehr von ihr lassen konnte.

Ronda wusste von Raschid, dass alle männlichen Ibn Sinas sehr eisern waren, wenn es um die körperliche Fitness ging. Das, was sie unter Sharifs Anzug fühlte, hätte jedes herkömmliche Waschbrett vor Neid erbleichen lassen. Nur zu gern lag sie in seinen Armen, um ein wenig zu träumen, wie es wohl sein würde, wenigstens ein Mal das Bett mit ihm zu teilen. Die ganze Nacht tanzte Sharif ausnahmslos nur mit Ronda. Inzwischen war es ihm völlig egal, dass einige hinter vorgehaltener Hand darüber sprachen.

„Gehört das zum Protokoll, dass er nur mit ihr tanzen darf?", fragte Kendra nach dem achten Tanz sehr erstaunt.
„Das wüsste ich aber, wenn es so wäre", schmunzelte Saladin. „Da hat wohl eher jemand seinen ganz persönlichen Jungbrunnen entdeckt."
„Beide, denke ich", verbesserte Kendra. „Er hält sie ja sogar in den Tanzpausen im Arm."
Das Frühstück nahm die ganze Hochzeitsgesellschaft noch einmal gemeinsam ein, ehe sich die meisten Gäste auf die Heimreise machten. Sharif, gut gelaunt wie selten in den letzten Jahren, tat kund, noch wenigstens einen Tag länger bleiben zu wollen. Jonathan, der die ganze Nacht mit Jennifer getanzt hatte, weil Raschid ja im Dienst war und niemand von ihrer Verbindung erfahren durfte, wartete darauf, dass ihn der Hubschrauber des Forts wieder abholte.
Auf dem Gang zu den Privaträumen nahm Hussein Raschid beiseite.
„Ich habe endgültig beschlossen, dass ich Ihnen meine beiden Töchter zu Frau geben werde."
Es irritierte ihn, dass der zukünftige Schwiegersohn mit keinem Muskel zuckte und auch nicht verbal reagierte. Also sprach er weiter: „Ich überlasse Ihnen die Wahl, welche der beiden Sie als Hauptfrau heiraten. Nur bedenken Sie, Suleika, die Ältere, wird es schwer verwinden, wenn sie den Anweisungen einer Jüngeren folgen muss."
Raschid nickte sehr verständnisvoll. „Ich enttäusche Sie und Ihre Töchter nicht gern, aber beide werden sich unterordnen müssen. Meine Gattin ist manchmal etwas aufbrausend, das wird Aisha und Suleika das Leben, wenigstens am Anfang, nicht ganz einfach machen."
„Schatz, kommst du bitte zu mir!", rief er durch die halb geöffnete Tür.
Hussein erstarrte, sein Gesicht wurde aschfahl. Er rang nach Fassung und nach Luft. Jennifer erschien augenblicklich. Sie trug ein geschmackvolles, wenn auch einfaches Hauskleid, was keinen Zweifel daran ließ, dass sie hier das Zepter des Hauswesens schwang.
„Mister Hussein möchte mir seine Töchter zur Frau geben", sagte Raschid kurz, ohne weitere Erklärungen.
„Wunderbar!", rief Jennifer gut gespielt. „Ich kann jede Hilfe gebrauchen, das spart eine Menge Personal."
Hussein sackte langsam zusammen. Raschid fing ihn auf, führte ihn zu einem Stuhl. „Gut, dann handeln wir also die Bedingungen aus", sagte er ganz geschäftsmäßig.

Hussein sprang mit allerletzter Kraft auf, rannte, wie von Furien gehetzt, aus dem Zimmer. Jennifer und Raschid fielen sich lachend und überglücklich in die Arme. Diesen Heiratsantrag würde Hussein sein Leben lang nicht vergessen und schon gar nicht dessen Ende. Denn eines war sonnenklar, seine Töchter als Dienstmägde für eine andere Frau zu verheiraten, wäre das Letzte gewesen, was Hussein, der Bruder des Königs getan hätte.

Raschid trug seine frisch angetraute Frau ins Schlafzimmer. Er legte sie vorsichtig auf die weichen Polster. Lange betrachtete er ihr hübsches Gesicht, das ein fast entrücktes Lächeln trug.

„Ich liebe dich", hauchte sie zärtlich.

Raschid antwortete mit einem langen, besitzergreifenden Kuss. Langsam öffnete er ihr Kleid, streifte streichelnd den Stoff von ihrem schlanken Körper. Womit sich die Jungvermählten in den nächsten zwei Stunden beschäftigten, war bis auf den langen Gang vor ihrer Wohnung zu hören. Er genoss den Gedanken, dass ihn nun Tausende Männer weltweit zutiefst beneiden würden, denn ihm gehörte, was andere nur von Ferne auf Plakaten und in Modemagazinen anbeten durften.

Ganz nebenbei schwor er sich, sein Leben in puncto Frauen gründlich zu ändern, um Jennifer keinen Kummer zu bereiten. Die Erfüllung, die er stets bei ihr fand, konnte ihm ja sowieso keine andere geben.

Als sie atemlos aneinandergekuschelt lagen, streichelte Jennifer glücklich sein Gesicht. Raschid beugte sich über sie hinweg, zog den Schub ihres Nachttischchens auf, fingerte nach der Packung Verhütungsmittel. Mit einem gezielten Wurf beförderte er die Pillen auf den großen Schrank, von wo aus sie abkippten und langsam an der Wand entlang rutschten, bis sie unerreichbar hängen blieben.

Jennifer lachte fröhlich. „Das hättest du einfacher haben können. Der Papierkorb steht neben deinem Schreibtisch."

„Sicher ist sicher", schmunzelte Raschid, dann wandte er sich mit ganzer Hingabe seinem neuen Ziel, Zuwachs für die kleine Familie, zu. Jennifer hatte nicht den geringsten Einwand.

Trotz seines Glücks vergaß Raschid seine Pflichten nicht. Im Morgengrauen des nächsten Tages war er schon wieder unterwegs, um die Zugangstüren zu den Räumen des Königs und Saladins zu überprüfen. Ein leises Rascheln ließ ihn innehalten. Raschid spähte um die Ecke.

In ungläubigem Staunen weiteten sich seine Augen. Die Tür, welche die Räume Sharifs und Saladins verband, öffnete sich einen Spalt.

Eigentlich ein Ding der Unmöglichkeit, es sei denn, man hatte eine jener geheimnisvollen Codefolien.

Er blieb stehen und beobachtete, wie eine zierliche Gestalt, in einem viel zu langen und zu weiten Umhang hindurchhuschte, die Tür lautlos wieder schloss und in Richtung der Gästezimmer Saladins verschwand. Raschid bewegte sich fast lautlos hinter den Säulen, die die Decke des breiten Ganges trugen, entlang.

Zweifellos war es eine Frau, die mühsam ein Bündel Kleidung unter dem Umhang verbarg, weil sie den Saum gerafft hielt, um nicht zu stolpern. Die nackten Füße machten kaum ein Geräusch auf dem Mosaikboden. Vielleicht hatte sie gefühlt, dass sie nicht allein war, denn plötzlich drehte sie sich um, schien zu überlegen und verschwand schnell im übernächsten Zimmer. Raschid konnte ihr Profil erkennen – Ronda.

Schau an, dachte er amüsiert. Sharif hatte sich wohl doch etwas näher damit befasst, was er vorgestern Abend tanzend nicht mehr aus den Armen lassen wollte. Mit einem zufriedenen Lächeln auf den Lippen setzte Raschid seinen Rundgang fort.

Das Frühstück nahmen alle wieder gemeinsam, aber diesmal im kleinen Salon, ein. Sharif trug ein glückliches Lächeln zur Schau. Auffallend oft berührten sich seine und Rondas Hände, wenn sie sich gegenseitig den Salzstreuer oder die Zuckerdose reichten.

Saladin schaute zu Raschid hinüber, der nicht im Geringsten überrascht schien. Offensichtlich wusste er wieder einmal bestens Bescheid.

Saladin vergaß schließlich, dass er ihn danach fragen wollte.

Am späten Vormittag schaute Kendra zufällig aus dem Fenster. Ronda stand mit einem Herrn in grauem Anzug auf den Weg zum Tropenhaus. Er redete auf sie ein, nahm hin und wieder ein Blatt Papier aus seiner Aktentasche. Ronda hörte zu, schüttelte ab und zu leicht mit dem Kopf. Dann deutete sie auf die kleine Bank ganz in der Nähe. Beide nahmen Platz. Ronda ließ sich die Papiere geben, welche sie Buchstabe für Buchstabe studierte.

Kendra winkte Raschid heran. „Wer ist das dort unten?"

Er schaute mehrmals hin, ehe er sich festlegte. „Es ist ziemlich weit weg, aber ein Irrtum ist ausgeschlossen. Das ist der beste Scheidungsanwalt, den es hierzulande gibt."

„Oh." Kendra stützte sich auf das Fensterbrett.

„Vielleicht sollte ich dir und Saladin lieber doch erzählen, was ich letzte Nacht beobachtet habe", überlegte Raschid laut.

Saladin steckte den Kopf durch die Tür. „Ich höre."

Raschid erzählte mit wenigen Worten, wie Ronda, nur in den weiten Umhang gehüllt, aus den Gemächern des Königs gekommen war.

„Ach, deshalb warst du voll im Bilde, als sich mein Vater heute früh so auffallend um sie bemühte. Am liebsten hätte er sie ja schon in der Nacht unserer Hochzeit mit in seine Zimmer genommen, wenn da nicht die Etikette gewesen wäre.

Ich habe seit Jahren nicht mehr gesehen, dass er sich so für eine Frau interessierte. Er hat sich buchstäblich von einer Minute zur anderen verliebt und mit einem Mal sämtliche Konventionen über Bord geworfen", sagte Saladin. „Und ich kann ihn verdammt gut verstehen, mir ging es nicht anders." Er hauchte Kendra einen Kuss auf die Wange.

„Jedenfalls ist es eine interessante Konstellation." Kendra wandte sich noch einmal nach den beiden auf der Bank um. Sie sah, wie ihre Mutter etwas unterschrieb, dem Anwalt die Hand reichte und jeder in eine andere Richtung davon ging.

Kurz darauf klopfte es und Ronda trat ins Zimmer. „Ich habe soeben die Scheidung eingereicht", sagte sie ohne Umschweife und ziemlich erleichtert.

„So plötzlich?", fragte Kendra und hob die Augenbrauen.

Ronda lachte befreit auf. „Ich habe da letzte Nacht einen sehr netten Herrn passenden Alters näher kennengelernt, dem seit Jahren etwas Anschmiegsames an seiner Seite fehlt und der nicht erwartet, dass ihm die Frau seiner Wahl noch Kinder gebärt. Er fand es sinnvoll, wenn ich umgehend Nägel mit Köpfen mache."

„Eins muss ich meinem Vater lassen, er hat ausnehmend guten Geschmack", schmunzelte Saladin.

Ronda schaute ihn völlig überrascht an. „Dann habe ich mich also doch nicht getäuscht, dass ich in der Nacht auf dem Gang nicht allein war. Raschid hat gepetzt."

„Aber erst vorhin, als Sie mit dem Anwalt da unten standen", verteidigte sich der Hüne.

Ronda nickte. „Ich weiß doch, dass es Ihr Job ist, immer alles zu wissen und auch, dass Sie darin wahrlich der Allerbeste sind. Ich habe es auch nur instinktiv gefühlt, dass noch jemand auf dem Gang sein musste."

„Habt ihr schon Pläne?", fragte Kendra, die ihrer Mutter von ganzem Herzen wünschte, dass Sharif der Richtige wäre.

„Hmm, wir fliegen morgen für drei Wochen nach Japan. Er meint, wir könnten uns so etwas ungezwungener miteinander beschäftigen."

Saladin staunte. „Da gibt aber einer richtig Gas. Bei dem Tempo feiern wir nächstes Jahr glatt noch eine Hochzeit."

„Gäbe es damit Probleme?", fragte Kendra vorsichtig.

„Ganz im Gegenteil", schmunzelte Saladin. „Solange er König bleibt, und das würde er in so einem Fall mit hundertprozentiger Sicherheit tun, haben wir mehr Zeit für uns."

Er legte Raschid mit einem Augenzwinkern Eric in den Arm, dann zog er Kendra mit diesem Auflodern im Blick, welches sie immer sofort schwach werden ließ, ins Schlafzimmer. Die Frage, wofür er die gewonnene Zeit nutzen wollte, erübrigte sich glatt.

Raschid zuckte auf Rondas amüsiertes Lächeln hin fröhlich mit den Schultern. „Wo er recht hat, hat er recht. Kommen Sie, Mrs. Swan, hier stören wir nur. Der König hingegen wird sehr erfreut sein, wenn er mit Ihnen ein wenig die Gesellschaft seines Enkels genießen kann."

Sharif saß mit seinen beiden Leibwächtern im Park. Er schaute an einem der kleinen Weiher den Wasservögeln zu. Einer der Männer wurde auf die beiden Personen aufmerksam, die sich zielstrebig näherten.

„Wer kommt?", fragte der König kurz.

„Raschid, mit einem Baby auf dem Arm, in Begleitung einer Frau", lautete die Antwort. Aufgrund der großen Entfernung war nur an der Statur zu erkennen, dass der Mann der Leibwächter Saladins sein musste.

„Kendra?", murmelte Sharif. „Hm." Sie waren noch zu weit entfernt, als dass er es hätte mit Bestimmtheit sagen können. Dann fiel ihm auf, dass die Frau zwar von der Figur her ähnlich aussah, ihr Haar aber kürzer trug. In freudigem Schreck stand er auf und ging ihnen langsam entgegen. Irrtum ausgeschlossen – Ronda. Sharif nickte Raschid zu, reichte Ronda beide Hände, dann wandte er sich seinem Enkel zu.

„Darf ich?", fragte er vorsichtshalber, ehe er dem Kleinen die Arme entgegenstreckte.

„Aber gern, deshalb sind wir ja hier", erklärte Raschid.

Gemeinsam nahmen sie auf der Bank Platz. Seinem Rang gemäß bewegte sich Raschid in Gesellschaft des Königs völlig ungezwungen. Wie er den Spagat zwischen Leibwächter und Berater so perfekt hinbekam, blieb Sharif ein Rätsel.

„Wie geht es Ihrer Frau?", fragte Sharif unvermittelt.

„Danke der Nachfrage. Sie hat sich gut eingelebt und wird in den nächsten Tagen vermutlich wieder ihrem Job nachgehen", kam es wie aus der Pistole geschossen. „Ich hielt es für sinnvoll, sie hierher zu holen, damit sich Kendra nicht so einsam fühlt, bis sie auch wieder voll für ihre Firma tätig ist. Außerdem soll Eric geborgen bei seiner Familie und Freunden aufwachsen, statt bei einem Kindermädchen."

Ronda musste sich das Lachen verbeißen. Zweifellos hatte sich Hussein bitter bei Sharif beklagt, dass niemand um die Ehefrau des Riesen wusste. Und Raschid war schlagfertig genug, auf jede Frage die passende Antwort aus dem Ärmel zu schütteln.

„Nach dem etwas überstürzten Aufbruch von der Falkenjagd sind Sie also geradenwegs nach England geflogen?", wollte Sharif wissen.

„So ist es", Raschid nickte.

„Sie haben aber nicht im 77 gewohnt, obwohl Saladin dort gebucht hatte", warf der König ein.

Offenbar hatte er sich gut informiert, wohl aber nicht gut genug, denn er lauerte förmlich auf eine Antwort. Die er überraschenderweise von Ronda bekam.

„Aber natürlich nicht. Ich konnte es doch nicht zulassen, als der Vater meines süßen Enkels plötzlich vor der Tür stand, ihn in einem Hotel, weit weg von seiner Liebsten und seinem Sohn, übernachten zu lassen", sagte sie fast entrüstet. „Zumal der Arme ja nicht einmal den Funken einer Ahnung hatte, dass er überhaupt Vater ist."

Diesmal musste sich Raschid auf die Zunge beißen. Ronda stand ihm in nichts nach, wenn es um schnelle und vor allem plausible Erklärungen ging. Er hätte sich nicht gewundert, wenn Sharif der Mund offen stehen geblieben wäre. Jedenfalls schaute er Ronda an, als käme sie vom Mars.

„Sie haben bei dir gewohnt?", fragte er völlig entgeistert.

„Aber ja. Fast drei Wochen lang. Eher hätte Kendra den langen Flug nicht überstanden, sie war an jenem Tag, als die beiden ankamen, gerade erst aus dem Krankenhaus entlassen worden", antwortete Ronda.

Als wäre es das Normalste der Welt, den Kronprinzen und seinen Leibwächter zu beherbergen.

„Dann hatte euer Personal also alle Hände voll zu tun", schmunzelte Sharif, der genau wusste, warum Saladin immer nur Hotels wie das 77 buchte.

Ronda und Raschid begannen herzhaft zu lachen.

„Personal?" Ronda schaute Sharif amüsiert an. „Wie schreibt man das? Raschid hat alles organisiert und gemeinsam haben wir drei uns um Kendra und Eric gekümmert. Saladin hat sofort das Windeln wechseln und Baden von Eric übernommen und dem Kleinen auch nachts das Fläschchen gegeben, wenn Kendra zu schwach war, ihn zu stillen.

Seine Liebe hat ihr die Kraft zum Weiterleben gegeben. Saladin und Raschid haben ihr vielleicht zum zweiten Mal das Leben gerettet." Sie warf Raschid einen dankbaren Blick zu.

„Das erste Mal war die unschöne Sache in der Pumpstation?" Sharif sah Raschid fragend an.

„Damit wäre es dann das dritte Mal", verbesserte sich Ronda. „Erzählen Sie es ihm, wie alles begonnen hat. Sie waren ja hautnah dabei", bat sie Raschid.

Er nickte zustimmend, wobei er Sharif nur das Wesentliche berichtete.

„Mein Sohn hat tatsächlich auf allen Luxus verzichtet?", fragte Sharif nach einer Weile noch einmal völlig ungläubig. „Und er ist nachts aufgestanden, um Eric zu versorgen?"

„Wenn der, den Kendra geheiratet hat, dein Sohn ist – ja." Ronda amüsierte sich über den undefinierbaren Blick Sharifs.

Langsam wurde Eric unruhig. Ronda sah auf die Uhr. „Wir sollten ihn …"

„Nicht nötig." Raschid schaute zum Palast. „Mama naht mit einer frischen Windel."

Inzwischen waren Kendra und Jennifer bei ihnen angekommen.

„Kein Küsschen für den Ehemann?", versuchte Sharif Jennifer aus der Reserve zu locken.

„Nein. Tut mir leid. Er ist im Dienst", sagte sie lächelnd. „Und ich möchte nicht, dass er meinetwegen nachlässig wird." Sie verschwand mit Kendra auf der anderen Seite der Hecke, um ihr ein wenig mit Eric zu helfen.

„Ich muss ihr Gesicht schon mal gesehen haben", sinnierte Sharif. „Sie ist sehr apart. Diese großen grünen Augen und die rote Mähne …"

„Ich kann dir auch sagen wo", schmunzelte Ronda. „Wenn du aus deinem Fenster, in Richtung Zentralplatz schaust."

„Zentralplatz?", Sharif versuchte sich zu erinnern.

„Genau. Die große Werbetafel. Das Plakat ist mindestens sechs Meter hoch."

Jetzt machte es *klick*. „Ihre Frau ist Jennifer Westwood? Wirklich und wahrhaftig? Oder umgekehrt: Jennifer Westwood ist wirklich Ihre Frau?" Sharif musterte Raschid achtungsvoll von oben bis unten.

„Der Kadi hat uns persönlich getraut. Er kann es bezeugen", erklärte Raschid nicht ohne Stolz.

Kein Wunder, dass er Husseins Töchter nicht haben wollte, wenn er so eine Schönheit sein Eigen nennt, schoss es Sharif durch den Kopf. Dann nahm er lächelnd Rondas Hand. „Nun schätze ich mich doppelt glücklich, dass ich auch noch eine der hübschesten Frauen abbekommen habe, bevor noch so ein Geheimniskrämer ans Werk gehen konnte." Er schloss sie einfach in seine Arme, sah ihr tief in die Augen und küsste sie schließlich, als wären sie ganz allein auf der Welt.

Seine Leibwächter fielen vor Schreck fast in Ohnmacht, während sich Raschid, mit einem breiten, allwissenden Grinsen an die Adresse der beiden Männer, zu den Frauen hinter die Hecke verzog.

„Kleines brancheninternes Geplänkel?", fragte Kendra amüsiert, als sie ihn anschaute.

Raschid zwinkerte spitzbübisch. „Diese Schnarchnasen haben es vor ein paar Sekunden erst gemerkt, dass ihr Herr schwer verliebt ist. Dass er nächtlichen Besuch hatte, haben die auch zu zweit bis jetzt gar nicht mitgeschnitten."

„Das ist eben der Unterschied, ob jemand aus tiefster Überzeugung oder nur für Geld arbeitet. Du schaffst es allein drei Personen zu schützen, sie packen es nicht mal zu zweit eine abzuschirmen", erklärte Kendra mit tiefer Dankbarkeit in der Stimme.

Jennifer lächelte still in sich hinein. Sie, die es sich nie vorstellen konnte, sich jemals fest zu binden, gab stolz zu, jenem Mann zu gehören, über den man voller Hochachtung sprach. Jetzt hörte sie gerade, wie Raschid Kendra fragte: „Hat Saladin wegen der Flitterwochen mit dir gesprochen?"

„Das will er tun, wenn wir alle beisammensitzen. Ich werde jede Entscheidung akzeptieren, die ihr beide trefft, weil ich die Tragweite einiger Dinge gar nicht ermessen kann", entgegnete sie.

„Das erleichtert es uns natürlich sehr. Vergiss aber bitte nicht, dass wir, wenn es möglich ist, jeden deiner Wünsche erfüllen werden." Raschid begleitete die beiden Frauen zum Palast. Sharif und Ronda hatten sich in einen der kleinen Blütenpavillons zurückgezogen, küssten sich leidenschaftlich, wie zwei Teenager beim ersten Rendezvous, und nach ein paar Minuten ließ das lustvolle Stöhnen aus dem Inneren des kleinen Häuschens, seine beiden Wachhunde ziemlich betreten aus der Wäsche schauen. Raschids Schadenfreude wäre ihnen wieder gewiss gewesen.

Der goldene Käfig

Saladin nutze die Gelegenheit, als Eric seinen wohlverdienten Mittagsschlaf hielt, um mit Raschid und den beiden Frauen Kriegsrat zu halten. In Anbetracht der Situation, dass Sharif auf Reisen ging, Kendra noch nicht so fit war, wie es hätte sein sollen und Eric noch zu klein war für große Aktionen, schlug er vor, ein paar Tage ganz einfach am Strand zu verbringen, ein paar in Fort Silverrain, um für die Minister erreichbar zu sein und die große Reise auf jenen Moment zu verschieben, wo die Voraussetzungen allseits günstig standen, jedoch mit der Maßgabe, noch im selben Jahr die hart verdienten Wochen ganz ohne Druck zu verleben.

Kendra stimmte sofort zu. „Das ist, in meinen Augen, ein weiser Vorschlag."

Jennifer nickte ebenfalls. So blieb ihr genügend Zeit, mit der neuen Gesamtsituation fertig zu werden.

„Dann ist es beschlossen", sagte Raschid zufrieden.

„Gut. Sag Abdullah Bescheid, dass er sich in Bereitschaft halten soll. Ich möchte keinerlei Risiko eingehen", wandte sich Saladin an Raschid. „Außerdem werden wir beide nach dem Mittag mit meinem Vater sprechen, dass er seine Reise ganz beruhigt antreten kann. Ich will auch bei Hof keinen Zweifel daran lassen, wie hart ich durchgreifen werde, wenn jemand die beiden im Urlaub stören sollte."

Kendra warf ihm einen äußerst dankbaren Blick zu. Mutter war seit Jahren nicht mehr auf Reisen gegangen. Das war wohl auch der Grund gewesen, weshalb sie der Flug hierher so mit freudiger Spannung erfüllt hatte.

Die letzten fünf Jahre saß sie als *Heimchen am Herd* zu Hause, spielte nach außen hin heile Welt, obwohl sie sich manchmal lieber meilenweit weg gewünscht hätte. Die beträchtliche Summe, die ihr Ted monatlich überwies, betrachtete sie eher als Schweigegeld, denn als Unterhalt.

Nun hatte Sharif sie aus ihrem Dornröschenschlaf wach geküsst, die Neugier und einen unbändigen Hunger nach Leben in ihr geweckt. Für Ronda erwachte dieser schlafende Vulkan zu neuer Aktivität, nachdem er mehr als fünfundzwanzig Jahre erloschen schien. Seine Liebe war mit der Urgewalt eines Ausbruchs über sie gekommen, hatte sie umfangen wie ein glühend heißer Lavastrom, um sie mit sich fortzureißen.

Ronda ließ sich treiben. Sie konnte und sie wollte nicht entrinnen. Und sie waren beide dankbar dafür, dass Saladin und Kendra diese Verbindung so offen ohne Vorbehalte akzeptierten.

Vor allem Saladin hielt von jeher nicht hinter dem Berg, wenn er Entscheidungen seines Vaters missbilligte. Raschids Offenbarung, wonach sein Sohn fast drei Wochen bei Ronda gewohnt hatte, gab Sharif Hoffnung, eine gute Wahl für ein gemeinsames Leben getroffen zu haben.

Es klopfte. Raschid öffnete. Sharif und Ronda standen vor der Tür.

„Ihr kommt wie gerufen." Saladin deutete auf die freien Plätze der Sitzgruppe. „Wir haben soeben Entscheidungen für die nächsten Wochen getroffen."

Sharif sah ihn erstaunt an.

Saladin erklärte mit wenigen Sätzen, zu welcher Übereinkunft man gekommen war und wie er sie durchzusetzen gedachte. „Und nun du", forderte er seinen Vater auf.

Der König hob mit gespieltem Bedauern beide Hände. „Deinen Worten gibt es nichts hinzuzusetzen. Ich kann eigentlich nur danken." Er lächelte Ronda erleichtert an.

„Ich habe dir doch gesagt, dass du dir unnötig Sorgen machst", schmunzelte sie. „Ich kenne deinen Sohn noch nicht lange, aber gut genug, um zu wissen, dass seine Entscheidungen weitsichtig durchdacht sind."

Sharif wandte sich Kendra zu. „Ich werde also morgen deine Mutter für drei Wochen zum Kirschblütenfest entführen."

Sie nickte. „Genießt die Zeit."

„Kommt bitte mindestens genau so glücklich wieder, wie ihr wegfahrt", ergänzte Saladin.

„Im Gegenzug passt ihr beide gut auf Kendra und unseren süßen Enkel auf", bat Sharif. „Und denkt daran: Mrs. Raschid hat auch die gebührende Aufmerksamkeit verdient."

Jennifer schenkte dem König ein dankbares Lächeln. Raschid drückte heimlich, aber sehr zärtlich ihre Hand. Ronda saß einfach nur da, strahlte mit der Sonne um die Wette und freute sich auf die Tage mit Sharif in Japan. Sie hätte ihn sogar mitten ins Eismeer begleitet, wenn er sie darum gebeten hätte.

„Brauchst du noch etwas?", fragte Kendra ihre Mutter.

Während Ronda verneinend mit dem Kopf schüttelte, entgegnete Sharif, sich fröhlich die Hände reibend: „Keine Sorge, ihr wird es an nichts fehlen. Ich habe schon seit ewigen Zeiten kein Boutiquenviertel mehr so richtig heimgesucht."

"Wie so was geht, musst du ihr erst einmal beibringen", schmunzelte Kendra.

"Das liegt in der Familie", kicherte Saladin. "Ich denke da nur an den Traum in Erdbeerrot."

Das Gelächter weckte Eric. Kendra holte ihn aus seinem Bettchen. Völlig verschlafen blinzelte er in die Runde. Auf Papas Stimme reagierte mit einem erfreuten Quietschlaut. Saladin nahm Kendra den Kleinen ab. Eric erzählte fröhlich drauflos, spielte mit Papas Fingern und lächelte glücklich.

Sharif schaute beiden lange zu. "Weißt du, dass er dir sehr ähnlich sieht", sagte er schließlich zu Saladin. "Fast ist es, als sähe ich dich noch einmal als Baby." Dann murmelte er leise vor sich hin: "Aber wen wundert das schon – er ist ein Ibn Sina."

Er zog eine altmodische goldene Taschenuhr hervor, drückte auf den hinteren Deckel, welcher aufsprang und den Blick auf ein kleines Foto freigab. Eine junge, schwarzhaarige Schönheit, mit ausdrucksvollen dunklen Augen, auf dem Arm ein Baby, lächelte den Betrachter an.

Saladin sah dieses Bild seiner Mutter zum ersten Mal. Liebevoll strich er mit dem Finger darüber. Vater hatte recht, Eric und er hätten Zwillinge sein können. Sharif löste das Bild aus dem schmalen Rahmen und legte es Saladin in die Hand.

"Nimm du es. Ich muss meinen Kopf und mein Herz endlich richtig freibekommen. Sie hätte nicht gewollt, dass ich ein ganzes Leben lang in Trauer zerfließe."

Bei diesen Worten zog er Ronda fest an sich, die für einen Moment die Augen schloss, während sie ihren Kopf an seine Schulter bettete.

Saladin nickte. Er trug das Bild in sein Arbeitszimmer, wo er es in einer kleinen Kassette verwahrte, die noch andere Andenken an seine viel zu früh verstorbene Mutter enthielt.

Sharif und Ronda verabschiedeten sich. "Pass immer gut auf deine Familie auf", flüsterte Sharif seinem Sohn auf Arabisch ins Ohr, als er ihn fest in die Arme nahm. Eric bekam von beiden natürlich extra Streicheleinheiten.

"Ich hätte Lust, eine Runde über den Basar zu gehen", sagte Kendra mit bittendem Blick zu Saladin.

„Nur in Begleitung von Raschid und Abdullah", forderte Saladin. „Ich mache es mir inzwischen mit Eric am Pool bequem."

„Darf ich mitgehen?", Jennifer zupfte Kendra am Arm.

Kendra lachte. „Da fragst du noch?"

Dann hauchte sie Sohn und Mann einen Kuss auf die Wange, um endlich wieder einmal durch die Gassen der Altstadt zu wandeln.

Es hatte sich inzwischen im Palast herumgesprochen, dass Raschid mit der rassigen Amerikanerin verheiratet war. Sharifs Bodyguards hatten unwissentlich dafür gesorgt. Die sensationelle Nachricht verbreitete sich wie ein Lauffeuer. Aber eben nicht nur im Palast und die Märchenhochzeit des Prinzen hatte sowieso weltweit für höchstes Aufsehen gesorgt.

Die Bilder des glücklichen Brautpaares, hinter denen Raschid stolz den kleinen Prinzen auf dem Arm trug, kannte buchstäblich jeder. Schon nach ein paar Minuten waren die Frauen froh, von zwei Leibwächtern Saladins begleitet zu werden. Abdullah hielt Jennifer einige zu aufdringliche Fotografen vom Hals, während Raschid für Kendra etwas grober durchgreifen musste.

Der Paparazzo, dem er kurz aber heftig den Oberarm zusammendrückte, würde sicher in den nächsten Tagen Probleme mit dem Gebrauch desselben haben. Wenn Raschid zufasste, hielt das taube Gefühl gewöhnlich mehrere Stunden, wenn nicht gar Tage an. Die Warnung hatte offensichtlich Erfolg, denn nun konnten sie ohne nennenswerte Zwischenfälle den Einkaufsbummel genießen.

Niemand kam mehr als drei Schritte in ihre Nähe und jeder hütete sich, in den Bereich zu gelangen, wo Raschid plötzlich zufassen konnte. Daran, dass immer wieder Passanten in ihrer Nähe stehen blieben, um wenigstens einen Blick auf die Frau des Prinzen zu erhaschen, gewöhnten sie sich schnell. Auch wenn man es den beiden Männern nicht ansah, sie registrierten jede noch so kleine Bewegung in ihrer Nähe.

Der Händler, in dessen Boutique Kendra damals den himmelblauen Seidenanzug gekauft hatte, kam ihnen mit ausgebreiteten Armen vor dem Geschäft entgegen, um sie zum Tee einzuladen. Kendra nahm dankend an.

Wie zufällig drehte er einen kleinen Kleiderständer, an dessen Rückseite ein ähnlicher Anzug in Zartgrün mit pastellfarbenen Blüten auftauchte.

Jennifer sprang auf. Sie hatte schon immer Kendras Anzug bewundert und der hier passte wie für sie genäht zu ihrem herrlichen roten Haar. Raschid zückte wortlos seine Scheckkarte.

Kendra fand eine weite Seidenbluse, die eigentlich nur aus vier Tüchern bestand, die einen Farbverlauf von Dunkelblau an den unteren Rändern, zu reinem Weiß ganz oben zeigten. Statt eines einfachen Durchzuges zum Binden am Kragen hatte das schmale verstellbare Bändchen einen raffinierten Knebelverschluss in Form einer silbernen Libelle. Raschid nahm Kendra die Entscheidung kurzerhand ab, indem er Saladins Karte über den Tresen schob.

Abdullah wunderte sich gar nicht erst, er kannte Raschids fast unbegrenzte Vollmachten. Das Einzige, worüber er sich wirklich wunderte, war, dass Kendra nicht, wie er es bei vielen anderen, die er ab und zu begleiten musste, immer wieder erlebt hatte, in einen Kaufrausch verfiel.

Am anderen Ende des Basars lockte ein Geschäft für Kinderbekleidung und Spielzeug. Hier ließ sich Kendra mehr Zeit. Mit mehreren luftigen Shirts, Hosen und bunten Söckchen machte sie, für ihre Begriffe, einen Rieseneinkauf für Eric.

Spielzeug hatte er genug. Sie hielt nicht viel davon, ein Kind damit förmlich zu überschütten. Er hatte eine Lieblingsrassel, die er ja doch jedem anderen Spielzeug vorzog. Nur an einem Büchlein aus weichem, beißfestem Kunststoff kam sie nicht vorbei. Ausgeklappt zeigte jede quadratische Seite ein Haustier. Das Buch musste mit. Raschid führte alle in das Palmencafé, wo er beim ersten Basarbesuch mit Kendra Eis gegessen hatte.

„Diesmal bitte ohne Katastrophe", sagte Kendra, als sie am Tisch Platz nahmen. „Ich träume immer noch manchmal davon."

Jennifer sah sie fragend an. Kendra gab eine kurze Erklärung der damaligen Ereignisse.

„Ach ja, das kam auf allen Sendern", erinnerte sich Jennifer. Sie maß Kendra mit einem achtungsvollen Blick.

„Bei dem Thema fällt mir ein, dass ich schon ein Konzept für unser Spiel geschrieben habe. Ich muss nur noch ein paar Details durchdenken, ehe ich Kontakt mit Mister Arion aufnehme", wandte sich Kendra an Jennifer. „Die 3-D-Grafik lasse ich dann von einem machen, der es im Schlaf beherrscht."

„Du willst tatsächlich schon wieder arbeiten?", fragte Raschid beunruhigt. Saladin hatte es für sinnvoll gehalten, ihn mit den nötigen Informationen zu versorgen, weil Kendra immer wieder verschwieg, wie es ihr wirklich ging.

„Habe ich eigentlich vor", antwortete sie. „In einem knappen halben Jahr muss sowieso die erste vertragliche Wartung in der Pumpstation gemacht werden und was denkst du wohl, wer das tun wird?"

Raschid grinste breit. „Auf alle Fälle jemand, der gesundheitlich topfit ist. Notfalls mache ich von meinen Befugnissen Gebrauch."

Kendra senkte den Blick. „Okay. Ich weiß, dass du im Moment die besseren Argumente hast", murmelte sie etwas verstört. Saladin war ihr wieder einmal zuvor gekommen, indem er die anstehende Wartung schon mit Raschid besprochen hatte.

„Da sind wir uns wenigstens in dem Punkt einig." Raschid wechselte das Thema.

Es kam selten vor, dass er jemanden so bestimmt darauf hinwies, dass er am längeren Hebel saß. Abdullah hatte fast verschüchtert den Kopf eingezogen, weil es hier nicht irgendjemand, sondern die Frau seines Herrn war, die es betraf. Jennifer hütete sich, eine Wertung zu treffen.

Kendra wusste offensichtlich ganz genau, wann der Leibwächter und wann der Berater Raschid mit ihr sprach. Kendra nahm sich seine Worte sehr zu herzen. Noch am selben Nachmittag ließ sie Dr. Hakim kommen.

„Hast du wieder einmal ein Machtwort gesprochen?", fragte Saladin kurz, als Raschid zu ihm ins Arbeitszimmer trat.

„Es war nicht ganz zu vermeiden. Dabei verstehe ich es ja durchaus, dass sie endlich wieder etwas Kreatives tun möchte." Raschid setzte sich, um die Post durchzusehen. „Na, das fehlte gerade noch", murmelte er plötzlich.

Saladin sah ihn amüsiert an. „Segeltour mit meinem Onkel?"

„Schlimmer."

„Was kann es jetzt noch Schlimmeres geben?"

Raschid stöhnte. „Poolparty mit Hassan."

„Och nö!", rutschte es Saladin heraus. „Ist es denn wirklich schon wieder so weit?"

„Scheint so. Was machen wir denn jetzt?"

„Hol die Frauen – Kriegsrat."

„Wollt ihr mit oder bleibt ihr lieber hier, wenn der Ausnahmezustand tobt?", fragte Saladin ohne große Worte.

Jennifer wurde blass. Kendra überlegte kurz. „Wir gehen mit. Uns zwingt ja keiner, an den wilden Orgien teilzunehmen. Außerdem ist das die Gelegenheit, wo Jennifer Mister Hassan für die ganzen Demütigungen eins auswischen kann. Ich glaube nicht, dass es sich bis zu ihm herumgesprochen hat, dass die beiden verheiratet sind." „Modeln wolltest du für ihn ja eh nicht mehr – oder?", wandte sie sich an Jennifer.

„Das wäre das Letzte, wonach mir der Sinn stände", antwortete sie.

Kendra rieb sich amüsiert die Nasenspitze. „Jonathan, den Hassan nicht kennt, ist doch auch noch im Fort ..."

Saladin und Raschid tauschten einen zufriedenen Blick. Sie würden Hassan genau so eiskalt abservieren wie Hussein, denn Hassan ahnte nichts von der Anwesenheit Westwoods.

„Sag mal, Saladin, darfst du für die Gästeliste Wünsche äußern?", fragte Kendra plötzlich.

„Unter Umständen. Worauf willst du hinaus."

„Ich würde gern Arion kennenlernen", sagte Kendra geradenwegs. „War da nicht noch eine Revanche im Poker offen?", hakte sie nach.

„Klingt nach Sieben auf einen Streich", lachte Saladin, der sich in den letzten Monaten außergewöhnlich viel mit Märchen beschäftigt hatte.

„So ähnlich. Ich möchte das Angenehme mit dem Nützlichen verbinden." Kendra warf Raschid einen triumphierenden Blick zu.

Der zuckte kaum merklich mit den Schultern, als wolle er sagen: Egal, was du tust, diesmal geht es nach meinen Regeln. Saladin war das nicht verborgen geblieben. „Über das Nützliche reden wir, wenn die Blutwerte der heutigen Untersuchungen vorliegen."

Kendra schluckte. Es war das erste Mal, dass ihr Saladin unmissverständlich zu verstehen gab, dass er nicht bereit war, nachzugeben. Nun nickte sie, bemüht, Saladin nicht noch zu verärgern.

Jennifer folgte Raschid in ihre Wohnung. „War das mit Kendra wirklich nötig?", fragte sie vorwurfsvoll.

Er schaute sie fest an, dann sagte er kurz: „Ja."

Jennifer wandte sich um und packte ihren Seidenanzug aus. Sicher gab es Dinge, die sie nicht wissen konnte. Raschid kannte Kendra ja schon viel länger, schließlich war er im Fort schon ihr Leibwächter gewesen. Jennifer seufzte.

„Alles in Ordnung?", hörte sie Raschid fragen und das war sicher nicht auf den Anzug bezogen.

„Schon", entgegnete sie leise. „Es jagt mir nur etwas Furcht ein, wenn du so finster drein schaust."

Raschid nahm sie in die Arme. „Mir tut es auch leid, dass ich ihr einiges verbieten muss, aber es ist für sie und für uns alle besser, wenn sie tut, was Saladin möchte, um nicht zu sagen, was er befiehlt. Ich habe ihr oft genug geholfen, ihren Dickkopf gegen ihn durchzusetzen. Sie weiß ganz genau, wenn ich *Nein* sage, dann bleibt es auch dabei."

„Ich werde mich auch keinesfalls einmischen", erklärte Jennifer. „Ich habe nur versucht, euch zu verstehen."

Raschid streichelte sie. „Weißt du, das ist ein Teil jenes goldenen Käfigs, vor dem Kendra Angst hatte, wie vor nichts anderem auf der Welt. Sie wird es lernen müssen, in unsichtbaren Ketten zu leben."

Kendra hatte Eric versorgt, ihn in ihr Tragetuch gebunden und wanderte ziellos im Park umher. Abdullah gab sich nicht einmal die Mühe im Verborgenen zu bleiben, sie nahm ihn auch so nicht war. Dann stand sie vorm Tropenhaus, passierte die Schleusen, die die Insekten im Inneren schützten, und näherte sich ganz in Gedanken versunken dem Marmorbrunnen.

Lange schaute sie das Relief hinter dem Vorhang aus Wasser an, der in der Sonne schillerte, die durch die gläserne Kuppel fiel. Warum musste sie nur immer mit dem Kopf durch die Wand? Eine Eigenschaft, die Kendra an sich überhaupt nicht mochte.

Sie streckte die Hand aus, um den knienden Krieger auf der Säule zu berühren. Dass sie weinte, merkte sie nicht einmal. Raschid hatte es erst recht nicht verdient, sich von ihr gegen Saladin ausspielen zu lassen. Kendra schluchzte auf.

Abdullah war hinter einem blühenden Strauch stehen geblieben. Er hätte ihr gern etwas Tröstendes gesagt, aber es war besser, sich im Hintergrund zu halten. Was wusste er schon, worum es hier ging. Schließlich wandte sich Kendra einer der Bänke zu und spielte mit Eric, der inzwischen erwacht war. Das fröhliche Plappern ihres Söhnchens zauberte endlich wieder ein Lächeln auf ihr Gesicht. Kendra vergaß völlig die Zeit.

Saladin schickte schließlich Raschid, sie zu suchen. Er ahnte, wohin sie sich zurückgezogen haben musste. Zielstrebig näherte sich Raschid dem Tropenhaus. Ein kurzer Blickkontakt mit Abdullah genügte, um zu wissen, dass soweit alles in Ordnung war. Kendra hatte die Schritte hinter sich gehört und doch war sie erstaunt, als sie von Raschid, statt Abdullah angesprochen wurde, den sie eigentlich erwartet hatte.

„Du hast geweint", stellte er leise fest.

Kendra machte eine wegwerfende Handbewegung. „Raschid, es tut mir leid. Es war unfair von mir, dich so auszuspielen. Ich kann mich nur sehr schwer daran gewöhnen, dass andere meine Entscheidungen treffen."

„Das weiß ich." Er reichte ihr eine Hand, um ihr beim Aufstehen zu helfen. „Es wird bald dunkel. Komm, Saladin macht sich schon Sorgen."

In Begleitung der beiden Männer machte sie sich auf den Rückweg. Saladin erwartete sie sehnsüchtig. Er nahm ihr Eric ab, zog sie in seinen Arm und küsste sie zärtlich. „Ich liebe dich", flüsterte er ihr ins Ohr.

„Ich liebe dich auch", hauchte sie, sich um Verzeihung bittend an ihn schmiegend.

„Soll Ahmed hier servieren?", fragte Saladin.

Kendra schüttelte den Kopf. „Ich beeile mich. In ein paar Minuten komme ich mit Eric nach."

Saladin lachte. „Das Wasser für ihn ist schon eingelassen, du musst nur noch einmal schauen, ob es inzwischen nicht zu kalt geworden ist. Die Windel und der Schlafanzug liegen bereit. Yussuf wird es verschmerzen, wenn es fünf Minuten später wird."

Es wurde zehn Minuten später. Eric war in Planschlaune und Kendra nach wenigen Augenblicken bis auf die Haut nass. Sie legte ihn ins Gitterbettchen und zog sich flugs um. Logischerweise wählte sie die neue Bluse, welche sie über einer hautengen weißen Jeans trug. Saladins Blick hing an ihr, wie in alten Zeiten. Am liebsten hätte er jetzt ganz andere Sachen gemacht, als Abendbrot gegessen.

„Der kleine Wasserpanscher hielt es für angebracht, mich mit abzuduschen", erklärte sie lachend. „Das macht ihm von Tag zu Tag mehr Spaß."

„Er ist eben ein kräftiges Kerlchen", bestätigte Saladin, der auch schon eingewässert worden war.

Ahmed nahte mit dem Servierwagen. Er hatte die letzten Worte gehört und sagte: „Deshalb hat Yussuf für den kleinen Mann ein Häppchen Bananen-Zwieback-Brei zum Testen mitgeschickt. Vielleicht findet er ja mehr Gefallen an einem ordentlichen Essen, als daran, Mama und Papa einzuweichen." Er stellte das Schälchen mit dem duftenden Brei zu Kendra.

Kaum war Kendra mit dem kleinen Prinzen im Palast eingezogen, informierte sich der Leibkoch Saladins umgehend über eine ausgewogene Ernährung solcher Winzlinge. Nun war der Kleine alt genug, um nicht mehr ganz so flüssige Nahrung zu bekommen. Kendra schnupperte. „Hmm, riecht das lecker. Komm, Eric, wir widmen Yussufs Kreation unsere ganze Aufmerksamkeit."

Eric schob das winzige Kleckschen, welches ihm Mama gegeben hatte, von einer Backentasche in die andere, Saladin ging schon langsam in Deckung, weil er vermutete, Eric würde den Brei in hohem Bogen ausspucken.

Das Gegenteil war der Fall. Er schluckte und forderte sofort Nachschub. Als die vier Löffelchen alle waren, machte er noch lange Kaubewegungen, die deutlich zeigten, wie sehr es ihm geschmeckt hatte.

Das war nicht die einzige gute Nachricht für Kendra an diesem Abend. Dr. Hakim gab ihr per Kommunikator Bescheid, dass alle Blutwerte in Ordnung seien. Eine gleichlautende Mail schickte er auch an Saladin.

„Oh weh!", klagte Saladin gut gespielt. „Nun muss ich auch noch mein Versprechen einhalten."

„Welches von den vielen?", wollte Raschid wissen.

„Das mit dem Fitnesstrainer. Ich habe ihr in einer schwachen Stunde versprochen, dass sie einen persönlichen Fitnesstrainer bekommt, wenn sie wieder gesund ist."

Raschid begann zu kichern. „Ach und nun brauchst du zusätzlich noch eine Anstandsdame, damit du ganz beruhigt sein kannst."

Saladin antwortete nicht, aber sein Blick bejahte die Frage.

„Tja, mein Lieber, jede Wohltat erhält sofort die passende Bestrafung." Raschid amüsierte sich wirklich.

Die Frauen wechselten einen schnellen Blick. „Dann wird Jennifer eben immer mitmachen", sagte Kendra schnell.

„Ooops." Raschid verschluckte sich vor Schreck fast an einer Dattel.

Nun lachte Saladin. „Ja, ja, geteiltes Leid ist halbes Leid oder heißt das: Doppelte Freud? Na egal. Willkommen im Klub der eifersüchtigen Ehemänner. Kaum hältst du ein Problem für gelöst, bekommst du drei neue dazu."

Kendra schaute Saladin belustigt an. „Und ich dachte immer, wenn ihr verhindert seid, ist Abdullah unsere Anstandsdame."

„Drei Punkte für die Kandidatin." Raschid musste Kendra einfach recht geben. Ob sich Abdullah nun am Pool am Anblick der beiden ergötzte oder woanders, blieb sich wirklich gleich. Und er würde seinen Job genießen, daran bestand überhaupt kein Zweifel. Außerdem war Abdullah einer der drei besten Männer in Saladins Leibwache. Er stand mit Ibrahim, der momentan für Mister Westwoods Sicherheit verantwortlich war, auf einer Stufe.

„Wenn du gerade dabei bist, Versprechen einzulösen", warf Kendra ein, „darf ich nun endlich wieder arbeiten? Wenigstens ein paar kleine Aufträge und das Spiel?"

Saladin wechselte einen kurzen Blick mit Raschid. „Vorausgesetzt, du lässt es langsam angehen."

Raschid zwinkerte Kendra mit einem Auge zu. „Wenn du dich an die Regeln hältst, lasse ich dich sogar die Wartung machen. Du wirst mich dabei ohnehin ertragen müssen."

„Wirklich?", fragte Kendra vorsichtig.

„Versprochen."

Saladin schüttelte amüsiert den Kopf, als er ihr glückliches Strahlen sah. „Vielleicht ist an dem Spruch ja was dran: Arbeit ist die beste Medizin. Bei ihr scheint es zu funktionieren."

Jennifer wurde sehr still.

„Was ist passiert?", fragte Saladin.

Sie druckste etwas herum. „Ich habe ein Angebot für eine Bademodenschau bekommen", sagte sie schließlich.

„Und?", fragten alle drei gleichzeitig.

„Ich weiß nicht. Einerseits möchte ich schon, andererseits will ich keinen Tag von Raschid getrennt sein. Ich weiß es eben nicht, was ich machen soll", flüsterte sie unsicher.

Raschid zog sie auf seinen Schoß. „Du nimmst das Angebot an und freust dich darauf, ganz schnell wieder zu mir zurückzukommen. Du weißt doch, ich laufe nicht weg. Wo Saladin und Kendra stecken, da bin auch ich zu finden. Du musst auch keine Angst haben, ich könnte inzwischen woanders wildern. Was ich bei dir finde, kann mir keine Andere geben. Wann und wo ist denn der Termin?"

„In fünf Wochen schon, in Paris."

„Das passt doch. Erst ärgern wir Hassan und danach kannst du ganz offen über unsere Verbindung sprechen." Raschid hauchte ihr einen Kuss auf die Wange. „Und falls bis dahin ein kleines Wunder geschieht, wird man noch nicht so viel sehen, dass es stören könnte", dabei streichelte er liebevoll ihren Bauch, in dem hoffentlich bald das sichtbarste Zeichen ihrer Liebe heranwachsen würde.

Jennifer kuschelte sich eng an ihn. „Okay, dann sage ich zu."

Kendra schmiegte sich in gleicher Weise an Saladin. Beide drückten Raschid und Jennifer ganz fest die Daumen wegen ihres Kinderwunsches. Als sie etwas später endlich allein in ihrem gemütlichen Wohnzimmer saßen, und Eric friedlich schlief, fragte Saladin: „Habe ich dir eigentlich schon gesagt, wie hinreißend du heute wieder aussiehst?"

„Mit Blicken", hauchte Kendra. „Wenn es nach dir gegangen wäre, dann hätten wir das Abendessen glatt ausfallen lassen."

„Stimmt." Seine Hand huschte unter ihre Bluse, streichelte den Rücken, glitt nach vorn, um den Ansatz ihrer Brüste zu liebkosen, wanderte langsam über ihren Bauch zum Hosenbund und Augenblicke später unter dem Stoff noch tiefer.

„Wie wäre es mit Ausziehen?" Kendra hielt die Augen geschlossen, um die Wärme seiner Hand doppelt genießen zu können.

„Ich glaube fast, du hast es eiliger als ich", stellte Saladin zufrieden fest, während er ihrer als Frage getarnten Bitte Folge leistete. Gleichzeitig löschte er das Licht, denn der Vollmond tauchte die Wohnlandschaft in milden Glanz. Kendras helle Haut hob sich deutlich von den dunklen Polstern ab. Immer wieder stellte er fest, wie süchtig er nach Kendra war. Heute wurde er dafür sogar extra belohnt.

Obwohl sie fast schon gierig übereinander her fielen, spürte Kendra zum ersten Mal seit Erics Geburt keine Schmerzen. Es wurde eine wirklich lange Nacht. Ahmed fand die beiden früh fest umschlungen, völlig erschöpft schlafend, noch immer im Wohnbereich. Schnell schloss er die Tür.

„Ach du großer Gott! Das hätte ins Auge gehen können!", murmelte er erschreckt, als er sich auf leisen Sohlen davon machte.

Raschid kam ihm entgegen.

„Äh, du solltest lieber nicht weitergehen", gab Ahmed etwas verstört den wirklich guten Rat. „Ich meine ja nur, falls du dich an die letzten Tage der beiden im Fort erinnerst."

Raschid drehte um.

„Heute kein Training?", fragte Jennifer erstaunt, als er plötzlich im Zimmer stand.

„Offenbar hat Kendra letzte Nacht Saladin allumfassend überzeugt, wie fit sie wieder ist. Ahmed ist jedenfalls Hals über Kopf geflüchtet."

Jennifer strich mit dem Finger über seine Brust. „Vielleicht sollten wir auch noch eine kleine Fitnesseinheit einlegen?"

Diese Aufforderung brauchte Raschid nicht zweimal. Hätte es Weltmeisterschaften im Partner entkleiden gegeben, er wäre wohl mit Längen Abstand der Sieger gewesen. Die Belohnung für seine außergewöhnliche Leistung kassierte er natürlich sofort, womit er sich gleich wieder das Anrecht auf noch eine Belohnung erwarb. Ahmed und sein Staubsauger hingegen hatten heute nirgends eine Chance. Und noch etwas brachte ihn ziemlich aus dem Konzept:

Konnte man früher täglich nach Saladin und Raschid die Uhr stellen, waren sie jetzt in ihrer Freizeit mehr als spontan. Von wegen morgens fünf Uhr Training! Das war in den letzten Tagen entweder ganz ausgefallen oder wurde irgendwann eingeflochten, wenn die beiden gerade einmal Lust dazu hatten.

Ordnung würde erst wieder einziehen, wenn die Flitterwochen vorbei wären. Yussuf nahm alles viel gelassener. Ihn interessierte nur, dass es allen schmeckte, egal wann und natürlich war ihn am Lob der beiden Frauen am meisten gelegen. Deshalb freute er sich auch geradezu diebisch über den Dank, den er für Erics Brei bekommen hatte.

Immer wieder brachte er auch typisch europäische Gerichte auf den Tisch, worüber Kendra besonders glücklich war. Im Moment plante er gerade die Verpflegung für die Strandtage.

Liebesurlaub

Kaum war Sharif mit Ronda Richtung Japan abgeflogen, ließ auch Saladin packen. Zwei der kleinen Bungalows am Privatstrand der königlichen Familie waren bereits reserviert und Saladin hoffte sehr, dort keine anderen Gäste anzutreffen. Da das ganze Areal mehrfach abgesichert war, ließ er, wie geplant, nur Abdullah zum Dienst antreten. Raschid war ja doch immer voll auf Empfang, egal ob er Urlaub hatte oder nicht. Für das, was es zu bewachen galt, würde er ohnehin die Welt aus den Angeln heben, wenn es nötig sein sollte.

„Das ist eine neue Erfahrung", schmunzelte Raschid, als er mit den anderen im Fond des Van saß, während Abdullah das Fahrzeug durch den dichten Morgenverkehr steuerte.

„Gewöhne dich nicht zu sehr daran", witzelte Saladin, wobei er Jennifer lustig zuzwinkerte.

Eine Stunde später ging die Fahrt direkt an der Küste entlang. Hin und wieder tauchten Industriebauten auf.

„Das ist die Entsalzungsanlage", sagte Saladin unvermittelt, auf ein futuristisch aussehendes Bauwerk direkt im Wasser zeigend.

„Steht das Angebot noch?", fragte Kendra leise. Ihr Blick folgte der entschwindenden Kuppel.

„Es steht noch. Sonst hätte ich dich sicher nicht darauf aufmerksam gemacht", entgegnete er. „Das wäre übrigens das allerletzte Mittel gewesen, um dich wieder in meine Nähe zu bekommen", setzte er mit einem melancholischen Lächeln hinzu.

Kendra schmiegte sich, so weit es der Gurt zuließ, an seine Schulter. Saladin streichelte ihr Haar. Kendra fiel der Springbrunnen ein und was Raschid am Tage ihrer Hochzeit über die Zeit nach ihrer Abreise erzählt hatte. Plötzlich perlten dicke Tränen über ihre Wangen. Saladin drückte sie stumm an sich.

Er ahnte, was in ihr vorging. „Erinnerung", sagte er auf Arabisch zu Raschid, auf den Brunnen anspielend.

Und wie zur Bestätigung fügte Abdullah, ebenfalls auf Arabisch, hinzu: „Sie hat gestern am Brunnen gestanden, die kniende Figur auf dem Relief gestreichelt und geweint."

„Vielleicht war es doch keine gute Idee, den Brunnen ausgerechnet in das Schmetterlingshaus zu stellen", murmelte Saladin nachdenklich – auf Englisch. „Ich werde ihn woanders hinbringen lassen."

Kendra zuckte zusammen, schüttelte den Kopf. Dann sagte sie sehr bestimmt: „Der Brunnen bleibt, wo er ist. Er erinnert mich immer daran, nie wieder die Gefühle anderer unbedacht zu verletzen. Lass ihn dort, bitte, bitte." Sie kuschelte sich wieder an.

„Dein Wunsch ist mir Befehl." Saladin legte ihr den Arm um die Schulter. „Es irritiert mich nur etwas, weil du sehr oft weinst, was ich von dir einfach so nicht kenne."

„Wie hast du vor ein paar Wochen gesagt? Auch starke Frauen brauchen manchmal Hilfe. Du hast wohl recht." Ein kleines Lächeln flog über ihr Gesicht. „Dr. Hakim meint, das sind keine Babydepressionen – mein Leben hätte sich einfach zu schnell, zu radikal geändert. Aber er sagt auch, es bestünde kein Grund zur Sorge."

„Und das erzählst du ganz nebenbei?" Saladin sah sie von der Seite an. Dann atmete er durch. „Genau genommen bin ich ja froh, dass du so schnell zu ihm Vertrauen gefasst hast."

Der Van hielt. „Wir sind da", erklärte Raschid.

Er löste den Gurt von Erics Babysitz. Der kleine Prinz war eingeschlafen. Er merkte nicht einmal, wie er hinausgetragen wurde. Feiner weißer Sand, so weit das Auge reichte, ein tiefblaues, leicht gekräuseltes Meer und ein Himmel so strahlend, wie ihn Kendra noch nie gesehen hatte.

Jennifer schlüpfte aus ihren Sandalen, krempelte die Hosenbeine hoch und grub ihre nackten Füße in den heißen Sand.

„Wie hältst du das nur aus?", fragte Kendra erstaunt.

Jennifer lachte. „Alles eine Frage der Gewöhnung. Ich bin schließlich am Rande einer Wüste geboren. Deshalb freue ich mich auf schon auf Fort Silverrain. Ich möchte einfach zu Fuß die nähere Umgebung erkunden." Dabei sah sie die Männer bittend an.

Raschid lachte. „Den Wunsch erfülle ich dir gern. Ich hoffe aber, dass du Wasser genau so magst."

„Finde es doch heraus." Jennifer ließ langsam den feinen Sand durch die Finger rinnen.

Abdullah hatte das Personal bereits angewiesen, das Gepäck in die Bungalows zu bringen. So war es nicht verwunderlich, als sich eine viertel Stunde später alle am Strand zusammenfanden. Unter dem großen Sonnensegel war genug Platz, um ein ruhiges Fleckchen für Eric zu finden, wo er ganz ungestört schlafen, aber auch mit seinem Lieblingsspielzeug hantieren konnte, ohne dass ihm dabei Sand das Leben schwer machte.

Auch Abdullah bezog hier Posten. Der kleine Prinz hatte sich inzwischen an seinen zweiten Leibwächter gewöhnt, der immer öfter mit ihm sprach und spielte. Mama und Papa konnten ganz beruhigt ins Wasser gehen – Onkel Abdullah passte schon auf, aber auch Raschid und Jennifer warfen immer wieder einen Blick ins Reisebettchen des Kleinen, der alle mit großen Augen durch die Maschen der Bespannung beobachtete.

Große Augen machte auch Abdullah. Hier, von weitaus weniger Personen beobachtet, als am Pool des Palastes, trugen beide Frauen besonders wenig Stoff auf der Haut. Jennifer hatte diesen Hauch von Nichts an, der reichlich zum Träumen einlud. Kein Wunder, dass ihr die Augen der Männer intensiv folgten.

Raschids und Saladins Blicke trafen sich. Saladin wurde leicht verlegen, was Raschid mit dem Lächeln eines Siegers quittierte. Kendra grinste amüsiert. Es wäre ja auch zu komisch gewesen, wenn normal veranlage Männer nicht auf Jennifers Reize reagiert hätten. Allerdings nahm sie sich vor, am nächsten Tag auch etwas tiefer in die Trickkiste zu greifen. Ein bisschen gesunde Konkurrenz um die Bewunderung der anwesenden Herren musste schon sein.

Jennifer lief wie zufällig am Strand entlang, immer auf der Jagd nach hübschen Muschelschalen. Raschid folgte ihr, als sie schon fast außer Sichtweite war. Nach ein paar Minuten holte er sie ein. Sie wandte sich um, streckte ihm sehnsüchtig die Arme entgegen. „Ich hatte gehofft, dass du kommen würdest", flüsterte Jennifer, sich eng an ihn schmiegend.

„Da hinten stehen die Strandwächter mit Ferngläsern", erklärte Raschid, während er ihre heiße Offerte nur zu gern annahm.

„Ist das nicht völlig egal?", hauchte sie, als sie sich im feuchten Sand des Spülsaums ihrer Leidenschaft hingaben. Sein zustimmendes Brummen vermischte sich mit ihren wohligen Seufzern.

„Was macht dich heute so sexhungrig?", fragte Raschid neugierig, als sie Hand in Hand auf dem Rückweg durch das flache Wasser liefen.

„Die gesteigerte Aussicht auf Erfolg", schmunzelte Jennifer. „Viel freie Zeit, keine Hektik, zufällig gerade jetzt die besonders fruchtbaren Tage …"

„Oh, ha, dann wird es vermutlich eine laaaange Nacht." Raschid dehnte das Wort genüsslich. „Und die Nächste und die Nächste und die Nächste", fügte er augenzwinkernd hinzu.

Ich werde wohl den Weckton am Kommunikator einstellen, damit du euer Morgentraining nicht verschläfst", sinnierte Jennifer.

„Das wäre sicher gut. Ich möchte Saladins Geduld nicht überstrapazieren. Er hat mir in den letzten Tagen mehr Freiheiten eingeräumt, als mir zugestanden hätten."

Jennifer sah ihn ungläubig an.

Raschid blieb stehen. „Vergiss niemals, dass ich in erster Linie sein Leibwächter bin", entgegnete Raschid sehr ernst. „Normalerweise stände ich heute an Abdullahs Stelle unter dem Sonnensegel, um für die Sicherheit aller zu sorgen."

Er nahm Jennifer liebevoll in die Arme, küsste sie, dann hob er sie mühelos auf, um sie durch das schnell steigende Wasser der einsetzenden Flut zu tragen. Jennifer kuschelte sich mit geschlossenen Augen an seine Schulter. Bei ihm fühlte sie sich unendlich geborgen.

„Ich liebe dich", hauchte sie ihm ins Ohr.

Raschid drückte sie fester an sich. Er wollte es kaum glauben, dass es einmal ein Leben ohne sie gegeben hatte.

Kendra saß mit Saladin bei Eric unter dem Sonnensegel. „Es ist schön, die beiden so glücklich zu sehen", seufzte sie.

Saladin nickte. „Er hat mich mit der Blitzhochzeit nicht einmal überrascht. Sie ist die einzige Frau, die ihn immer wieder in ihren Bann gezogen hat. Schon die seltsame Übereinkunft, die sie im Fort getroffen hatten, deutete darauf hin, dass sie früher oder später nicht mehr voneinander lassen könnten. Außerdem sah es bei der letzten Poolparty ganz so aus, als würde Raschid ziemliche Mühe haben, Hassan nicht den Hals umzudrehen."

„Ich schätze, Mr. Arion wird überrascht sein, dass sein Ablenkungsmanöver so schnell mit einer Hochzeit endete." Kendra ließ ihren Zeigefinger über Saladins Handrücken gleiten.

Er verstand die Geste. „Keine Sorge, du wirst ihn kennenlernen. Wenn er nicht auf der Liste steht, lasse ich ihn extra für dich einfliegen. Ich verspreche es dir."

„Schon wieder ein Versprechen?", fragte Raschid lächelnd, als er sich in diesem Augenblick mit Jennifer auf dem Schoß unter dem Sonnensegel niederließ.

„Ein harmloses", schmunzelte Saladin.

„War die Muschelsuche erfolgreich?", wandte sich Kendra an Jennifer.

„Ja, sehr." Jennifer bekam einen leichten Anflug von Röte.

Saladin begann zu lachen. „Offensichtlich habt ihr Besseres, als Muscheln gefunden."

„Den Schlüssel zum Ziel", sagte Raschid mit Augenzwinkern. „Nun muss nur noch die Tür aufgehen. Der Zeitpunkt ist jedenfalls perfekt."

„Unter diesen Voraussetzungen sollten wir das Training wenigstens um eine Stunde verschieben", bot Saladin sofort an.

„Dafür bin ich dir wirklich sehr dankbar." Raschid musste nicht zweimal überlegen.

Nun wurde Jennifer richtig rot. Auf so eine offene Unterhaltung, über derart intime Dinge, war sie dann doch nicht gefasst gewesen. Schon gar nicht in Anwesenheit Abdullahs. Sie hätte im Traum nicht geahnt, unter welch seltsamen Voraussetzungen Eric gezeugt worden war und Kendra war dankbar dafür, dass Raschid dieses Geheimnis weiterhin für sich behielt.

Es war spät geworden. Die Sonne machte sich langsam daran unterzugehen. Saladin nahm Eric auf den Arm. Raschid klappte das Reisebettchen zusammen, Abdullah nahm die große Tasche, vergewisserte sich noch einmal, ob auch alle Gegenstände eingesammelt worden waren, dann folgte er den anderen zu den Bungalows. Eric war müde. Das Bad verstärkte diesen Zustand noch. Statt bei Mama zu trinken, schlief er ganz fest ein.

„Keine Chance." Kendra lächelte verständnisvoll. „Dann bekommt er eben, wenn er Hunger hat."

Saladin legte ihn vorsichtig in sein Tragekörbchen. Gemeinsam mit den Raschids und Abdullah liefen sie hinüber zum Speisesaal. Yussuf und Ahmed waren im Laufe des späten Nachmittags eingetroffen, um ihren Herrschaften die gewohnten Annehmlichkeiten zu bieten.

„Gibt es Neuigkeiten?", fragte Saladin.

„Nein. Alles in Ordnung, wie es sich gehört", erstatte Ahmed Meldung. „Nur eine Information: Sharif und Ronda sind gut in Tokio angekommen. Sie reisen morgen an die Küste weiter."

„Wer von beiden hat sich gemeldet?"

„Sharif."

„Tatsächlich?" Saladin schaute Ahmed erstaunt an.

„Wirklich und wahrhaftig", beteuerte Ahmed. „Ich war ja selber völlig überrascht."

„Ohne Zweifel bekommt ihm die Gesellschaft deiner Mutter blendend", stellte Saladin Kendra gegenüber äußerst zufrieden fest. „Hoffentlich sind die Formalitäten mit der Scheidung schnell erledigt."

„Meinst du, es könnte Probleme geben, obwohl meine Eltern schon fünf Jahre völlig getrennt leben?"

Saladin zuckte mit den Schultern.

Tausende von Kilometern entfernt beschäftigte eben jenes Problem auch gerade zwei Menschen.

Greta Eklund öffnete ihren Briefkasten, aus dem ihr ein großer, weißer Umschlag entgegen fiel. Adressiert an Ted Swan, dessen Name weder am Briefkasten noch an der Klingel ihres Häuschens stand. Der Umschlag trug den Stempel einer arabischen Anwaltskanzlei. Er musste durch einen Eilboten hierher gelangt sein.

Schon von der Haustür aus rief sie: „Ted! Ted, komm doch bitte mal her. Du hast Post."

Ted Swan betrat durch die Verandatür das Wohnzimmer. Mit ziemlich gemischten Gefühlen nahm er den Brief entgegen, studierte eingehend den Stempel und kam zu der Überzeugung, dass es besser sei, ihn sofort zu öffnen. Ohne sich zu setzen, zog er mehrere Seiten Papier hervor, begann zu lesen und wurde blass.

„Ronda hat die Scheidung eingereicht."

„Woher weiß sie, wo du lebst? Woher weiß sie überhaupt von uns?"

Ted sah Greta mit einem unbeschreiblichen Blick an, reichte ihr eines der Blätter. „Schau dir das Wasserzeichen ganz genau an und dann lies, was in den letzten beiden Sätzen steht."

„… verzichtet mit dem Datum Ihrer Unterschrift auf alle Unterhaltszahlungen, Abfindungen …" Greta ließ sich auf einen der Stühle fallen. Sie hielt das Blatt gegen das Licht. „Das ist das königliche Wappen. Das dürfen doch nur die Mitglieder … Ach du Scheiße!!!"

„Sie weiß es nicht, wo ich lebe – noch nicht. Sie weiß auch nicht, dass ich mit dir lebe. Vielleicht will sie es ja auch gar nicht wissen. Das haben andere, im Namen eines ziemlich bedeutenden Monarchen, herausgefunden. Fragt sich nur, welche Rolle sie dabei spielt?" Ted zog die Augenbrauen zusammen.

Er hatte die ganzen Mails von Ronda ungelesen gelöscht, die späteren abgewiesen. Plötzlich sprang er auf, rannte ins Arbeitszimmer und vertiefte sich in die Meldungen der letzten Wochen.

Greta rannte hinterher. „Was suchst du eigentlich?"

„Antworten", brummte Ted. „Da war doch was in den Medien von einer Hochzeit. Verdammt noch mal, warum habe ich mir keine Lesezeichen gesetzt."

„Du stehst doch sonst nicht auf Klatsch und Tratsch." Greta setzte sich auf die Armlehne seines Sessels.

„Greta, bring mich jetzt nicht auf die Palme. Die Sache ist zu ernst." Ted wandte sich wieder der Tastatur zu. „Überlege lieber, wo die letzte große Hochzeit war, die weltweit Staub aufgewirbelt hat."

„Im arabischen Raum. Da hat dieser Kronprinz, Aladin oder so, eine englische Computerspezialistin …" Sie kam nicht dazu weiterzusprechen.

Ted sprang plötzlich auf, wodurch er sie beinahe von der Armlehne gestoßen hätte. „Das ist es! Genau das!"

„Meinst du allen Ernstes, dass die Braut deine Tochter war?" Greta bedachte ihn mit einem Blick, als wäre er geistig nicht ganz auf der Höhe.

„Bingo!" Ted suchte nun gezielt und er wurde fündig. Kendra in allen Zeitungen, in allen Sprachen dieser Welt. Fotos von der Hochzeit wie aus Tausend und einer Nacht. Prachtvolle Pferde, Prunkgewänder. Kendra mit Mann, Sohn und Leibwächtern. Mit Sohn? Ted wurde nachdenklich.

Vielleicht hatte Ronda doch andere Gründe gehabt, als eine Erhöhung des Unterhaltsgeldes, als sie ihn mit Mails praktisch überhäufte?

Kendra mit dem König …, Ronda mit dem König …, der König mit Ronda … und noch ein paar Bilder vom König und Ronda, wie er sie in den Tanzpausen auf dem Hochzeitsball im Arm hielt. Eine Mini-Schlagzeile: Ist das die neue Königin?

Mit gesenktem Kopf schlurfte Ted ins Wohnzimmer zurück, überflog noch einmal die Papiere, um schließlich an den angegebenen Stellen zu unterschreiben. Ein Exemplar verwahrte er in seinem Schreibtisch, die anderen steckte er in den beiliegenden Rückumschlag.

Greta wagte nicht, ihn anzusprechen. Mrs. Swan hatte Nägel mit unübersehbar großen Köpfen gemacht. Ted konnte mehr als froh sein, wenn er ungeschoren davon kam. Er hockte noch eine ganze Weile grübelnd auf dem Stuhl. Dann hob er den Kopf.

„Schreib meinen Namen ans Türschild. Nun weiß man es ja eh schon. Es wäre lächerlich, mich weiter verstecken zu wollen."

„Und weiter?", fragte Greta.

„Abwarten, bis die beglaubigten Papiere ankommen. Dann bin ich offiziell geschieden, muss Ronda keinen Deut mehr zahlen und kann mich endlich offen zu dir bekennen."

Greta wiegte sorgenvoll den Kopf. „Hoffentlich kommt das dicke Ende nicht anders, als du es dir vorstellst."

„Du meinst meine Firma?"

„Sicher. Vielleicht bleiben nun die großen Aufträge aus?"

„Wäre Ronda auf Rache aus, dann hätte sie jetzt schon versucht, mich auszunehmen wie eine Weihnachtsgans." Ted wischte Greta eine Träne weg. „Glaub mir, sie ist einfach froh, mich los zu sein. Und ich bin froh, dass sie keinen langen Scheidungskrieg veranstaltet, den hätte ich, bei ihrem jetzigen finanziellen Hintergrund, nur verlieren können. Deshalb habe ich auch sofort unterschrieben. Sie hätte mich voll in der Hand."

„Im Ernst?"

„Das war den Papieren deutlich zu entnehmen. Jemand sichert sie mit vollzogener Scheidung finanziell so ab, dass sie auf meine Zahlungen sogar ganz freiwillig verzichtet. Sie will keinerlei Kontakte mehr. Dieser Jemand wird sie auch wesentlich besser absichern als ich, sollte er ihrer einmal überdrüssig werden. Sie hat es wirklich nicht nötig, mir zu schaden. Nicht einen einzigen Gedanken wird sie an mich verschwenden." *Und ich kann sie verdammt gut verstehen,* setzte er im Stillen hinzu.

Kaum waren die Scheidungsunterlagen komplett, das Urteil rechtskräftig, schickte der Anwalt eine Nachricht an Mrs. Swan, um sie sofort von ihrer wieder gewonnenen Freiheit zu unterrichten. Logischerweise meldete sich der Kommunikator mitten in der Nacht. Sharif reagierte höchst erfreut und auf seine ganz spezielle Weise. Er schenkte ihr eine Liebesnacht, die sie sicher nie mehr vergessen werde. Jetzt, wo der Weg endlich frei war, hatte er handfeste Gründe sie davon zu überzeugen, dass einzig und allein er der Richtige für sie sei.

Ted Swan hatte den Strohhalm gegriffen, den Sharif gönnerhaft durch den Anwalt in die Papiere einfließen ließ. Die Aussicht, eine bedeutende Summe monatlich einzusparen, hatte ihm die Unterschrift versüßt und ihm gleichzeitig klar gemacht, wie unbedeutend er doch sei.

Nach einem grandiosen Feuerwerk der Gefühle lag Ronda schlummernd im Arm Sharifs. Im Mondlicht betrachtete er lange ihr Gesicht, welches, trotz ihres Alters, kaum Fältchen zeigte. Eine ihrer Hände ruhte an seiner Brust. Er erlebte das gleiche Phänomen wie Saladin – die helle, zarte Haut regte ihn mehr an, als er es jemals zuvor erlebt hatte.

Sharif streichelte ihr Haar. Dann legte er schützend den Arm um sie. Er schloss glücklich die Augen. Dieses so stille, fast zerbrechlich wirkende Wesen in seinen Armen, hatte es von einem Augenblick zum anderen geschafft, ihn die letzten fünfundzwanzig, einsamen Jahre vergessen zu lassen.

Mit dem guten Gewissen, dass es nicht mehr die Frau eines anderen war, der er seine Liebe schenkte, schlief er zufrieden sein. Mit dem gleichen guten Gewissen begann für beide der Morgen. Sharif ließ das Frühstück ans Bett bringen. Das Gefühl, diesen schlanken Körper ganz allein zu besitzen, heizte nicht nur seine Fantasie an. Die Schilder *Don't disturb*, prangten noch bis in die Mittagsstunden an den Türen zu ihrer Suite.

Sharifs Bodyguards atmeten regelrecht auf, als die beiden endlich glückstrahlend die Zimmer verließen. Der König stellte sie, seit er Ronda an seiner Seite hatte, vor immer neue Rätsel.

Jetzt ließ er sich mit ihr auf geradem Weg zum teuersten Juwelier der Stadt fahren. Als sie das Geschäft fast zwei Stunden später wieder verließen, funkelte an ihrem Hals ein schmales Kettchen mit einem hochkarätigen blauen Diamanten. Nächster Stopp in einem der kleinen Cafés direkt an der Flaniermeile. Nach einem Eisbecher mit dem bezeichnenden Namen *Liebeszauber*, stürzten sich Sharif und Ronda mitten ins Getümmel.

Keinen von beiden interessierte es sonderlich, dass den Bodyguards bald graue Haare wuchsen. Sie hatten nur Augen füreinander. Den Abend hingegen verbrachten sie in der Tanzbar ihres Hotels, tranken Champagner, legten hin und wieder einen heißen Tango aufs Parkett.

„Du siehst glücklich aus", flüsterte Sharif Ronda zärtlich ins Ohr.

„Ich bin glücklich." Ronda legte ihren Kopf an seine Schulter. „Ich könnte ein Leben lang mit dir so weitertanzen."

„Darf ich das als Eheversprechen auffassen?", fragte Sharif leise.

Ronda öffnete überrascht die Augen. Sie war ziemlich sicher, dass sie sich verhört hatte.

Sharif ahnte, dass sie es nicht wirklich begriffen hatte. Er nahm ihre Hände. „Okay, dann anders: Möchtest du meine Frau werden?"

Vor Rondas Augen bildete sich ein bunter Strudel, der sie fortreißen wollte. „Ja ich will", hörte sie sich sagen, bevor ihre Beine einfach nachgaben.

Sharif hielt sie fest im Arm. Es dauerte einige Sekunden, ehe Ronda wieder ihre Umgebung wahrnahm. Sharif führte sie zum Tisch. Aus der Innentasche seines Sakkos zog er ein kleines Etui hervor, öffnete es und streifte Ronda einen schmalen Ring mit drei genau so leuchtenden blauen Brillanten über den Finger, wie sie einen an ihrer Kette trug.

Der Verlobungskuss ließ Rondas Herz bis zum Hals schlagen. Die letzten Tage waren so unwirklich wie ein wundervoller Traum gewesen und sie hatte immer Angst gehabt, dass sie plötzlich jemand daraus wecken könnte. Nun betrachtete sie mit großen Augen den Ring, der sie beinahe schon als persönliches Eigentum von Sharif auswies.

Ein Zustand, der sie nicht einmal erschreckte. Eher bewirkte er das Gegenteil. Ronda war ihr Leben lang nur schmückendes Beiwerk gewesen. Plötzlich gab es jemanden, der sie nicht unbemerkt am Rande versauern ließ, sondern ganz in den Mittelpunkt seines Lebens stellte und ihr endlich wieder das Gefühl zurück gab, eine Frau zu sein.

„In genau einem Jahr werden wir heiraten", erklärte Sharif, während er sie noch einmal küsste. „So lange muss ich leider anstandshalber warten. Wenn ich könnte, wie ich wollte, ich würde es schon morgen tun. Bis dahin wirst du allerdings auf Einiges verzichten müssen."

Ronda ahnte, worum es dabei ging. Sie lächelte still.

„Ich weiß, welche Gedanken dir durch den Kopf gehen", schmunzelte Sharif. „Nur im Gegensatz zu ihm, werde ich es möglichst vermeiden, dass du länger auf mich warten musst. Auch wenn du in den nächsten Monaten öffentlich fast nicht in Erscheinung treten darfst, wirst du trotzdem stets in meiner Nähe sein. Denn ich werde dich überall mit hinnehmen."

Plötzlich lachte er. „Ach das ist ja alles noch fast genial einfacher! Du bist die Schwiegermutter meines Sohnes, da stehen die meisten Türen so schon offen. Ich muss nur lernen, diesbezüglich etwas um die Ecke zu denken." Er stand auf, reichte ihr die Hand. „Komm, den letzten Tanz für heute nehmen wir noch mit."

So wie an den folgenden Abenden. Tagsüber faulenzten sie am Strand, besichtigten Sehenswürdigkeiten, um nach dem Abendessen richtig aktiv zu werden und das meist bis in die Morgenstunden. Beide holten mit wachsender Begeisterung nach, was ihnen in den letzten Jahren versagt geblieben war. Heute irritierte es Sharif etwas, als sich Ronda mit Slip bekleidet an ihn kuschelte. Fragend schaute er sie an.

„Die üblichen weiblichen Unpässlichkeiten", erklärte sie mit bedauerndem Schulterzucken.

„Das hatte ich vor lauter Glück ganz vergessen", gab Sharif zu, als er sie in seine Arme zog. Sanft begann er ihren Körper zu streicheln, wobei seine Hand immer wieder etwas länger auf ihrem Bauch verharrte. Er wirkte etwas zerstreut.

„Sag mir, wenn ich mich irre, aber ich glaube, du denkst gerade darüber nach, ob du nicht vielleicht doch noch einmal Vater werden könntest", flüsterte Ronda.

Sharif drückte sie fester an sich. „Daran habe ich tatsächlich gerade gedacht. Ich weiß aber auch, dass es ein ziemlich unfairer Wunsch ist."

Ronda stütze sich auf die Unterarme, um ihm ganz tief in die Augen zu sehen. „Über diesen Punkt sollten wir uns aber ganz schnell einig werden, denn mit jedem Monat, den ich älter werde, steigt das Risiko für Komplikationen."

„Genau das ist es, was mir Angst macht", entgegnete Sharif, wobei ihm ein Schauer über den Rücken lief.

Ronda kuschelte sich wieder an. „Wir haben noch drei Tage, dann müssen wir uns entschieden haben."

„Wobei du mir ganz den Eindruck machst, als wolltest du mich ermuntern."

„Sagen wir so: Es wäre das höchste Glück für mich, von dir schwanger zu werden und ich fühle mich körperlich durchaus in der Lage, mit ständiger Kontrolle durch einen guten Arzt, dieses Verlangen nach einem sichtbaren Beweis unserer Liebe zu stillen. Was ich keinesfalls tun würde, wäre, die Strapazen einer künstlichen Befruchtung auf mich zu nehmen, falls es das Schicksal anders beschlossen hat."

„Das würde ich auch nie von dir verlangen." Sharif streichelte sie noch immer. „Lass mich noch eine Nacht über dein Angebot schlafen." Dabei war ihm jetzt schon klar, dass er lügen müsste, würde er Nein sagen. Nur kam er nicht zum Schlafen. Die ganze Nacht grübelte er, ob er Ronda tatsächlich eine Schwangerschaft zumuten sollte oder nicht. Samira zu verlieren, war grausam gewesen. Wenn Ronda etwas zustieße, dann wäre alles noch viel, viel schlimmer.

Andererseits ... Die technischen Möglichkeiten waren inzwischen ausgereifter. Kendra hatte es geschafft, allen Problemen zum Trotz, Eric das fast verlorene Leben zu retten. Und wenn er den Bericht des Arztes richtig verstanden hatte, dann wäre sie, nach vollständiger Genesung, durchaus in der Lage, auf natürlichem Wege seinem Sohn noch weitere Kinder zu gebären. Aber Kendra war auch zwanzig Jahre jünger als Ronda.

Je mehr sich sein Verstand gegen ein Kind wehrte, umso mehr sehnte sich sein Herz danach. Ronda lag in seinem Arm, lächelte im Traum und schickte seinen Verstand einfach in die Wüste. Sharif fieberte dem Augenblick entgegen, wo sie erwachen würde, damit er ihr seine Entscheidung mitteilen konnte.

Ronda tastete im Schlaf nach ihm, berührte seinen Körper, schmiegte sich fester an, dann huschte wieder dieses glückliche Lächeln über ihr Gesicht.

„Ich liebe dich", murmelte Sharif.

Seine Stimme weckte Ronda. „Ich habe die ganze Nacht so wundervoll von dir geträumt", hauchte sie zärtlich, erst dann schlug sie die Augen auf. „Du hast nicht geschlafen?", stellte sie im Tonfall einer Frage fest. Sharif sah wirklich sehr übernächtigt aus.

„Dafür war ich viel zu aufgeregt", gab er zu. „Aber jetzt bin ich sicher, dass ich nichts sehnlicher will, als ein Kind mit dir."

Ronda schloss die Augen. „Ich liebe dich. Auf diese Antwort habe ich inständig gehofft. Nur – was sagt die Etikette zu diesem Thema?"

Sharif begann zu lachen. „Ich habe auf der Hochzeit meines Sohnes die ganze Nacht mit nur einer Frau getanzt. Ich bin mit der Ehefrau eines anderen in den Urlaub gefahren. Warum sollte ich jetzt meine Verlobte nicht vor der Hochzeit schwängern? Habe ich noch irgendein Fettnäpfchen der gehobenen Gesellschaft ausgelassen?

Spaß beiseite. Im schlimmsten Fall danke ich ab und überlasse Saladin den Thron. Der wird nur ganz und gar noch nicht scharf darauf sein."
Sharif schloss sie liebevoll in die Arme. „Das ist doch auch völlig egal. Lassen wir es einfach herankommen. Inzwischen kann ich Saladin sehr, sehr gut verstehen. Er hätte für Kendra auch auf wirklich alles verzichtet."

„Ja, das hätte er", flüsterte Ronda mit einem dankbaren Lächeln.

„Weißt du, was das Einzige ist, worum ich Saladin wirklich beneide?"

„Seine Jugend?", fragte Ronda.

„Ach was! Um Raschid. So einen wie ihn findest du kein zweites Mal. Der Mann ist Chauffeur, Pilot, Bodyguard, Berater und Freund in einer Person, noch dazu so treu ergeben, dass es fast nicht auszuhalten ist. Ich habe ihm vor Jahren Angebote gemacht, die ganze Völkerstämme in den Wahnsinn getrieben hätten – Fehlanzeige."

Ronda schaute Sharif fest an. „Raschid bindet ein Eid, der durch nichts zu überbieten ist. Er würde eher in den Tod als zu einem anderen Herrn gehen."

„Weiß seine Frau davon?"

„Ja. Er hat es ihr am Tag ihrer Hochzeit erzählt."

Sharif sah Ronda erstaunt an. „Du sagst das in einem Ton, als wärst du dabei gewesen."

Ohne ihren Blick von ihm zu wenden, entgegnete Ronda, die Worte extra betonend. „Ich war dabei, sogar als Trauzeugin."

„Ach ja, ich vergaß, dass du ihn anders kennengelernt hast, als es mir jemals vergönnt sein wird", murmelte Sharif.

„Lass ihn einfach dort, wo er hingehört, bei Saladin, Kendra und Eric." Ronda kuschelte sich an seine Brust.

Raschid und Jennifer verschwanden nach jedem Abendessen noch einmal in Richtung Strand. Solange keine anderen Gäste auftauchten, hatten sie die seltene Möglichkeit, völlig hüllenlos zu schwimmen und sich anschließend wieder ihrem Traumziel zu widmen.

Abdullah beneidete nun fast die Nachtwache, die sich mittels Infrarot-Nachtsichtgeräten sehenswerte Anregungen holte. Am Morgen war Raschid dann trotzdem topfit. Beim Säbel- und Messertraining musste Saladin höllisch aufpassen. Saladin, selbst nun nicht gerade klein mit Einsfünfundneunzig, hatte Mühe, der Reichweite von Raschids Arm zu entkommen.

Schließlich kassierte er doch noch einen Treffer am Oberarm. Raschid unterbrach sofort den Kampf. Saladin schaute kurz den blutigen Streifen an. „Nur die Haut – weiter!"

„Kendra lyncht mich, wenn es doch ernster sein sollte", antwortete Raschid, während er Saladins Angriff abwehrte.

„Vor ihr hast du offensichtlich mehr Angst, als vor mir mit einem Säbel", schmunzelte Saladin.

„Falsch. Ich kann es nur nicht ertragen, wenn Frauen weinen." Raschid hebelte Saladin die Waffe aus der Hand. Der Säbel überschlug sich in der Luft, Raschid fasste blitzschnell zu und drang nun mit zwei Säbeln auf Saladin ein, der sich geschickt mit zwei Krummdolchen wehrte.

In der Hitze des Gefechtes bemerkten sie nicht einmal, dass sie Zuschauer bekommen hatten. Erst als sie die Waffen senkten, gewahrten sie die Frauen und Abdullah.

„Das sind doch scharfe Waffen!", rief Jennifer entsetzt, als sie das Blut an Saladins Arm sah.

„Ja natürlich. Die beiden ziehen immer gleich richtig blank." Kendra untersuchte kritisch den glatten Schnitt. „Ich habe mich notgedrungen daran gewöhnt. Du musst dir jedenfalls keine Sorgen machen. Raschid zu schlagen, ist so gut wie unmöglich."

Die Männer hatten sich inzwischen ins Wasser begeben, um noch ein paar Züge zu schwimmen und sich gleichzeitig zu erfrischen.

„Hast du schon einmal gegen Raschid gekämpft?", fragte Kendra Abdullah.

Der schüttelte den Kopf. „Ich bin nicht gerade langsam, aber was die beiden bieten, übersteigt mein Können. Eric wird in ihnen einmal die besten Lehrmeister haben, die es geben kann. Wie alle Ibn Sinas wird er eines Tages in der Lage sein, sich selber geschickt seiner Feinde zu erwehren. Sein Großvater soll, in jungen Jahren, der beste Kämpfer mit dem Krummsäbel gewesen sein."

„Und später?", fragte Kendra.

„Kamen die Trauer und Raschid", antwortete Abdullah kurz und bündig. „Das heißt aber nicht, dass er kein Meister mehr in diesem Fach ist. Seine Leibwächter können ein Lied davon singen. Sie treten manchmal zu zweit gegen ihn an."

Saladin hatte die letzten Worte gehört. „Ihr sprecht über meinen Vater?"

Kendra nickte.

„Vielleicht hat er nach dem Urlaub ja Lust auf ein kleines Familienduell. Wir haben eine halbe Ewigkeit nicht mehr die Waffen gekreuzt." Saladin rieb sich mit dem Frottiertuch die letzten Tropfen von der Haut. Kendra streichelte zärtlich sein Sixpack. „Übrigens, darin steht er mir ganz bestimmt nicht nach", schmunzelte Saladin. Er nahm ihr Eric ab, der ganz erfreut drauflos plapperte.

Im Bungalow angekommen wollte sich Saladin das Salz von der Haut spülen. So schnell konnte er gar nicht reagieren, wie Kendra mit unter der Dusche stand. „Fast eine halbe Stunde Zeit bis zum Frühstück", sagte sie mit diesem Funkeln im Blick, wo es für Saladin kein zurück mehr gab. Gegen ihre Waffen war er einfach machtlos.

Im anderen Häuschen lief zeitgleich dasselbe Duell, bei dem sich Raschid auch sofort ergab und die Bedingungen der Eroberin Punkt für Punkt erfüllte. Kein Wunder, dass dem Frühstück alle reichlich zusprachen.

„Sollte das wirklich an der anregenden Wirkung der Seeluft liegen?", wunderte sich Yussuf, als Ahmed Nachschub orderte.

Ahmed grinste vielsagend. „Ich würde *erregend* sagen und die Seeluft ist bestimmt ganz unschuldig. Bei den weiblichen Appetithappen würde wohl jedem das Wasser im Mund zusammenlaufen und anschließend für ordentlichen Hunger sorgen."

Yussuf drehte sich nach der Tür um. „Lass das bloß nicht die beiden Männer hören", flüsterte er erschreckt.

Ahmed nahm das Tablett und trollte sich lachend. Auf Abdullah konnte man sich verlassen, er hatte die kleinen Bemerkungen am Rande nie an Saladin oder Raschid weiter getragen. Er war schließlich einer von ihnen und man lebte von dem gegenseitigen Vertrauen, was man im Laufe der Jahre aufgebaut hatte. Manchmal erfuhr man auf diesem Weg Dinge, die überlebensnotwendig werden konnten. Raschid gehörte auch zu dieser Gruppe.

Nur war es wenig angebracht, in seiner Nähe darüber zu debattieren, dass seine Frau scharf, wie eine Rasierklinge war und wenn es um Kendra ging, dann sah er sowieso gleich rot. Yussufs Sorge, gehört zu werden, war also nicht ganz aus der Luft gegriffen.

Dass Ahmed ziemlich genau wusste, worüber er sprach, stand auf einem völlig anderen Blatt. Auf alle Fälle machten die beiden, wann immer es ging, lange Hälse aus den Fenstern des Wirtschaftsgebäudes, um wenigstens hin und wieder einen Blick auf die fast nackten Schönheiten zu erhaschen.

Jennifer und Raschid hatten ziemlich schnell einen Punkt gefunden, an dem auch die Strandwächter mit den besten Ferngläsern machtlos waren. Die Wedel einer halb umgestürzten Palme verbargen sie vor allzu neugierigen Blicken.

Vier Tage vor dem Abreisetermin teilte Ahmed Saladin mit, dass sich neue Gäste angemeldet hätten. Die einzige ersichtliche Information war, dass es sich um drei Frauen handeln musste. Die Männer zuckten die Schultern, während sich Kendra und Jennifer mit etwas mehr Stoff bedeckten. Raschid mit seinem Adlerblick erkannte das Auto schon, als es noch auf der Zufahrtstraße unterwegs war.

„Ooops", entfuhr es ihm. Er drehte sich zu Saladin um. „Jetzt wird es lustig. Unsere beiden Lieblinge vom Segeltörn sind mit ihrer Mama im Anflug."

Saladin verdrehte die Augen. „Hat man denn nirgends Ruhe vor der Verwandtschaft?"

„Da hilft nur ignorieren", legte Raschid fest.

„Und du meinst, das geht?", fragte Kendra zaghaft.

Jennifer war nervös geworden.

„Keine Angst. Im Notfall schreite ich ein", versprach Saladin. „Ihr solltet nur für besondere Anlässe euren Bungalow aufsuchen."

Jennifer nickte. Die Lage war zu Ernst, um verlegen zu werden.

Raschid überlegte. „Saladin ..." Er kam nicht dazu, weiterzusprechen. Der Prinz unterbrach ihn sofort. „Ich weiß, was du mir sagen willst. Das fällt aus. In diesem Fall bist du ab sofort als mein Berater mit Gattin hier im Urlaub. Ich lasse mir doch nicht durch diese Drei die Laune verderben. Ich fordere jetzt noch fünf Bodyguards an, zwei für euch, drei für mich. Jetzt ist Staatsmann angesagt." Er wandte sich seinem Kommunikator zu, orderte sie persönlich, unter der Maßgabe, dass sie innerhalb der nächsten beiden Stunden eintreffen sollten.

„Abdullah wird dir ab sofort keinen Schritt mehr von der Seite gehen", erklärte er Kendra. „Es gibt gewisse Spielregeln, die sind nicht schön, aber leider manchmal unumgänglich."

„Aber neben meinem Bett muss er nicht schlafen?", fragte sie spöttisch.

Saladin lachte. „Das würde ihm zwar sicher gefallen, aber dagegen hätte ich etwas."

Abdullah zuckte zwar bei dieser Unterhaltung mit keinem Muskel, aber seine Augen blitzten amüsiert. Wenn er an den Wüstenritt dachte, dann war das Bettgeflüster der beiden sicher überwältigend.

Klare Fronten

Jasmin, die Frau Husseins, hatte den Bediensteten der Ferienanlage ihren Wagen übergeben. Nun stand sie an der Rezeption, verlangte einen der beiden Bungalows direkt am Strand und war äußerst ungehalten, als man sie ausgesucht freundlich, aber sehr bestimmt, davon unterrichtete, dass dies schlicht unmöglich sei.

Es irritierte sie zusehends, dass ihre Drohungen, sich notfalls an den König zu wenden, völlig ins Leere liefen. Wutschnaubend nahm sie eines der anderen Ferienhäuschen in Besitz. Ihre zahlreiche Dienerschaft zog verschüchtert die Köpfe ein. Sie würden in den nächsten Tagen sicher unter den Launen ihrer Herrin zu leiden haben.

Von ihr unbemerkt war der Hubschrauber Saladins, der die angeforderten Männer der Leibwache brachte, in den Außenanlagen gelandet. Sie verstauten das Gepäck in den Unterkünften, um sofort ihre Posten zu beziehen. Die beiden, die Jennifer und Raschid zugeteilt wurden, staunten Bauklötze, wen sie zu bewachen hatten. Wenn Saladin zu diesem Mittel griff, dann hatte er schwerwiegende Gründe.

Eric betrachtete die vielen fremden Männer anfangs mit großen Augen, vergaß aber beim Spiel mit Mama und Papa völlig die Welt um sich herum. Nur auf Jennifer, Abdullah und ganz besonders Raschid reagierte er höchst erfreut. Raschid trug ihn manchmal spazieren, wenn die anderen in der Sonne dösten und Eric absolut keine Lust auf Schlafen hatte. Dann sprach Onkel Raschid leise mit ihm und schon fielen dem kleinen Prinzen ganz schnell die Augen zu.

Schließlich setzte er sich mit ihm zu Abdullah unter das Sonnensegel, wo Eric friedlich in Raschids Arm weiterschlief. Bevor Mama aufwachte, legte er den Kleinen ins Bettchen, als wäre nie etwas Besonderes gewesen.

Heute hatte es sich Eric wieder bei Raschid bequem gemacht. Saladin saß mit ihnen unter dem Sonnensegel, während die Frauen, bewacht von zwei Bewaffneten, sorglos schwammen. Raschid erspähte den nahenden Tornado zuerst, wie er Madame Jasmin manchmal bezeichnete. Ein kurzer Wink, die vier übrigen Leibwächter postierten sich um das Sonnensegel. Die Uniformen der Leibgarde Saladins kannte hierzulande jedes Kind, genau wie deren Markenzeichen, die Krummdolche.

Der vor Wut entfesselte Tornado zog als laues Lüftchen vorbei. Saladin und Raschid zuckten gleichzeitig und ziemlich gleichgültig mit den

Schultern. In die Nähe der beiden Frauen wagte sich Madame gar nicht erst. Auch wenn sie Raschid noch nirgends entdeckt hatte, so wusste sie doch, mit den Männern ihres Neffen war nicht zu spaßen. Dabei hätte sie dieser Mrs. Raschid am liebsten die Augen ausgekratzt, für die Demütigung, ihre Töchter als Mägde degradieren zu wollen.

Abdullah war die aufkeimende Angst in Jennifers Blick nicht entgangen. Mit Argusaugen beobachtet er jede Bewegung Jasmins und ihrer beiden Begleiter. Raschid ahnte, was in seiner Frau vorgehen musste, er saß wie auf glühenden Kohlen.

Kaum war die Gattin Husseins weg, kam Jennifer aus dem Wasser. Nass, wie sie war, warf sie sich in Raschids Arme. Er hüllte sie in ein großes Strandtuch, begann ihren Körper zu frottieren und zog sie schließlich auf seinen Schoß. Jennifer schmiegte sich mit geschlossenen Augen an seine Brust.

„Wenn Blicke töten könnten, dann hätte sie mich jetzt umgebracht", flüsterte sie.

„Beruhige dich. Abdullah hatte sich innerlich schon zum Sprung geduckt, wie ein gereizter Tiger", erklärte Raschid.

„Wirklich?"

„Das war sogar mehr als deutlich zu sehen", warf Saladin ein. „Solange du einen Bodyguard dabei hast, wird sie dich nicht belästigen. Wenn du den Bungalow allein verlässt, nimm immer wenigstens einen der beiden Männer mit."

Jennifer nickte. „Verstanden", sagte sie kurz.

Kendra kam erst jetzt zurück. Sie war zu einer Sandbank hinaus geschwommen und hatte nicht gemerkt, was inzwischen am Strand abgelaufen war. Als sie das Wasser verließ, folgten ihr sofort die beiden Leibwächter. Sicher lauerte Jasmin irgendwo hinter einer Gardine und beobachtete jede Bewegung am Strand. Saladin legte Kendra fürsorglich eine Badestola um. Eric war bereits unruhig geworden. Kendra schaute hinüber zu den kleinen Hütten, wo die drei Neuankömmlinge herumflanierten.

Eigentlich hätte sie sich das Salz von der Haut spülen wollen, um Eric ganz in Ruhe zu stillen. Saladin verstand sofort. Augenblicke später war eine Wand des Segels herabgelassen, hinter die sich Kendra mit dem Kleinen zurückziehen konnte. Raschid reichte ihr eine Wasserflasche.

Kendra atmete auf. „Vielen Dank, das dürfte für meinen Zweck genügen."

Saladin half ihr, während die Leibwächter einen Sichtschutz in die anderen beiden Richtungen bildeten, woher ungebetener Besuch hätte nahen können. Ein wenig später deutete ein zufriedenes Knurren und Schmatzen an, dass Eric bekam, was er sehnlichst erwartet hatte.

Eine völlig neue Erfahrung für die gerade erst angekommenen Herren der Leibgarde, zumal sie erstaunt feststellen mussten, dass Raschid nicht zu denen gehörte, die ihre Augen abzuwenden hatten. Er saß mit Jennifer bei Kendra und Saladin, unterhielt sich mit ihnen über die Abendgestaltung.

„Was haltet ihr von einem ordentlichen Barbecue?", fragte Jennifer, nachdem sich die Männer nicht richtig festlegen wollten.

„Oh ja!" Kendra war begeistert. „Ich habe ewig nicht mehr gegrillt. Yussuf wird bestimmt nichts dagegen haben, wenn er sein Wirkungsfeld nach außen verlegen muss."

Saladin nickte zustimmend.

„Okay, dann sage ich ihm Bescheid." Raschid gab die Wünsche der beiden Damen sofort an den Koch weiter.

„Ich habe den Hubschrauber gesehen – wie viele Leute seid ihr denn eigentlich?", fragte Yussuf sofort.

Raschid schmunzelte. „Na, vier Urlauber, sechs Leibwächter, ein Kammerherr und ein Koch – zwölf, wenn ich mich nicht verzählt habe. Oder wollt ihr beide etwa nicht mitmachen?"

„Na aber gern doch." Yussufs Gesicht strahlte begeistert aus dem Display.

„Noch was: Alle Getränke alkoholfrei", erklärte Raschid, nachdem er sich mit Saladin abgestimmt hatte.

„Wirklich?", fragte Yussuf erstaunt.

„Aber sicher doch. Die Männer sind im Dienst, Jennifer und ich hoffen auf Nachwuchs, Kendra stillt und Saladin schließt sich der Mehrheit an", gab Raschid trocken zu verstehen.

„Hast du ihn jetzt geschockt?", fragte Saladin amüsiert.

„Hm, ich war wohl etwas zu offen." Raschid zuckte mit den Schultern. „Aber jetzt braucht er sich wenigstens nicht mehr zu wundern, warum ich seit Tagen bei Kaffee, Tee und Fruchtsaft bleibe."

„Was soll es denn werden?", wollte Saladin wissen.

„Das ist völlig egal", antworteten Jennifer und Raschid völlig synchron. „Hauptsache es ist gesund und kann in Geborgenheit aufwachsen." Jennifer schmiegte sich an Raschids nackte Brust. Er legte ihr schützend den Arm um die Schulter.

„Ich liebe dich Mrs. Raschid", sagte er leise, aber so, dass es alle hören konnten. „Ich liebe dich."

Saladin wunderte sich nicht, als Raschid Jennifer auf die Arme nahm, um sie zu ihrem Häuschen zu tragen.

Die beiden Bodyguards, die er ihnen zugeteilt hatte, hielt er mit den Worten zurück: „Ich glaube, die nächste halbe Stunde kommen sie ganz gut ohne euch zurecht."

Dann wurde sein Gesicht sehr ernst. „Ein paar Worte dazu, weshalb ich euch habe kommen lassen. Meine Frau und Mrs. Raschid sind unter allen Umständen vor zu nahen Begegnungen mit Madame Jasmin und ihren Töchtern fernzuhalten. Das gilt in besonderem Maße für Mrs. Raschid.

Wie Abdullah richtig erkannt hat, würde Madame Jasmin Raschids Frau am liebsten den Hals umdrehen. Da Mrs. Raschid ganz in meinem Sinne gehandelt hat, als sie sich bei ihr unbeliebt machte, steht sie unter meinem besonderen Schutz. Macht euch also darauf gefasst, auch in den nächsten Monaten öfter für ihre Sicherheit zu sorgen. Raschid kann nur gute Arbeit für mich leisten, wenn er nicht ständig in Angst um sie sein muss."

Die Männer nickten. Jetzt hatten sie auch endlich die offizielle Bestätigung dafür bekommen, was sich in den letzten Tagen hartnäckig als Gerücht im Palast gehalten hatte, nämlich dass Raschid das rassige Model vom Fleck weg geheiratet hatte. Das wann und warum, würden sie wohl nie erfahren. So viel war sicher, vor einem Jahr, bei der letzten Party im Fort, war das noch nicht der Fall gewesen, obwohl sich Raschid da schon auffallend um die hübsche Amerikanerin bemüht hatte. Egal wie, der schlagkräftige Riese war in ihren Augen ein Glückspilz.

„In einigen Tagen ist der nächste Einsatz im Fort", fuhr Saladin fort. „Dort ist Hassan derjenige, den ihr ihretwegen besonders im Auge behalten müsst. Ihm wird es ebenfalls nicht sonderlich gefallen, dass sie ohne jegliche Vorwarnung Mrs. Raschid geworden ist. Des Weiteren werden diesmal alle Posten doppelt besetzt."

Die Männer sahen sich vielsagend an, was Saladin nicht verborgen blieb.

Er schmunzelte. „Solange es keine Beschwerden gibt, werde ich auch diesmal ein Auge zudrücken."

Auch über Kendras Gesicht huschte ein leichtes Lächeln. Raschid und Jennifer hatten ihr genug darüber erzählt, was auf den Poolpartys ablief und auf welche Weise sie sich überhaupt kennenlernten. Soeben kamen die beiden Hand in Hand zurück, sahen sehr glücklich aus, setzten sich unter das Sonnensegel, als wären sie nie weg gewesen.

Jennifer lehnte ihren Kopf an Raschids Schulter. „Spricht etwas dagegen, wenn ich auf Muschelsuche gehe?", fragte sie.

Saladin schüttelte den Kopf und auf Raschids bittenden Blick hin, sagte er: „Na, geh schon mit." Gleichzeitig bedeutete er den beiden Leibwächtern, ihren Job zu tun.

Raschid reichte seiner Frau die Hand. Gemeinsam liefen sie durch das flache Wasser. Hin und wieder hob Jennifer eine große Muschel- oder Schneckenschale in zarten Pastellfarben auf.

„Da draußen, hinter der Sandbank, liegen die richtig Großen", erklärte Raschid.

„Noch Größere?", fragte Jennifer und betrachtete erstaunt ihre Fundstücke.

„Mindestens so." Raschid deute das Maß eines Suppentellers an. „Soll ich dir welche holen?"

„Ist das denn nicht gefährlich?" Jennifer schaute hinaus aufs Meer.

Raschid drückte sie an sich. „Nicht, wenn man weiß, wie es geht. Noch ist ja Ebbe."

Zusammen schwammen sie zu der Stelle, wo sich eine schmale Insel aus hellem Sand erhob. Jennifer blieb zurück, während Raschid in die dunkle Tiefe abtauchte. Jennifer versuchte, ihm mit den Augen zu folgen. So richtig wohl fühlte sie sich nicht bei dem Gedanken, dass er dort unten mutterseelenallein war. Es vergingen einige Sekunden. Jennifer wurde unruhig. Endlich tauchte ein dunkler Schatten unter der Wasseroberfläche auf. Raschid kam zurück. Er hatte mehrere Muschelschalen und ein großes wunderschön gewundenes Schneckenhaus mitgebracht.

„Wie schön." Jennifer ließ ihre Fingerspitzen vorsichtig über das Perlmutt an den Innenflächen der Schalen gleiten.

Eine kleine Welle rollte heran.

„Wir sollten uns auf den Rückweg machen", riet Raschid. „Das Wasser wird bald steigen." Er nahm Jennifer ihre Schätze ab, damit sie besser schwimmen konnte. „Wirst du es schaffen?", fragte er auf halber Strecke.

„Ich gebe mir Mühe, obwohl der Sog ziemlich stark ist", seufzte Jennifer.

„Komm, halte dich an mir fest." Raschid schwamm direkt neben ihr. Jennifer schlang ihm die Arme um den Hals und ließ sich ziehen. Raschid trug sie auch aus dem Wasser. Jennifer hauchte ihm einen zärtlichen Kuss auf die Wange. In seinen Armen fühlte sie sich sicher und geborgen, egal ob im Wasser oder auf dem festen Boden. Raschid setzte sie vorsichtig ab, dann zog er sie an sich, um ihren Kuss zu erwidern. Kendra, mit Eric in Saladins Armen liegend, sah den beiden lächelnd zu.

Sie war Saladin dankbar, der Raschid diese wundervollen Tage am Strand als Zusatzurlaub schenkte. Drei andere Zuschauer, die etwas weiter weg am Strand saßen, aber noch nah genug, um ihre Gesichter einigermaßen erkennen zu können, schäumten vor Wut.

„Ich habe Angst, dass die Drei eine Intrige spinnen könnten, um Jennifer zu schaden", sagte Kendra nach einer Weile.

Saladin war ihrem Blick gefolgt. „Es wird nicht allzu viele Berührungspunkte zwischen der Familie meines Onkels und Raschid geben. Einzig die Falkenjagd könnte ein Problem werden. Ich werde es ihm notfalls befehlen, in der Eigenschaft als mein Berater daran teilzunehmen. Nur so kann für Jennifers Sicherheit garantiert werden. Es wäre auch gar nicht gut, wenn sie sich einschüchtern ließe und nicht an solchen gesellschaftlichen Ereignissen teilnimmt, die ihr als seine Gattin zustehen."

„Sollten wir da nicht lieber mit deinem Vater sprechen? Er kann doch sicher mit Hussein Klartext reden, damit diese Nachstellungen endlich aufhören", schlug Kendra vor.

Saladin küsste ihre Stirn. „Lass ihn erst mal aus dem Urlaub zurück kommen, dann sehen wir weiter."

Sein Kommunikator schlug an. Saladin meldete sich, lauschte konzentriert, dann verfinsterte sich sein Gesicht. Schließlich sprach er intensiv auf Arabisch auf seinen Gesprächspartner ein. Unwillig steckte er das Gerät wieder weg.

„Ich muss morgen Vormittag in die Hauptstadt. Abdullah und seine Männer haben dann die volle Verantwortung für dich, Eric und Jennifer. Ich denke, ich werde in der Nacht noch zurückkommen. Der Heli holt mich gegen neun Uhr ab." Dass ihm sein Schatten folgen würde, war so selbstverständlich, dass er darüber wirklich kein Wort verlieren musste.

Raschid hatte Saladins Missmut bemerkt, sich von Jennifer gelöst und kam zum Sonnensegel. Kendra ging mit Eric hinaus zu Jennifer, um die Männer nicht zu stören.

„Ist etwas passiert?", fragte Jennifer beunruhigt.

„Wahrscheinlich", entgegnete Kendra. Sie wiederholte die Worte, die Saladin zu ihr gesagt hatte. „Ich kann dir nicht erklären, worum es geht, sie haben arabisch gesprochen."

Sie versuchte Abdullah auszuhorchen. Der schüttelte jedoch bedauernd mit dem Kopf. Entweder hatte er tatsächlich nicht verstanden, worüber Saladin mit seinem Gesprächspartner debattiert hatte, oder es unterlag seiner Schweigepflicht. Eine andere Möglichkeit sah Kendra nicht. Da Abdullah genau so gut englisch sprach wie Raschid und Saladin, konnte oder durfte er also keine Auskunft geben.

Ungeachtet aller Probleme, fand der gemütliche Grillabend statt. Eric schlief friedlich, sodass Mama und Papa vor dem Häuschen ganz in Ruhe sitzen konnten. Hin und wieder schaute einer von beiden nach dem Kleinen. Jennifer ging Yussuf am Grill zur Hand. Neidlos erkannte er an, dass sie hier die Spezialistin war.

Raschid lachte. „Ja, mein Lieber, sie kann nicht nur einem Mann ordentlich einheizen."

Jennifer drohte ihm, unter dem Gelächter der anderen, mit dem Zeigefinger. Ahmed stimmte Raschid im tiefsten Innersten zu. Wenn er an jene Nacht im Fort zurückdachte, dann wurde ihm heiß und kalt. Er war, nachdem er sein Tablett abgesetzt hatte, wie betäubt aus dem Zimmer der beiden gegangen und träumte selbst jetzt noch manchmal von jener Situation.

Wobei – das, was er bei Saladin und Kendra Monate zuvor gesehen hatte, war auch nicht von schlechten Eltern gewesen. Und im Gegensatz zu Jennifer und Raschid, die genau wussten, dass er im Zimmer gewesen war, hatten die beiden anderen nicht den Funken einer Ahnung und das machte die Sache für ihn noch prickelnder.

Kurz nach Mitternacht verlosch die letzte glimmende Holzkohle, Ahmed und Yussuf brachten alle Utensilien zurück ins Wirtschaftsgebäude, die ersten beiden Nachtwachen bezogen Posten, während alle anderen müde und zufrieden in die Betten fielen.

Die Nacht verlief ruhig. Jasmin begnügte sich offenbar mit Säbelrasseln. Dafür verlief das Frühstück in etwas gedrückter Stimmung. Die Frauen versuchten zu lächeln, was bei beiden ziemlich gequält ausfiel.

Saladin drückte Kendra und Eric an sich, dann brach er mit Raschid, der Jennifer noch einmal auf die Stirn küsste, zum Helikopter auf.

„Brauchen Sie etwas aus der Stadt?", fragte Ahmed, bevor er Saladins Wunschliste verstaute.

Kendra verneinte. Jennifer überlegte kurz, dann flüsterte sie ihm ein paar Sätze ins Ohr. Ahmed nickte.

Kendra wandte sich indes an Abdullah. „Madame Jasmin zum Trotz, werden wir den Tag heute am Strand verbringen."

Jennifer zuckte zusammen. „Hältst du das für eine gute Idee?"

„Natürlich. Sie ist nur die Frau des Bruders des Königs. Ich bin die Frau des Thronfolgers. Ob es ihr passt oder nicht, ich habe hier die größeren Rechte. Es hat lange gedauert, bis mich Saladin wirklich davon überzeugt hat, dass ich hier nicht einen Millimeter Boden vergeben darf. Die Männer wissen, was sie zu tun haben." Kendra deutete aufmunternd mit dem Kopf zum Strand.

Jennifer atmete durch. „Okay. Du hast gewonnen. Raschid hat mir auch ein paar Mal gesagt, was meine Rechte sind. Auf an den Strand."

Die Leibwächter folgten den Frauen. Kendra nahm ihren Laptop mit. Sie wollte in der Mittagszeit, wenn der Kleine schlief, ein wenig arbeiten.

Nun bat sie Abdullah: „Würdest du bitte eine halbe Stunde auf Eric aufpassen, ich möchte mit Jennifer eine Runde schwimmen, solange die Sonne noch nicht zu heiß ist."

Abdullah nickte. Kendra hätte es ihm ja auch befehlen können. Er bestimmte einen zweiten Bodyguard, der mit ihm bei Eric wachen sollte. Die anderen vier schickte er mit ans Wasser, zumal Husseins Familie soeben auftauchte und ebenfalls Anstalten machte, zum Schwimmen zu gehen. Kendra und Jennifer schlugen den Weg zur Sandbank ein. Hier konnten sie sich wenigstens wieder einmal ohne Zuhörer unterhalten.

Sie legten sich in den feuchten Sand, ließen sich die Beine von den winzigen Wellen überspülen, die am Rande der Untiefe entlang rollten. Vielleicht vierzig Meter entfernt erreichten gerade Suleika und Aisha die andere Seite der Bank, voller Sorge von Kendras Leibwächtern beobachtet. Abdullah hatte vorsorglich seinen Kommunikator gezückt, um sofort die nötigen Befehle geben zu können.

Kendra und Jennifer merkten wohl, dass sie nicht mehr ganz allein waren. Sie ignorierten die beiden Cousinen Saladins geflissentlich. Sich nur keine Blöße geben, hieß die Devise. Nach ein paar Minuten wurde es diesen wohl unheimlich, dass weder die Frauen, noch deren Leibwächter reagierten, sie machten sich auf den Rückweg.

Ein Entsetzensschrei ließ die beiden auf der Sandbank zusammenfahren. Aisha ruderte verzweifelt im Wasser, dann ging sie einfach unter. Plötzlich lief alles gleichzeitig ab. Kendra und Jennifer sprangen, ohne zu zögern, ins Wasser, vom Ufer aus schwammen ihnen zwei der Bodyguards entgegen. Jasmin und Suleika waren starr vor Schreck. Hilflos sahen sie den Rettungsversuchen der anderen zu.

Die Frauen erreichten die Verunglückte zuerst. Kendra nahm sie in den Rettungsgriff, während Jennifer neben ihr her schwamm, um im Notfall helfen zu können. Aisha schaute ihre Retterinnen mit großen Augen an. Nach zwei Dritteln der Strecke übernahmen die beiden Männer die zitternde Frau, um sie an den Strand zu tragen. Aisha hatte einen furchtbaren Wadenkrampf.

Jennifer begann vorsichtig, ihr Bein zu massieren. Kendra redete beruhigend auf sie ein. Nach ein paar Minuten setzte sich Aisha auf, sie weinte. Jennifer nahm sie tröstend in die Arme. Jasmin und Suleika standen mit betretenen Gesichtern daneben. Aisha erwiderte Jennifers Umarmung.

„Danke. Vielen Dank", flüsterte sie. „Das werde ich Ihnen beiden nie vergessen."

„Alles wieder in Ordnung?", fragte Kendra.

„Ich glaube schon." Aisha stand vorsichtig auf. Sie reichte Kendra die Hand. „Noch einmal vielen, vielen Dank."

Die beiden Frauen wandten sich mit ihren Leibwächtern zum Gehen.

„Mrs. Ibn Sina, Mrs. Raschid", hörten sie Madame Jasmin hinter sich sagen.

Sie drehten sich um.

„Danke, dass Sie meine Tochter gerettet haben." Jasmin knetete nervös ihre Hände. „Ich werde Sie nicht mehr belästigen. Es tut mir leid."

„Wir haben es gern getan. Einen schönen Tag noch." Kendra lächelte freundlich, ehe sie endgültig die Drei verließ. Auf dem Weg zum Sonnensegel drückte sie unbemerkt Jennifers Hand. „Sie meint es ernst. Jetzt kannst du ganz entspannt die letzten beiden Tage genießen."

„Gott sei Dank", murmelte Jennifer. „Das ging alles so schnell. Ich kam nicht einmal zum Nachdenken." Sie setzte sich in den Schatten, legte eine Hand auf die Stirn. „Mir ist furchtbar übel", klagte sie.

„Ruh dich aus. Du siehst auch sehr blass aus", entgegnete Kendra besorgt.

Augenblick später war Jennifer fest eingeschlafen. Kendra spielte mit ihrem Söhnchen. Nebenbei erklärte sie Abdullah, was sich da draußen im Wasser abgespielt hatte.

Der Leibwächter bedachte sie mit einem anerkennenden Blick. „Sie sind eine mutige Frau. Beide sind Sie mutige Frauen", verbesserte er sich. „Nicht jede hätte unter den gegebenen Umständen so gehandelt."

„Zum Überlegen war gar keine Zeit, schließlich ging es um ein Menschenleben", gab Kendra zurück. „Ich weiß zu gut, wie man sich fühlt, wenn man fast das eigene Kind verliert."

Zärtlich streichelte sie Eric, der mit einem fröhlichen Plappern antwortete. Abdullah hatte, wie alle Leibwächter, nur das Allernötigste über die Probleme bei Erics Geburt erfahren, damit sie sich ein wenig auf die junge Mutter einstellen konnten. Gerade wurde Eric etwas unruhig, die Windel war voll und Hunger hatte er auch.

„Lässt du bitte die Seitenwand des Segels herunter", wandte sich Kendra an Abdullah. „Ich möchte jetzt in Jennifers Nähe bleiben, ihr geht es nicht gut."

Ein Wink mit den Augen genügte, damit die Männer Kendras Wünsche umgehend erfüllten. Die Temperaturen stiegen gegen Mittag fast unerträglich. Die sehnsüchtigen Blicke der Männer nach dem nahen Wasser blieben Kendra nicht verborgen.

„Wie wäre es mit einem Bad?", fragte sie Abdullah.

Der schüttelte den Kopf. „Dienst ist Dienst. Saladin würde furchtbar wütend werden."

„Muss er es denn erfahren? Wenn drei ins Wasser gehen und drei hier bleiben, dürfte es doch kaum Probleme geben", warf sie ein.

Abdullah zögerte.

„Auf meine Verantwortung", bot sie an.

„Zwei", gab Abdullah nach reiflicher Überlegung schließlich nach. „Einmal Sandbank und zurück."

Sehr erfreut nahmen die Männer das Angebot an. Abdullah ging als Letzter ins Wasser. Die Erfrischung tat wirklich gut.

„Zu keinem ein Wort", wies Kendra an, als alle wieder bei ihr im Schatten saßen.

Das Versprechen gaben sie nur zu gern. So wie es aussah, konnten sie mit ihrer Herrin Pferde stehlen gehen und den Bonus wollte sich keiner verscherzen. Jennifer schlief noch immer. Raschid würde es also auch nicht durch einen Zufall erfahren.

„Ihr müsst unseretwegen auch nicht in die Stummzeit gehen", gab Kendra den Männern noch eine Freiheit mehr. „Wir verstehen es sowieso nicht, wenn ihr euch auf Arabisch unterhaltet. Solange ihr eure Aufgaben gewissenhaft wahrnehmt, bin ich die Letzte, die euch unmäßig reglementieren wird."

Abdullah übersetzte ihre Worte für alle die, die der englischen Sprache nicht so mächtig waren wie er. Es dauerte eine Weile, ehe die Männer begannen, leise miteinander zu sprechen. Kendra klappte ihren Laptop auf. Wenigstens ein Stündchen wollte sie intensiv arbeiten. Abdullah schaute ihr neugierig über die Schulter. Kendra schrieb das Programm für das Spiel weiter. Pünktlich fuhr sie den Computer wieder herunter.

„Schluss für heute", sagte sie lächelnd zu Abdullah. „Ich habe es Saladin schließlich so versprochen. Womöglich lässt mich Raschid sonst die Wartung in der Pumpstation nicht machen und das wäre schlecht für meine Firma."

„Er ist manchmal sehr hart zu Ihnen", stellte Abdullah in den Raum.

Kendra hob erstaunt den Kopf. „Aber er ist im Recht. Ich habe schnell gelernt, seinem Rat zu vertrauen. Wenn es Tränen gibt, dann über die Tatsache, dass ich ihm das Leben manchmal unnötig schwer mache", gab sie unumwunden zu.

Jennifer erwachte. Sie sah sich etwas verloren um. „Oh je, wie lange habe ich denn geschlafen?"

„Fast zwei Stunden", antwortete Kendra. „Geht es dir wenigstens wieder besser?"

„Eindeutig." Jennifer streckte sich. „Und jetzt habe ich Appetit auf ein großes Eis."

Abdullah wählte sofort Ahmeds Nummer. „Bringst du bitte Eis für die Frauen", sagte er kurz. „Welche Sorte?", will Ahmed wissen.

„Gemischt mit viel Früchten und Schlagsahne", kam es bei Jennifer wie aus der Pistole geschossen.

„Das Gleiche", bat Kendra.

„Kommt sofort." Abdullah steckte zufrieden den Kommunikator weg. Kendra schaute Jennifer neugierig und ziemlich ungläubig an. „Du willst tatsächlich Sahne essen? Ich denke, die magst du nicht?"

„Keine Ahnung warum. Ich habe regelrecht Heißhunger auf das Zeug." Jennifer zuckte hilflos mit den Schultern.

„Klingt ganz so, als ob eure Bemühungen schon Erfolg hatten", schmunzelte Kendra.

Jennifer seufzte. „Ach, wenn du doch nur recht hättest! Ich habe Ahmed gebeten, mir einen Schwangerschaftstest aus der Stadt mitzubringen, weil ich schon seit Tagen so seltsame Gelüste habe."

Kendra lachte. „Weißt du, wie ich erfahren habe, dass ich schwanger bin?" Sie wiederholte die Worte des Arztes.

Jennifer begann zu kichern und auch einigen der Leibwächter huschte ein amüsiertes Grinsen über das Gesicht.

„Hast du schon mit Raschid darüber gesprochen?", fragte Kendra.

„Nein. Ich möchte keine Erwartungen wecken, die vielleicht in einer bitteren Enttäuschung enden. Erst will ich ganz sicher sein", antwortete Jennifer.

Ahmed nahte mit dem Kühlbehälter. Bevor er die beiden Eisbecher herausgab, sagte er zu Jennifer: „Die Packung liegt im Schub Ihres Nachttischchens."

„Hervorragend. Vielen Dank, Ahmed." Jennifers Augen leuchteten.

Die beiden Frauen nahmen ihre Eisbecher entgegen. Ahmed ging bei den Männern herum und teilte Eis am Stiel aus.

„Das habe ich aber nicht bestellt", wunderte sich Abdullah.

Ahmed grinste genüsslich. „Ich denke, dass das ganz im Sinne von Mrs. Ibn Sina war."

Kendra schenkte ihm ein fröhliches Lachen. „Wir beide verstehen uns auch schon ohne Worte. Danke, Ahmed. Wie du siehst, ist niemand böse über eine kleine Erfrischung."

Abdullah wusste ziemlich gut, dass Kendra mit solchen kleinen Dingen, ihre Bodyguards sehr erfreuen und immer wieder um den Finger wickeln konnte. In Zukunft würden sich wohl alle darum reißen, Kendra bewachen zu dürfen. Sie schaute ihn etwas spöttisch von der Seite an. „Abdullah entspanne dich ganz einfach mal. Zumindest Raschid wird ahnen, was hier lost ist. Er kennt mich viel zu gut."

Abdullah seufzte. Einer hübschen Frau, wie Kendra, konnte man viel zu schnell verfallen. Er würde sich vorsehen müssen, um bei einigen Dingen zeitig genug nein zu sagen. Am späten Nachmittag brachen alle in Richtung der Bungalows auf. Die Frauen wollten sich vor dem Abendbrot noch frisch machen. Abdullah überwachte, dass auch wirklich zwei Männer vor Jennifers Tür standen, egal, ob von Madame Jasmin noch Gefahr drohte oder nicht. Saladin und Raschid hatten sich noch immer nicht meldet. Abdullah brachte Eric mit dem Tragesitz in den Speisesaal. Kendra und Jennifer folgten ihm mit den fünf anderen Männern.

Kurz nach ihnen betraten Jasmin, Aisha und Suleika den Saal. Ein verlegenes Lächeln huschte über ihre Gesichter. Das Zusammentreffen war wirklich nur ein Zufall gewesen.

Kendra deutete auf die freien Plätze. „Bitte, setzen Sie sich."

Die drei Frauen nahmen das freundliche Angebot an.

„Geht es Ihnen wieder besser?", wandte sich Jennifer an Aisha.

„Danke der Nachfrage." Aisha nickte. „Ich habe meine Schwimmkünste wohl ziemlich überschätzt. Ich werde mich in Zukunft etwas mehr vorsehen."

Yussuf brachte Eric persönlich das Schälchen mit dem Brei. Mit einer Verbeugung stellte er es vor dem kleinen Prinzen auf den Tisch. Eric schmatzte in Vorfreude genüsslich. Ein heiteres Lächeln huschte über Madame Jasmins Gesicht.

Der Kleine war einfach nur goldig, ein stilles und angenehmes Kind. Dabei beobachtete er aufmerksam die Personen um sich herum. Jetzt konnte er es kaum erwarten, endlich den ersten Löffel Brei zu bekommen.

„Er sieht seinem Papa als Baby zum Verwechseln ähnlich", stellte Jasmin erstaunt fest.

„Hmm", bestätigte Kendra. „Sharif hat uns vor seinem Urlaub ein Bild von Saladin im gleichen Alter wie Eric mitgebracht. Die beiden könnten Zwillinge sein."

Es entwickelte sich unter den fünf Frauen eine angeregte Unterhaltung. Nur die Bodyguards bemerkten, wie die große Saaltür plötzlich aufschwang, Saladin und Raschid herein traten. Ein kurzes Stutzen, dann hatten die beiden die Situation erfasst.

Galant begrüßten sie Husseins Damen. Kendra und Jennifer bekamen ihre Begrüßungsküsschen, Eric wanderte von Papas Arm zu Raschid und wieder zurück.

„Gibt es wissenswerte Neuigkeiten aus der Hauptstadt?", fragte Jasmin.

„Ja, die gibt es. Ich habe heute mein Veto eingelegt, um unsere beiden übereifrigen Minister etwas zu bremsen. Sie waren wohl der Überzeugung, dass die Mäuse auf dem Tisch tanzen können, wenn die Katze aus dem Haus ist", erklärte Saladin unumwunden.

„Allah sei Dank. Nicht auszudenken, was die beiden für Schaden anrichten könnten", murmelte Jasmin.

„Hussein hatte es im Guten versucht, leider auch ohne Erfolg", berichtete Saladin. „Man hat mir keine Wahl gelassen. Ich habe Sharif nach der Konferenz sofort von den Dingen unterrichtet. Notfalls lege ich den beiden, in seinem Auftrag, vorübergehend die Daumenschrauben an."

Madame Jasmin nickte. „Dann war es also auch für euch mindestens so ein aufregender Tag wie für uns alle."

Saladin sah sie fragend an.

„Deine Frau und Mrs. Raschid haben Aisha vor dem Ertrinken gerettet. Ich weiß gar nicht, wie ich meinen großen Dank wirklich ausdrücken kann", sprudelte Jasmin heraus. Dann erzählte sie, was geschehen war.

Saladins und Raschids Blicke huschten hinüber zu Abdullah, der mit einem Nicken die Worte Jasmins bestätigte. Der Stolz auf ihre Frauen war jedenfalls nicht zu übersehen. Besonders Raschid freute sich über die Dankbarkeit Aishas, die sich noch immer gut gelaunt mit seiner Jennifer unterhielt. Suleika ließ sich von Kendra ein paar Tipps für die Vernetzung des Laptops mit dem Kommunikator geben.

„Manchmal geschehen eben doch noch Wunder", sagte Saladin auf dem Weg zu den Häuschen zu Raschid. „Ich bin stolz darauf, wie diplomatisch unsere Frauen eine ziemlich hässliche Fehde beendet haben."

Raschid atmete befreit auf. Dann grinste er. „Ich hätte nicht in der Haut unserer Männer stecken wollen. Abdullah hatte sicher Hochspannung."

„Das kannst du aber annehmen", bestätigte Abdullah. „Ich hatte schon den Kommunikator in der Hand. Aber eure Frauen sind eben nicht nur unglaublich hübsch, sondern noch dazu mutig und diplomatisch begabt."

„Dem gibt es nichts hinzuzusetzen." Saladin schmunzelte.

„Apropos diplomatische Begabung: Womit haben sie euch den Dienst versüßt?", fragte Raschid ziemlich direkt.

„Mit Eiscreme", kam sofort die ehrliche Antwort.

Saladin zog einen Schein aus der Tasche, den er Raschid in die Hand drückte. „Die Wette hast du voll gewonnen."

Alle lachten, besonders aber Abdullah. „Kendra hat so etwas vorausgesehen. Sie meinte, Raschid würde sie viel zu gut kennen. Diese Wette hätte sie glatt gewonnen."

Am nächsten Morgen schaute nur Kendra mit Eric dem Training der Männer zu. Sie ahnte, was Jennifer davon abhielt und sie wunderte sich auch kein bisschen, dass nach der Rückkehr in die Bungalows, ein geradezu markerschütternder Freudenschrei aus dem Häuschen der Raschids ertönte.

„Was ist denn mit Raschid los?", fragte Saladin völlig verdattert.

Kendra lachte. „Ich glaube fast, er hat soeben erfahren, dass er Vater wird."

„Bist du unter die Hellseher gegangen?"

„Nein. Jennifer hat sich gestern einen Schwangerschaftstest mitbringen lassen", schmunzelte Kendra. „Denk mal dran, was sie zum Abendbrot gegessen hat. Nachmittags hatte sie sogar um Eis mit Schlagsahne gebeten."

„Ihr beide könnt Männer wirklich auf Trab halten", schmunzelte Saladin. „Jetzt bin ich richtig auf Raschids Gesicht beim Frühstück gespannt." Darauf musste er auch gar nicht lange warten. Jennifer und Raschid erschienen spät, aber vor Glück nur so strahlend.

„Dem Jubelschrei nach, gibt es gute Nachrichten", stellte Saladin fest.

„Ja und die können alle wissen. Ich werde Vater", entgegnete Raschid voller Freude.

Worauf Saladins Männer ehrlichen Herzens applaudierten.

Gegen Mittag landete Ibrahim mit dem große Helikopter von Fort Silverrain, um alle zurück in den Palast zu fliegen. Als er die gute Nachricht hörte, umarmte er Raschid herzlich.

„Weiß es Jonathan schon?", fragte er dann.

„Ach du lieber Himmel!" Jennifer wurde hektisch. „Das habe ich glatt vergessen."

Raschid zog seinen Kommunikator aus der Tasche. „Das holen wir sofort nach."

Augenblicke später tönte ein ähnlicher Jubelschrei aus dem Gerät, wie ihn Raschid am Morgen von sich gegeben hatte.

„Reich mir mal die werdende Schwester", bat Jonathan. „Quatsch, deine Mutter."

Raschid lachte Tränen. „Ich gebe dir am besten Jennifer", kicherte er.

„Na, die meine ich doch. Mann bin ich nervös", stotterte Jonathan.

Jennifer kam auch kaum aus dem Lachen heraus. Jonathan kriegte vor Aufregung kaum einen vernünftigen Satz zustande. „Weißt du was", sagte sie schließlich, „wir kommen in zwei Tagen ins Fort, dann können wir ganz in Ruhe reden." Sie gab Raschid lächelnd den Kommunikator zurück. „Ibrahim wird heute noch seine liebe Not mit ihm haben. Er ist ja aufgeregter, als würde er selbst Vater werden."

„Ist das ein Wunder, so sehr, wie er an dir hängt?", fragte Raschid.

Ibrahim wartete nach der Landung, bis das gesamte Gepäck ausgeladen war. Bevor er wieder startete, bat Jennifer: „Sag Jonathan viele Grüße von uns und dass wir glücklich sind."

„Das richte ich ihm gern aus. Bis bald." Ibrahim kehrte nach Fort Silverrain zurück.

Kendras Leibwache

Raschid trug zuerst Saladins und Kendras Gepäck in deren Wohnung, ehe er seines und Jennifers holte. Dann führte sein Weg an den Computer.

„Checkst du bitte meine Nachrichten auch gleich mit", rief Jennifer ins Zimmer. „Ich packe derweil die Taschen aus."

„Du hast mehrere Mails von Hassan", sagte Raschid nach ein paar Minuten.

„Was will er denn?"

„Keine Ahnung. Ich habe sie nicht geöffnet", entgegnete Raschid, dem es sichtlich unangenehm war, die Post seiner Frau zu lesen.

„Dann tu es bitte jetzt. Ich brauche hier noch eine Weile."

Raschid vertiefte sich in die Nachrichten. Dann kam er zu Jennifer hinüber. „Also", begann er, „Hassan ist stinksauer, weil er dich seit Wochen nicht erreichen kann."

„Wie interessant."

„Und er hat dir eine Einladung für die Poolparty geschickt."

Jennifer ließ vor Schreck die Wäsche aus der Hand fallen. „Im Ernst?"

Raschid nickte. Jennifer überlegte nicht lange. „Okay, dann werde ich ihm eine Mail schicken, dass ich einzeln anreise, weil ich leider momentan sehr gefragt bin."

Raschid zog sie auf seinen Schoß. „Das ist nicht einmal gelogen."

„Eben." Sie legte ihm die Arme um den Nacken. „Es gibt da mindestens zwei, die mich wirklich brauchen."

„Er hat eine Teilnehmerliste mitgeschickt. Arion steht drauf."

„Das sollten wir Kendra umgehend mitteilen. Ich glaube, sie wird einen Luftsprung machen." Jennifer unternahm allerdings keine Anstalten aufzustehen. Im Gegenteil, sie schmiegte sich an Raschid. „Sagen wir in einer halben Stunde." Er trug sie ins Schlafzimmer, um die halbe Stunde richtig zu genießen. Immer wieder streichelte er zärtlich ihren Bauch, in dem, noch unsichtbar, die Frucht ihrer Liebe heranwuchs.

Kendra hatte sich ebenfalls an das Auspacken der Taschen gemacht. Sie sortierte die schmutzige Wäsche in die Behälter. Um das Waschen kümmerte sich dann Ahmed oder vielmehr darum, dass die Wäsche dorthin gebracht wurde, wo man sich ihrer professionell annahm. Kendra hatte sich schnell an diesen hervorragenden Service gewöhnt. Der goldene Käfig hatte durchaus auch recht angenehme Seiten. Saladin spielte inzwischen mit Eric. Das Lachen seines Söhnchens ließ ihn glatt vergessen, dass er eigentlich ins Arbeitszimmer gehen wollte. Erst als Raschid klopfte, erinnerte er sich wieder.

„Komm rein!", rief er, ohne das Spiel mit Eric zu unterbrechen. Raschid öffnete die Tür. Ein amüsiertes Lächeln saß in seinen Augen. Saladin grinste ertappt. Raschid wandte sich dem Arbeitszimmer zu. „Lass dir Zeit", sagte er. „Die Arbeit läuft nicht davon. Ich checke erst einmal die Mails." Die Klinke noch in der Hand drehte er sich um. „Ach, sag bitte Kendra, dass Arion auf der Partyliste steht."

Ein polterndes Geräusch aus dem Bad, als ob etwas Großes zu Boden gefallen wäre, dann steckte Kendra den Kopf ins Zimmer. „Was hast du gerade gesagt?"

„Arion steht auf der Partyliste", wiederholte Raschid.

„Woher weißt du das?", fragten beide Ibn Sinas erstaunt.

„Hassan hat Jennifer eingeladen. Die Teilnehmerliste hing der Nachricht an."

„Und nun?" Kendra strich ein paar Haare aus der Stirn.

Raschid schmunzelte. „Jennifer stellt es ziemlich clever an. Sie mailt ihm, dass sie einzeln anreist, weil sie im Moment sehr gefragt ist. Das entspricht ja voll der Wahrheit – ich und das Kleine brauchen sie sehr."

„Wie hat sie auf die Post von ihm reagiert?", wollte Saladin wissen.

Raschid rieb sich etwas verlegen die Nasenspitze. „Eigentlich fast gar nicht. Sie hat sie ja nicht mal selber gelesen. Sie wollte nur von mir wissen, ob Wichtiges darin steht, dann sollte ich, außer der Einladung mit der Liste, alle Nachrichten löschen, was ich natürlich auch sofort getan habe." Er verschwand im Arbeitszimmer.

„So, wie es aussieht, hat er ihre elektronischen Briefe jedenfalls nicht ganz freiwillig gelesen." Kendra küsste ihre beiden *Männer*, dann brachte sie die leeren Taschen weg. Saladin nahm Eric mit ins andere Zimmer. Raschid war gerade dabei die Daten aus der Pumpstation abzurufen. Die Anlage war auch in den letzten Wochen störungsfrei gelaufen. Saladin nickte anerkennend.

„Was hast du erwartet? Wir hatten die beste Spezialistin, die es weltweit gibt, zur Programmierung dort", erklärte Raschid mit sichtlicher Zufriedenheit. „Was sie in die Hand nimmt, bringt ordentliche Früchte."

„Stimmt", kicherte Saladin mit Blick auf Eric.

„Lassen wir das als stichhaltigen Beweis gelten", sagte Raschid lachend.

„Das war auch nicht übel, *stichhaltig* trifft den Kern der Sache." Saladin feixte schon wieder.

„Was treibt ihr denn für philosophische Betrachtungen?", fragte Kendra plötzlich hinter ihnen. Sie schaute über Saladins Schulter interessiert auf den Monitor.

„Und sie läuft und läuft und läuft …", kommentierte Saladin.

„Erstaunlich konstante Werte", murmelte Kendra sichtlich überrascht. „Nach dem Brand damals hatte ich schon die Befürchtung, dass da unter dem Sand noch ein paar andere Anomalien lauern. Aber ich bin eben keine Geologin."

„Hast du Lust, in vier Monaten vom Sand ins Salzwasser zu wechseln?", fragte Saladin plötzlich. „Auch wenn du keine Ozeanografin bist?"

„Da fragst du noch?" Kendra fiel ihm glücklich um den Hals.

„Ich lasse gleich nach dem Wahnsinn im Fort die Papiere zusammenstellen", erklärte Raschid. „Dann kannst du mit Cunning schon mal die Preise aushandeln."

„Geh bitte davon aus, dass dich Raschid wieder in jeder Weise unterstützen wird, als Bodyguard und als Computerfachmann", fügte Saladin hinzu. Dass Abdullah ihn offiziell darum gebeten hatte, ihr zweiter Leibwächter sein zu dürfen, brauchte Kendra nicht zu wissen. Das letzte Wort, ob Ibrahim oder Abdullah, war noch lange nicht gesprochen. Kendra nahm den strampelnden Eric auf den Arm. „Komm, kleiner Mann, wir gehen die Schmetterlinge besuchen."

Saladin schaute aus dem Fenster. Er sah, wie sie mit dem Kinderwagen auf den breiten Kiesweg einbog, gefolgt von Abdullah, der sich immer einige Schritte hinter ihr hielt.

„So nachdenklich." Raschid trat ebenfalls ans Fenster. „Wegen seiner Bitte?"

Saladin hatte seine Finger um den unteren Teil des Fensterrahmens gepresst, dass die Knöchel weiß hervortraten. Raschid legte ihm eine Hand auf die Schulter. „Was würdest du lieber bewachen – die Rennpferde oder eine schöne Frau? Ich habe doch auch nie einen Hehl daraus gemacht, was mir an Kendra liegt. Ich glaube, da kannst du jeden Einzelnen aus der ganzen Garde fragen. Du würdest immer dieselbe Antwort erhalten."

Saladin drehte sich zu Raschid um. Er hatte ja durchaus recht. Ihm hatte er Kendra von Anfang an anvertraut, obwohl er wusste, dass unzählige Mädchen in seinem Umfeld, Raschid ihre Unschuld geopfert hatten. Aber der Fall Raschid lag auch völlig anders. Dieses Vertrauen stand auf felsenfesten Füßen. Raschid ahnte, was Saladin durch den Kopf ging. „Hast du kein Vertrauen zu ihr oder zu ihm?", fragte er kurz.

„Ach Scheiße", murmelte Saladin nicht gerade gentlemanlike, dann wandte er sich der Arbeit zu. Er blieb den ganzen Vormittag außergewöhnlich schweigsam. Kurz bevor Kendra zurückkam, hob er plötzlich den Kopf. Raschid schaute ihn fragend an.

„Ich werde Eric die Entscheidung überlassen", sagte Saladin ohne jeglichen Zusammenhang. Raschid wusste trotzdem sofort, worum es ging. „Den Leibwächter, den er lieber mag, bekommt sie."

„Dann hat Ibrahim aber ganz schlechte Karten", warf Raschid ein. „Er sieht deinen Sohn ja kaum."

„Ich werde darüber auch weder heute noch morgen befinden", entgegnete Saladin.

Raschid wandte sich zum Gehen. „Möglicherweise solltest du dich mal mit ihrem ersten Leibwächter unterhalten. Vielleicht hat er ja einen Wunschkandidaten, mit dem er die Zusammenarbeit für optimal hält." Er schloss die Tür, ohne eine Antwort abzuwarten.

Verblüfft starrte ihm Saladin hinterher, Raschids Worte hatten nicht gerade erfreut geklungen. Dabei war diesmal wirklich nicht ersichtlich, ob der Wächter, der Berater oder der Freund Raschid zu ihm gesprochen hatte.

Kendra spürte, dass etwas vorgefallen sein musste. Sie wusste nichts von Abdullahs Nachfrage, merkte aber deutlich, wie er von Saladin fast belauert wurde. Sie beschloss, der Sache ohne Nachfrage auf den Grund zu gehen. Am Nachmittag, Saladin hatte soeben die Dienstanweisungen für die Tage im Fort bekannt gegeben, kam Kendra in den Versammlungsraum. Sie hielt Eric auf dem Arm.

„Ich möchte in die Stadt", erklärte sie kurz und bündig.

„Nicht ohne Bodyguard", sagte Saladin in einem Ton, der keine Widerrede duldete.

Kendra drückte dem, der der Tür am nächsten saß, den Schlüssel in die Hand. „Bitte, ab geht es."

Ohne sich umzudrehen, verließ sie den Raum. Der Auserwählte folgte ihr sofort, sicher angestrengt überlegend, weshalb ihn das Schicksal so begünstigt hatte. Normalerweise wäre mindestens Abdullah ihr Begleiter gewesen. Bevor sich Saladin von seinem Schreck erholen konnte, verließ das Fahrzeug bereits den Palastbezirk. *Ja, mein Lieber, so kann es gehen,* dachte Raschid nicht ohne Genugtuung.

Kendra hatte offiziell die beste Antwort auf seine Frage gegeben, nämlich, dass es ihr völlig egal war, wer für ihre Sicherheit sorgte. Gamal steuerte das Fahrzeug in die Tiefgarage des Einkaufskomplexes. Er löste die Gurte von Erics Babyschale, half ihr, ihn in das Tragetuch zu binden und folgte ihr in zwei Schritten Entfernung. Ehrfürchtig machte man ihr den Weg frei.

Diesmal überlegte Kendra angestrengt, weshalb das so geschah, bis ihr Blick Gamal streifte. Sie hatte ausgerechnet einen erwischt, der Palastdienst hatte und deshalb die Uniform der Garde trug. Sie bedachte ihn mit einem Lächeln und ging Schulter zuckend weiter. Sie konnte sich nicht erinnern, den jungen Mann vorher schon einmal gesehen zu haben.

Zumindest war er weder in Fort Silverrain, noch beim Wüstenritt und schon gar nicht am Strand mit dabei gewesen. Sie fragte nach seinem Namen.

Am anderen Ende der Einkaufspassage erreichten sie das große Elektronikkaufhaus, welches das eigentliche Ziel Kendras war. Gamal amüsierte sich wirklich, wie seine Herrin die Verkäufer zum Schwitzen brachte. Sie kaufte nicht etwa einen Computer im Ganzen, nein, sie stellte sich die Komponenten einzeln zusammen. Am Ende suchte sie ein Gehäuse. Es dauerte ziemlich lange, bis sie das Passende gefunden hatte, wo auch wirklich genügend Steck- und Montageplätze vorhanden waren. Sie zahlte, versicherte, dass sie mit dem Einkauf sehr zufrieden sei, und ließ die Einkäufe zum Palast schicken.

„Leute, das war die Frau des Prinzen", sagte der Chef der Abteilung zu seinen Mitarbeitern, als Kendra gegangen war.

„Oh, da wundert es mich nicht, dass sie mich glatt zur Verzweiflung getrieben hat", murmelte der Verkäufer, dem noch immer Schweißperlen auf der Stirn standen. „Für die Zahlen, mit denen sie ganz selbstverständlich um sich geworfen hat, hätte ich meine Tabelle zur Hand nehmen müssen."

„Hat sie wenigstens alles bekommen, was sie wollte?", fragte der Chef.

Der Verkäufer nickte. „Wenn sie das alles zusammengeschraubt hat, dann steht ab sofort im Palast der ultimative Supercomputer."

Der Chef rieb sich zufrieden die Hände. Weitere Aufträge waren also durchaus im Bereich des Möglichen.

Kendra erspähte soeben ein Geschäft für Dessous und Badebekleidung. Sofort änderte sie ihre Marschrichtung. Gamal wurde heiß und kalt. Obwohl er, mit dem Rücken zu ihr, die Tür im Auge behielt, bemerkte er in den Spiegelungen des Schaufensters, dass sie sich für ziemlich heiße Wäsche aus roter Spitze entschieden hatte.

Der Anblick würde sicher umwerfend sein. Einen cremefarbenen Badeanzug mit großen dunkelbraunen Blüten und Ranken, der am Rücken sehr tief ausgeschnitten war, ließ sie sich auch noch einpacken. Gamal nahm die Tasche entgegen. Er begegnete Kendras Blick und schaffte es tatsächlich, unter der braunen Haut rot zu werden.

Ach schau an, noch etwas unerfahren, dachte sie belustigt. Sie wandte sich einem der kleinen Straßencafés zu. Im Schatten eines großen Sonnenschirmes fand sie zwei freie Plätze. Gamal blieb am Rande stehen, wie er es bisher gewohnt war.

Kendra deutete auf den zweiten Platz. „Setz dich. Du machst mich sonst noch ganz nervös."

Sofort eilte der Kellner herbei. Er hatte nicht nur die Uniform, sondern auch die Frau des Prinzen sofort erkannt.

„Zwei Kaffee, zwei gemischte Eisbecher mit Früchten und für den kleinen Mann einen kinderfreundlichen Tee", orderte Kendra.

„Fenchel?", fragte der Kellner.

„Gern. Den mag er besonders." Kendra lächelte dankbar.

Eric blinzelte noch ganz verschlafen. Erst jetzt, wo das sanfte Schaukeln des Spazierengehens aufgehört hatte, erwachte er. Kendra hob ihn aus dem Tragetuch. Da kam auch schon der Ober. Er brachte auch den frisch gebrühten Tee, neben einem Schälchen mit Eiswürfeln, damit Kendra den Tee auf die richtige Temperatur abkühlen konnte.

Es stimmt, was man sich über diese Frau erzählt, dachte Gamal, als er dankbar Kaffee und Eis entgegennahm. *Sie ist weder hochnäsig, noch zickig und schon gar nicht herablassend ihren Bediensteten gegenüber.* Eric bekam seinen Tee mit dem Löffelchen. Er fasste plötzlich danach, um es nicht mehr loszulassen.

„Okay", schmunzelte Kendra. Sie hielt ihm ganz vorsichtig das Glas an die Lippen. In winzigen Schlucken gab sie ihm das erfrischende Nass. Nebenbei trank sie Kaffee und schleckte ihr Eis von der Waffel, bis Eric endlich den Löffel wieder freigab. Gamal bewunderte, wie liebvoll sie mit ihrem Söhnchen umging.

Zwei Passanten waren stehen geblieben. Der Bodyguard wandte sich ihnen zu. Sie erwiderten seinen Blick. Er stand auf, um sie zum Gehen aufzufordern. Kendra wurde aufmerksam. Ihr kamen die Gesichter der beiden Europäer seltsam bekannt vor.

„Gamal warte! Lass sie zu mir kommen."

Der Bodyguard gab den Weg frei. Die Frau folgte ihrem Mann fast verschüchtert. Aus dem Lokal brachte der Ober zwei Stühle. Kendra nickte zustimmend. „Bitte, setzen Sie sich. Sie kommen aus Europa?"

„Aus England", präzisierte der Mann sofort. „London, Abendstraße 14."

Kendra lachte herzlich. „Also doch Nachbarn. Mir kamen Ihre Gesichter gleich sehr bekannt vor."

Kendras Kommunikator schlug an. „Oh, entschuldigen Sie einen Moment."

„Wo bist du?", hörte sie Saladin beunruhigt fragen.

„Ich sitze in einem Straßencafé, Eric trinkt Tee und wir haben zufällig Nachbarn aus England getroffen", erklärte Kendra. Sie lauschte wieder. „Aber natürlich ist Gamal bei mir. Warte, ich gebe ihn dir." Sie reichte das Gerät weiter.

Gamal wechselte mit unbewegter Miene einige Sätze mit dem Prinzen, dann reichte er Kendra den Kommunikator zurück.

„Noch viel Spaß", wünschte Saladin. „Bis später."

„Man hat sich im Palast Sorgen gemacht, weil es ungewöhnlich ist, dass ich mit dem Kleinen so lange wegbleibe", erklärte sie. Sie streichelte Eric. „Was macht die alte Heimat?", fragte sie schließlich.

„Seit die Medien von der Märchenhochzeit berichtet haben, hat so eine Art Tourismus eingesetzt. Jeder will das Haus ablichten, wo die wunderschöne Frau des Kronprinzen früher gelebt hat", schmunzelte Mister Smith.

„Ach du meine Güte!", rief Kendra. „Auf was für Ideen die Leute kommen."

„Und da haben wir uns gesagt, die anderen kommen her, nun fahren wir dorthin, wo sie jetzt lebt. Damit, dass wir Sie auch noch persönlich treffen, hätten wir im Traum nicht gerechnet", erzählte Mrs. Smith.

Gamal nahm fast unbemerkt seinen Kommunikator. Er bat um einen zweiten Bodyguard für Kendra, da der Feierabendandrang in der Fußgängerpassage immer dichter wurde und er nicht das geringste Risiko eingehen wollte. Raschid versprach ihm, umgehend Verstärkung zu schicken.

„Ich fahre selbst hin", sagte er sofort zu Saladin.

Gesagt, getan. Eine Viertelstunde später betrat er das Café, begrüßte Kendras Besuch. Kendra stellte ihn den Smith' als Berater Saladins vor. Gamal erstattete mit wenigen Worten Bericht.

„Hervorragende Arbeit", lobte Raschid auf Englisch. Er zog sich einen freien Stuhl vom Nebentisch heran, dann orderte er noch eine Runde Kaffee für alle.

Gamal traute sich kaum anzunehmen.

„Das ist kein Test", beruhigte ihn Raschid auf Arabisch. „Einen Leibwächter zusehen zu lassen, das gibt es bei Kendra nicht."

Als das Ehepaar Smith eine Stunde später ging, nahm es überaus wertvolle Erinnerungsfotos in der Kamera mit. Auch Kendra machte sich auf den Heimweg. Raschid hatte sein Fahrzeug im gleichen Parkhaus abgestellt.

Er ließ Gamal mit Kendra und Eric vorbei, um sich direkt dahinter zu setzen. Saladin wartete schon sehnsüchtig. Kendra hatte ihn seit ihrer Hochzeit noch nie so lange allein gelassen. Er war erstaunt, sie bei Gamal und nicht bei Raschid im Fahrzeug zu sehen. Saladin nahm Eric auf den Arm, Kendra ließ sich den Beutel reichen.

„Einen ruhigen Dienst", wünschte sie Gamal, bevor sie mit Mann und Sohn in den Palast ging.

„Deine Elektronikteile sind schon angekommen", sagte Saladin.

„Erstaunlich." Kendra konnte es kaum glauben. „Vielleicht war es doch nicht so übel, dass ich versehentlich einen Leibwächter mit Uniform erwischt habe. Außerdem ist die Welt ein Dorf. Im kleinsten und abgelegensten Café am Platz trifft man ehemalige Nachbarn." Sie berichtete, was ihr die Smith' über den Run auf das Hochhaus erzählt hatten.

„Warum bist du nicht mit Raschid zurückgefahren?", fragte Saladin rein Neugier halber.

Kendra sah ihn verständnislos an. „Weil dazu kein ersichtlicher Grund bestand. Ist es nicht völlig egal, wer von deiner Garde für meine Sicherheit sorgt? Außerdem wäre es Unsinn gewesen, für die paar Meter den Kindersitz in das andere Fahrzeug zu bringen."

Saladin zog sie in seine Arme. „Ich liebe dich."

„Du beunruhigst mich", gestand Kendra. „Den ganzen Tag lang bist du heute nicht du selbst. Gibt es Probleme, von denen ich vielleicht wissen sollte?"

Saladin schloss die Augen. „Ach Unsinn. Ich bin heute einfach schlecht drauf gewesen."

„Gewesen?", hakte Kendra nach.

„Ja, gewesen."

Gamal saß bei Yussuf in der Küche. Er holte sich etwas verspätet sein Abendbrot.

„Feuertaufe gut überstanden?", fragte der Koch, während er für ihn das Menü zusammenstellte. Es hatte sich schnell herumgesprochen, wen Kendra eiskalt erwischt hatte."

„Ich denke schon. Sie ist eine beeindruckende Frau", sagte Gamal mit echter Begeisterung.

„Bist du für Silverrain eingeteilt?", fragte Yussuf weiter.

Gamal schüttelte den Kopf. „Ich habe nur von den anderen gehört, dass dort immer tierisch die Post abgehen soll."

„Wer weiß, vielleicht hat sich heute ja dein Blatt gewendet", orakelte der Koch. „Man kann nie wissen, was der nächste Morgen bringt."

Für die Leibwächter des Prinzen brachte er die Abreise nach Fort Silverrain. Sie waren angewiesen, die Ankunft der wilden Partylöwen vorzubereiten. Gamal war nicht unter ihnen. Ihn erreichte zwei Stunden später ein Ruf über den Kommunikator.

„Was ist los?", fragte einer seiner Kollegen, als er sichtlich blass wurde.

„Ich soll in fünf Minuten bei Saladin sein."

„Hast du dich gestern daneben benommen?", fragte ein anderer.

„Nicht dass ich wüsste", murmelte Gamal nachdenklich. Dann machte er sich auf den Weg.

„Tritt ein", hörte er Saladin auf sein Klopfen sagen. Der Prinz deutete auf den freien Stuhl vor seinem Schreibtisch. Gamal setzte sich, äußerlich völlig ruhig, innerlich schienen ganze Ameisenarmeen durch ihn hindurch zu wandern. Er erwiderte Saladins festen Blick.

„Du bist heute ab zehn Uhr für die Sicherheit meiner Familie und Mrs. Raschid verantwortlich. Gegen siebzehn Uhr werden Raschid, Abdullah und ich wieder anwesend sein. Die Notfallfrequenzen stehen dir zur Verfügung", gab Saladin bekannt.

Gamal nickte.

„Das war alles."

Mit einer angedeuteten Verbeugung verließ Gamal das Arbeitszimmer. Wie hatte Yussuf gesagt? Man weiß nie, was der nächste Morgen bringt? Recht hatte er. Gamal eilte in seine Unterkunft. Zur höchsten Verblüffung seiner beiden Zimmergenossen nahm er den schwarzen Anzug aus dem Schrank, welchen er noch einmal sorgfältig abbürstete. Er schnallte sich das Pistolenhalfter und die Lederscheide für den Dolch um, holte seine Waffen aus dem Depot und schaute auf die Uhr. Noch zwanzig Minuten.

„Wie jetzt?", fragte einer der Männer. „Machst du jetzt einen auf Leibwächter des Prinzen?"

Gamal wandte sich langsam um, schaute ihn fest an. „Des kleinen Prinzen, seiner Mutter und Mrs. Raschids. Ich habe die Ehre, meine Herren."

Mit einem genüsslichen Grinsen über ihre ungläubigen Gesichter machte er sich auf den Weg. Raschid übergab ihm offiziell die Verantwortung.

„Ich fasse es nicht, Gamal hat es wirklich ernst gemeint!" Die Kollegen drückten sich die Nasen am Fensterglas platt.

Die Frauen verließen mit Eric die Wohnetage. In einem Sessel vor der Tür erwartete sie Gamal, wünschte einen guten Morgen und begleitete sie durch den Park.

„Hat man dich zum langweiligsten aller Dienste verurteilt?", fragte Kendra lachend.

In Gamals Augen blitzte der Schalk. „Kommt darauf an, wie man die Dinge sieht."

„Du meinst den Spruch mit den Pferden?"

„Sie kennen ihn?" Gamal war erstaunt.

„Natürlich. So etwas spricht sich herum." Kendra blinzelte ihm lustig zu.

„Wer ist der junge Mann?", fragte Jennifer neugierig.

„Gamal? Mein Begleiter von gestern Nachmittag", erklärte Kendra.

Jennifer blieb stehen und schaute Gamal groß an. „Interessant. Gestern bekommt Saladin halb die Panik und heute muss er sich der Ärmste ganz allein mit uns herumärgern."

„Raschid weiß sicher ganz genau, warum er seine schwangere Frau gerade von Gamal beschützen lässt", entgegnete Kendra. „Außerdem können Raschid, Abdullah und Ibrahim nicht immer für uns da sein, wie du heute ja am besten siehst."

„Ich dachte immer, was die anderen Bodyguards können, ist beinahe gleich", warf Jennifer ein.

„Vielleicht gibt es etwas, das Gamal besonders macht? Wer weiß?" Kendra schlug den Weg zu den Blütenlauben am Teich ein. „Vielleicht ganz einfach die Tatsache, dass er sich nicht maßlos selbst überschätzt? Er war umsichtig genug, als die Menschenansammlungen unübersichtlich wurden, einen zweiten Mann anzufordern. Raschid weiß, dass er sich auf solche Männer am besten verlassen kann."

„Klingt logisch", gab Jennifer zu.

Mit unbewegtem Gesicht, als habe er die Unterhaltung der Frauen gar nicht gehört, aber tiefer innerer Freude, nahm Gamal das Lob entgegen. Eric begann zu weinen.

„Oh je, ich glaube, da hat jemand eine volle Windel." Kendra nahm Eric aus dem Wagen, Jennifer holte die Pflegetasche aus dem Netz. Sie zogen sich in eine der umrankten Lauben zurück, vor der Gamal Posten bezog. Die volle Windel wanderte in einen der Abfallbehälter.

„Du legst ihn auf beiden Seiten an?", fragte Jennifer nach einer Weile.

„Ausnahmsweise. Durch das Abstillen bekommt er sonst nicht mehr genug. Ich habe ganz einfach sein Fläschchen vergessen. Irgendwie müssen wir uns ja zu helfen wissen." Kendra vergewisserte sich, dass Eric wirklich satt war. „Auf alle Fälle freue ich mich auf den Tag, wo ich endlich wieder normale BHs anziehen kann und nicht immer das Gefühl von Feuchtigkeit habe", seufzte sie. „In Vorfreude darauf habe ich mir gestern ein sexy Set aus roter Spitze gekauft."

Jennifer lächelte melancholisch. „Siehst du, und ich freue mich darauf, wenn es endlich alle sehen können, dass ich schwanger bin. Heute Nachmittag kommt erst einmal Dr. Hakim. Raschid möchte kein Risiko eingehen, er will sicher sein, dass alles in Ordnung ist, bevor wir nach Fort Silverrain gehen."

„Und das ist gut so." Kendra konnte dem nur zustimmen. „Schließlich willst du nach Silverrain auch noch mal modeln."

„Ich weiß nicht, ob das richtig ist." Jennifer streichelte ihren Bauch.

Kendra nahm ihre Hand. „Ich werde Saladin bitten, dir einen seiner Männer mitzugeben. Mir wäre das jedenfalls ganz lieb, wenn einer auf dich aufpasst."

„Würdest du das wirklich für mich tun?"

„Aber natürlich. Saladin wird bestimmt nichts dagegen haben. Notfalls entlohne ich den Bodyguard für diese Zeit."

Kendra legte Eric in den Kinderwagen. Gemeinsam schlenderten sie zum Palast zurück. Gamal nahm wieder seinen Platz vor der Tür zu den Privaträumen ein. Dr. Hakim kam kurz nach dem Mittagessen und wo er schon mal da war, stattete er auch gleich noch Kendra und Eric einen Besuch ab.

„Es ist selten, dass ich mit drei Patienten hintereinander vollauf zufrieden bin", sagte er beim Abschied.

„Kommst du mit an den Pool?", fragte Kendra Jennifer. „Im Moment liegt das halbe Areal gerade im Schatten."

„In fünf Minuten?"

„Gern."

Gamal nahm ihnen das Sicherheitsställchen und Erics Tasche ab. Dem luftigen Outfit der Damen nach konnte es nur ans Wasser gehen. Eric strampelte vergnügt, als wisse er, dass er in wenigen Augenblicken sein Lieblingsspielzeug bekommen werde.

Als Mama und Tante Jennifer ins Wasser stiegen, blieb Onkel Gamal bei ihm und passte auf. Hin und wieder glitt dessen Blick über die beiden schlanken Körper im Wasser. Ahmed nahte mit Erfrischungen. Gamal lehnte dankend ab.

„Wie wäre es mit einem Kaffee?", fragte Ahmed.

„Dem könnte ich nicht widerstehen", gab der Bodyguard zu.

„Bringst du bitte einen Tee für Eric mit", rief Kendra aus dem Pool. „Er schmatzt schon wieder ganz aufgeregt."

„Aber natürlich bekommt der kleine Prinz seinen Tee." Ahmed verschwand Richtung Küche.

Kendra kam aus dem Wasser. Sie hüllte sich in eines der großen Handtücher. Gamal bemerkte nicht ganz ohne Wohlgefallen, dass er den neuen Badeanzug eher zu Gesicht bekommen hatte, als ihr Mann. Jennifer, ebenfalls mit einem der Handtücher umhüllt, setzte sich zu ihnen an den Tisch. Ahmed nahte mit dem Tablett. Eric honorierte seine Eile mit erfreutem Quietschen.

„Er weiß guten Service zu schätzen", kommentierte Kendra diese Geräusche.

„Er ist ja auch Vaters Sohn", gab Ahmed lachend zurück. Dann wandte er sich an Jennifer: „Hat die werdende Mama noch einen besonderen Wunsch."

„Danke, Ahmed, im Augenblick nicht. Aber zum Abendbrot hätte ich Appetit auf Spiegelei mit Speck."

„Ich sage Yussuf sofort Bescheid." Ahmed nahm die leeren Tassen und Gläser mit.

Kendra schaute Jennifer mitleidig an. „Du isst ja wirklich nur noch das, was du sonst überhaupt nicht magst."

„Ich weiß ja. Vor allem muss ich höllisch aufpassen, dass ich nicht völlig aus der Form gerate", klagte Jennifer. „Fresssucht ist noch stark untertrieben."

„Wirklich? Das sieht man dir gar nicht an."

„Weil ich mir mit Gewalt totalen Zwang auferlege." Jennifer sah in der Tat todunglücklich aus.

„Was sagt Doc Hakim dazu?"

Jennifer hob den Kopf, lächelte seltsam und sagte: „Das erzähle ich, wenn Raschid wieder da ist."

„Der Hubschrauber ist vor etwa fünf Minuten gelandet", ließ sich Gamal vernehmen.

„So zeitig, bist du sicher?"

„Wenn es um Fluggeräte geht, irre ich mich eigentlich selten", antwortete Gamal. „Der kleine Heli hat einen ganz speziellen Klang."

„Der Beweis für seine Worte kommt übrigens gerade die Treppe herunter", schmunzelte Kendra. Sie lief mit Eric Saladin entgegen.

„Meine beiden Lieblinge. Hattet ihr einen schönen Tag?"

„Hatten wir. Besonders, nachdem Dr. Hakim gesagt hat, dass wir beide kerngesund sind", strahlte Kendra.

Raschid nahm Jennifer liebevoll in die Arme. „Und was hat der Doktor zu dir gesagt?"

„Dass ich Zwillinge ausbrüte", kam es wie aus der Pistole geschossen.

Schlagartig herrschte Stille, jeder schaute den anderen fragend an. Dann brach der Jubel hervor. Raschid musste sich setzen. Er zog Jennifer auf seinen Schoß, um sie ganz, ganz fest zu halten. Er wischte sich ein paar Tränen weg.

„Saladin." Kendra zupfte ihn am Arm. „Ich habe eine Bitte."

„Na, sag schon." Er streichelte ihr Haar.

„Gibst du bitte Jennifer einen Bodyguard mit nach Paris? Ja?" Kendra machte große unschuldige Augen.

„Ich verspreche es dir."

„Meinst ihr das ernst?", fragte Raschid.

Saladin nickte. „Such dir einen aus, der würdig ist, deinen Schatz zu bewachen."

Raschid winkte kurzerhand Gamal heran. „Ich werde dich im Fort sehr genau beobachten. Es sollte mich aber wundern, wenn du nicht der Richtige wärst. Für den Rest des heutigen Tages hast du frei."

Gamal kehrte in seine Unterkunft zurück. Er ging fast wie ein Traumwandler. Von einem Augenblick zum anderen fand er sich im Kreis der obersten Elite wieder, wo er seinen Wert erst noch wirklich unter Beweis stellen musste.

„Ärger?", fragte einer, der ihm auf dem Gang über den Weg lief und ungläubig auf die Uhr schaute, dass er jetzt schon Dienstschluss hatte.

Gamal schüttelte den Kopf. „Nein. Ganz und gar nicht. Eher im Gegenteil."

„Aber ein bisschen konfus bist du trotzdem."

Gamal lachte. „Wie würde es dir gehen, wenn man dich auf deinen ersten Auslandseinsatz vorbereitet, bei dem du ganz allein auf dich gestellt wärst?"

„Verarschen kann ich mich allein. Dazu wählt man nur die oberste Elite aus", gab sein Kollege grantig zurück. Seine Stimme hallte über den Flur und ein paar Neugierige schauten nach, was es wohl gäbe.

Ehe Gamal etwas erwidern konnte, erschien Abdullah. „Entschuldigt, wenn ich euch unterbreche. Pack deine Sachen, Gamal, auf dich wartet ein Zimmer im Flügel A. Befehle hast du ab sofort nur anzunehmen, wenn sie von der Familie des Prinzen, Raschid, Ibrahim oder mir kommen. Gratuliere und herzlich willkommen im Kreis der Großen."

„Glaubst du es nun?" Gamal betrat sein Zimmer.

Bewundernde Blicke folgten ihm. Sein Zimmergenosse stand noch auf dem Gang, kratzte sich am Kopf. „Ich glaube schon, dass ich es jetzt glaube", murmelte er verstört. Er hatte Gamal immer für einen Spinner gehalten, wenn der davon träumte, einmal so zu werden wie Abdullah oder Ibrahim.

Nach dem Frühstück des folgenden Tages landete der Mannschaftshubschrauber des Forts.

Raschid ließ das gesamte Gepäck verladen. Außer den Ibn Sinas, Jennifer, Ahmed und Yussuf, flogen auch noch Abdullah und Gamal mit zum Fort.

„Ich freue mich auf das Fort." Kendra drückte Eric an sich. „Schließlich hat er hier seinen Ursprung."

Jennifer legte ihren Kopf an Raschids Schulter, der sie liebevoll in den Arm nahm. „Für uns hat alles hier seinen Anfang genommen", sagte sie lächelnd.

Ibrahim nahm Kontakt mit dem Landeplatz auf. Ein paar Minuten später liefen die Rotoren aus. Raschid öffnete die Luke. Er half den beiden Frauen, die schräge Rampe zu überwinden. Die Tür des Hangars öffnete sich. Jonathan Westwood kam seiner kleinen Schwester mit offenen Armen entgegen.

„Jennifer, Raschid, schön euch zu sehen. Wie geht es dem Baby?"

„Den Babys", präzisierte Jennifer. „Wir bekommen Zwillinge."

Jonathan stutzte, dann begann er zu lachen. „Blitzhochzeit und blitzschnell gleich mal zwei Babys. Warum eigentlich nicht? Du mochtest schon immer alles eine Idee wilder als andere."

Raschid schaute Jennifer mit hochgezogenen Augenbrauen an und nickte heftig. Sie drohte ihm mit dem Finger.

„Ach, jetzt plaudert er wohl aus dem Nähkästchen?", kicherte Jonathan.

Jennifer steckte ihrem Bruder ein winziges Stück der Zungensitze heraus, wie sie es als kleines Kind manchmal getan hatte.

Westwood schüttelte amüsiert den Kopf. „Wir sehen uns nach Feierabend. Die eine Raupe will noch nicht ganz so, wie sie soll."

Saladin bemerkte, wie Kendra andächtig ihre Fingerspitzen über den Handlauf des Treppengeländers gleiten ließ. Fragend schaute er sie an.

Kendra lächelte glücklich. „Ich bin wieder da", sagte sie leise.

Saladin nahm sie mitsamt Eric auf die Arme, trug sie die letzten Stufen hinauf und setzte sie erst im Wohnzimmer wieder ab. Nicht das kleinste Detail war verändert worden. Es schien, als hätten Saladins Räume in einem Dornröschenschlaf gelegen und darauf gewartet, dass man sie endlich wieder wach küsste. Saladin strahlte vor Glück. „Endlich ist es hier nicht mehr so erschreckend still. Fort Silverrain ohne dich, das war wie ein Falke ohne Flügel. Ich habe dein fröhliches Lachen so sehr vermisst."

Kendra kuschelte sich in seine Arme. Eric quietschte vor Vergnügen.

„Und jetzt gibt es sogar ein herzliches Kinderlachen mit dazu", schmunzelte der stolze Papa. „Es wird nicht mehr lange dauern, dann macht er das ganze Fort unsicher."

„Und wann genau machen deine Gäste das Fort unsicher?", fragte Kendra.

„Morgen."

„Ich möchte so gern noch einmal zur singenden Düne fahren", bat Kendra. „Falls es sie überhaupt noch gibt."

„Darüber sollten wir Ibrahim oder Jonathan Westwood befragen. Sie können dich ja auf eine kurze Tour mitnehmen. Nimm aber noch einen zweiten Leibwächter mit."

Kendra tippte ihm mit dem Zeigefinger auf die Brust. „Jetzt fällt mir wieder ein, was sich dich fragen wollte. Hat sich Abdullah etwas zuschulden kommen lassen?"

„Wie kommst du denn darauf?"

„Du hast ihm jetzt tagelang mit finsteren Blicken hinterher geschaut, dass es einem glatt angst werden konnte. Normalerweise hätte er, statt Gamal, mich in die Stadt begleitet."

Saladin antwortete nicht sofort. Er hatte es inzwischen begriffen, dass es eine Prestigefrage unter seinen Männern war, wer seine Frau und seinen Sohn schützte. Ein Problem, was er früher ganz einfach so nicht hatte, da gab es nur ihn und nichts weiter. Raschid konnte sich schlecht zerteilen, um alle zufriedenzustellen, so blieb diesbezüglich alles wie gewohnt – Raschid war und blieb sein Schatten mit jeglichen dazugehörenden Konsequenzen. Ibrahim und Abdullah waren sich völlig ebenbürtig, nur hatte der Letztere eben den Mut gehabt, ein Anliegen zu äußern.

„Er hatte sich mit einer Bitte an mich gewandt, die ich wohl falsch interpretiert habe", sagte Saladin schließlich. Kendra wartete auf eine Erklärung. Saladin atmete durch. „Okay, er hatte gefragt, ob er dauerhaft dein zweiter Bodyguard bleiben dürfte."

„Und was ist das Problem daran?", fragte Kendra völlig verständnislos.

„Ich verstehe meine Reaktion jetzt ja auch nicht mehr." Saladin hob bedauernd die Hände.

„Hast du mit Raschid darüber gesprochen?"

„Nein. Und deshalb war er zu recht sauer."

„Ich kann dir nicht ganz folgen", sagte Kendra. „Hauptsache es ist jemand da, wenn ich Hilfe brauche, wer das ist, ist mir völlig egal. Ich möchte nur nicht, dass meinetwegen jemandem das Leben schwer gemacht wird, weil er ehrlich war. Ich möchte dich nur an den Spruch mit den Pferden erinnern."

„Hat dir Raschid davon erzählt?"

„Nein, das macht als geflügeltes Wort im ganzen Palast die Runde." Kendra war aufgestanden.

„Kannst du mir noch mal verzeihen?", fragte Saladin mit einem befreiten Lächeln.

„Ausnahmsweise." Kendra reichte ihm die Hand und zog ihn aus dem Sessel.

Auf dem Gang kam ihnen Jennifer entgegen. „Jonathan macht dann eine Probefahrt mit der großen Raupe. Hast du auch Lust mitzukommen?", fragte sie Kendra.

Saladin antwortete an ihrer statt. „Sie kommt mit. Ich passe auf Eric auf. Nehmt bitte zwei Leibwächter mit."

Jemand öffnete von innen die Tür zum Speisesaal. Kendra trat ein und tippte ohne hinzusehen zweien der Männer auf die Schulter. „Eins, zwei. Bitte pünktlich dreizehn Uhr im Depot der Wüstenraupen erscheinen."

„Zu Befehl", antworteten die beiden, während sie sich überaus erfreut umdrehten. Kendra hatte Gamal und Abdullah erwischt. Sie hob die Schultern. „Das Schicksal hat es so gewollt."

Jonathan hob ebenfalls die Schultern, aber völlig resigniert. Jennifer stellte ihn wieder einmal vor vollendete Tatsachen. „Raschid, tust du mir einen Gefallen?", fragte er schließlich.

„Wo brennt es denn?"

„Haltet bitte eine Notfallfrequenz frei, solange wir unterwegs sind. Ich möchte nicht mit einer Schwangeren an Bord mitten in der Wüste hängen bleiben."

Raschid nickte. „Hat sie wieder einmal ihren Kopf durchgesetzt?"

Jonathan nickte. „Ich weiß auch nicht, sie schafft es immer wieder."

„Wer ist von unseren Leuten dabei?"

„Abdullah und Gamal."

Raschid legte Jonathan die Hand auf die Schulter. „Das beruhigt mich. Die sind beide wüstenerprobt, wissen sich und anderen zu helfen."

Pünktlich fanden sich die Ausflügler am Depot ein. Jonathan und die Frauen trugen Jeans mit langen karierten Baumwollhemden darüber, die beiden Bodyguards sandfarbene Uniformen. Dass sie schwer bewaffnet waren, ließen nur einige Beulen im Stoff erahnen. Jennifer setzte sich nach vorn, neben ihren Bruder, Kendra nahm zwischen Abdullah und Gamal Platz. Schaukelnd fuhr die Raupe an.

„Das ist ja fast wie in alten Zeiten", schmunzelte Jonathan.

„Nur, dass der Sandkasten hier ein bisschen größer ist?", fragte Jennifer.
Jonathan lachte. „Ganz so weit dachte ich eigentlich nicht zurück. Kannst du dich noch an unsere allererste Tour mit Vaters alter rostiger Kiste erinnern?"
„Da haben uns sogar die Klapperschlangen überholt", kicherte Jennifer. „Kendra, das hättest du sehen sollen! Das Death Valley und mittendrin ein rollender Schrotthaufen, mit zwei Verrückten an Bord."
„Wie alt wart ihr da?", fragte Kendra.
„Ich war fünf, er zwanzig", erklärte Jennifer. „Eine Woche später hat er dann die ersten Touristen gefahren. Von irgendwas mussten wir ja leben, nach dem Tod unserer Eltern. Jonathan hat mir die beiden vollwertig ersetzt. Er hat mich getröstet, wenn ich Unsinn angestellt hatte, obwohl er mir manchmal vielleicht lieber hätte den Hintern versohlen sollen. Kurz, er ist der beste Bruder, den es überhaupt geben kann."
„Das beruht auf Gegenseitigkeit, Schwesterchen." Jonathan ließ die Raupe eine steile Kurve fahren. „Besonders für die Zeit hier im Fort bin ich dir unendlich dankbar. Ich habe viel gelernt. Und nicht zuletzt macht es mich stolz, dass du mit einem Mann glücklich verheiratet bist, zu dem viele mit Hochachtung aufschauen."
Kendra nickte zustimmend. „Zu denen gehöre ich auch. Er ist wohl der einzige Mensch, dessen Rat ich immer befolge. Fast immer. Eigentlich habe ich es nur ein einziges Mal nicht getan und wirklich bitter bereut. Kein Mensch ist unfehlbar, aber er ist nahe daran. Dass ich ihm manchmal zu widersprechen versuche, steht auf einem anderen Blatt", setzte sie lächelnd hinzu.
Für Gamal war fast alles neu, besonders, in welchem Verhältnis die Frau des Prinzen und Raschid standen. Die Worte, die sie wählte, beschrieben eindeutig einen sehr guten, hoch geschätzten Freund. Und er, Gamal, war dazu auserwählt worden, dessen Frau in Kürze zu beschützen. *Denk an das, was du gelernt hast und bleib ganz einfach wie du bist*, hämmerte es in seinem Hirn, *und vor allem, enttäusche Raschid nicht, egal was du tust.*
„Bringen Sie uns zur singenden Düne?", hörte er Kendra soeben Jonathan Westwood fragen.
„Ihr Wunsch ist mir Befehl", nickte Jonathan. „Weiß jemand die genauen Koordinaten?"

Abdullah schaute auf seine Kompassuhr. „Drei Grad weiter westlich, dann immer geradeaus. Sie wandert nur langsam und müsste normalerweise noch in jenem Sektor liegen."

Abdullah sollte recht behalten. Jonathan stoppte das Gefährt. Verwundert bemerkte er, dass sich die Frauen anschickten, auszusteigen. „Draußen sind fast siebzig Grad Celsius im Sand, wollt ihr wirklich hinaus?"

„Nur ganz kurz", bettelte Jennifer.

Jonathan sah Kendra hilflos an.

„Moment. Nicht so eilig, vergiss bitte nicht, dass du schwanger bist", stoppte Kendra ihre Freundin. „Ich möchte erst die Meinung unserer beiden Begleiter hören."

„Allerhöchstens fünf Minuten, nachdem wir uns vergewissert haben, dass es möglich ist", antwortete Abdullah. „Mister Westwood bleibt im Fahrzeug für den Notfall." Abdullah und Gamal verließen die klimatisierte Kabine. Schließlich gaben sie grünes Licht und die Frauen folgten ihnen.

„Oh je." Kendra lauschte angestrengt. „Bei meinem ersten Besuch klang es hier wie in einem riesigen Bienenstock. Es summte so laut, dass man etwas die Stimme erheben musste, wenn man sich unterhalten wollte. Jetzt sind es höchstens noch zwei altersschwache Mücken, die hier summen."

„Du hast recht. Ich kenne die Düne auch anders. Nicht so wundervoll, wie in deiner Erinnerung, aber vor einem Jahr war hier auch noch mehr zu hören. Ich habe die Töne damals mit dem Mikro meiner Kamera aufgenommen", erzählte Jennifer.

Gamal schaute auf die Uhr, weniger wegen der vergangenen Zeit, als vielmehr auf den Kompass.

Kendras Blick traf den seinen. „Wir sollten uns wirklich wieder auf den Weg machen", fasste sie es laut in Worte, ehe sie als Erste wieder in die Raupe kletterte.

„Vielleicht können wir unsere Männer überreden, mit Arion und uns abends noch mal hierher zu fahren?", sinnierte Jennifer.

Kendras Blick ging in die Ferne. „Wir machen kleines Picknick auf dem Kamm der Düne. Raschid kocht seinen berühmten extra starken Kaffee und wir hören einfach nur zu, wie der Abendwind mit den Sandkörnchen spielt und über allem funkeln Tausende von Sternen an einem samtblauen Himmel. Ja. Das wäre schön", schwärmte Kendra.

Niemand wagte, ihren romantischen Gedankengang zu unterbrechen. Jennifer nickte begeistert. „Und was machen wir gegen die Kälte?"
„Weißt du, wie herrlich warm es zu zweit unter so einem dicken Kamelhaarumhang ist?", schmunzelte Kendra. „Die Männer werden hier kaum etwas anderes tragen oder es müsste sich sehr viel geändert haben."
„Was machst du mit Eric?"
Kendra musste nicht überlegen. „Den nehme ich mit. Er ist noch zu klein, als dass ich ihn unter Obhut im Fort lassen könnte. Er bleibt im Fahrzeug, wo es angenehm warm ist und vielleicht kann ich ja Ibrahim, Abdullah oder Gamal begeistern, etwas länger auf ihn aufzupassen."
„Mit der entsprechenden Verpflegung", sagte Jennifer.
Kendra lachte. „Ja natürlich. Ein kleiner Trost muss schon sein. Könnte schließlich sein, dass der Kleine keine Lust hat, zu schlafen. Raschid schafft es in Null-Komma-Nichts, Eric zu beruhigen und wenn er ihn stundenlang im Arm wiegt. Das kann ich nur nicht generell voraussetzen. Zumindest weiß ich, dass sich Eric auch gern von Abdullah durch die Gegend tragen lässt."
„Was war eigentlich in den letzten beiden Tagen los?", fragte Jennifer bei Nennung dieses Namens, ohne das Thema direkt anzusprechen.
Abdullah horchte trotzdem sofort auf.
„Ein klassisches Missverständnis", entgegnete Kendra. „Hat Raschid mit dir darüber gesprochen?"
„Nein. Er spricht nie über seine Arbeit. Ich habe nur Saladins finstere Blicke bemerkt."
Kendra nickte. „Ich habe Saladin deshalb auch zur Rede gestellt. Ich dulde nicht, dass Aufrichtigkeit bestraft wird, nur weil Männer hinter jeder Kleinigkeit eine sexuelle Annäherung vermuten. Raschid hat ihm wohl auch seinen Unmut darüber kundgetan.

Mir wäre es auch lieber gewesen, wenn er mein Bodyguard geblieben wäre. Im Grunde genommen ist es doch völlig egal, wer mein Leibwächter ist, Hauptsache es ist einer da, wenn ich Hilfe brauche. Hätten Abdullah und Gamal nicht direkt an der Tür gesessen, dann würden uns jetzt zwei andere Männer begleiten.

Ich hoffe, dass es Saladin endlich begriffen hat. Zumindest hat er es beteuert, dass er seine Reaktion jetzt auch nicht mehr versteht."
Abdullah schloss für den Bruchteil einer Sekunde die Augen. Kendra hatte soeben seine Vermutung bestätigt, dass ihn Saladin seiner Bitte

wegen unter verschärfter Beobachtung gehalten hatte. Er war dankbar, dass sie, in der Antwort für Jennifer versteckt, alle nötigen Informationen an ihn weiter gegeben hatte.

Gamal bemerkte Abdullahs Reaktion, er ahnte, dass in der Ebene, die er gerade dabei war zu erklimmen, etwas andere Gesetze galten, als er sie bisher kannte. Offensichtlich war Raschid wirklich der Einzige, der voll über den Dingen stand, wie Kendra auch hatte anklingen lassen.

Die Frauen beendeten ihre Unterhaltung, denn soeben steuerte Jonathan die Raupe zurück in das Depot.

Abdullah reichte Kendra die Hand, um ihr beim Aussteigen zu helfen. Der etwas festere Druck für einen Augenblick zeigte ihr, dass die Botschaft angekommen war. Jennifer blieb noch bei Jonathan, während die beiden Bodyguards Kendra zu Saladin begleiteten.

„Keine besonderen Vorkommnisse", meldete Abdullah, während sich Gamal im Hintergrund hielt.

„Wie lange wart ihr außerhalb des Fahrzeuges?", fragte Saladin beiläufig.

„Abdullah bat uns, nicht länger als fünf Minuten in der brütenden Sonne und dem kochend heißen Sand zu bleiben", erklärte Kendra.

Saladin nickte Abdullah anerkennend zu. „Eine gute Anweisung, schon wegen Mrs. Raschid. Ihr beide werdet morgen Abend die erste Wache am Pool mit übernehmen. Ab null Uhr habt ihr dann planmäßig frei. Viel Spaß bis zum nächsten Dienst. Ihr könnt gehen."

Mit einer kurzen Verbeugung entfernten sich die Männer. Von Abdullah fiel eine Zentnerlast ab. Ganz offensichtlich hatte Kendra ihrem Mann gründlich die Meinung gesagt.

„Ist der erste Dienst nun gut oder schlecht?", fragte Gamal, der keine Erfahrungen mit Hassans Partys hatte.

„Sehr gut", sagte Abdullah mit einem Augenzwinkern. „Da findest du immer ein freies Zimmer, um die Bitten der Mädchen zu erfüllen, wenn du verstehst, was ich meine. Aber einen Rat solltest du beherzigen: Spätestens nach einer Viertelstunde solltest du wieder auf deinem Posten stehen. Saladin weiß, was abläuft, deshalb gibt es doppelte Besetzung. Sprich dich immer mit Blicken mit deinem zweiten Mann ab, dann seid ihr auf der ganz sicheren Seite. Ach, und komm nicht auf die irre Idee, nein zu sagen, das spricht sich schneller herum als eine Seuche."

„Und was machen die, die freihaben?"

Abdullah grinste. „Die haben schlechte Karten, die kommen nicht mal in die Nähe der Mädchen."

Raschid kam ihnen entgegen.

„Deine Frau ist in der Werkstatt bei ihrem Bruder geblieben", rief ihm Abdullah zu.

„Danke für die Information. Ihr kommt von Saladin?", fragte Raschid. Beide nickten.

„Hat er euch gleich zum Dienst eingeteilt?"

„Zum Ersten", erklärte Abdullah mit einem zufriedenen Lächeln.

„Ach schau an!" Raschid hob die Augenbrauen. „Damit habe ich wirklich nicht gerechnet."

„Ich auch nicht", sagte Abdullah ganz ehrlich. „Hast du …?"

Raschid schüttelte den Kopf. „Minimal. Ich bin eher überzeugt, dass ihm seine Frau gründlich Maß genommen hat. Solche Dinge duldet sie nicht."

„Dann hat er dir gesagt, worum es ging?"

„Nachdem ich direkt danach gefragt habe." Raschid klopfte Abdullah auf die Schulter. „Hast du Gamal ein paar Tipps für den morgigen Abend gegeben?"

„Habe ich. Nun muss er das Beste für sich daraus machen." Abdullah zwinkerte.

Raschid lachte. „Also, Gamal, auch von mir noch mal den guten Rat: sag bloß nicht Nein. Das spricht sich herum, wie eine ansteckende Krankheit."

„Ich werde es beherzigen", versprach Gamal.

Gamal nutzt seine Chance

Gegen fünfzehn Uhr am folgenden Tag holte Raschid die Gäste vom Flughafen ab. Der Mannschaftshelikopter war bis zum allerletzten Platz besetzt. Arion erwiderte freudig den besonders herzlichen Händedruck Raschids.

Im Fort herrschte bereits Ausnahmezustand. Jennifer war mit zu Jonathan gegangen. Sie war viel zu aufgeregt, um gerade jetzt allein zu bleiben. Gemeinsam gingen die Geschwister auch hinüber in den großen Saal zum Begrüßungsumtrunk. Hassan stürmte mit ausgebreiteten Armen auf Jennifer zu, kaum dass er ihrer ansichtig wurde. Erschreckt wand sie sich aus seinen Armen.

„Du bist schon da? Na wundervoll. Darauf müssen wir anstoßen", rief er überschwänglich.

Jennifer lächelte schmal und nahm sich vom Tablett des herbeigeeilten Ahmed einen Fruchtsaft.

„Doch nicht mit dem Zeug. Ahmed hast du keinen Champagner für mein Lieblingsmodel?", rief Hassan.

Alle, die eingeweiht waren, beobachteten mit Spannung die Szene.

Westwood, drehte sich zu Hassan um. „Ich glaube nicht, dass es ihr Gatte gut finden würde, wenn sie während der Schwangerschaft Alkohol trinkt."

Hassan ließ vor Schreck sein Glas fallen. Er funkelte Jonathan Westwood regelrecht böse an und es dauerte ein paar Sekunden, ehe er die Worte wirklich begriffen hatte.

„Gatte? Schwangerschaft?" Hassan wurde blass. „Dann sind Sie wohl der Glückliche?", schnaufte er.

Es war schlagartig still im Saal geworden.

Jonathan lächelte Hassan entwaffnend an. „Um solch eine Frau besitzen zu dürfen, habe ich nicht das Format. Ich bin nur ein Kleinunternehmer vom Rande des Death Valley."

„Wer ist es??? Wie konntest du nur?", fuhr Hassan Jennifer an.

„Brauchst du Hilfe?" Raschid legte Jennifer eine Hand auf den Arm.

Hassan schnappte nach Luft. „Wer gibt Ihnen denn das Recht, sich einzumischen?", zeterte er.

Raschid schaute ihn überaus amüsiert an. „Die Tatsache, dass die Dame meine Ehefrau ist", entgegnete er mit einem spöttischen Unterton.

Hassan verlor völlig die Fassung. Er musste sich setzen. Ein anderer hingegen sprang auf, um den beiden von ganzem Herzen Glück zu wünschen – Arion. Er bat das Ehepaar Raschid an seinen Tisch, er hatte ja so viele Fragen.

Dass Saladin seine große Liebe geheiratet hatte, hatten ja alle Spatzen von den Dächern gepfiffen. Arion brannte darauf, die Schöne persönlich kennenzulernen. Mitten im Trubel tippte jemand dem Bildhauer auf die Schulter.

„Sie müssen Arion sein", sagte eine, ihm unbekannte, Frauenstimme.

Der Bildhauer drehte sich um. Vor ihm stand Kendra mit Eric auf dem Arm.

„Die Madonna mit dem Kind", flüsterte er fast andächtig, ehe er ihr die Hand küsste. Er schaute mit leuchtenden Augen in die Runde. „Ich glaube, die Party fängt an, mir zu gefallen."

„Das hoffe ich doch sehr, Mister Arion", hörte er Saladin hinter sich sagen. „Für Unterhaltung auf dem richtigen Niveau dürfte diesmal ausreichend gesorgt sein. Meine Frau konnte es kaum erwarten, Sie zu treffen."

Hassan saß noch immer auf demselben Fleck und stierte Löcher in den Fußboden. Er merkte nicht einmal, dass die Stimmung im Saal langsam ausgelassener wurde. Und zum ersten Mal begriff er, dass er gründlich den Kürzeren gezogen hatte. Er hätte es wissen müssen, eine Frau wie Jennifer ließ sich nicht auf Dauer erpressen. Aber Hassan wäre nicht Hassan gewesen, wenn er nicht schon eine Stunde später wieder voll auf Lebemann gemacht hätte. Der Stall war voller Hühner, ein alter Fuchs, wie er, brauchte nur zuzuschlagen. Als Saladin endlich den Pool freigab, tobte das Chaos endgültig.

Die Ibn Sinas, die Raschids, Arion und Jonathan Westwood setzten sich an den für sie reservierten Tisch ganz am Ende. Sie unterhielten sich wirklich glänzend. Ibrahim, Gamal und Abdullah waren für sie verantwortlich. Es fiel tatsächlich kaum auf, das hin und wieder einer von den Dreien verschwand und etwas später wieder auftauchte.

Genau so wenig fiel den Damen auf, dass einer von den Dreien an diesem Abend seine allerersten Erfahrungen mit dem anderen Geschlecht sammelte. Poolparty ist das, wo du öfter mal abtauchst, hatte einer seiner Kollegen einmal erklärt. Ziemlich zutreffend, wie Gamal jetzt herausfand. Körperlich ziemlich anstrengend, hatte ein anderer eingeworfen. Jetzt merkte Gamal auch warum.

Kaum war Wachwechsel, verschwand er in seiner Unterkunft, duschte und fiel wie ein Stein ins Bett. Mit einem überaus zufriedenen Lächeln in den Mundwinkeln schlief er ein.

Hassan versuchte im Laufe der Nacht ein paar Mal, Jennifer allein zu sprechen. Ihr lag nichts daran und die Bodyguards waren gut instruiert. Was immer Hassan auch versuchte, stets kam ihm einer in die Quere. Schließlich änderte Hassan seine Taktik.

Kaum hatte Raschid einmal den Raum verlassen, kam er für längere Zeit an Saladins Tisch, um Arion offiziell zum Pokerspiel am nächsten Abend aufzufordern. Mit einem leichten Lächeln sagte der Grieche zu. Jonathan widmete sich intensiv der Unterhaltung mit Jennifer, um Hassan kalt ablaufen zu lassen. Ibrahim beugte sich zu den beiden hinunter, um Jennifers Fragen zu beantworten. Hassan saß wie auf Kohlen. Umsonst.

Noch vor Mitternacht zogen sich Jennifer und Kendra fast unbemerkt zurück. Ganz offensichtlich forderte nicht nur Eric sein Recht auf Ruhe, sondern auch die heranwachsenden Zwillinge. Saladin und Raschid folgten ihnen erst zwei Stunden später, waren aber vor ihnen wieder auf den Beinen.

Auch die Männer der ersten Wache saßen bereits sieben Uhr beim Frühstück. Raschid stattete ihnen, wie immer, einen kurzen Besuch ab, um Wünsche oder Beschwerden entgegenzunehmen. Die erste Nacht war ruhig und ohne Probleme verlaufen. So nahm er schließlich noch ein paar Minuten am Tisch der drei Eliteleute Platz.

„Ihr wart gut", sagte er, während er sich von Ahmed einen starken Kaffee reichen ließ. Dann schaute er Gamal direkt an, lächelte. „Das betrifft auch eure reibungslosen Wechsel. So, wie es aussieht, hast du unsere Ratschläge bestens umgesetzt."

Gamal sagte fast tonlos: „Wenigstens habe ich es versucht. Hoffentlich beschweren sich die Mädchen nicht."

Alle drei am Tisch sahen ihn fragend an. Er machte eine hilflose Bewegung. „Es war das erste Mal."

„Bei dem vorherrschenden Alkoholspiegel hat das sicher keine gemerkt", tröstete ihn Raschid. „Und kommt heute Nacht eine von ihnen wieder zu dir, dann hat es ihr gestern gefallen."

„Danke." Raschids Worte waren Balsam auf die Seele des jungen Mannes.

Raschid erhob sich. „Ehe ich es vergesse, beim Kampftraining gibt es heute Zuschauer."

Die drei Leibwächter nickten. Für sie hieß das Ernstfallübung mit scharfen Waffen, so wie es bei Saladin und Raschid gang und gäbe war. Der kleinere der beiden Hangars verwandelte sich dann immer für einen halben Tag in eine Arena.

Die Servicetechniker des Forts hatten am Vortag bereits mit den Vorbereitungen begonnen. Gegen zehn Uhr dreißig fanden sich die ersten Neugierigen ein. Eine Viertelstunde später begannen die zehn Männer, die nicht zum aktiven Dienst eingeteilt waren, mit den Kämpfen.

Fünf Minuten pro Paarung mit Übungswaffen nach freier Wahl. Ob zwei Schwerter gegen zwei Schwerter, Dolche gegen Dolche, oder völlig gemischt, spielte nur für die Akteure eine Rolle. Der Applaus der Zuschauer war ihnen gewiss. Saladin war mit seinen Männern zufrieden. Dann kam der Augenblick, wo die Elite antreten musste.

„Nun kommen die scharfen Waffen. Wer nimmt es freiwillig mit mir auf?", fragte Raschid.

Gamal war schneller als die anderen. Wie sollte er sonst herausfinden, ob er wirklich gut genug für das war, was man von ihm erwartete?

Raschid trat mit einem großen, schmalen Koffer zu Abdullah und Ibrahim in die Arena. Als er ihn öffnete, machten alle lange Hälse. Die beiden Leibwächter wählten je zwei Schwerter, die sie den ausgeformten Fächern entnahmen. Raschid gab den Ring frei. Augenblicke später tobte der Kampf, Funken stoben. Die festen Regeln verhinderten, dass es zu gefährlicheren Verletzungen, als ein paar Hautabschürfungen kam und selbst die wurden vom entsetzten Kreischen der Models begleitet.

„Jetzt wird es interessant", sagte Saladin genüsslich, als sich Gamal und Raschid gegenübertraten.

Jennifer wurde sichtlich nervös. Kendra drückte beruhigend ihre Hand. Zum allgemeinen Erstaunen wählte Gamal zwei Dolche, Raschid hingegen Schwert und Dolch. Beide legten ihre Hemden ab. Obwohl die Frauen wussten, wie hart die Männer Saladins trainierten, waren sie doch erstaunt, wie gut gebaut und muskulös sich Gamal präsentierte.

Bald wurde klar, weshalb er sich für die gewählten Waffen entschieden hatte. Er war ein Meister in der Abwehr mit dem Dolch, gegen solche Urgewalten, wie sie Raschid verkörperte. Ohne eine wirkliche Chance, den bärenstarken Riesen ernsthaft angreifen zu können, legte er sein ganzes Können in die Abwehr von dessen Attacken. Gerade zweimal kam sein Gegner wirklich durch.

Zwar reichte das, um Gamal zwei tiefere Schnitte in die Oberarme zu ziehen, hatte aber auch zur Folge, dass sich dieser noch verbissener zur Wehr setzte. Kendra sah Saladin bittend an. Saladin schüttelte den Kopf. Sekunden später ertönte der Gong.

Raschid reichte Gamal die Hand. „Nicht übel", lobte er, schaute kurz nach den Wunden. „Lass dich verbinden", riet er. „Es ist nicht angenehm, wenn Wüstensand hinein kommt."

Raschid wollte gerade die Arena verlassen, als ihm Saladin auf die Schulter klopfte. „So und nun zu uns beiden."

Ahmed trug die frisch geschliffenen Waffen der beiden in einem Koffer mit Papillarliniencodierung herbei. Saladin warf sein Hemd über einen Stuhl. Jennifer bemerkte erstaunt, dass der Schnitt an seinem Arm noch immer nicht ganz verheilt war. Offenbar war es eben doch nicht nur die Haut gewesen, die Raschid erwischt hatte.

„Meinen die das ernst?", fragte Jonathan in dem Augenblick, wo Arion es dachte.

„Darauf können Sie wetten", entgegnete Kendra.

Und niemand außer ihr, Abdullah und Ibrahim wusste, dass Raschid sowohl bei Gamal, als auch jetzt bei Saladin zwar mit ganzer Schnelligkeit, aber nur mit halber Kraft agierte. Saladin gelang es ein paar Mal anzugreifen, wurde aber mit ziemlicher Gewalt zurückgedrängt. Er schaffte es, Raschid den Dolch aus der Hand zu schlagen, worauf der beidhändig nur mit dem Schwert angriff und seinem Gegner schwer zu schaffen machte.

Für Kendra war der Gong eine Erlösung. Die beiden Kontrahenten hingegen ließen mit fast bedauerndem Blick die Waffen sinken. Der frenetische Beifall wollte gar kein Ende mehr nehmen. Jennifer, neben Gamal stehend, reichte Raschid das Hemd.

Mit einem Seitenblick sagte er zu ihm: „Du bist ja noch nicht verbunden."

„Der Kampf war wichtiger. Erst wollte ich noch etwas lernen", entgegnete Gamal, ehe er sich in Ahmeds Obhut begab.

„Okay, das lasse ich als Ausrede gelten", lachte Raschid.

„Er ist gut." Saladin schaute dem jungen Mann hinterher. „Du hast wohl wieder einmal das richtige Händchen in der Auswahl gehabt."

„Falsch. Kendra hatte es. Ich mache jetzt nur etwas mehr aus ihm. Dabei wäre es mir lieber, wenn ich noch zwei von dieser Sorte hätte." Raschid schaute ebenfalls von Weitem zu, wie Ahmed die Schnitte fachgerecht versorgte.

„Spray genügt", hörten sie Gamal sagen.

„Für den einen schon", entgegnete Ahmed und klebte, trotz Widerrede, auf den tieferen Schnitt ein wasserfestes Pflaster. Gamal streifte sein Hemd über.

„Heute Abend um die gleiche Zeit?", fragte eine weiche Stimme hinter ihm. Erstaunt drehte er sich um. Zwei rehbraune Augen unter einem langen blonden Pony schauten ihn bittend an.

„Gern, wenn ich es einrichten kann." Gamal wurde ganz wohlig zumute. Er wusste nicht einmal ihren Namen, nur dass es mit ihr ziemlich heftig zur Sache gegangen war. Er schaute dem Model nach, das mit aufreizendem Hüftschwung den Hangar verließ.

Abdullah hatte die Worte gehört. „Bist du soeben belobigt worden?"

„So ähnlich", schmunzelte Gamal.

„Dann sollte ich dich wohl wieder zur ersten Wache einteilen?"

Gamal fuhr herum. Er hatte nicht bemerkt, dass Saladin und Raschid ebenfalls ganz in der Nähe gestanden hatten. Er wurde ziemlich rot, bei der Frage des Prinzen.

„Falls mir so eine vermessene Bitte überhaupt zusteht", murmelte er.

Saladin warf Raschid kaum merklich einen Blick zu. „Du bist verletzt. Meine Wächter sollten aber topfit sein."

Gamal erwiderte Saladins Blick. „Wenn etwas verletzt ist, dann höchstens das Selbstwertgefühl. Wobei das nicht einmal wahr ist. Gegen den besten Mann der ganzen Garde zu verlieren ist kein Makel. In so einem Duell kann man nur lernen und damit wenigstens für sich selbst etwas gewinnen. Die beiden Kratzer sind sicher nicht in der Lage, meine Diensttauglichkeit wirklich zu beeinflussen."

Saladin seufzte. „Da fehlen mir wohl die richtigen Gegenargumente. Ihr drei habt also wieder die erste Wache. Da weiß ich, dass alles so klappt, wie ich es mir vorstelle."

„Danke", antworteten die drei Leibwächter gemeinsam.

Saladin folgte mit Raschid den beiden Frauen zu den Privaträumen.

„Weißt du eigentlich, dass eine der Schmusekatzen Gamal erst in der letzten Nacht wirklich zum Mann gemacht hat?", fragte Raschid Saladin.

Saladin blieb stehen. „Im Ernst? Dann soll er doch heute wenigstens noch mal richtig seinen Spaß haben. Und Kendra ahnt nicht einmal, dass er ihretwegen die Unschuld verloren hat."

Kendra fuhr entsetzt herum. „Bitte was???"

Raschid schmunzelte. „Saladin hat recht. Hättest du Gamal nicht plötzlich mitten in unser Gesichtsfeld gerückt, indem du ihn zum Einkaufen mitgenommen hast, dann wäre er jetzt nicht hier."

„Männer und ihre Logik." Kendra winkte ab. „Ich könnte mir sehr gut vorstellen, dass ihr ihm für den Umgang mit den Mädchen die entsprechenden Ratschläge gegeben habt."

Raschids breites Grinsen war Antwort genug.

„Hast du etwas anderes erwartet?", sagte Jennifer lächelnd. „Die Männer warten doch das ganze Jahr nur auf diese paar Tage." Dann setzte sie, etwas nachdenklicher, hinzu: „Und einige der Mädchen auch." Sie nahm Raschids Hand und rückte sie ganz fest.

Am abendlichen Wahnsinn der Party nahmen die Frauen nicht teil, auch das Pokerspiel ließen sie aus. Sie hatten es sich im Wohnzimmer der Ibn Sinas gemütlich gemacht. Eric schlief friedlich. Yussuf brachte ihnen bunte Salate, verschiedene Dressings und gekühlte Obstsäfte. Erstaunt stellte er fest, dass beide ziemlich viele gemeinsame Interessen hatten.

Im Moment spielten sie gerade Schach, dazu lief ganz leise Musik und ein wenig Räucherwerk verbreitete einen angenehmen Duft. Auf einem kleinen Tischchen lagen ein paar Modemagazine mit Umstandskleidung. Kurz nach Mitternacht erschienen ihre Männer. Beide hatten ein schadenfrohes Grinsen auf den Lippen.

„Ihr habt eindeutig etwas verpasst", erklärte Saladin. „Arion hat seinen Mitspielern gründlich die Taschen geleert. Hassan hat vor Wut fast in die Tischkante gebissen."

„Dann solltest du ihm wohl lieber einen individuellen Heimflug spendieren", schlug Kendra voller Sorge vor.

„Mal sehen, ob sich Hassan morgen wieder beruhigt hat, sonst werde ich deinen Vorschlag ohne zu zögern in die Tat umsetzen", versprach Saladin. „Zwei kräftige Tiefschläge für das Ego in zwei Tagen, das steckt er sicher nicht so schnell weg."

Jennifer enthielt sich eines Kommentars. Das Thema Hassan berührte sie nicht einmal mehr am Rande. Jonathans Worte beim Begrüßungsumtrunk hatten gründlich für klare Fronten gesorgt.

Jetzt schlang sie Raschid die Arme um den Nacken. „Ich bin furchtbar müde."

„Gute Nacht allerseits." Raschid reichte ihr die Hand. „Komm mein Schatz, Schlafenszeit."

Die Ibn Sinas blieben noch ein paar Minuten im Wohnzimmer sitzen, um sich zu unterhalten.

„Und? Haben die Mädchen Gamal heute seine Unerfahrenheit spüren lassen?", fragte Kendra neugierig.

Saladin schaute sie amüsiert an. „Das Gegenteil war der Fall. Durch das Duell mit Raschid ist sein Wert offensichtlich stark angehoben. Aber er hat Charakter. Zuerst hat er sein Versprechen an die Blonde von heute Mittag eingelöst, ehe er sich den anderen Verlockungen widmete. Ein Wunder, dass sich keine Warteschlange bildete. Dabei sammelte er bei seinen Kollegen auch noch Pluspunkte, indem er ihre Wünsche immer mit berücksichtigte. Die Drei werden wohl zu einem guten Team zusammenwachsen."

„Bekommt Raschid nun Konkurrenz als Schürzenjäger?"

Saladin lachte. „Ich glaube, den Titel gibt er gern an einen anderen weiter. Warum nicht an Gamal? Spaß scheinen dem die neuen Erfahrungen allemal zu machen."

Kendra unterdrückte ein Gähnen.

„Komm ins Bett." Saladin zog sie an der Hand aus den Polstern.

„Okay. Schlafen können wir ja später", hauchte sie ihm ins Ohr. Ihr Augenaufschlag ließ ihm wieder einmal keine Wahl. Selbst todmüde wäre er spätestens in diesem Augenblick hellwach gewesen. Lustvoll streifte er Kendra schon auf dem Weg zum Schlafzimmer die Bluse von den Schultern. Darunter kam der Traum aus roter Spitze zum Vorschein. Ein kurzes überraschtes Innehalten, dann gab es für Saladin kein Zurück mehr. Fast gierig nahm er wieder in alleinigen Besitz, was er so lange mit Eric teilen musste. Kendra bescherte ihm eine jener wilden Nächte, die sie schon einmal zusammen hier im Fort erlebt hatten.

„Heute nur die Kraftmaschinen", erklärte er unumwunden, als Raschid am Morgen in die Trainingsräume kam. „Ich bin völlig fertig."

„Was ist passiert?", fragte Raschid besorgt.

Saladin lächelte genüsslich. „Kendra ist passiert."

„Ah – ja. Dann bist du also wieder Alleinherrscher über die Gebirgslandschaften im hohen Norden", konstatierte Raschid mit einem Augenzwinkern.

„Treffend formuliert." Auch wenn Saladin wirklich etwas übernächtigt aussah, sprach aus seinem Blick tiefste Zufriedenheit. Er nahm die nächste Trainingseinheit in Angriff. Sein Kommunikator gab einen Piepton von sich.

Umwerfende Neuigkeiten

„Wer ist denn um diese Zeit schon wach?", fragte Saladin erstaunt und nahm das Gerät aus dem Wandfach. Ein kurzer Blick auf das Display, ein Lächeln: „Hallo Vater! So zeitig schon auf den Beinen?" „In einer Stunde?" „Nur wenn ihr kein Problem damit habt, dass heute erst der Wahnsinn mit Hassans Party ein Ende hat." „In Ordnung. Ich schicke euch Raschid. Bis dann."

Raschid fragte nicht, nur sein Blick war mehr als ungläubig.

Saladin schloss einen Moment die Augen, schüttelte ebenfalls recht ungläubig den Kopf. „Jetzt verstehe ich die Welt gar nicht mehr. Sharif will tatsächlich dann gleich, sofort, auf der Stelle und was weiß ich nicht noch, mit Ronda hierher kommen. Frag mich bloß nicht warum. Flieg hin und hol die beiden vom Flughafen ab."

Raschid schaute auf die Uhr. „Ich trinke bei Yussuf schnell noch einen Kaffee, dann verschwinde ich sofort."

„Falls dir ein Frühaufsteher der Garde begegnet, nimm ihn mit", rief ihm Saladin noch auf dem Gang hinterher.

Raschid hob die Hand, zum Zeichen, dass er es verstanden hatte.

Yussuf wunderte sich nicht über den zeitigen Gast. „Gamal tigert auch schon durch die Gegend", erklärte er, als er Raschid den Kaffee servierte.

Raschid zückte seinen Kommunikator. „He, du Frühaufsteher, der Helikopter wartet. Sei in zehn Minuten im Hangar." Grinsend steckte er das Gerät wieder ein. Er wusste, dass Gamal sofort den Weg zum Landeplatz einschlagen würde.

„Darf man wissen, was dich so zeitig davon treibt?", fragte Yussuf.

„Du musst es sogar wissen", sagte Raschid. „Ich hole jetzt Sharif und Ronda hierher. Sag bitte Ahmed Bescheid, dass er Saladins Gästezimmer vorsichtshalber vorbereiten soll. Sharif ist, mit Ronda an seiner Seite, mehr als spontan in seinen Entscheidungen. Bis später."

Er verschwand in Richtung Hangar. Yussuf starrte ihm, mit vor Staunen offenem Mund, hinterher.

Gamal wartete tatsächlich schon an der Tür zum Hangar.

„Dann wollen wir beide mal." Raschid gab keine weiteren Erklärungen. Erst als sie das Areal von Fort Silverrain verlassen hatten, wurde er gesprächiger. „Bist du eigentlich schon mal in der Nähe des Königs gewesen?", fragte er wie beiläufig.

„Noch nie. Ich hatte fast immer Torwache oder Bereitschaft", entgegnete Gamal.

„Macht nichts. In einer halben Stunde wird sich das ändern. Wir sind gerade auf dem Weg zum Flughafen, um ihn und die Dame seines Herzens abzuholen."

Gamal schaute Raschid verblüfft an.

„Ach noch was. Falls du es nicht wissen solltest – sie ist Kendras Mutter." Raschid nahm Kontakt mit dem Tower auf.

Gamal schaute der unerwarteten Begegnung mit Spannung entgegen. Fast zeitgleich mit der Boing landete auch der Hubschrauber. Mit einem kurzen Nicken begrüßten die Sicherheitsleute Sharifs die beiden Männer Saladins. Gemeinsam warteten sie am Fuße der Gangway auf das Erscheinen des Königs. Nach dem Pulk der japanischen Geschäftsleute kamen Sharif und Ronda die Stufen herunter. Beide sahen gut erholt und auffallend glücklich aus.

Ronda reichte Raschid beide Hände. „Schön, Sie zu sehen", sagte sie lächelnd.

„Die Freude ist ganz meinerseits", entgegnete der Riese, ehe er sich Sharif zuwandte.

Gamal übernahm ganz selbstverständlich das Handgepäck, bevor die beiden Leibwächter Sharifs überhaupt reagieren konnten. Raschid registrierte das mit äußerster Zufriedenheit. Nach dem Verladen der Koffer war Gamal wieder schneller als Sharifs Leute. Er reichte Mrs. Swan die Hand, um ihr beim Einsteigen in den Heli zu helfen.

Sie quittierte es mit einem dankbaren Lächeln, Raschid wieder mit tiefster innerer Befriedigung. Saladins Leute waren eben immer einen Tick besser.

Im Fort landete der Heli unter den größten Sicherheitsvorkehrungen. Mehrere Männer flankierten den Weg zu den Privaträumen Saladins, die der König, Ronda und ihre Begleiter unbemerkt erreichten. Gamal schickte sich an, zu gehen. Raschid fasste nach seinem Handgelenk und schüttelte kaum merklich den Kopf. Daraufhin nahm der junge Mann neben den Leibwächtern des Königs in einem der Sessel Platz.

Raschid holte Kendra und Eric, die keine Ahnung hatten, dass Besuch gekommen war. Die Freude war umso größer. Augenblicke später hatte Sharif seinen süßen Enkel auf dem Schoß. Ahmed servierte Getränke.

„Es gibt doch sicher wichtige Neuigkeiten, wenn du dich freiwillig in die Höhle der verrückten Partylöwen begibst?", fragte Saladin mit unverhohlener Neugier.

Sharif warf Ronda einen liebevollen Blick zu. „Die gibt es. Sogar so viele, dass ich nicht weiß, wo ich anfangen soll."

Saladin lachte. „Dann fang am besten ganz von vorn an und bereite uns langsam auf den Höhepunkt vor."

„Also", begann Sharif, nachdem er tief Luft geholt hatte. „Ronda ist rechtskräftig geschieden."

„Na, Gott sei Dank!", rief Kendra erleichtert.

„Wir haben uns verlobt", fuhr Sharif fort. „und werden in rund elf Monaten heiraten."

„He, he, super!" Saladin und Kendra applaudierten begeistert. „Das ist wohl die beste Nachricht seit Langem."

Sharif fasste nach Rondas Hand. „Äh, da wäre noch etwas: Ihr beide seid bald keine Einzelkinder mehr."

Schlagartig wurde es still. Alle starrten ungläubig das glückliche Pärchen an, das vor ihnen saß.

Schließlich nickte Ronda. „Ich bin wirklich schwanger."

„Versehentlich?", fragte Kendra vorsichtig.

„Nein, gewollt und erhofft", erwiderte Sharif mit dem glücklichsten Lächeln, dass Saladin seit Jahren bei ihm gesehen hatte.

„Warum nicht? Ich habe mir immer Geschwister gewünscht", schmunzelte Saladin. „Manche Wünsche brauchen eben etwas Zeit, ehe sie in Erfüllung gehen."

„Das stimmt", pflichtete Kendra bei. „Dann sind wir also bald eine richtig große Familie und ausreichend Spielkameraden im passenden Alter wird es auch geben."

„Kameraden?", fragte Ronda erstaunt, wobei sie die letzte Silbe betonte. „Bist du ..."

Saladin winkte lachend ab. „Dafür hat Raschid gesorgt. Jennifer bekommt Zwillinge."

„Ein hoch auf den werdenden Vater", rief Ronda begeistert.

Sharif rieb sich zufrieden die Hände. „Ich glaube wir drei sollten heute mal so einen richtigen Herrenabend veranstalten. Die Frauen werden uns sicher ein paar Stunden entbehren können."

„Nichts lieber als das. Weißt du eigentlich, wie lange das her ist, dass wir beide ein paar Stunden außerhalb des Protokolls miteinander verbracht haben?", fragte Saladin.

„Viel zu lange", gab Sharif zu. „Ich werde mich auch bemühen, wenn das Kleine auf der Welt ist, meinen Großen und meinen Enkel nicht zu *vernachlässigen*. Versprochen."

„Die Worte hör ich gern", freute sich Saladin. Dann wandte er sich an Kendra. „Welche Räume hättest du heute gern mit den Frauen?"

„Lass dich überraschen." Kendra nahm ihren Kommunikator. „Hallo Ahmed, bereite bitte für zwanzig Uhr ein klassisches Haremsbad für drei Frauen vor." „Ja natürlich mit Eis und Früchten und tausend Knabbereien." „Das kleine Wohnzimmer kannst du auch gleich umgestalten."

Die Männer staunten nicht schlecht.

Kendra drehte sich zu Gamal um. „Passt du bitte während dieser Zeit auf Eric auf?"

„Aber natürlich. Diesen Wunsch erfülle ich gern."

„Nimm dir noch einen Mann mit dazu, damit du nicht vor Langeweile umkommst", wies Kendra lächelnd an. „Habe ich noch etwas vergessen?", fragte sie Saladin mit einem Augenzwinkern.

„Ja, Ahmed zu instruieren, was er Erics beiden Leibwächtern bringen soll."

„Keine Sorge, die sind alle alt genug, um ihre Wünsche selber zu äußern", schmunzelte Kendra.

„Eine Bitte habe ich trotzdem", warf Saladin ein. „Nimm den dritten Wächter mit dazu, damit er sich nicht so einsam fühlt."

„Dieser Wunsch ist mir Befehl." Kendra warf einen belustigten Blick auf Sharifs Männer, die die ganze Unterhaltung über fasziniert den Umgang mit den Angestellten bewundert hatten.

Kein Wunder, dass man sich von Saladins Garde die unwahrscheinlichsten Dinge erzählte. Dessen Männer hatten tausend Gründe alles daran zu setzen, nicht aus diesem Paradies verstoßen zu werden.

„Wenn meine drei Spezialisten auf Kendras Wunsch heute Abend sowieso hier sind, dann kannst du deine beiden ruhig in den verdienten Feierabend schicken. Unten, in den Freizeiträumen, gibt es genügend Angebote, damit sie sich nicht langweilen", bot Saladin an.

„Und Yussuf hat für Gäste immer ein offenes Ohr, wenn es um kulinarische Genüsse geht", fügte Raschid hinzu.

Sharif drehte sich zu seinen Bodyguards um. „Nach dem Abendbrot ist euer Dienst für heute zu Ende." „Macht mir keinen Kummer", bat er einen Moment später.

„Gamal, führe die beiden inzwischen etwas durch das Fort, damit sie sich heute Abend ein wenig auskennen", befahl Saladin.

Er war sicher, dass der junge Mann einen seiner älteren Kollegen zurate ziehen würde. Die drei Männer entfernten sich. Auf dem Gang zu den Gemeinschaftsräumen kam ihnen Ibrahim entgegen. Er erkannte die Wächter Sharifs sofort.

„Ist er hier?", fragte er kurz.

Gamal nickte. „Schön, dass du gerade kommst. Du bist der kompetentere Führer durch das Fort. Greifst du mir ein wenig unter die Arme? Dafür darfst du heute nach dem Abendbrot auch mit Abdullah und mir den kleinen Prinzen beaufsichtigen."

„Oh, dafür mache ich auch Führungen bis zur singenden Düne", schmunzelte Ibrahim. „Folgt mir und stellt ruhig Fragen."

„Geht es bei euch wirklich immer so locker zu?"

Ibrahim lachte. „Zwischen den Personen, die sich voll vertrauen können ja. Ansonsten ist auch ein Befehl, der als Bitte geäußert wird, ein Befehl. Dabei ist es selbstverständlich, dass man sich gegenseitig unterstützt. Wenn Gamal den Befehl hat, euch zu führen und er, da er auch zum ersten Mal hier ist, Hilfe braucht, dann bekommt er sie auch sofort." Ibrahim öffnete die Tür zur Folterkammer, wie er den Kraftraum scherzhaft nannte.

„Und das ist alles für euch nutzbar?"

„Nur für uns. Saladin und Raschid haben eigene Geräte." Ibrahim zeigte ihnen die Bibliothek, den Bereich mit den Computern für freien Zugriff, drehte mit allen eine Runde durch die Depots und Hangars, um schließlich im Speisesaal zu landen, wo nach dem Abflug der Partygäste vor einer Stunde, alles wieder ruhig und friedlich war.

Yussuf schaute durch die Tür. „Ah, ihr bringt Gäste mit. Gleich Mittagessen oder später?"

„Gleich, wo wir doch schon mal hier sind", antwortete Ibrahim. „Hast du einen extra starken Kaffee für mich?"

„Immer. Viermal extra stark, wo der Löffel drin stehen bleibt?", fragte er. Alle nickten. „Kommt sofort."

Mit dem Kaffee brachte er die Karte. Sharifs Männer schauten sich überrascht an.

„Ich stelle auch gern ein Wunschmenü zusammen", erklärte der Koch ganz selbstverständlich. „Hast du dich gestern wenigstens richtig trösten lassen?", fragte er Gamal, als er ihm das Essen brachte.

„Ja natürlich", schmunzelte der.

„Fünfmal?", versuchte sich Ibrahim, zu erinnern.

„Sechs", verbesserte Gamal mit Unschuldsmiene.

„Ach, schau an", kicherte Yussuf. „Früh krümmt sich, was ein ordentlicher Haken werden will."

Sharifs Männer verstanden nur Bahnhof.

„Und was machen deine Arme jetzt?", fragte der Koch.

„Heilen. Denke ich." Gamal zog die Mundwinkel herunter und hob die Schultern in einer ahnungslosen Geste.

„Er hatte gestern ein Duell mit Raschid. Mit scharfen Waffen versteht sich", erklärte Ibrahim den beiden Gästen. „Das gibt ordentliche Kerben in den Pelz."

Die Männer verzogen das Gesicht. „Bei so was möchte ich nicht mit euch tauschen", sagte der eine.

„Jedes Paradies hat seine Schlange", orakelte Yussuf. „Ohne Fleiß kein Preis. Ein gewisses Maß an Schmerzresistenz verlangt Saladin schon von seinen Eliten."

„Hattest du danach wenigstens frei?", fragte der andere.

Ahmed hatte die Frage gehört. „Theoretisch ja, nur ist das so eine Sache mit der Spezialgarde, die betteln auch noch, den Dienst weiterführen zu dürfen, wenn sie den Kopf schon unter dem Arm tragen."

„Er weiß, wovon er spricht. Er ist hier der Ersthelfer", erklärte Ibrahim, während er seinen Teller gemächlich leerte.

„Ich habe das bisher alles für Übertreibungen gehalten", sagte einer von Sharifs Männern leise. „Aber ihr habt mich eines Besseren belehrt."

Vor dem Speisesaal tippte Ibrahim Gamal auf die Schulter. „Krempfle doch einfach mal deine Ärmel hoch."

Gamal zuckte mit den Schultern. „Meinetwegen." Er nahm die Seite, auf die er sich nur den Spray hatte machen lassen."

Die beiden Gäste erschraken. „Muss das denn nicht verbunden werden?"

„Ach was! Nur die gröberen Sachen", entgegnete Gamal und rollte noch den anderen Ärmel auf, wo der Schnitt wesentlich länger, tiefer und mit dem Pflaster geschützt war.

Ibrahim öffnete mit dem Code die Zugangstür zu den Privaträumen Saladins. Ahmed kam ihnen mit dem Servierwagen voll Geschirr entgegen.

„Perfektes Timing." Er schob den Wagen durch die Tür zum Aufzug.

„Hat er einen Zwillingsbruder?", fragte Kerim erstaunt.

Gamal lachte. „Nein, Saladins Bedienstete sind nur wieselflink, mal hier, mal da, mal dort."

Sie betraten den Wohnbereich des Prinzen. Sharif hatte noch vor dem Essen kurzerhand Jennifer holen lassen. Er wusste von Ronda, dass die jungen Ibn Sinas und die Raschids wie eine große Familie agierten und da sollte kein Mitglied hintangesetzt werden, besonders jetzt, wo die Raschids Nachwuchs erwarteten. Außerdem wollte sich Ronda noch ein wenig mit ihr unterhalten, denn die Geburtstermine lagen fast nebeneinander. Sharif und Kendra sprachen über die zukünftigen Arbeiten an der Meerwasserentsalzungsanlage. Raschid und Saladin beteiligten sich daran.

Pünktlich neunzehn Uhr fünfundvierzig erschienen die drei Leibwächter des kleinen Prinzen, der schon selig in seinem Bettchen schlief und nichts von alledem ahnte. Kendra instruierte sie noch einmal, sie sofort zu rufen, sollte es Probleme geben.

Nun hockten die Drei im Nebenzimmer, hatten zwei Kommunikatoren als Babyüberwachung mit Bild und Ton geschaltet und unterhielten sich flüsternd. Saladin, Sharif und Raschid saßen gemütlich im kleinen Salon. Sie ließen die letzten Jahre noch einmal vorüberziehen, in denen sich Vater und Sohn fast nichts zu sagen hatten, was sie nun natürlich sehr bedauerten. Aber andererseits hatte es beiden späte Freuden gebracht, an die sonst nicht zu denken gewesen wäre.

Die Frauen lagen im angenehm warmen Wasser des Badebeckens, ließen Milch und Honig ihre Haut umschmeicheln. Wenn sich Ahmed mit dem Tablett voller kleiner Köstlichkeiten durch Klopfzeichen ankündigte, tauchten sie kurz bis an die Schultern ab, um anschließend Yussufs Kreationen ihre ganze Aufmerksamkeit zu widmen.

Als sie eine Stunde später das Bad verließen, wies Kendra den Bodyguards ein anderes Zimmer an, in dem sie sich normal unterhalten konnten. Die drei Frauen kuschelten sich in die riesigen Sitzkissen, die Ahmed überall verteilt hatte.

Ronda erzählte vom Liebesurlaub mit Sharif und wie er plötzlich festgestellt hatte, dass er vielleicht doch noch einmal Vater werden könne.

„Dann könnt ihr euch ja vorstellen, wie ab diesem Augenblick unsere bevorzugte Freizeitbeschäftigung ausgesehen hat", sagte sie mit einem glücklichen Lächeln.

„Ich denke, Jennifer kann das bestens nachvollziehen", schmunzelte Kendra, während Jennifer begeistert nickte. „Melanie Morrison wird sich jedenfalls freuen, für die Braut des nächsten Ibn Sina ein Kleid mit Sonderwunsch zu kreieren. Und das sollte sie vielleicht bald tun." Kendra deutete einen dicken Bauch an.

Ronda stutzte kurz. „Du hast recht. Nach der Entbindung ist sicher die Zeit zu kurz. Ich rufe sie gleich morgen früh an."

„Lass mich das machen. Der Name Ibn Sina zieht schneller", bat Kendra. „Du kannst ja schlecht sagen, dass du die zukünftige Königin bist, selbst wenn es stimmt."

„Ob Königin, das weiß ich nicht. Vielleicht auch einfach die Frau des Königs", warf Ronda ein. „Aber das ist mir persönlich auch völlig egal, solange Sharif für mich da ist und mich nicht, wie ein ausgedientes Möbelstück in eine Ecke schiebt.

Ich habe mit ihm in den letzten beiden Wochen weit mehr erlebt, als in den vergangenen achtundzwanzig Jahren und das mit Sachen, die man nicht für teuer Geld kaufen muss. Ein romantischer Sonnenuntergang hier, ein Spaziergang da oder ganz einfach in den Arm genommen zu werden."

„Weißt du, welchen Vorteil du mir gegenüber hast?", fragte Kendra.

Ronda lachte. „Ziemlich gut sogar. Ich bin es gewöhnt, in Ketten zu liegen und kaum eine Entscheidung selber treffen zu dürfen. Dafür hast du mehr aus deinem Leben gemacht. Du bist finanziell unabhängig und gewohnt, anderen deine Wünsche zu diktieren."

Kendra streichelte ihre Hand. „Hole ganz einfach nach, was dir gefehlt hat, halte es fest und genieße es. Dass du eine superliebe, verständnisvolle Mutter bist, das weiß niemand besser als ich und ich freue mich genau wie Saladin auf das Geschwisterchen."

Es klopfte. Saladin steckte den Kopf durch die Tür. „Stören wir?"

„Ganz bestimmt nicht. Kommt rein", freuten sich die Frauen, dass man sich auch am *Herrenabend* ihrer erinnerte.

„Ohne euch sind wir nicht komplett." Sharif küsste Ronda zärtlich. „Ich habe beschlossen, noch zwei Tage mit dir hier im Fort zu bleiben", erklärte er mit fragendem Blick.

Ronda lächelte überglücklich. „Vielleicht gibt es ja die singende Düne noch? Die möchte ich so gern einmal besuchen."

„Okay, dann morgen am späten Nachmittag", versprach Saladin. „Tagsüber sind in dieser Jahreszeit die Temperaturen kaum erträglich. Wir fahren mit den zwei kleinen Raupen, machen Picknick und genießen die Stille dort draußen."

Eine halbe Stunde später zog auch im Fort Stille ein. Zumindest auf den ersten Blick. Der zarte Honigduft auf Kendras Haut erinnerte Saladin überdeutlich an ihre erste heiße Nacht. Er zog sanft sie an sich, um ihr mit ein paar Handgriffen T-Shirt und Hose abzustreifen, dann trug er sie ins Schlafzimmer, um noch so eine Nacht aller Nächte mit ihr zu erleben wie damals. Kendra schlief im Morgengrauen erschöpft, aber sehr glücklich, in seinen Armen ein. Sie merkte es nicht einmal, als er sich von ihr löste.

Leise stand Saladin auf, warf noch einen liebevollen Blick zu ihr hinüber, dann ging er in den Trainingsraum.

Das Phänomen Raschid

Gerade begann er an den Kraftmaschinen, da öffnet sich die Tür und Sharif spähte herein.

„Raschid hat sich wohl verlaufen? Der war doch gerade noch auf dem Gang", murmelte er erstaunt.

Ohne seine Übung zu unterbrechen, entgegnete Saladin. „Er musste noch die Notfallschaltungen deaktivieren. Sicher kommt er im nächsten Moment herein. Und da ist er ja schon."

„Kein Säbeltraining?" Raschid schaute Saladin fragend an.

„Oh doch. Obwohl ich wieder eine ziemlich heiße Nacht hatte. Ich habe noch nicht einmal geschlafen."

„Du Glücklicher", schmunzelte Sharif. „Wir beide", er deutete auf Raschid, „müssen uns in erster Linie mit exzessivem Kuscheln begnügen."

„Dafür musste ich darauf verzichten, das Werden und Wachsen von Eric zu fühlen und zu sehen", gab Saladin melancholisch zurück. Dann raffte er sich auf. „Säbelzeit! Na los, wer will zuerst?"

Sharif lachte. „Du wirst doch nicht einen alten Mann zuerst auf Raschid hetzen?"

„Ach Unsinn, der wird auch mit uns beiden spielend fertig."

„Ja. Ja, immer auf die Kleinen", witzelte Raschid, als er das Hemd ablegte und nach seiner Lieblingswaffe griff.

Es war wohl das erste Mal, dass er sich wirklich anstrengen musste. Gegen zwei meisterliche Fechter anzutreten, war ganz und gar kein Kinderspiel. Das Klingen des Stahls lockte bald die Frauen herbei. Ronda hatte vorher noch nie ein Säbel-Duell gesehen. Mit großen Augen beobachtete sie, wie sich die beiden Ibn Sinas gegen Raschid zur Wehr setzten.

„Ich glaube, diesmal gibt er alles", flüsterte Kendra leise Jennifer ins Ohr, die gerade denselben Gedanken hatte.

Fasziniert glitten die Blicke der drei Frauen über die schweißglänzenden durchtrainierten Oberkörper. Das Spiel der Muskeln unter der braunen Haut der Männer war wirklich sehenswert. Der Gong beendete den Kampf.

„Raschid, du bist der Beste", erkannte Sharif neidlos an, der am Herrenabend dem Hünen das vertraute *Du* angeboten hatte.

„Ihr habt es mir wirklich nicht leicht gemacht." Raschid pumpte in vollen Zügen Luft in seine Lungenflügel. „Viel länger hätte ich gegen zwei von eurem Format auch nicht durchgehalten."

„Wenigstens habe ich nichts verlernt", schmunzelte Sharif. Er blinzelte Ronda zweideutig zu.

Saladin begann zu lachen. „Offensichtlich."

„Darauf kann ich dir Brief und Siegel geben", strahlte Ronda. Dabei strich sie fast mechanisch über ihren Bauch.

Kendras Blick streifte eher zufällig die Ketten an der Wand.

„Diese?", fragte Raschid. Er nahm die Dickste vom Haken.

Sharif erstarrte. „Was will er denn damit?"

„Zerreißen", sagte Kendra leise, während Raschid die Kette bereits über seinen Rücken spannte. Er krallte seine Finger in die riesigen Glieder und mit einem markerschütternden Schrei sprengte er sie genau in der Mitte.

„Ich glaub es nicht!", entfuhr es dem König. Völlig fassungslos hob er eine Hälfte an. Dann betrachtete er erschüttert das verbogene, zerrissene Mittelglied, dessen Bruchstücke herumlagen. Saladin nickte Raschid voller Anerkennung und Dankbarkeit zu.

„Wisst ihr nun, warum ich ihm in jeder Situation vertraue?", fragte Kendra. „Ich habe das schon einmal gesehen und ich weiß, dass er fast immer nur mit halber Kraft agiert, wenn er Mann gegen Mann antritt. Und ich weiß auch, dass er vorhin das erste Mal wirklich bis an seine Grenzen gegangen ist, weil er die Regeln einhalten musste. In einem Kampf auf Leben und Tod würde das wieder anders aussehen, da hätte er seine Angreifer sofort ausgelöscht."

„Eine aufschlussreiche und sicher in allen Punkten zutreffende Analyse", murmelte Sharif.

Jennifers Augen leuchteten voller Stolz. „Ich liebe dich", hauchte sie, als sie Raschids Hände nahm. Jene Hände, die sie Tag für Tag so zärtlich streichelten, die aber auch furchtbare Waffen sein konnten, wie sie gerade jetzt erst wirklich begriffen hatte.

„Du wirst Eric ein guter Lehrmeister sein." Sharif nickte zur Selbstbestätigung.

Raschid lächelte. „Nur, wenn er es eines Tages selbst verlangt. Ich könnte es nicht über das Herz bringen, wenn ich wüsste, dass er es gezwungenermaßen macht. Das wäre für mich ein ernsthafter Grund, den Befehl zu verweigern."

„Ich weiß und akzeptiere das", versprach Saladin sofort, während Kendra zu Raschid sagte: „Dann stände ich mit ganzer Kraft hinter deiner Entscheidung."

Jennifer und Ronda ahnten, wovon gesprochen wurde. Als sie den Raum verließen, hörten sie, wie Sharif Saladin fragte: „Woher hat er diese furchtbaren Narben am ganzen Körper?"

Ehe Saladin dazu kam, zu reagieren, drehte sich Raschid noch einmal um. „Von Gladiatorenkämpfen auf Leben und Tod. Ich weiß, was es bedeutet, zum Kampf gezwungen zu werden."

Er nahm Jennifer auf die Arme und trug sie rasch in ihre Wohnung. Dass sie Tränen in den Augen hatte, musste nicht jeder sehen.

Kendra ging mit Ronda zum Trainingsraum zurück. „Raschids Worte haben dich davon entbunden, weiter zu schweigen. Du solltest deinem Vater das Phänomen Raschid erklären", bat sie, „sonst tu ich es."

„Das wäre mir lieber", seufzte Saladin. „Ich wähle vielleicht die falschen Worte."

Kendra nickte. „Mir haben sich seine Worte so eingebrannt, als hätte er es mir vor fünf Minuten erst berichtet." Sie ging zu einer Bank an der Wand. „Kommt, setzt euch."

Sharif hörte schweigend, aber äußerst aufmerksam zu.

„Genau so hat er es berichtet", sagten Ronda und Saladin zugleich. Kendra hatte nicht die kleinste Kleinigkeit ausgelassen.

„Das ist die Antwort auf so viele meiner Fragen", flüsterte Sharif. „Besonders auf die, wie so ein begnadeter Mann urplötzlich auftauchen kann, ohne dass je zuvor einer von ihm gehört hat. Was mag wohl aus den anderen geworden sein?"

Saladin hob die Schultern. „Ich hoffe, dass sie alle wieder an ihr altes Leben anknüpfen konnten und irgendwo in Ruhe leben oder dass sie wenigstens das Beste aus ihrer Freiheit gemacht haben. Raschid hat es jedenfalls getan und ich bin dankbar dafür. Er ist der einzige wahre Freund, den ich habe."

„Dass sich euer Verhältnis in den letzten Monaten stark gewandelt hat, habe selbst ich bemerkt", erklärte Sharif.

„Was war der Auslöser?"

Saladin zog Kendra auf seinen Schoß. „Sie war der Auslöser. Wir haben beide mit unterschiedlichen Zielen darum gekämpft, Kendra zum Hierbleiben und später vom Zurückkommen zu überzeugen. Und ich gestehe neidlos ein, Raschid ist gelungen, was ich als verliebter Träumer vielleicht nicht einmal geschafft hätte – er hat für mich das Blatt gewendet. Auf seinen Rat hat sie schon immer vertraut."

„Vielleicht gibt es ja eines Tages einen Raschid-Junior, der einem Ibn Sina genau so ein guter Freund wird?", sinnierte Sharif.

Saladin nickte. „Ja, nur wird das, wenn es geschieht, glücklicherweise unter ganz anderen Voraussetzungen passieren. Dieser Raschid wird in völliger Geborgenheit aufgewachsen sein, mit der Liebe eines Elternpaares, das wirklich alle Höhen und Tiefen des Lebens kennt."

Kendra stand auf. „Kommt, es ist Frühstückszeit. Eric wird Ahmed schon ganz schön auf Trab gehalten haben."

„Ach, ich habe mich schon gewundert, wo du ihn gelassen hast", schmunzelte Saladin.

„Ahmed hat ihn mit zu Yussuf in die Küche genommen."

„Und du meinst, dass die beiden dann noch zum Arbeiten gekommen sind?"

„Eben nicht. Deshalb sollten wir uns sputen, sonst gibt es heute gar kein Frühstück mehr", lachte Kendra.

Jennifer und Raschid warteten schon auf sie. „Wir dachten schon, ihr habt heute keinen Hunger." Eric hatte es sich bei Raschid auf dem Arm gemütlich gemacht. Für ihn war es das Normalste auf der Welt. Vergnügt spielte er mit dessen Hemdkragen, den er ständig in seinen Mund zu stopfen versuchte.

Ahmed servierte den Kaffee. „Wenn Onkel Raschid auftaucht, dann habe ich keine Chance mehr bei Eric", erklärte er beiläufig.

„Da wird er ja bald mehrere Arme brauchen, um mit vier Knirpsen fertig zu werden." Ronda schaute lächelnd zu, wie der Riese Eric vorsichtig auf Distanz zu seinem Kragen hielt.

„Vier Knirpse?" Er sah Ronda fragend an.

Statt ihrer antwortete Sharif. „Ja, natürlich vier. Unser Nachwuchs sollte auch von dir lernen dürfen, was Freundschaft und gegenseitige Achtung heißt. Da gibt es sicher keinen besseren Lehrer, egal wohin ich mich wende."

Raschid wurde sichtbar verlegen. „Meinst du das ernst?"

Sharif nickte und alle anderen mit ihm, selbst Ahmed schloss sich an.

„Aber Pädagogik muss ich deshalb nicht extra studieren?", fragte Raschid ganz vorsichtig.

Allgemeines Gelächter antwortete ihm. „Nein, mein Lieber, nicht bei deiner natürlichen Begabung. Damit bringst viel, viel mehr zuwege", beruhigte in Saladin.

Raschid trug Eric zu seinem Kindersitz. „So mein kleiner Prinz, jetzt muss Onkel Raschid erst mal frühstücken, sonst kann er beim nächsten Duell den Säbel nicht mehr halten und wird in kleine Stücke gehackt, dann ist es Essig mit großen Taten." Er stieß versehentlich an einen Löffel, der klirrend zu Boden fiel. „Siehst du, das geht schon los."

Jennifer schüttelte amüsiert den Kopf. „Du Ärmster. Ich bedaure dich heute Abend ein bisschen."

„Na, da werfe ich doch gleich noch einen Löffel runter." Raschid grinste breit. Dann zog er übergangslos ein leidendes Gesicht.

Sharif kamen vor Lachen die Tränen. „Willkommen im Klub. Erst kann man gut ohne es leben, und wenn man es hat, dann hält man es plötzlich nicht mehr aus, wenn es mal etwas weniger davon gibt."

„Ach, wie recht du doch hast", seufzte Raschid. „Aber für das Glück, eine Familie zu haben, ist das Opfer sicher angemessen."

Sharif nickte. „Du sprichst goldene Worte."

„Damit komme ich an den Punkt, wo ich nur bedingt mitreden kann", warf Saladin ein.

„Und mich drückt ein schlechtes Gewissen, weil ich dir wertvolle Erfahrungen vorenthalten habe", sagte Kendra. „Aber was nicht ist, kann ja eines Tages noch werden." Sie strich sacht mit Zeigefinger über seinen Handrücken. Saladin hauchte ihr einen Kuss auf die Lippen.

„Jetzt freuen wir uns erst einmal auf die Babys von Ronda und Jennifer, darauf, dass Eric bald die Welt auf zwei Beinen erkunden wird, auf die Hochzeit meines Vaters und deiner Mutter, auf tausend kleine Dinge und dann, wenn Doktor Hakim der Überzeugung ist, alles, aber auch wirklich alles ist wieder o. k., dann …" Saladin warf ihr einen dieser Blicke zu, die ihr tief unter die Haut gingen und ganze Wolken von Schmetterlingen in ihrem Bauch fliegen ließen.

Einmütig hoben die Männer ihre Kaffeetassen. „Ein Hoch auf unsere Frauen und kräftigen, gesunden Nachwuchs, auf, dass die Geschichte der Ibn Sinas und der Raschids bis in alle Ewigkeit eine glückliche sein möge."